Edith Velmans-van Hessen

Ich wollte immer glücklich sein

DAS SCHICKSAL EINES
JÜDISCHEN MÄDCHENS IM
ZWEITEN WELTKRIEG

Aus dem Niederländischen
von Stefanie Schäfer

Paul Zsolnay Verlag

Die Originalausgabe erschien 1997 unter
dem Titel *Het verhaal van Edith* bei Podium, Amsterdam.

Die Übersetzung wurde gefördert vom
Nederlands Literair Produktie- en Vertalingenfonds
in Amsterdam.

1 2 3 4 5 03 02 01 00 99

ISBN 3-552-04930-4

Satz: Satz für Satz. Barbara Reischmann, Leutkirch
Druck und Bindung: Franz Spiegel Buch GmbH, Ulm
Printed in Germany

Danksagung

In all den Jahren, die ich nun schon in Amerika lebe, bin ich häufig nach meinen Erfahrungen in den besetzten Niederlanden gefragt worden. Dabei mußte ich immer wieder feststellen, daß niemand auch nur die geringste Ahnung davon hatte, was sich damals bei uns abgespielt hat. Als Antwort auf alle Fragen habe ich meine Tagebücher und Briefe aus den Kriegsjahren – meine Geschichte – in Buchform herausgegeben.

Es war in erster Linie Dorothy Lipson, eine amerikanische Historikerin und enge Freundin, die mich dazu anregte, meine Erlebnisse zu Papier zu bringen. Leider hat sie die Fertigstellung des Manuskripts nicht mehr erlebt und konnte das Endresultat nicht begutachten. Ohne die Ermutigung, den Enthusiasmus und die sachkundige Mitarbeit meiner Tochter Hester wäre es mir nie gelungen, Ordnung in das Chaos meiner Erinnerungsstücke zu bringen. Es war ein ganz besonderes Erlebnis, mit ihr zusammenzuarbeiten. »Als deine Redakteurin«, vertraute sie mir an, »habe ich meine Großeltern, die bei meiner Geburt schon nicht mehr lebten, kennen- und liebengelernt.« Dafür bin ich ihr zutiefst dankbar.

Für ihre Hilfe und Freundschaft danke ich auch Renata Laqueur, Wanda Fleck, Estelle Leontief, Marianne und Jon Swan, Karen Polak und, last but not least, für seine Weisheit und Unterstützung, Loet Velmans, meinem Mann, der bereits seit achtundvierzig Jahren Freud und Leid mit mir teilt.

Oktober 1997 — Edith Velmans-van Hessen

Für Anya, Jack, Nickolas,
Saskia und Luca

»Es ist eigenartig, wieviel der Mensch ertragen kann, solange ihm das Schicksal in kleinen Portionen verabreicht wird. Es ist genau wie mit Gift, das man gefahrlos schlucken kann, wenn man mit kleinen Dosen beginnt und diese nur langsam steigert, bis der Körper sich schließlich daran gewöhnt.«

David van Hessen, Mai 1943

Prolog

Juli 1950. Ich liege in einem Amsterdamer Krankenhaus und halte meine beiden Babys in den Armen. Laut Auskunft des Arztes beträgt die Wahrscheinlichkeit, Zwillinge zu bekommen, 1 zu 78. Dies teilt er mir in einem so anerkennenden Tonfall mit, als hätte ich eine reife Leistung vollbracht. Auf einen Schlag eine Familie! »So, so«, denke ich bei mir. »Wenn ich jetzt jedesmal zwei auf einmal bekomme, hat sich die Weltbevölkerung im Nu wieder erholt.«

Doch angesichts derartiger Statistiken schießen mir auch unwillkürlich düstere Zahlen durch den Kopf. Von den 140 000 Juden, die noch vor zehn Jahren, vor Ausbruch des Krieges, in den Niederlanden lebten, haben nicht einmal 30 000 überlebt – ungefähr einer von fünf. Von den sechs Mitgliedern meiner engsten Familie sind nur noch zwei übrig.

Einige Augenblicke, nachdem das erste Baby geboren war und ich erschöpft in den Kissen lag, beugte sich Dr. Herberger über mich und sagte verheißungsvoll: »Es ist *mindestens* noch eins unterwegs.«

Nach der langen, schweren Geburt hatte ich wenig Sinn für den Humor des Arztes und stöhnte: »Ach, eins reicht mir eigentlich schon.«

Doch es war gar kein Scherz. Zwanzig Minuten später wurde noch ein zweites, gesundes, sechs Pfund schweres Baby geboren.

Nachdem mein Mann Loet, der stolze Vater, für ein paar Stunden nach Hause gegangen war, um sich ein wenig schlafen zu legen, stand plötzlich Tante Tine an meinem Bett. Sie war die erste, die man zugelassen hatte – lange bevor die eigentliche Besuchszeit begann. Sie hatte den Schwestern weisgemacht, sie sei die Großmutter. Sie umarmte mich mit Tränen in den Augen, und ich war sehr gerührt.

Am Tag darauf unterhielt ich mich mit der frischgebackenen Mutter im Bett neben mir. Ihr Name war Miep Gies, und sie strahlte vor Glück. Sie hatte einen kleinen Jungen im Arm: Paul. Sie erzählte mir, wie sehr sie und ihr Mann Jan sich auf diesen Augenblick gefreut hatten. Sie war fünfzehn Jahre älter als ich und hatte sich schon lange sehnlichst ein Kind gewünscht. Doch schon kurz nach ihrer Hochzeit war der Krieg ausgebrochen und hatte ihre Pläne durchkreuzt.

Ich hörte mir ihren Bericht an und nickte verständnisvoll.

Die Schwestern kamen herein, um uns zu erklären, wie wir die Babys stillen sollten. Ich war etwas ratlos und fragte eine der Schwestern, wie ich das denn wohl anstellen sollte. Sie antwortete in aller Gemütsruhe: »Na, genau wie alle anderen!« »Wie bitte? Aber – ich meine – ich habe doch zwei!« »Sie haben doch auch zwei Brüste, oder etwa nicht?« lautete ihr pragmatischer Kommentar. »Also, auf!«

Zu meiner Überraschung klappte es tatsächlich, und ich stillte meine beiden Babys eins nach dem anderen. Wenn andere Mütter schon fertig waren, sich zurücklehnen und ausruhen konnten, mußte ich noch einmal von vorn anfangen. Aber wir regelten das ganz gerecht, keines wurde bevorzugt: Erst die eine, dann die andere Brust, so daß beide genau gleich viel bekamen.

Die Tage auf der Entbindungsstation vergingen wie im Fluge. Miep Gies und ich verglichen und bewunderten unsere Babys, führten zusammen Bauchmuskelübungen durch, kicherten wie Schulmädchen hinter dem Rücken der gestrengen Schwestern und tauschten Vertraulichkeiten aus. Nachdem ich ihr Tante Tine vorgestellt und ihr erklärt hatte, in welcher Beziehung wir zueinander standen (Tine zur Kleinsmiede war die Frau, die mich während des Krieges vor den Nazis versteckt hatte), erzählte mir meine neue Freundin, daß auch sie hier in Amsterdam einer jüdischen Familie geholfen hatte, unterzutauchen. Dann schwieg sie, biß sich auf die Lippen und blickte aus dem Fenster.

»Was ist denn passiert?« fragte ich leise – als hätte ich es mir nicht denken können.

»Kurz vor Ende des Krieges wurden sie verraten. 1944. Nur Meneer Frank ist aus dem Lager zurückgekehrt. Sie hatten zwei Töchter – Margot und Anne«, erzählte sie und wischte sich die Tränen aus den Augen.

Ich seufzte. Geschichten wie diese waren mir nur allzu vertraut. Alle Menschen, denen man begegnete, hatten jemanden im Krieg verloren.

Am darauffolgenden Tag sah Miep, wie ich im Babybuch der Zwillinge, das ich inzwischen begonnen hatte, Notizen machte.

»Ach, Anne hat auch die ganze Zeit geschrieben«, sagte sie. »Du weißt schon, die Tochter von Meneer Frank. Sie sagte immer, sie wolle Schriftstellerin werden, wenn sie groß sei. Sie hat Tagebuch geführt. Nachdem die Nazis sie abgeholt hatten, habe ich es für sie aufbewahrt. Meneer Frank hat es jetzt veröffentlichen lassen.«

»Wirklich?« fragte ich. »Das würde ich gerne einmal lesen.«

Ich sprach es Miep gegenüber nicht aus, aber ich konnte mir damals nicht vorstellen, daß sich viele Leute für das Tagebuch dieses armen Mädchens interessieren würden. Zahlreiche Menschen hatten während des Krieges Tagebuch geführt, da war ich mir ganz sicher. Auch ich besaß einen ganzen Koffer voller Tagebücher, die ich schon vor dem Krieg begonnen hatte. Die Geschichte von Anne ist zwar viel bewegender als meine, weil sie nicht überlebt hat. Und doch war auch sie letztlich nur eines von Tausenden – nein, von Millionen Opfern.

In den Niederlanden sprach in der Nachkriegszeit niemand gern über die Kriegsjahre. Wir, die Überlebenden, waren zu eifrig damit beschäftigt, unsere Zukunft aufzubauen, um uns ausgiebig mit der Vergangenheit zu beschäftigen. Wir versuchten, den Faden unseres Lebens wieder aufzunehmen, so gut es eben ging.

Paul, der kleine Sohn von Miep Gies, hatte ständig Hunger. Miep hatte Probleme mit dem Stillen und nicht genug Muttermilch. Meine Brüste dagegen gaben Milch im Überfluß. Weil ich doppelt so lange mit dem Stillen beschäftigt war wie andere Mütter, waren meine Brustdrüsen überreizt und produzierten so viel Milch, daß ich kleine Glasschüsselchen in den BH klemmen mußte, um den Überschuß aufzufangen.

Die Schwestern hatten schließlich eine äußerst praktische Idee zur Lösung des Problems. Wenn Mieps Baby weinte, weil es nicht genug Milch bekommen hatte, pumpten sie meine überschüssige Milch ab und gaben sie ihm mit einem Fläschchen.

Nach zehn Tagen durfte Miep das Krankenhaus verlassen, während ich als Mutter von Zwillingen noch eine Woche länger bleiben mußte. Miep und ich nahmen Abschied als gute Freundinnen. Jan Gies, Mieps Man, kam nun jeden Tag ins Krankenhaus, um die Milch für seinen Sohn in Empfang zu nehmen. Als ich endlich nach Hause durfte, führten wir diese Prozedur noch zwei Wochen lang fort. Schließlich stabilisierte sich der Appetit des kleinen Paul, und Jan brauchte nicht mehr mit einer Nuckelflasche bewaffnet zu uns zu kommen.

Erst Jahre später hatte ich Gelegenheit, das Tagebuch

der Anne Frank zu lesen, doch zu diesem Zeitpunkt war Anne bereits zu einer weltweiten Legende geworden.

Neben Miep Gies spielte noch eine andere Miep eine wichtige Rolle in meinem Leben – Miep Fernandes, die schon zu Schulzeiten meine beste Freundin gewesen war. Ihr vertraute ich am Tag, bevor ich untertauchte, meine Tagebücher an, ordentlich verpackt in meinem schwarzen kleinen Lacklederkoffer. Eigentlich gehörte der Koffer nicht mir, sondern meiner Großmutter, und früher hatte er ihre gefaltete, spitzenbesetzte, weißleinene Wäsche (Hemd, Rock, Socken und Häubchen) enthalten, in der sie hatte begraben werden wollen. Doch als die Deutschen unser Land überfielen, trug Vater uns allen auf, für den Fall, daß wir im Bunker Schutz suchen müßten, unsere liebsten Besitztümer einzupacken, und ich konnte so schnell kein anderes geeignetes Behältnis finden, als den Koffer meiner Großmutter. Ihre Sterbekleider legte ich kurzerhand in eine Schublade.

Nach dem Krieg gab mir Miep Fernandes den kleinen schwarzen Koffer zurück. Sein kostbarer Inhalt – meine Tagebücher mit ihren fröhlich gestreiften und bemalten Umschlägen – hatte alles unbeschadet überstanden. Die Alben haben mich mein Leben lang trotz zahlloser Umzüge und anderer Umwälzungen begleitet. Mein allererstes Tagebuch ist das schönste von allen. Auf der ersten Seite steht:

19. September 1938

Dieses Album habe ich von Omi, meiner Großmutter, bekommen, als all ihre Möbel aus Deutschland hierher kamen. Man könnte sagen, es ist ein Teil meines Erbes! Ich benutze es als Tagebuch, um mich, wenn ich groß bin und vieles anders geworden ist, an diese »hypermoderne« Zeit zurückerinnern zu können, in der wir damals lebten. Um dann über die altmodischen Dinge zu lachen, die wir 1938 so modern fanden.

Manchmal hole ich diese ersten Tagebücher wieder hervor und blättere in ihnen. Sie bedeuten mir viel und vermitteln mir eine gewisse Sicherheit. Ich erinnere mich an die starken Gefühle, die ich damals zuweilen verspürte – Gefühle, die ich beispielsweise folgendermaßen in Worte zu fassen versuchte:

»Es gibt Momente, da bin ich so glücklich, daß ich denke, ich müßte platzen. Ich will mich an diesen Momenten festklammern – ich will sie für immer einfangen, festhalten und versiegeln. Wie Sonnenstrahlen in einer kleinen Schachtel, die ich aufmachen kann, wenn es draußen dunkel ist.«

Hier sind meine Sonnenstrahlen, und hier ist meine Schachtel. Wie sollte ich ahnen, daß ich sie einmal so bitter nötig haben würde?

ERSTES KAPITEL

Der Birnbaum

Meine Großmutter, Mina Weil Wertheimer, die wir Omi nannten, zog 1938 zu uns. Sie kam aus Sinsheim, einer kleinen Stadt in der Nähe von Heidelberg. Nachdem eine ihrer Töchter im Kindbett und ein zweites Kind an einer Kinderkrankheit gestorben war, verschied auch ihr Mann – Gustav Adolf Weil, mein Großvater. Ihre beiden überlebenden Kinder waren damals noch klein. Als größte Tragödie ihres Lebens empfand sie jedoch den Tod von Julius, ihrem einzigen Sohn, der 1914 bei Ausbruch des Ersten Weltkriegs zum Dienst bei der kaiserlichen Armee eingezogen worden war. Ich erinnere mich an sein Foto auf Omis Schreibtisch: ein gutaussehender, stolzer preußischer Offizier mit einem dicken Schnurrbart und Pickelhaube. Neben dem Bild lag ein kleines eisernes Kreuz mit der Aufschrift »1914–1918«, ein sogenanntes Ehrenkreuz, das allen »heldenhaften Müttern« verliehen wurde, die ihre Söhne »für das Vaterland geopfert« hatten.

Von den Kindern meiner Großmutter hatte nur meine Mutter, Adelheid Hilde, überlebt. Sie war Minas einziger Trost: eine aufmerksame und liebevolle Tochter. Als der Erste Weltkrieg ausbrach, hatte sie gerade die Schule beendet. Während des Krieges pflegte sie verwundete Soldaten. Kurz vor Ende dieses Krieges verliebte sie sich in David van Hessen, einen niederländischen Geschäftsmann, der dreizehn Jahre älter war als sie. 1918, nachdem Deutschland besiegt worden war, nahm mein Vater meine Mutter mit nach Amsterdam.

Ich kann mich nur noch vage an das Haus meiner Großmutter in Sinsheim erinnern. Hinter dem Wohnhaus befand sich in einem separaten Gebäude die Waschküche. Sie muß mich stark beeindruckt haben, denn ich sehe die kräftigen, fleischigen Arme der molligen Dienstmagd noch heute vor mir, die Bettlaken in einem großen Kessel auskochte und Kissen- und Deckbettbezüge auf einem metallenen Waschbrett sauber schrubbte. Ich erinnere mich auch noch an den aromatischen Duft der Äpfel, die unter der Decke des Waschhauses in hohen Regalen gestapelt lagen, und ich weiß noch, wie ich meiner Großmutter im Garten beim Pflücken von Johannisbeeren half und den Topf auslecken durfte, in dem die Marmelade gekocht wurde.

1938, in dem Jahr, in dem meine Eltern meine Großmutter endlich dazu überreden konnten, Sinsheim zu verlassen, hatte man ihr bereits die deutsche Staatsbürgerschaft aberkannt. Als Jüdin war sie nicht länger erwünscht. Ihre Nachbarn mieden sie, und selbst ihre besten Freunde taten vor lauter Angst so, als würden sie sie nicht kennen. Trotzdem kostete es meine Großmutter Mühe, sich zu einem Umzug durchzuringen, und meine Eltern konnten sie nur deshalb dazu überreden, ihr Haus aufzugeben, weil sie ihr versicherten, daß etwas Derartiges in den Niederlanden niemals geschehen würde.

Meine Mutter reiste nach Deutschland, um meiner Großmutter beim Packen und dem »Verkauf« des Hauses zu helfen, das in Wahrheit konfisziert wurde. Irgend jemand hatte meiner Großmutter ein paar Mark dafür geboten, und meine Mutter hatte gehört, es sei nicht ratsam, den Verkauf abzulehnen oder um die Summe zu feilschen. Später erzählte mir meine Mutter, daß sich »arische« Nachbarn abends im Schutze der Dunkelheit zu ihnen geschlichen hatten, um sich zu verabschieden. Sie erklärten meiner

Großmutter, wie sehr sie es bedauerten, sie nicht in aller Offenheit besuchen oder ihr wenigstens auf der Straße zunicken zu können. Jeglicher freundschaftliche Umgang mit Juden war ihnen verboten worden.

Meine Großmutter war die erste in einem regelrechten Strom von Flüchtlingen, darunter vielen Verwandten aus der Familie meiner Mutter, die in unserem Haus gastlich empfangen wurden und auch finanzielle Unterstützung erhielten, bevor sie nach England, in die Vereinigten Staaten oder nach Südamerika abreisten. Manche von ihnen erwogen, einfach in den Niederlanden zu bleiben, was mir damals als die beste Lösung erschien. Ich war nämlich in dem Glauben aufgewachsen, es könne gar kein anderes Land auf der Welt geben, in dem es sich besser leben ließe als in den Niederlanden. Mein Vater hatte mir oft von den zahlreichen Flüchtlingen erzählt, die hier während des Krieges 1914–1918 einen sicheren Zufluchtsort gefunden hatten, und wenn ich als kleines Kind meinen Teller nicht leer essen wollte, erzählte mir meine Mutter Geschichten aus den Kriegsjahren in Deutschland, als sie wenig oder überhaupt nichts zu essen hatten. Sie pflegte es ihren »Einzug ins Paradies« zu nennen, wenn sie über ihre Ankunft als junge Braut in den Niederlanden berichtete, wo sie auf einmal alles bekommen konnte, was sie nur wollte, sogar Schokolade und Apfelsinen.

Na also! Diese Geschichten waren für mich ausschlaggebend. Sie bewiesen, daß unser Land jedem anderen vorzuziehen war. Man stelle sich vor, in einem Land leben zu müssen, in dem es noch nicht einmal Süßigkeiten gab! Außerdem waren die Niederlande eine neutrale Nation und hatten am Ersten Weltkrieg nicht teilgenommen, obwohl einige der grausamsten Schlachten dieses Krieges direkt an unserer Grenze zu Belgien, in Flandern, stattgefunden hatten. Auch wenn Hitler also, wie mein Vater befürchtete, Böses vorhatte, brauchten wir uns jedenfalls keine Sorgen zu machen.

Die Verwandten aus Deutschland umarmten mich, kniffen mir in die Wangen und diskutierten eifrig darüber, wem ich wohl ähnlich sähe. Ihr Gefühlsüberschwang war mir fremd, da die Familie meines Vaters eher nüchtern, reserviert und praktisch veranlagt war. Die van Hessens stammten ursprünglich aus Groningen, wo sie über Generationen zunächst als Viehhändler und später als renommierte Einzelhändler und Geschäftsleute ihren Lebensunterhalt verdienten. Ich hielt mich daher für etwas Besseres als diese armen, bescheidenen Flüchtlinge, die alles verloren hatten und einer unsicheren Zukunft entgegensahen. Ich führte in Den Haag ein sorgloses, angenehmes Leben und war stolz darauf, mittlerweile das Niederländische Lyzeum zu besuchen.

Meine Großmutter weinte oft, und ich hatte das Gefühl, daß sie ihr Leiden sehr wichtig nahm. Das Gedenken an ihre verstorbenen Familienmitglieder beispielsweise besaß in ihrem Leben einen hohen Stellenwert. Sie lag oft mit kalten Kompressen auf der Stirn im Bett, da sie regelmäßig von Migräneanfällen heimgesucht wurde. Ich vermutete indessen, daß sie ihre Kopfschmerzen immer dann bekam, wenn sie ihrer Meinung nach zu wenig Aufmerksamkeit erhielt, und sie dazu benutzte, meine Eltern zu manipulieren. Meine Mutter hatte alle Hände voll mit ihr zu tun, und nach einer Weile hatte ich es satt, ihre Aufmerksamkeit nun mit meiner Großmutter teilen zu müssen. Außerdem störte es mich, daß seit Omis Ankunft zu Hause so viel Deutsch gesprochen wurde. Ich haßte diese Sprache, und ebenso wie die meisten Leute, die ich kannte, konnte auch ich die Deutschen nicht leiden. Obwohl ich die Verwandten meiner Mutter im allgemeinen von meinen Vorurteilen ausnahm, weigerte ich mich kategorisch, mich ihnen zugehörig zu fühlen. Ich war Niederländerin, und dasselbe galt auch für meine Mutter. Ich wollte, daß sie ausschließlich Niederländisch sprach – das sie im übrigen fließend und akzentfrei beherrschte.

Ich gebe zu, daß ich mir oft gewünscht hatte, meine Mutter wäre anders. Ich hätte sie lieber etwas alltäglicher gehabt, weniger auffallend und mehr so wie die Mütter meiner Freundinnen. Zum Beispiel hätte ich jedesmal im Erdboden versinken mögen, wenn meine Mutter auf hohen Absätzen, mit einem Hut nach der neuesten Pariser Mode und einem lässig über die Schultern geworfenen Pelzmantel in die Schule kam. Mir wäre lieber gewesen, sie wäre auf dem Fahrrad gekommen und hätte dabei flache, solide Schuhe und einen Baumwollregenmantel mit Gürtel getragen.

Wenn Omi nicht gerade die Aufmerksamkeit meiner Mutter strapazierte, war sie eine sehr liebe Großmutter, der man Geheimnisse anvertrauen konnte, die einem mit Rat und Tat zur Seite stand und uns in vieler Hinsicht verwöhnte. Als sie zu uns zog, schenkte sie mir ein kleines ledergebundenes Album, das ich später als Tagebuch benutzte. Anfangs benutzte ich es als Klebealbum, das ich mit den sorgfältig aus Zeitungen ausgeschnittenen Bildern meiner Lieblingsfilmstars füllte. Doch schon wenig später begann ich, eifrig meine täglichen Gedanken und Kümmernisse aufzuzeichnen:

6. Februar 1939

Ich werde nun damit aufhören, Bilder in dieses Album einzukleben, und statt dessen anfangen, Tagebuch zu führen. Ich habe sogar vor, meine Aufzeichnungen zu illustrieren, weiß aber nicht, ob ich es immer schaffe. Außerdem traue ich mich nicht, meinem Tagebuch meine tiefsten Geheimnisse anzuvertrauen, denn man weiß ja nie, wer es in die Hände bekommt.

Vielleicht begann ich deshalb, Tagebuch zu führen, weil meine Mutter plötzlich so viel weniger Zeit für mich hatte. Möglicherweise lag es aber auch daran, daß ich die Jüngste war und das Gefühl hatte, von meiner Familie nicht immer ernst genommen zu werden. Beim Abendessen wurde stets heftig über Themen diskutiert, von denen ich nur wenig verstand, und meine älteren Brüder ignorierten mich einfach, wenn ich versuchte, auch einmal etwas zum Gespräch beizutragen. Wenn ich mich dann schließlich beschwerte und jammerte: »Ihr seid gemein, nie darf ich auch mal was sagen!«, hob mein Vater die Hand und forderte die Jungen auf, still zu sein. Dann schaute er demonstrativ auf seine Uhr und sagte: »Gut, Edith, du bekommst genau zwei Minuten Zeit, um loszuwerden, was du auf dem Herzen hast. Auf die Plätze – fertig – los!« Ich fing dann in der ungewohnten Stille an zu stottern und konnte mich meist nicht mehr erinnern, was ich eigentlich hatte sagen wollen – bis meine Zeit um war. In meinem Tagebuch dagegen konnte ich ungestört mein Herz ausschütten und vom Hölzchen aufs Stöckchen kommen, ohne dabei auf irgend jemanden Rücksicht nehmen zu müssen.

24. Februar 1939

Habe heute Geometrie geschrieben – nicht so besonders, glaube ich, bin mir aber nicht ganz sicher, es kann auch ganz gut geworden sein. Morgen gehen wir zu einem Jugendkonzert. Darauf freue ich mich. Ich möchte so gern lernen, Musik, also klassische Musik, zu verstehen und schön zu finden. Ich möchte die Musik wirklich genießen können. Im Moment mag ich noch lieber leichte Musik. Klavier finde ich toll. Ich würde gern Klavier spielen können. Auch Jazz-Klaviermusik finde ich gut, aber man kriegt so schnell genug davon. Ich habe wieder mal neue Zukunftspläne: Ich will entweder Architektin werden oder einen Beruf erlernen, der etwas mit Kindern zu tun hat. Kranken Kindern helfen oder dafür sorgen, daß arme Kinder irgendwo einen schönen Urlaub verbringen können. Ich stelle mir ein gemütliches Haus auf dem Land vor, in das die Kinder kommen, um dort Ferien zu machen. Auf jeden Fall hoffe ich, daß ich später auch einmal eine eigene Familie haben werde, mit einem netten Mann und lieben Kindern. Ich traue mich sonst fast nie, meine eigenen Gefühle auszusprechen oder aufzuschreiben. Aber so was gehört ja eigentlich nicht zu den persönlichen Gefühlen. Bestimmt hat jedes Mädchen solche Vorstellungen.

Es ist schon spät, darum höre ich jetzt auf. Ich muß noch Französisch lernen. Über das Hockeyturnier schweige ich mich besser aus. Es reicht wohl, zu sagen, daß wir 5 zu 0 verloren haben, genau wie letzten Sonntag.

In einem Zeitraum von dreieinhalb Jahren hatte ich bereits sieben Hefte mit meinen Aufzeichnungen vollgeschrieben und war fortan für den Rest meines Lebens nicht mehr vom Tagebuchführen abzubringen.

Der Name meines Vaters war David van Hessen, aber von seinen Verwandten und Freunden wurde er »Dago« genannt. Seine Eltern hatten ihm erlaubt, eine künstlerische Ausbildung zu absolvieren, allerdings unter der Voraussetzung, daß er einen zusätzlichen Beruf erlernte. Mein Vater entschied sich schließlich für eine kaufmännische

Laufbahn im Holzhandel. Er war europäischer Repräsentant der Firma Ritter Lumber Company of Columbus, Ohio. Er erzählte uns oft, er habe seine Entscheidung nicht bereut. Anstatt sein Leben den schönen Künsten zu widmen (und damit das Risiko einzugehen, daß wir alle ein kummervolles Leben in einer Dachwohnung im Hinterhof fristeten), hatte er sich fest vorgenommen, seiner Familie ein guter Ernährer zu sein. Sein Motto war: »Lieber ein erstklassiger Amateur als ein zweitklassiger Berufskünstler.« Trotzdem nahm die Kunst in seinem Leben einen hohen Stellenwert ein. Zu Hause lagen stets sein Zeichenblock oder seine Malutensilien griffbereit. Eine Toilette in der zweiten Etage hatte er zur Dunkelkammer umgebaut, um dort seine Fotos zu entwickeln und Abzüge zu machen; eine Ecke seines Arbeitszimmers diente ihm als Bildhaueratelier. Wenn er nicht zu Hause war, fiel mir die Aufgabe zu, den Ton auf der Töpferscheibe hinter seinem Schreibtisch feucht zu halten. Gelegentlich wurden Arbeiten von ihm auf Gemeinschaftsausstellungen gezeigt, und Geschäftsreisen ins Ausland boten ihm von Zeit zu Zeit Gelegenheit, mit Künstlern wie Käthe Kollwitz und Paul Prött in Kontakt zu kommen und sich mit ihnen auszutauschen.

Auf einer dieser Geschäftsreisen lernte er bei der Hochzeit eines Freundes schließlich meine Mutter kennen. Sie behauptete, sie habe sofort gewußt, daß dieser attraktive Niederländer der Mann war, den sie einmal heiraten würde, doch es war erst noch eine zweite, zufällige Begegnung in den Straßen von Heidelberg nötig, um auch meinen Vater davon zu überzeugen. Er sagte immer, nie in seinem Leben habe er eine bessere Entscheidung getroffen, als seinerzeit um die Hand dieser bildschönen jungen Frau mit den dunklen Augen anzuhalten, die Farbe, Ausgelassenheit und Leidenschaft in sein bis dahin stilles, geregeltes, bürgerliches Leben brachte. Nach dem Ersten Weltkrieg bezogen sie ein Haus in Amsterdam, und 1920 wurde mein Bruder Guus geboren. Zwei Jahre später gingen sie nach Den Haag, wo 1923 mein Bruder Jules zur Welt kam und 1925 ich, das einzige Mädchen.

Meine Mutter hatte eine schöne Stimme und spielte Klavier. Mein Vater spielte Geige und Gitarre, und hin und wieder sangen sie – zu unserem großen Entzücken – zusammen sentimentale Liebeslieder, wie zwei frisch Verliebte. Mein Vater las uns gern Gedichte vor oder Geschichten seiner Lieblingsautoren O'Henry und Mark Twain. Die Kreativität von uns Kindern wurde ständig gefördert. Guus liebte es, Windmühlen zu malen, und machte sich manchmal gemeinsam mit meinem Vater mit Farben und Staffelei auf den Weg, um in freier Natur zu malen. Jules restaurierte Boote und sammelte überall Teile, aus denen er die seltsamsten Fahrzeuge bastelte. (Eines Tages, als ich mit meinen Puppen einen Spaziergang machen wollte, stellte ich fest, daß die Räder meines Puppenwagens verschwunden waren. Später entdeckte ich sie an einer von Jules' zunehmend genialeren Seifenkistenkonstruktionen wieder.) Ich selbst probierte alles mögliche aus, vom Akkordeonspielen bis zum Karikaturenzeichnen.

Obwohl meine Tanten väterlicherseits dem Vernehmen nach zunächst ein wenig Zeit brauchten, um sich an ihre strahlende und resolute Schwägerin zu gewöhnen, sind mir viele Familientreffen in herzlicher und gemütlicher Atmosphäre in Erinnerung. Vor allem Geburtstage und Hochzeiten wurden ausgiebig gefeiert. Dabei wurden abwechselnd Gedichte vorgetragen, Reden gehalten und überschwengliche Trinksprüche ausgebracht, Zeichen der Liebe und Bewunderung. Wir hatten viel Spaß, wozu nicht zuletzt die Karikaturen aus der Hand meines Vaters beitrugen.

Als meine Mutter vierzig wurde, schenkte ihr mein Vater eine Grammophonplatte zum Geburtstag, auf der jeder von uns ein Gedicht vortrug oder eine kleine Rede hielt. Auch ein von unserem Vater selbst komponiertes Lied war darauf zu hören, das mit den Zeilen endete: »... und wenn wir später alt sind und Arm und Bein uns bebt, dann sag ich: ›Hilde komm, wir haben nicht umsonst gelebt ...‹«

1939 war mein Vater achtundfünfzig Jahre alt; ich mußte noch drei Jahre zur Schule gehen, und meine Brüder hatten noch nicht mit ihrem Universitätsstudium begonnen. Da er keine Rente bekommen würde, wollte mein Vater erst aufhören zu arbeiten, wenn wir alle drei unsere Ausbildung abgeschlossen hätten. Wann immer ich bei ihm einen besorgten Gesichtsausdruck wahrnahm, bildete ich mir ein, dies läge ausschließlich an mir. Ich wuchs so rasch, daß ich ständig neue Kleidung oder Schuhe brauchte. Ich sprach mit meiner Mutter darüber und sagte, ich sei zu allem bereit, um ihn aufzumuntern – ich wollte sogar einen neuen Rock, den wir gerade gekauft hatten, wieder ins Geschäft zurückbringen oder meine alten Schuhe weiter tragen, obwohl mir die Füße darin weh taten. Doch meine Mutter versicherte mir, es seien andere Dinge, die ihm Sorgen bereiteten, und mein ständiges Wachstum habe gewiß nichts damit zu tun.

Ich war dreizehn und hatte nichts anderes im Kopf als die Schule, meine Freunde und meinen Spaß. Mein Freundeskreis war groß und bedeutete mir sehr viel. Meinem Bruder Jules ging es genauso. In Gegenwart der Freunde meines Bruders war ich allerdings etwas verlegen, da sie alle älter waren als ich, was mich jedoch keineswegs daran hinderte, mit ihnen loszuziehen, wenn sie es zuließen. Auch mein späterer Mann Loet Velmans gehörte zu Jules' Schulkameraden. Ich kannte ihn von den Sommertagen am

Strand als den gelenkigsten und braunsten von allen Kindern, die dort an der Reckstange turnten.

Ich war gerade in der zweiten Klasse des Lyzeums, als ich im Ruderverein der Schule Miep Fernandes kennenlernte. Sie und ich waren schon bald der festen Überzeugung, daß wir ein Leben lang Freundinnen sein würden. Miep war älter als ich und ging bereits in die dritte Klasse. Sie war erst vor kurzem mit ihrer Familie, die ursprünglich aus dem Westen der Niederlande stammte, nach Den Haag gekommen. Davor hatten sie eine Zeitlang in Indonesien gelebt, wo ihr Vater, Augenarzt beim Militär, in der niederländischen Kolonie stationiert gewesen war. Nachdem wir uns und unsere Familien näher kennengelernt hatten, kamen Miep und ich zu dem Schluß, daß unsere Eltern so viel gemeinsam hatten, daß auch sie sich ganz sicher anfreunden würden. Wir stellten sie einander vor, und unser Wunsch ging tatsächlich in Erfüllung. Unsere Eltern wurden sogar die besten Freunde, und aus ihrer Bekanntschaft gingen wiederum weitere Freundschaften hervor, wie etwa zwischen meinem Cousin Paul und Mieps älterer Schwester Nina.

Eines Tages machten Miep und ich uns daran, gemeinsam eine komische Oper zu schreiben, einen kabarettistischen Schwank, der sich in einem Schönheitssalon abspielte, mit Texten zu populären Melodien. Unser Stück sollte auf einem Theater- und Musikabend vor der gesamten Schule von unserer Theatergruppe aufgeführt werden.

Noch viel aufregender als die Vorbereitungen zu unserer komischen Oper war jedoch die Tatsache, daß wir ein neues Segelboot bekommen hatten. Wir tauften es *Den Doolaard* nach einem populären niederländischen Autor. (A. den Doolaard hatte 1938 das Buch *Het Hakenkruis over Europa* – Das Hakenkreuz über Europa – veröffentlicht, in dem er prophezeite, ein Krieg mit Deutschland sei unvermeidlich. Diese Warnung wollte damals jedoch niemand ernst nehmen, und das Buch wurde kein kommerzieller Erfolg.) Wann immer es möglich war, gingen meine Brüder und ich zur Werft, um unser neues Boot zu bewundern. Wir alle, mein Vater inbegriffen, waren begeisterte Segler. Überhaupt trieben wir viel Sport: Im Sommer schwammen, ruderten und segelten wir, im Winter liefen wir Schlittschuh. Für Politik interessierte ich mich überhaupt nicht. Ich erinnere mich noch daran, wie Jules immer der Länge nach auf dem Boden lag, die Arme auf die Ellenbogen gestützt, Kinn auf den Händen und Füße in der Luft, und Zeitung las. Nie fragte ich ihn, was drinstand. Ich war einfach zu sehr mit anderen Dingen beschäftigt.

Doch über meinem sorglosen Jungmädchendasein brauten sich dunkle Wolken zusammen. Eines Tages läutete während des Abendessens das Telefon. Mein Vater stand auf, nahm den Hörer ab, und mir fiel auf, daß meine Mutter ihn besorgt anschaute. Mein Vater wandte uns den Rücken zu, senkte den Kopf und drückte den Hörer fest ans Ohr, um besser verstehen zu können. Meine Mutter und meine Großmutter warfen einander ängstliche Blicke zu. Mir war klar, daß irgend etwas Ernstes geschehen sein mußte. Doch meine Mutter beruhigte uns und behauptete, wir bräuchten uns keine Sorgen zu machen. Wir protestierten, denn wir wollten nicht wie kleine Kinder behandelt werden, und als mein Vater auflegte, baten wir ihn, uns zu erzählen, was los sei. »Mein Bruder – euer Oom Leo – ist gerade gestorben«, sagte er schließlich.

Ich dachte nur: »Ist das alles?«, weil ich mit einer viel schrecklicheren Nachricht gerechnet hatte, wenn ich auch nicht genau wußte, welcher Art.

In mein Tagebuch schrieb ich ein Gedicht, auf das ich ziemlich stolz war:

Gewitter

Drohende Wolken hängen über dem Meer.
Vogelschwärme ziehn darüber her.
Da kommt es,
Da kommt es,
Es wird dunkel auf Erden.
Die Menschen verstecken sich,
Vor diesem Bösewicht.
Dann bricht es los,
Ein Blitzschlag,
Ein Donnerhall.
Geht über Haus und Feld und Wald,
Entzündet Bäume drunt im Tal,
Dann, auf der Höhe seiner Kraft,
Bricht's wieder los mit aller Macht
Ein Knall und dann Gekrach,
Ein greller Lichtblitz.
Dann ist es still
Das Ende,
Ein jeder, der jetzt Gott danken will.

(von Edith van Hessen, 18. Juni 1939)

Im September 1939 konnte niemand mehr die Augen davor verschließen, daß beängstigende Entwicklungen im Gange waren. Nachdem die Deutschen in Polen einmarschiert waren, hörte man im Radio keine Nachrichtensendung mehr ohne das Gebrüll und Getobe Adolf Hitlers, konnte man keine Zeitung mehr aufschlagen, ohne in seine schnurrbärtige Fratze zu blicken. Ich wußte, daß Hitler die Juden haßte. England und Frankreich erklärten Deutschland den Krieg, woraufhin die niederländischen

Streitkräfte ebenfalls – nur für alle Fälle – mobilisiert wurden. Dies hatte für uns Kinder unerwartet aufregende Folgen: Meine Eltern beschlossen nach reiflicher Überlegung, einen Schutzkeller zu bauen. Also wurde im Garten ein Bunker angelegt, dem leider ein großer Teil des Rasens zum Opfer fiel. Unser Gärtner bedeckte die Konstruktion anschließend mit Grassoden, und meine Mutter pflanzte Narzissen rund herum. Wir richteten den Raum mit leeren Getränkekisten ein, die als Tische und Bänke dienten, mit ein paar Kissen darauf, damit es nicht gar so kühl und ungemütlich war. Mein Vater hatte Gasmasken organisiert, und wir schleppten nach und nach Bücher, Aschenbecher und eine Taschenlampe an, wodurch unser Schutzkeller bald zum beliebtesten Treffpunkt in der ganzen Nachbarschaft wurde. Wir gründeten Geheimbünde, spielten Poker bei Kerzenlicht, und manchmal trieben mein Bruder Jules und seine Freundinnen dort geheimnisvolle Dinge, bei denen meine Anwesenheit nicht erwünscht war.

Direkt neben dem Schutzkeller stand ein Birnbaum, den mein Vater besonders mochte. Im Frühjahr, wenn der Baum blühte, rief er mich zu sich in den Garten, um mir die Schönheit der weißen Blütenblätter mit ihrem rosafarbenen Schimmer und die langen, mehligen Staubfäden, die aus dem Innern hervorragten, zu zeigen. Die Staubfäden erinnerten mich immer an die Wimpern der Zeichentrickfigur Betty Boop. Mein Vater erklärte mir, dort würde die Frucht beginnen zu wachsen: »… und dann, wenn sie reif sind, Eetje, können wir unsere *eigenen Birnen* zum Frühstück essen!«

Jeden Morgen, bevor er zur Arbeit ging, lief mein Vater von der Terrasse aus die Treppe in den Garten hinunter, um das Wachstum der Pflanzen zu begutachten und hier und da einen Zweig oder einen Stengel zu berühren, als bitte er sie, ihr Bestes zu geben. Danach erstattete er uns

Bericht über den Zustand des Birnbaums. Sechs, sieben, acht junge Birnen hingen daran. »Nicht im Garten ballspielen, hört ihr«, legte er uns ans Herz. »Wir dürfen unsere Ernte nicht gefährden ...«

Dann kam unser Vater eines Morgens mit drei kleinen, unreifen Birnchen hinein, die zu früh vom Baum gefallen und von Vögeln angefressen worden waren. Und am nächsten Tag fanden wir noch zwei. »Warum pflücken wir eigentlich die anderen nicht auch gleich?« fragte ich. »Das hat doch keinen Sinn, Schatz, sie sind noch nicht reif genug«, bekam ich daraufhin zu hören. Ich konnte es kaum erwarten, es war wirklich ungeheuer spannend.

Endlich war der große Tag gekommen. Nur eine einzige Birne war noch übrig. Wir gingen alle zusammen zum Birnbaum, wo mein Vater nach den Anweisungen meiner Mutter die Frucht pflückte. Schließlich hielt er die größte und dickste Birne in der Hand, die ich je gesehen hatte. Er trug sie wie eine kostbare Trophäe ins Eßzimmer, und wir folgten ihm in einer feierlichen Prozession. Mit seinem silbernen Obstmesser schnitt mein Vater die Birne auf.

Obwohl sie von außen makellos aussah, war sie innen völlig verfault.

Mein Vater schaute uns mit einem traurigen Lächeln an und sagte nur: »Ich fürchte, da haben wir wohl zu lange gewartet ...«

ZWEITES KAPITEL

Visa

Mein Vater hatte vorsorglich für die ganze Familie Immigrationsvisa für die Vereinigten Staaten angefordert. Dies zu arrangieren war insofern kein Problem, als er Direktor der Filiale einer amerikanischen Firma war. Meneer Ritter, Vorsitzender der Muttergesellschaft in Ohio, hatte angeboten, für uns zu bürgen, und dem Konsulat der Vereinigten Staaten in Rotterdam ein Bürgschaftsschreiben zugesandt. Doch die Sache hatte einen Haken: Meine Großmutter durfte nicht mit. Als ehemalige deutsche Staatsbürgerin, die momentan »staatenlos« war, erfüllte Omi nicht die Anforderungen der Immigrationsabteilung. Die USA wurden mit Gesuchen deutscher Juden förmlich überschüttet und hatten ihre Grenzen vorübergehend für sie geschlossen. Omi hätte allein zurückbleiben müssen. Meinen Eltern wurde versichert, daß sie nach ihrer Ankunft in Amerika ausreichend Gelegenheit haben würden, dort ein Visum für sie zu beantragen, welches dann nach anderen Kriterien ausgestellt würde. Doch für meine Mutter kam es auf keinen Fall in Frage, ohne ihre Mutter abzureisen. Mein Vater brachte es nicht übers Herz, die Angelegenheit zu forcieren, und schob die Entscheidung vor sich her. Auch für ihn war es undenkbar, seine Schwiegermutter zurückzulassen, und wir Kinder machten es ihm ebenfalls nicht gerade leicht: Jules und ich hatten nicht die geringste Lust, unser Segelboot, unser sorgloses Leben und unsere Freundeskreise aufzugeben. Wir sahen nicht ein, warum wir unsere vertraute Umgebung verlassen sollten.

Schließlich kam man überein, daß zunächst nur Guus, mein ältester Bruder, nach Amerika gehen sollte. Er war neunzehn und kurz davor, zum Militär eingezogen zu werden. Guus hatte von jeher eine zarte Gesundheit. Eine chronische Bronchitis hatte ihn als Kind lange Zeit gezwungen, im Haus zu bleiben. Sein behandelnder Arzt, der Spezialist Doktor Zuyling, war der Meinung gewesen, der Gesundheitszustand des Jungen erfordere vollkommene Ruhe, gesunde Bergluft und eine strenge Diät. Mit acht Jahren war Guus nach Saanen in der Schweiz in ein Sanatorium geschickt worden, wo man ihn kräftig mästete und von seiner Bronchitis heilte. Doch als er wieder nach Hause kam, war er ein pummeliger, plumper Junge geworden, der die Gesellschaft von Erwachsenen der Gleichaltriger vorzog. Er war nicht so sportlich wie Jules und ich und beteiligte sich nur selten an unseren Spielen. Jules war ein begeisterter Sportler, ein dunkler Typ, gut aussehend, spontan und bei den Mädchen sehr beliebt. Guus dagegen war ein schüchterner Bastler, der sich lieber in sein Zimmer zurückzog und sich dort mit Radios und Verstärkern beschäftigte. Ich vermute, daß sich meine Eltern Sorgen um ihn machten.

Nachdem sie eine Lesung des deutschen Psychologen Alfred Adler zum Thema »Der Minderwertigkeitskomplex und das Streben nach Perfektion« besucht hatte, verkündete meine Mutter, ihr sei es nun wie Schuppen von den Augen gefallen: Guus wäre viel zu behütet aufgewachsen, und nun würde es höchste Zeit, daß er lernte, auf eigenen Füßen zu stehen. Obwohl Guus nur wenige Wochen vor seinen Abschlußprüfungen stand, wurde beschlossen, daß er sofort aufbrechen solle.

17. Februar 1940

Guus geht, wenn er ein Visum bekommt, nach Columbus, Amerika, um dort im Urwald für Vaters Firma zu arbeiten. Er wird dann von der Mobilisierung zurückgestellt. Schön für ihn. Ich hoffe, daß er es weit bringt und daß wir alle stolz aufeinander und glücklich sein werden. Glück ist doch eigentlich das Wichtigste im Leben. Ich habe inzwischen eingesehen, daß es nicht immer nur ums Nehmen, sondern auch ums Geben geht. Andere glücklich zu machen macht einen selbst auch glücklich. Ich bin meistens ziemlich frech zu meinen Brüdern, aber trotzdem haben wir uns sehr gern.

Ich esse so viel in letzter Zeit. Alle in meiner Umgebung stellen erstaunt fest, daß man mich praktisch ständig auf irgend etwas herumkauen sieht. Wenn ich so weitermache, werde ich noch im Zirkus enden als dickste Frau der Welt, und die Leute dürfen mich mit Nadeln pieken, um sich zu vergewissern, daß kein Betrug im Spiel ist – reizende Aussichten! Aber wenigstens kann man damit Geld verdienen. Dabei will ich eigentlich Medizin studieren. Ärztin werden. Schon seit ein paar Monaten. Ich hoffe, es klappt. Leute gesund machen, anstatt in die Wirtschaft zu gehen, immer nur auf der Jagd nach Geld. Meine Eltern sagen zwar: Laß das mal deinen Mann machen, aber das finde ich nicht gut, denn man muß doch auch selber einen Beruf erlernen, und man will doch in Notzeiten – wer weiß, was auf uns zukommt – nicht mit leeren Händen dastehen. Ich übe inzwischen schon mal. Ich versuche, besser darin zu werden, Wunden von anderen und Blut sehen zu können, und ich habe mir vorgenommen, immer tüchtig zu lernen, und wenn irgendwo ein Unglück passiert, zwinge ich mich, hinzugehen und zuzuschauen.

Am 10. März 1940 quetschten wir uns alle zusammen in Vaters alten Chevrolet, um Guus nach Rotterdam zu bringen, wo das Schiff im Hafen lag, das ihn nach Amerika bringen sollte. Ich bewunderte meinen großen Bruder, der auf einmal einen so erwachsenen, starken und mutigen Eindruck machte, als er sich für das große Abenteuer weit von zu Hause einschiffte. Meine Eltern umarmten ihn, als wollten sie ihn nie wieder loslassen. Es gab Tränen, tapferes Lächeln, gespielten Mut. Ich genierte mich ein wenig, weil meine Mutter einfach nicht aufhörte zu winken, selbst als Guus schon längst in der Menschenmenge an Deck verschwunden war, und ich davon überzeugt war, er könne uns gar nicht mehr sehen.

17. März 1940

Schon jede Menge Neuigkeiten von Guus. Die ersten Telegramme waren voll mit »Stop«, aber da das zu teuer kam, hörte Guus auf, ständig »Stop« zwischen seine Sätze zu stopfen. Haben gerade wieder ein Telegramm bekommen: »Gut angekommen in Amerika. Kerngesund.« Das ist wirklich schön für Vater und Mutter, nun können sie wenigstens ganz sicher sein, daß er heil gelandet und bei den Verwandten und Bekannten gut aufgehoben ist.

Während der Osterferien machte ich gemeinsam mit zehn Schulkameraden und -kameradinnen eine dreitägige Fahrradtour durch den Osten der Niederlande. Wir übernachteten in Jugendherbergen. Ich füllte viele Seiten meines Tagebuchs mit einem detaillierten Bericht über den Ausflug, inklusive Anekdoten über die Jungen, die meine Hand gehalten halten, die Zusammensetzung unserer einfachen Mahlzeiten, den Freundschaften und den Streichen, bei denen ich mitgemacht hatte. Meine Aufzeichnungen über das Weltgeschehen und auch über den Gesundheitszustand meines Vaters – der etwas mit dem Hals hatte – waren dagegen äußerst dürftig.

20. April 1940

Viel passiert. (1) Politik: Dänemark gehört jetzt zu Deutschland, und wir stellen uns jeden Morgen aufs neue die Frage, ob wir wohl noch Holländer sind.

(2) Bin viel ausgegangen. Jede Menge Spaß.

(3) Vater ist zum dritten Mal von Dr. Fernandes, Mieps Onkel, operiert worden, und jetzt hört sich seine Stimme besser an. Gestern abend gab es bei Kitty ein Fest. Wahnsinnig nett. Zwölf Jungen und zwölf Mädchen. Viele Spiele gemacht, viel getanzt und gegessen. Wurde zusammen mit Anneke und Riet von Jan de S. nach Hause gebracht. Wir haben alle unsere Abendkleider getragen. Richtig schick. Ich habe mich natürlich wieder mal mit Saft bekleckert!

DRITTES KAPITEL

Die Invasion

10. Mai 1940, halb sechs Uhr morgens

Ich wurde (mit Hals- und Ohrenschmerzen) von einem wahnsinnig lauten Krachen geweckt. Ich war noch ganz benommen und wollte weiterschlafen. Plötzlich wurde mir klar, daß das Krachen Geschützdonner war. Alle Nachbarn standen an den Fenstern. Man konnte genau sehen, welches Nachthemd oder was für einen Schlafanzug sie trugen. Ich fühlte mich auf einmal ganz stark mit ihnen verbunden. Unzählige Flugzeuge flogen über die Stadt. Auf dem HVV-Gelände steht ein Abwehrgeschütz, mit dem eifrig geschossen wurde. Leuchtkugeln. Ein wahnsinniger Krach! So etwas habe ich noch nie erlebt. Und dann so ganz in der Nähe! Direkt hinter unserem Haus. Die Kugeln flogen über unsere Dächer hinweg und an den Fenstern vorbei. Überall hingen dicke Rauchwolken und dazwischen kleinere Wölkchen am Himmel. Mittlerweile ist schon die Sonne aufgegangen. Wunderbares Wetter. Die Gärten stehen voll mit den ersten Frühlingsboten. Was wird jetzt wohl werden? Kämpfen wir gegen die oder die gegen uns?

Wie dem auch sei – ich mache mir Sorgen. Was wird die Zukunft bringen? Ich weiß es nicht. Aber jetzt will ich erst mal versuchen, noch ein bißchen weiterzuschlafen. Inzwischen ist wieder alles ruhig draußen.

Meine Eltern und Jules waren in meinem Zimmer, als ganz in der Nähe unseres Hauses mit ohrenbetäubendem Lärm ein Flugzeug abstürzte. Der hintere Teil stand in Flammen. Wir vermuteten, daß es im Haager Wald herunterkam. Ich sah zwei Fallschirme in der Luft, mit kleinen menschlichen Figuren, die wie Spielzeugpuppen daran herumbaumelten. Einen Augenblick lang standen wir wie angewurzelt und sahen uns das Schauspiel an. Dann rief mein Vater: »Es sind Deutsche! Zieht euch sofort alle an!« Mir war vor Angst und Aufregung ganz schwindelig. Es war, als würde ich in einem Film mitspielen.

Alle Nachbarn waren in Bademänteln und Pantoffeln auf die Straße gelaufen, und auch mein Vater ging hinaus, um sich ihnen anzuschließen. Ich hatte (außer meinen Eltern) noch nie zuvor Erwachsene in Schlafanzügen und Nachthemden gesehen. Die Lage mußte wirklich sehr ernst sein. Ich zog mir hastig etwas über, nahm mein Tagebuch und einen Bleistift mit und ging nach unten. Ich hatte eine Mission – alle Ereignisse in dem Moment festzuhalten, in dem sie stattfanden.

10. Mai 1940, zwanzig vor zehn morgens

Wir führen Krieg gegen Deutschland. An den Grenzen wird gekämpft. Die ganze Zeit laufen Sondersendungen im Radio. Fast niemand ist heute zur Schule gegangen. Ich höre gerade im Radio, daß die Schulen hier auch geschlossen sind. Ich war gerade mit meiner Freundin Jackie B. W., die an der Ecke wohnt, auf der Straße, als wieder geschossen wurde. Wir mußten alle in die Schutzkeller. Schrecklich! Die ganze Welt steht kopf. Aber die Engländer und Franzosen werden uns zu Hilfe kommen. Nicht den Mut verlieren!

Es waren die Worte meines Vaters, die ich in meinem Tagebuch wiederholte. »Nicht den Mut verlieren«, sagte er zu uns. »Hoffen wir das Beste. Es bleibt uns nichts anderes übrig.« Wir saßen wie gebannt vor dem Radio und hörten die neuesten Nachrichten von der Front. Im Osten und im Süden schlug sich unsere Armee tapfer. Die Regierung ordnete an, daß alle Bürger zur Vorbereitung auf die eventuell notwendige abendliche Verdunklung schwarzes Papier an die Fenster kleben sollten. Mir zitterten die Knie, eher vor Aufregung als vor Angst, als stünde ich kurz vor einem wichtigen Examen oder bereitete mich im Schwimmbad auf einen Sprung vom Zehnmeterbrett vor. Ich war auf unerklärliche Weise stolz darauf, Niederländerin zu sein, und fest entschlossen, mich in Zukunft auf jede erdenkliche Weise nützlich zu machen.

10. Mai 1940, neun Uhr abends

Wir sitzen ängstlich und gespannt zu Hause. Die Fenster sind verdunkelt. Alle Leute haben inzwischen ihre Fenster mit schwarzem Papier abgeklebt. Die gesamte Schlacht scheint sich im Garten hinter unserem Haus abzuspielen. Ganze Trupps von Deutschen sind schon erschossen worden. Spione, Fallschirmspringer in niederländischen Uniformen. Die Kaserne an der Van Alkemadelaan ist von einer Bombe getroffen worden. Mindestens sechzig Mann sind gefallen. Arme Jungs! Und das alles spielt sich ganz in unserer Nähe ab! Man ist sich dessen kaum bewußt.

Jules ist bei der Nachbarschaftsfeuerwehr, er ist immer unterwegs, wenn die Sirenen heulen. Ich mußte heute morgen, als ich gerade auf der Straße war, in einen Schutzkeller.

An den drei darauffolgenden Tagen saßen wir ständig nervös um das Radio geschart und versuchten, Ruhe zu bewahren. Jedes Gerücht glaubten wir ohne weiteres. Mein elf Jahre älterer Lieblingscousin Paul van Hessen war zum Militär eingezogen worden und kam uns in seiner beeindruckenden Uniform besuchen, um uns beruhigende »vertrauliche« Informationen zu überbringen. Wir wagten uns wieder auf die Straße, um uns mit Lebensmitteln einzudecken und die nahe gelegene Kaserne zu besichtigen, die zu einem Teil in einen rauchenden Trümmerhaufen verwandelt worden war. In der ganzen Stadt waren Kontrollposten aufgestellt worden. Paul erzählte uns, daß die Soldaten jeden, den sie anhielten, aufforderten, das Losungswort »Scheveningen« zu sagen. Wenn jemand nicht in der Lage war, die niederländische Konsonantenkombination »S« plus dem kehligen »ch« richtig auszusprechen, wurde er als Spion verhaftet. Schließlich war allgemein bekannt, daß es für Deutsche wie andere Ausländer praktisch unmöglich war, diesen Zungenbrecher nachzuahmen. Insgeheim übte ich stolz die Aussprache von Scheveningen. Niemand würde mich für eine Spionin halten, davon war ich fest überzeugt.

14. Mai 1940, morgens

Mutter hat heute Geburtstag, aber wir feiern nicht. Überhaupt nicht. Denn die Deutschen haben nun schon die halben Niederlande erobert. Die Königin, die Prinzessin, der Prinz und ihre Kinder sind in England angekommen.

Die Deutschen sind jetzt schon bis über den Moerdijk vorgerückt. Was soll nur aus uns werden, wenn selbst die Königin nicht standhält! Paul war gestern bei uns. Er sieht die Lage noch nicht so düster. Aber trotzdem. Höchstwahr-

scheinlich werden wir nicht mehr lange durchhalten. Unsere Pässe liegen noch in Rotterdam im amerikanischen Konsulat. Hier im Landesinneren sind die Deutschen größtenteils zurückgeschlagen worden. In unserer Stadt gibt es Verräter, auch Holländer sind darunter. Aus den Häusern heraus wird auf unsere Soldaten geschossen. Sie wehren sich tapfer. Das Volk ist auch tapfer. Wie lange noch?

14. Mai 1940, abends

Wir sind sehr tapfer gewesen. Die Soldaten und das Volk. Doch es hat nichts genutzt. Die Regierung ist auch nach England geflohen. Heute sind wir um halb eins »mal kurz« weggegangen, Vater, Mutter, Jules und ich, um unsere Stammkarten mit den Fotos darauf abstempeln zu lassen. Zu Hause hatten wir schon den Tisch festlich gedeckt. Beim Einwohnermeldeamt war es wahnsinnig voll! Lange Menschenschlangen standen bis in die benachbarten Straßen hinein. Wir sahen keine Möglichkeit mehr, noch an die Reihe zu kommen. Plötzlich gingen die Sirenen los. Alles in Sicherheit!! Dann war es wieder vorbei. Mutter gelang es, einen Platz in der Schlange zu erobern, und wir kamen praktisch direkt dran. Danach sind wir quer durch die Stadt zu allerlei Gebäuden (Behörden) gegangen und mußten dabei bestimmt dreimal in den Schutzkeller. Der letzte Luftalarm dauerte eineinhalb Stunden.

Uns tat schon der Magen weh vor Hunger. Um fünf Uhr konnten wir endlich essen. Dann kamen Alices Eltern. Paul war auch dabei. Er war sehr beherzt und entschlossen (die ganze Zeit über hörten wir draußen Schüsse).

Dann kam noch der Soldat vorbei, den wir »Kobus Keuch« nennen, und auch er war unverzagt, voller Mut und Zuversicht. Das hob auch unsere Stimmung wieder ein wenig. Später sind wir auf die Straße gegangen, um ein bißchen mit den Nachbarn zu plaudern, und erfuhren bei der Gelegenheit ... daß die ganzen Niederlande, außer Zeeland, sich ergeben haben.

Wie tief uns das alle erschüttert hat, ist kaum mit Worten zu beschreiben. Wir gehen praktisch alle in Sack und Asche. Paul kam uns besuchen, traurig und deprimiert. Er hat jede Hoffnung aufgegeben. Seine Waffen mußte er schon abliefern. Nun sind wir also deutsch. Die Niederlande gehören jetzt zu Deutschland. Die vereinbarte Übergabe steht kurz bevor. Rotterdam wurde bombardiert, und Gerüchten zufolge steht dort praktisch kein Stein mehr auf dem anderen. Von den Einwohnern hat kaum jemand überlebt. In Brand gesteckt und völlig zerbombt. In diesem grausamen, nur fünf Tage dauernden Krieg sind ungefähr vierzigtausend [= viertausend, Anm. d. Red.] holländische Jungs gefallen. Arme Mütter, arme Frauen und Kinder. Keine von den Frauen weiß, was aus ihrem Sohn oder ihrem Mann geworden ist. Gott schütze unsere Familie, jetzt und in Zukunft. Morgen wird Den Haag besetzt. Wir sind alle verzweifelt.

Wir hatten unsere Chance, nach Amerika zu flüchten, verpaßt. Unsere Pässe mit den kostbaren Visa waren zusammen mit dem amerikanischen Konsulat und einem großen Teil der Stadt Rotterdam zu Asche verbrannt. Als wir an jenem Abend schweigend am Fenster von Jules' Zimmer standen, konnten wir am Horizont die blutrote Glut des brennenden Rotterdam sehen – ein makaberer Hintergrund für Tausende schwarzer Ballone, die vom Himmel trudelten: deutsche Fallschirmspringer, die unsere Stadt besetzten.

VIERTES KAPITEL

Dick van Swaay

Die einzig spürbare Veränderung in den ersten Tagen der deutschen Besatzung war für mich, daß ich mehr im Haushalt helfen mußte. Meine Mutter hatte beschlossen, Jannie, unser Dienstmädchen, zu entlassen. Dies war die erste in einer ganzen Reihe von Sparmaßnahmen, die meine Eltern für den Fall trafen, daß schwere Zeiten bevorstanden. Obwohl wir seltsamerweise gar nicht übermäßig besorgt waren. Am Tag der Kapitulation hatte ich gesehen, wie meine Eltern den Kopf schüttelten, als jüdische Freunde auf dem Weg zum Hafen von Scheveningen bei uns vorbeikamen, um Abschied zu nehmen. Sie würden das Land verlassen, sagten sie. Sie wollten versuchen, einen Platz auf dem Schiff nach England zu ergattern. Doch am darauffolgenden Tag waren sie, enttäuscht und niedergeschlagen, bereits wieder zu Hause. Sie erzählten uns, daß im Hafen absolutes Chaos herrschte und es dort von Tausenden Juden und Nichtjuden wimmelte, die ziellos hin und her rannten. Soweit wir in Erfahrung bringen konnten, war es an jenem Tag niemandem gelungen, wegzukommen. Und nun war es endgültig zu spät.

Die deutschen Truppen waren bei der Besetzung von Den Haag nicht gerade zurückhaltend. Im Paradeschritt marschierten sie durch unsere Straßen und brüllten Kampflieder. Dabei sahen sie gar nicht so anders aus als die niederländischen Soldaten, denen wir nur wenige Tage vorher zum Abschied zugewunken hatten – der einzige Unterschied waren die Hakenkreuze auf ihren Ärmeln und die stampfenden schwarzen Stiefel. Die Deutschen versuchten, einen freundlichen Eindruck zu erwecken. Sie pfiffen anerkennend den Mädchen hinterher, zwinkerten ihnen zu und versuchten, Gespräche mit uns anzuknüpfen. Wir taten so, als ob sie Luft für uns wären.

19. Mai 1940

Alles halb so wild. Die letzten fünf Tage kommen mir vor wie ein böser Traum. Nun geht wieder alles seinen gewohnten Gang. Morgen müssen wir wieder in die Schule. Dazu habe ich überhaupt keine Lust. Ich habe alles vergessen.

Jannie geht weg. Wir müssen sparen. Es ist schönes Wetter. Noch hell draußen. Wir haben die Uhr um eine Stunde und vierzig Minuten vorgestellt.

Ein paar der Jungen kamen nicht in die Schule zurück. Wir nahmen an, daß sie einen Weg gefunden hatten, sich der Armee anzuschließen, die in Zeeland lange den Angriffen der Deutschen Widerstand geleistet hatte. Jules kam eines Tages nach Hause und erzählte uns, Loet Velmans sei verschwunden, zusammen mit seinem Cousin Dick Speyer (einer meiner Spielkameraden aus Kinderzeiten) und ihren Eltern. Niemand schien zu wissen, was aus ihnen geworden war.

Es gab deprimierende Nachrichten. Menno ter Braak, ein bedeutender niederländischer Autor und Literaturkritiker, den meine Eltern sehr verehrten, hatte Selbstmord verübt. Viele andere taten es ihm nach. Mein Vater erhielt einen Anruf, in dem ihm mitgeteilt wurde, seine Cousine Mary van Hessen, die eine hohe Position im öffentlichen Dienst bekleidet hatte, sei tot in ihrer Küche aufgefunden worden. Sie hatte den Gashahn aufgedreht. Tante Mary, die nie geheiratet hatte, war ein regelmäßiger, wenn auch eher unauffälliger Gast bei uns zu Hause gewesen, und meine Eltern waren sehr bestürzt über die Nachricht von ihrem Tod. Ich konnte mir gar nicht vorstellen, daß es Erwachsene gab, die so wenig Hoffnung und so wenig Vertrauen in die Zukunft hatten, obwohl es doch noch so viele gute und schöne Dinge auf der Welt gab – Dinge, die ich nun zum ersten Mal bewußt wahrzunehmen schien.

2. Juni 1940

Es ist Abend. Eine friedliche Ruhe herrscht um mich herum, sowohl in meinem Zimmer als auch draußen. Es ist noch nicht ganz dunkel. Der Himmel ist hellblau, und zarte rosa Wolken ziehen darüber hinweg. Ich schaue auf die Silhouetten von Bäumen, in denen Amseln singen. In einiger Entfernung höre ich leise Schritte. Stimmen. In meinem Zimmer tickt eine Uhr, draußen steht ein Stern am Himmel und scheint genau in mein Fenster. Dort steht er jeden Abend und strahlt am schönsten von allen Sternen, die ich jetzt betrachte. Jeden Abend kann ich ihn sehen. Das ist wunderschön.

Wir waren davon überzeugt, daß der Feind schon bald zurückgeschlagen würde. Nie würden die Deutschen über die Maginot-Linie in Frankreich kommen, sagte mein Cousin Paul. Niemals! Die französische Verteidigungslinie sei einfach zu stark. Doch bevor wir es uns versahen, war Belgien schon überrannt worden, und am 14. Juni fiel Paris.

14. Juni 1940

Wir hatten einen wunderbaren Abend. Vater hat aus Heine vorgelesen. Mutter, Jules und ich haben auch vorgelesen. Nina und Paul sind vorbeigekommen. Wir haben alle zusammen Musik gemacht. Es war wirklich schön.

Die Deutschen haben Paris erobert. Hier ist alles wieder ruhig. Aber im Rest der Welt ...!

Meine Mutter klagte, sie fühle sich nicht wohl. Mein Vater war der Meinung, es wäre nervlich bedingt und käme durch die Anspannung. Ich fühlte mich schuldig, weil ich dachte, es läge vielleicht daran, daß ich mich so selbstsüchtig benahm und mir nur um meine eigenen unbedeutenden Problemchen Sorgen machte.

4. Juli 1940

(Ich sitze gerade in der Schule. Meneer Hilbers korrigiert Klassenarbeiten, und wir haben nichts zu tun.) Gestern bin ich fünfzehn geworden. Der schönste Geburtstag meines Lebens. Schon morgens fing es ganz toll an. Ich habe 12,50 Gulden bekommen und einen Gutschein für ein neues Fahrrad, superschicke neue Schuhe, Blumen, Süßigkeiten usw., usw. Den ganzen Tag über kamen Leute vorbei, Jungen und Mädchen. Es war klasse. Ich bin wirklich verwöhnt worden. Ich bekam sogar vom Floristen einen Strauß Tigerlilien mit einem Kärtchen dabei: »Von einem stillen Verehrer«, und dazu noch einen Strauß Wicken, von dem ich auch nicht weiß, wer ihn mir geschenkt hat. Egal. Ein ausgiebiges Geburtstagsessen mit ganz viel Besuch und dann, abends: noch mehr Besuch – ein Fest! Und dann kam die größte Überraschung überhaupt: ein Telegramm aus

New York, von Guus, und auch noch gereimt: »Glück und Gesundheit, liebe Schwester, wünscht dir Bruder Guus, dein Bester.« Für Mutter und Vater war das natürlich am schönsten. Wir tranken Tee und aßen von den drei Torten, die Mutter und Omi gebacken hatten. Dazu gab es noch vierundzwanzig Teilchen und Eis. Gegen neun sind wir dann alle ins Wohnzimmer gegangen. Mutter hat gesungen, ganz wunderbar, es wurden Gedichte vorgetragen, kleine Stücke aufgeführt, spiritistische Sitzungen abgehalten, und Jules und ich haben stumm, nur mit unseren Händen und Körpern, ein Gedicht vorgetragen. Danach hat Vater »Die Bürgschaft« von Schiller so schön vorgetragen, daß mir vor Lachen die Tränen übers Gesicht liefen. Um halb eins habe ich immer noch nicht geschlafen, so aufgedreht war ich. Schade nur, daß Mutter Zahnschmerzen hatte und jetzt so hart arbeiten muß, um alles wieder aufzuräumen, und ich ihr nicht helfen kann. Ich bin so unmöglich verwöhnt worden, und alle waren so lieb. Ich hätte nie gedacht, daß ich in einer so schweren Zeit einen so unvergeßlichen Geburtstag haben würde. Mutters Geburtstag fiel ja genau auf den Tag der Kapitulation der Niederlande. Das war wirklich traurig.

In der Schule habe ich den ganzen Morgen nichts anderes getan, als in mein Tagebuch zu schreiben. Jetzt haben wir Unterricht bei Meneer Koolman. Er erzählt irgend etwas, aber ich kriege praktisch nichts mit. Ich brauche auch nicht zuzuhören, weil er über dieses Thema schon seit vier Schulstunden redet. Hannie (die vor mir sitzt) sagt, daß jemand, der Tagebuch führt, »eingebildet« ist. Blödsinn! Aber jetzt höre ich besser mit dem Tagebuchschreiben auf, um noch die letzten fünf Minuten dem Vortrag von Meneer Koolman über den Rationalismus zu lauschen.

Der Sommer verging wie im Fluge. Wir verbrachten sehr viel Zeit auf unserem Segelboot. Jules hatte einen Ferienjob in einer Staubsaugerfabrik, allerdings nicht für lange: Er klemmte sich die Hand in einer Maschine, wobei zwei Finger ernsthaft verletzt wurden. Es dauerte fast den ganzen Sommer, bis die Wunden verheilt waren, und so konnte er mir nicht beim Abwasch helfen. Meine Großmutter lag im Krankenhaus, und ich ging sie immer treu und brav besuchen. Ich war Mitglied beim Ruderverein des Mädchenlyzeums und trainierte stundenlang auf dem Wasser rund um das L.R.V.-Bootshaus. Ich muß zugeben, daß ich unter anderem deshalb so eifrig bei der Sache war, weil ich mich in unseren Trainer Dick van Swaay, einen älteren Mitschüler, verguckt hatte. In diesem Sommer verbrachten wir praktisch jeden Tag auf dem Wasser. Wir segelten und ruderten und neckten uns. Ich genoß die Aufmerksamkeit des älteren Jungen. Das einzige Problem war, daß Noeke, eine Freundin von mir, auch von ihm angetan war. Im September ging Dick zum Studium an die Universität, und ich mußte zurück in die Schule.

6. September 1940

Ich habe in diesem Jahr einen schlechten Einstieg gehabt. Nichts will mir gelingen. Schlampig und chaotisch. Aber was soll's.

Alle »Fremden« (mit »Fremden« meinen die Nazis jüdische Flüchtlinge, hauptsächlich aus Deutschland, aber auch aus anderen Teilen Osteuropas) mußten weg aus Den Haag. Es gibt nur wenige Orte in den Niederlanden, wo sie hingehen können, sehr viele sind für sie verboten. Omi hat auch gerade einen Aufruf erhalten. Aber sie liegt im

Krankenhaus. Hoffen wir, daß sie bei uns bleiben darf. Es braut sich was zusammen.

In unserer Klasse sind wir fünf Mädchen und zwölf Jungen. Heute nachmittag hatten wir Klassensprecherwahl. Dick R. ist Klassensprecher geworden und ich Stellvertreterin. Wir mußten nicht unbedingt einen Jungen und ein Mädchen nehmen, aber ich freue mich darüber, daß ich gewählt worden bin.

Ich wurde außerdem zur Sekretärin der Theater- und Musikgruppe ernannt, beklagte mich über die vielen Hausaufgaben in Mathematik, arbeitete an unserer komischen Oper und trainierte stundenlang im strömenden Regen für die Wettkämpfe der Ruderclubs. In diesem Herbst hatten wir ausgesprochen häßliches Wetter. Dick van Swaay, inzwischen Student an der Universität von Delft, war unser Rudertrainer geblieben. Er hatte versprochen, uns für die Schulwettkämpfe im November in Topform zu bringen. An unseren freien Mittwoch- und Samstagnachmittagen traf ich mich mit meinen Freunden am Bootshaus in Leidschendam, das mit dem Fahrrad eine gute Stunde von der Schule entfernt lag. Wenn Dick dabei war, waren wir in bester Stimmung – fröhlich und geistreich, in einer unbekümmerten, ausgelassenen Atmosphäre. Hauptsächlich, weil alle Mädchen bei Dick einen guten Eindruck hinterlassen wollten.

Noeke und ich waren seine »besonderen« Freundinnen. Wir wußten, daß er eine Schwäche für uns hatte. Nach dem Training hielten wir uns immer noch lange im Bootshaus auf, bis es fast schon dunkel war. Wir spielten Poker und machten Späße, bis wir vor Lachen auf dem Boden lagen. Manchmal war ich davon überzeugt, daß Dick ein Auge auf mich geworfen hatte, dann wieder war ich eifersüchtig auf die Aufmerksamkeit, die er Noeke entgegenbrachte.

Eines Tages, nach einem beschwingten Training, gingen wir alle zusammen nach Leidschendam, auf einen Milk-Shake oder ein Eis. Dick hakte mich unter, und ich erschauerte innerlich. Ich schwebte im siebten Himmel. Dies mußte das Zeichen seiner Liebe sein, auf das ich so lange gewartet hatte. Ich wünschte mir, unser vertrauter Spaziergang nähme nie ein Ende. Doch plötzlich hörte ich, wie Noeke mich rief. »Was?« fragte ich ausgelassen und beugte mich zurück, um sie verstehen zu können. Sie lief an Dicks anderer Seite. Auch bei ihr hatte er sich eingehakt!

An einem anderen Tag beschlossen wir, nach dem Training ins Cineac zu gehen. Die normalen Kinos hatten ihre Anziehungskraft verloren, seitdem dort nur noch deutsche Filme liefen. Doch im Cineac, wo nur die Polygoon-Wochenschau und Dokumentarberichte gezeigt wurden, gab es einen Kurzfilm über die Olympischen Spiele von 1936 in Berlin.

Nach einer nicht enden wollenden Reihe von Bildern über »glorreiche deutsche Siege« bekamen wir endlich das zu sehen, wofür wir gekommen waren: das Finale im Freistilschwimmen der Damen. Und da war sie: Rietje Mastenbroek, unsere schnellste niederländische Schwimmerin, wie sie ihre Goldmedaille in Empfang nahm. Der Bericht zeigte, wie die niederländische Flagge langsam gehißt und unsere Nationalhymne, das »Wilhelmus«, gespielt wurde.

In der Dunkelheit des Kinosaals spürte ich, wie Dick entschlossen aufstand. Er nahm Haltung an, als Ehrbezeugung vor der Flagge. Meine Freundinnen und ich hielten den Atem an. Da stand er, ganz alleine, eine beeindruckende Silhouette, die sich auf der beleuchteten Leinwand deutlich abzeichnete. Rundherum rutschten die Leute nervös auf ihren Sitzen herum. Genau wie sie war auch ich zu ängstlich, um seinem Beispiel zu folgen. Doch ich hegte keinen Zweifel daran, daß ich nicht die einzige im dunklen Saal war, die gern den Mut gehabt hätte, Dicks schlichten Akt des Widerstandes nachzuahmen.

Sobald die Musik zu Ende war, standen wir auf und schlichen so still und unauffällig wie möglich aus dem Kino. »Dick! Warum hast du das getan? Weißt du nicht, was dir hätte passieren können!« fragten wir ihn flüsternd, nachdem wir um die Ecke gebogen waren. »Na und? Das ist mir total egal!« war seine herausfordernde Antwort, bevor wir uns trennten und schweigend, jeder für sich, auf unseren Fahrrädern heimwärts in unsere verdunkelten Wohnungen fuhren.

Dies war eines der letzten Male, daß ich Dick van Swaay sah. Erst viele Jahre später erfuhr ich, daß er damals bereits im Widerstand aktiv gewesen war. Ihm verdankten einige seiner Kommilitonen ihre erfolgreiche Flucht nach England. Er selbst hatte leider weniger Glück. Als ihm 1941 der Boden in den Niederlanden zu heiß wurde, brach er mit einem Segelboot in Richtung England auf. Er und sein Begleiter wurden gefangengenommen und in ein SS-Gefängnis nach Rotterdam gebracht. Doch Dick gelang die Flucht, und er machte sich in einem anderen Boot noch einmal auf den Weg über den Ärmelkanal. Sein lebloser Körper wurde später am Strand von Noordwijk an Land gespült. Er war erst zwanzig Jahre alt.

FÜNFTES KAPITEL

Schlittschuh laufen

Ich nahm mir vor, mehr im Haushalt zu helfen, versagte aber regelmäßig. Ich wurde mit den Aufgaben, die mir meine Eltern übertrugen, praktisch nie rechtzeitig fertig, kam oft zu spät nach Hause und durfte dann zur Strafe abends nicht weg. Ich erinnere mich daran, wie mir meine Eltern vorwarfen, ich sei immer nur mit meinen eigenen Angelegenheiten beschäftigt und vernachlässige darüber meine Aufgaben zu Hause. Aber sie waren nie lange böse auf mich.

13. Oktober 1940

Gestern war Jom Kippur. Ich habe von Freitagabend um sieben bis Samstagabend um Viertel nach sieben gefastet. Ich habe den ganzen Tag über nichts getrunken und nichts gegessen. Bin nachmittags mit Mutter zur Synagoge und wieder zurück gegangen. Abends sind wir dann ausgehungert über das Essen hergefallen. Ich fand es wirklich schön, es jetzt getan zu haben – dieses Opfer vor Gott und mir selbst zu bringen. Es hat mich stark gemacht. Wir bekommen ganze Berge von Post von unserem lieben Guus. Er ist wirklich ein Schatz. Jules und ich merken es leider erst jetzt. Vater, Mutter und Omi sind mächtig stolz auf ihn.

Omi geht es schon viel besser. Sie hat mit uns zusammen gegessen. Sie sah richtig schick aus in ihrem weiten Kimono und ihren hochhackigen Schuhen. Sie ist ein Engel. Sie ist sogar schon wieder in der Lage, Mutter im Haushalt zu helfen. Dazu bin ich zu faul. Ich bin wirklich ein hoffnungsloser Fall.

Unsere Radioapparate wurden konfisziert. Es war verboten, BBC zu hören. Nur die vier Rundfunksender, die in den Händen der Deutschen waren, durfte man noch empfangen, und die konnte man über Telefon abhören, da sie in das Leitungsnetz eingespeist wurden. Allerdings bekamen wir keine Nachrichten im eigentlichen Sinne zu hören, sondern nur Propagandasendungen und Berichte über die Fortschritte und Siege der deutschen Armeen. Das war mir so lange egal, wie ich noch meine Lieblingsmusik hören durfte: *Mood Indigo*, den *Tiger Rag, Georgia on My Mind* und – meine absolute Lieblingsnummer – *Stardust* von den Ramblers. Man war allgemein davon überzeugt, der Krieg könne nicht mehr lange dauern; um Weihnachten herum wären wir wieder frei.

Das Feiern ging unvermindert weiter. Jules hätte eigentlich heftig pauken müssen, weil er in der Abschlußklasse war und im nächsten Frühjahr Examen machen sollte. Doch er ließ sich immer wieder von seinen regen gesellschaftlichen Aktivitäten ablenken. Mehrere Mädchen, darunter auch Miep, vertrauten mir an, sie seien in meinen Bruder verliebt. Er sagte, er fände sie alle süß und hätte keine große Lust, sich auf eine einzige festzulegen und eine ernsthafte Beziehung anzufangen.

Mittlerweile kamen uns fortlaufend Geschichten von jüdischen Bekannten zu Ohren, die ihre Arbeitsstellen verloren hatten. Die Moffen, wie wir die Deutschen abfällig nannten, brachten ständig neue Verordnungen heraus. Die Behörden durften keine Juden mehr einstellen oder befördern. Alle Betriebe in jüdischem Besitz – was auch für die Firma meines Vaters galt – mußten bei der Gemeindeverwaltung gemeldet und dort registriert werden. Alle Reichsbeamten mußten eine Erklärung über ihre arische (oder nichtarische) Herkunft unterzeichnen. Ich notierte in meinem Tagebuch, daß die Studenten in Delft und Leiden aus Protest gegen diese Maßnahmen in Streik getreten waren. Nina, Mieps Schwester, und mein Cousin, Dolf van Hessen, hatten sich, ebenso wie Dick van Swaay, daran beteiligt. Danach veröffentlichten die niederländischen Kirchen gemeinsam einen offenen Brief, in dem sie gegen die Schikanen gegen jüdische Bürger protestierten. Noch keine Woche nach diesen Protesten wurden alle jüdischen Beamten und Angestellte des öffentlichen Dienstes entlassen.

An Nikolaus hatte meine Mutter unsere Geschenke in einer von ihr selbst kunstvoll angefertigten lebensgroßen Puppe in Gestalt von Neville Chamberlain versteckt. Am nächsten Tag ging ich zu einer Nikolausfeier und ließ einen Jungen abblitzen, der mich küssen wollte.

6. Dezember 1940

Jan de S. brachte mich nach Hause. Er wollte es unbedingt. Als wir durch die Van Montfortlaan gingen, legte er den Arm um mich, wogegen ich mich nicht wehrte, weil ich sonst doch nur die ganze Zeit entweder gegen ihn oder gegen die Mauer gerempelt wäre. Bei der Van Hogenhoucklaan lehnte er sein Fahrrad an einen Baum, und wir bogen in die Mildestraat ein. An der Ecke, direkt gegenüber von Jackies Haus, versuchte er mich zu küssen. Ich fand es plötzlich eklig. Bah. Ich warf den Kopf in den Nacken und sagte: »He, Jan, laß das bitte.« Er ließ mich los und sagte: »Na gut, tschüs dann, ich geh nach Hause«, worauf ich ihn fragte: »Bringst du mich denn nicht nach

Hause?« Das tat er dann zwar, aber wir unterhielten uns nur noch über die Schule.

Ich vertraute meinem Tagebuch an, daß verschiedene Jungen ein Auge auf mich geworfen hätten, worauf ich ziemlich stolz war. Am 20. Dezember wurde zur Feier der bevorstehenden Ferien in der Schule ein Tanztee organisiert.

Zuerst habe ich mit Dicky getanzt, der aber ein bißchen langweilig war. Er ist viel zu lieb und artig und läßt alles mit sich machen. Dann haben wir die Kerzen angezündet, und ich habe mit Walter getanzt. Dann mit Ernst. Und dann hat mich Jan K. aufgefordert. Wir haben nicht viel geredet. Ich erzählte ihm etwas über Mistelzweige, worauf er mich fragte, ob er diesen Brauch mal ausnutzen dürfte. Ich antwortete: »Nein, lieber nicht.« Er hat mich danach noch ganz oft gefragt. Sogar den letzten Tanz tanzten wir zusammen. Es heißt, er sei Mitglied der NSB, der niederländischen Nazipartei. Ich finde ihn aber trotzdem nett. Er sieht gut aus. Zum Schluß, als alle weg waren, haben sich meine Freundinnen darüber aufgeregt, daß Jan NSBler ist und mich trotzdem aufgefordert hat und so, aber was soll's, man kann es ja doch nicht ändern. Ich glaube übrigens kein Wort davon, warum hätte er denn sonst ausgerechnet mit mir tanzen wollen?

Meine Eltern gaben sich die größte Mühe, sich ihre Besorgnis so wenig wie möglich anmerken zu lassen. An Silvester zog mein Vater seinen Smoking an. Meine Mutter sah in ihrem roten Paillettenabendkleid atemberaubend schön aus, und wir feierten wieder einmal eins der wunderbaren Feste im Kreise unserer Familie.

31. Dezember 1940

Zuerst haben wir Karten gespielt, um Centstücke. Mutter und ich sind schlechte Verlierer: Solange wir gewonnen haben, hat es uns viel Spaß gemacht, aber wenn es einmal nicht klappte, dann war der Teufel los! Auf einmal kam Omi nach unten, in ihrem rosa Morgenmantel, einer rosa Schleife im Haar und einem Korb in der Hand. Sie hat etwas von einem Teeverkäufer vorgetragen, etwas Altitalienisches. Wir haben uns krumm und schief gelacht. Omi hat es wirklich toll gemacht. Mitten in ihrem Vortrag seufzte sie plötzlich: »Ach, lach doch nicht so, Hilde!« *Dann haben wir Punsch getrunken. Mein allererstes Glas Punsch! Und danach haben wir alle eine Rede gehalten. Mutter hat so nette Dinge gesagt. Ich habe natürlich nur wieder verlegen und dumm dahergeredet; ich kann eben einfach keine Reden halten. Dafür hat Jules seine Sache sehr gut gemacht. Pauls Rede war auch klasse. Er ist für uns wie ein Adoptivbruder, er gehört so richtig dazu. Natürlich hat Vater auch eine glänzende Rede gehalten. Als ich so dasaß und zuhörte, dachte ich: Was für ein riesengroßes Glück es doch ist, solche Eltern und so eine Familie zu haben. Und dann dachte ich im stillen: Glück besteht nicht nur aus Festen, Jungen und Ausgehen, sondern es ist hier, bei den Menschen, zu denen ich gehöre.*

1941! Wird dieses Jahr uns etwas Schöneres bringen als 1940? Wird der Krieg vorbeigehen? Das kann niemand wissen. Meine Wünsche für das neue Jahr sind: Gesundheit, Glück und noch ganz viele Neujahrstage und Silvesterabende. Frieden. Guus zurück bei uns und wir alle ganz lange und glücklich beieinander. Und jetzt ist es halb drei Uhr nachts, und mein zweites Tagebuch ist voll. Ich vollende das alte Jahr und dieses Tagebuch gemeinsam, in der Hoffnung, daß das südafrikanische Sprichwort »Alles sal reg kom!« – Alles wird gut! – sich bewahrheitet.

Es war ein strenger Winter, was um so mehr ins Gewicht fiel, als der Brennstoff rationiert wurde. Viele Nächte lang lag ich um meine treue alte Wärmflasche gerollt im Bett. Doch das fand ich nicht so schlimm, denn dafür konnte man in diesem Jahr ganz phantastisch Schlittschuh laufen. Wir machten Ausflüge auf den zugefrorenen Kanälen. Auf dem Eis konnte man bis nach Leiden oder andere benachbarte Städte laufen. Händler hatten ihre Buden auf den zugefrorenen Flächen aufgestellt und verkauften Erbsensuppe und heiße Schokolade. Wenn wir Mädchen begannen, müde zu werden, und nicht mehr so recht mithalten konnten, organisierten wir irgendwo einen Besenstiel oder einen langen Stock, hielten uns daran fest, und die Jungen zogen uns hinter sich her. Wir hatten sehr viel Spaß dabei und legten auf diese Weise weite Strecken zurück. An einem besonders kalten Tag nahmen Jules und seine Freunde am Molentocht teil. Es galt als reife Leistung, diesen Schlittschuhwettlauf bis zum Ende durchzuhalten.

Wegen der Verdunklung waren die Straßenlaternen abends ausgeschaltet, und wir mußten uns auf dem Weg nach Hause mit Taschenlampen leuchten. Wir entdeckten jedoch rasch, daß man bei Vollmond gar keine Taschenlampe brauchte. Der Mond wies uns den Weg. In seinem Licht warfen wir langgezogene, unheimliche Schatten. Vor dem Krieg, als die Straßenbeleuchtung noch eingeschaltet war und zusätzlich das Licht aus den Häusern nach draußen schien, war mir nie aufgefallen, wie hell der Mond scheinen konnte. In der Nähe unseres Hauses lag ein kleiner Park mit einem Weiher, auf dem wir mit unseren Freunden im Mondlicht Schlittschuh laufen gingen.

6. Januar 1941

Ich zog schon zu Hause meine Schlittschuhe an. Es ist momentan wie im Wintersport: Man tritt aus der Haustür, und schon steht man im Schnee. Der Mond schien, und der Schnee glitzerte. Auf dem Weg zum Weiher bin ich ein paar Mal hingefallen. Aber schließlich stand ich dann doch wohlbehalten, eingemummelt in Vaters Lodenjacke, auf dem Eis. Lauter nette Leute waren da, Freunde von Jules. Es war ein richtiges Fest. Seine neue Freundin war auch dabei. Ich versuchte mich im Eiskunstlaufen. Ich versuchte den Versuch, sollte man wohl besser sagen. Sah aber fast echt aus. Zwei Jungen spielten Gitarre, und wir summten oder pfiffen die Melodien mit. Es war gar nicht kalt. Wenn man sich umschaute, sah man die Eisbahn, den Mond, der durch die Zweige schien, und junge Leute auf Schlittschuhen, die sich umeinander drehten. Manchmal konnte man in der Dunkelheit nur glühende Zigarettenstummel erkennen. Das alles, zusammen mit der Musik, erinnerte mich an die Sommerabende auf den Kagerplassen. Es war so schön. Wir hatten so viel Spaß. Ich lief erst mit Jules und dann mit noch ein paar anderen Jungen. Dann forderte mich Herbert F. auf. Der Kerl kann wirklich phantastisch Schlittschuh laufen! Wir tanzten einen Walzer im Dreivierteltakt. Den hatte ich zwar in der Tanzschule gelernt, aber es war nur bitter wenig davon hängengeblieben. Trotzdem klappte es ganz gut. Ich wurde etwas übermütig, was natürlich zur Folge hatte, daß ich etliche Male hinfiel. Egal. Ein Junge stellte ein Grammophon aufs Eis, und wir bewunderten Herberts Künste. Es war herrlich, mit anzusehen, wie dieser Junge laufen kann. Er tanzte alles mögliche: Foxtrott, Englischen Walzer und Tango. Als er müde war, legte er sich auf dem Rücken in den Schnee. Wir wollten gerade nach Hause gehen, als Vater uns holen kam. Ich spürte, daß er böse war, deswegen ging ich, ohne ein Wort zu sagen, mit ihm. Jules rief uns nach, daß er erst noch Nina nach Hause bringen wollte. Unterwegs bekam ich von Vater eine gewaltige Standpauke gehalten, weil ich so spät noch draußen war, mein Fahrrad nicht reingestellt hatte und so weiter. Ich stolperte auf meinen Schlittschuhen hinter ihm her. Als wir zu Hause angekommen waren, warf er mir noch dieses und jenes vor, aber ich war wohl auch der Blitzableiter für Jules. Blöd, daß Vater so böse war. Aber er regte sich auch schnell wieder ab, so daß der Abend für Omi und Mutter doch nicht ganz verdorben war.

Im Januar hatten wir viel mit den Proben für unsere komische Oper *Chez Antoine* und den Vorbereitungen für den großen Theaterabend zu tun. Meine Noten hatten zwar darunter zu leiden, aber das beunruhigte mich nicht allzu sehr. Schade fand ich dagegen, daß ich nicht mehr so oft Schlittschuh laufen und Schlitten fahren gehen konnte.

1. Februar 1941

Waren den ganzen Morgen in der Turnhalle und der Aula mit dem Aufbau der Bühnenbilder beschäftigt. Inzwischen war das Eisfest schon in vollem Gange. Ehrlich gesagt habe ich es bitter bereut, daß ich nicht hingehen konnte, aber man muß schon etwas für die Theatergruppe tun. Später muß man ja auch Opfer bringen. Ich sehe es also als eine Art kleines Training an. Später – wann wird das wohl sein?

Die Generalprobe klappte nicht besonders gut. Meneer Busch sprach die ganze Zeit vom »Salon de Beauté von Edith«. Das Bühnenbild sah aber richtig gut aus. Wie ein echter Schönheitssalon. Töpfchen, Fläschchen mit Farbe drin, Reklamezettel und sogar eine Säge für die Entfernung von Warzen. Später bekamen wir auch noch eine Trockenhaube auf einem Ständer dazu. Blöd war, daß Loulou sich ihren Text nicht merken konnte. Sie vergaß immer, am Schluß »apart« zu sagen, was bei den Mitspielern im Saal für großes Gelächter sorgte.

Ich raste nach Hause, um mich umzuziehen, und dann wieder zur großen Vorstellung zurück in die Schule. Anfangs war noch nicht viel los, aber dann füllte sich langsam der Saal. Viele Lehrer sind gekommen. Nur der Rektor ging uns ein bißchen auf die Nerven und war uns wie immer ständig im Weg, aber das konnten wir nun mal nicht ändern. In der Pause bot ich den Lehrern ein paar leckere Häppchen an. Auf dem Programm standen unsere Namen, Edith van Hessen und Miep Fernandes, als Autorinnen von »Chez Antoine«. Unser Stück wurde als letztes aufgeführt, es war der Höhepunkt des Abends. Alles lief wie geschmiert, außer, daß ich die Trockenhaube zu früh wegnahm und Margos Geschrei, ihr Haar würde verbrennen, deshalb keinen Sinn ergab. Aber den meisten Leuten ist das gar nicht aufgefallen. Als Loulou dann zum Schluß »apart« sagen wollte, sangen plötzlich alle Mitwirkenden hinten im Saal mit. Das war klasse! Als es vorbei war, kam Busch auf die Bühne, nannte es den »prächtigen Abschluß eines gelungenen Nachmittags«, sprach über die beiden Schülerinnen, die dieses Stück geschrieben und dabei Regie geführt hatten, und nannte dann unsere Namen. Wir bekamen viel Applaus. Alle, sogar die Lehrer, kamen zu uns, um uns zu beglückwünschen und uns zu sagen, wie sehr es ihnen gefallen hatte. Dann nahmen wir unsere Blumen in Empfang und gingen nach Hause. Es kostete einige Mühe, die Schminke wieder von meinem Gesicht abzubekommen, und jetzt bin ich todmüde.

SECHSTES KAPITEL

Juden unerwünscht

Es wurde bekanntgegeben, daß alle Bürger einen neuen Ausweis erhalten sollten; unsere alten Pässe waren von nun an ungültig. Juden wurde ein großes »J« in diese neuen Papiere hineingestempelt. »Ein böses Zeichen«, seufzte meine Mutter. Mein Vater versuchte, sie zu beruhigen: »Wenn das alles ist, was die Nazis für uns in petto haben, können wir von Glück sagen. Mach dir nichts draus, Schatz. Was die in Deutschland anstellen, wird ihnen in Holland nicht so einfach gelingen. Vergiß nicht, wir sind hier in den Niederlanden!«

6. Februar 1941

Heute ist ganz viel Schnee gefallen. Alles ist weiß. Die Geräusche draußen klingen gedämpft. Die Leute schliddern, fallen und rutschen aus. Heute war ich in der Schule nicht gerade in bester Stimmung. Ich war ein bißchen unzufrieden mit mir selbst. Ich habe Miep besucht, die nicht in der Schule war, weil es ihr nicht gutging. Ein Freund ihrer Familie ist festgenommen worden. Wir Juden müssen uns jetzt alle melden; auch wir können es nicht länger hinausschieben. Dann bekommen wir wahrscheinlich ein »J« in unseren Ausweis gestempelt. Aber was soll's. Alles geht eben seinen Gang. Ich will mich nicht weiter über dieses Thema auslassen. Brief von Guus bekommen, mit Datum vom 28. Dezember. Es geht ihm drüben richtig gut, und er wird schon zu einem echten Amerikaner. Er vermißt uns natürlich, aber das Land selbst gefällt ihm viel besser als unser schönes, kleines Land. Dann muß Amerika schon etwas Besonderes sein! Er erzählt uns von den tollsten Sachen: allen möglichen Haushaltsartikeln, Butter, Nahrungsmitteln in Dosen, der Reklame, den vielen Lichtern dort und so weiter, und uns armen verdunkelten Menschen läuft beim Lesen seiner Berichte über all den Überfluß jedesmal das Wasser im Mund zusammen.

Mieps Eltern beschlossen, das Risiko einzugehen, sich nicht als Juden registrieren zu lassen. Da sie beide in Surinam geboren waren, standen ihre Namen nicht im niederländischen Geburtsregister, und so war nirgends offiziell verzeichnet, daß sie jüdische Vorfahren hatten. Meine Familie dagegen tat brav, was von ihr verlangt wurde, und wir ließen uns eintragen. Sobald wir unsere neuen Papiere hatten, erzählte ich herum, ich sei stolz auf das »J« in meinem Ausweis. Meine Eltern versuchten, uns aufzuheitern, ermahnten uns, den Kopf nicht hängen zu lassen und uns vor allem nicht unserer Herkunft zu schämen.

Wir lasen in der Zeitung, daß nach Krawallen im jüdischen Viertel von Amsterdam, bei denen ein Nazi-Sympathisant getötet worden war, während einer Razzia vierhundert Juden aus ihren Häusern geholt, zusammengetrieben und ins Konzentrationslager Mauthausen abtransportiert worden waren.

11. Februar 1941

»Nutze den Tag«, hat Mutter gerade gesagt. Aber ich mache mir Sorgen. Hier zu Hause sind alle so optimistisch, während die meisten anderen pessimistisch in die Zukunft

blicken. Viele Leute haben ihre Arbeit verloren und stehen jetzt auf der Straße. Es gibt Krawalle und Demonstrationen. Das bedeutet für uns alle nichts Gutes. Naja, hoffen wir einfach, daß »alles sal reg kom!«. Eigentlich komme ich mir idiotisch vor, daß ich hier so herumjammere. Ich selbst genieße mein Leben momentan noch so intensiv wie möglich.

Den Krawallen folgte ein Generalstreik, der von den Kommunisten organisiert wurde. Es dauerte drei Tage, bis es den Deutschen gelang, ihn zu »brechen«. (Dem Historiker Lou de Jong zufolge war dieser Streik vermutlich der »erste und einzige Streik in der Geschichte der Menschheit, der sich gegen die Judenverfolgung richtete«.) Doch all das spielte sich in Amsterdam ab, der großen, verwirrenden Stadt, die zwar mit dem Zug nur eine Stunde von meiner Heimatstadt entfernt lag, uns aber endlos weit weg erschien. In Amsterdam gab es ein übervölkertes jüdisches Viertel, in dem mehr Juden auf einem Fleck lebten als in irgendeinem anderen Teil der Niederlande, unter ihnen auch viele arme Leute und Immigranten, die kurz zuvor von den Deutschen von Heim und Herd vertrieben worden waren. Wir hatten das Gefühl, daß solche Dinge wie in Amsterdam in unserem ordentlichen Den Haag niemals geschehen könnten, obwohl uns die ständig zunehmenden Verordnungen genau so hart trafen wie unsere Schicksalsgenossen in der Großstadt. Es war jüdischen Ärzten, Zahnärzten und anderen Freiberuflern inzwischen verboten, Nichtjuden zu behandeln oder Dienstleistungen für sie zu verrichten. Wenn mein Vater geschäftlich unterwegs sein mußte, war er gezwungen, mit dem Zug zu fahren, weil unser Chevrolet konfisziert worden war.

Die Folge all dieser Maßnahmen war, daß ich mir plötzlich meiner jüdischen Identität stärker bewußt wurde.

Vorher war mir mein Glaube nicht als besonders wichtiger Bestandteil meines Lebens erschienen. Abgesehen von den jüdischen Feiertagen wurde in meiner Familie der Befolgung religiöser Regeln und Rituale nie besonders viel Beachtung geschenkt. Eine Ausnahme bildete lediglich meine Großmutter, auf deren Nachtschränkchen ein abgegriffenes Gebetbuch lag und die stets Jahrzeit-Lichter zum Gedenken an ihre verstorbenen Lieben anzündete. Meine Freunde in der Schule waren protestantisch, jüdisch oder katholisch – früher hatte ich mir nie darüber Gedanken gemacht. Aber nun war ich neugierig darauf geworden, was es eigentlich bedeutete, jüdischen Glaubens zu sein. Ich begleitete Jules zu Versammlungen von Gideon, einer zionistischen Jugendorganisation, und wurde aufgefordert, mich ihnen anzuschließen, was ich als Ehre betrachtete, weil ich die Jüngste von allen war. Ich war beeindruckt von den hitzigen intellektuellen Diskussionen und versuchte hin und wieder, auch etwas dazu beizutragen. Ich kann mich nicht mehr daran erinnern, worum es in diesen Diskussionen ging; sie schienen sich in erster Linie um rein theoretische und philosophische Fragen zu drehen. Ich glaube nicht, daß ich besonders aufmerksam zuhörte. Um die Wahrheit zu sagen, galt mein hauptsächliches Interesse den Jungen.

11. Februar 1941

Ich freue mich so darüber, daß ich jetzt zu Gideon gehöre. Ich fühle mich richtig wohl dort. Es ist eine riesengroße Ehre, daß ich mit fünfzehn Jahren schon in diese Gruppe aufgenommen wurde. Alle anderen sind älter als ich. In meinem Alter gehöre ich eigentlich in eine andere Gruppe, aber sie wollten mich gern bei sich haben. Es ist wirklich nett da. Wir haben immer wahnsinnig viel Spaß. (Wenn es nur immer so bliebe!) Was ich gerade gesagt habe, soll nicht heißen, daß ich mir etwas darauf einbilde, aber es tut doch jedem Menschen gut, zu spüren, daß man erwünscht ist und gern gemocht wird. An manchen Tagen spüre ich es stärker, an anderen weniger. Aber hiermit stelle ich fest – für den Fall, daß ich jemals Minderwertigkeitskomplexe bekommen sollte –, daß es doch eine ganze Reihe von Leuten gibt, die mich lieb haben, und dazu noch welche, die mich nett finden. Was die übrigen von mir denken, weiß ich nicht. Aber ich habe zumindest keine Feinde – jedenfalls nicht, daß ich wüßte. Ich hätte am liebsten immer nur Freunde, würde jeden gern haben und nur gute Menschen auf der Welt sehen. Doch um auf das vorherige Thema zurückzukommen: Bob hat mich mit Aufmerksamkeiten überschüttet, was ich natürlich toll fand. (Auf jeder Seite dieser Chronik meiner »Sturm-und-Drang-Zeit« kommt ein anderer Jungenname vor. Aber was soll's, wozu ist man schließlich ein Mädchen?)

Ich dachte viel über mich selbst nach und schrieb meine pubertären Stimmungswechsel ernsthaften Charakterschwächen zu, vor allem, wenn ich außergewöhnlichen Hochmut bei mir festzustellen glaubte.

12. Februar 1941

Ich hatte heute wirklich eine verrückte Laune. In der Schule habe ich die ganze Zeit nur gequatscht und Blödsinn gemacht. Ich habe den Jungen, der vor mir sitzt, beleidigt, und mußte es dann schnell wiedergutmachen. Zu Hause bei Tisch habe ich weitergeredet wie ein Wasserfall, größtenteils belanglose Dinge über mich selbst, und kam dabei vom Hölzchen aufs Stöckchen. Auf einmal wurde mir bewußt, daß ich schon den ganzen Tag ein Grinsen auf dem Gesicht hatte. Auf dem Fahrrad habe ich gesungen. War nach dem Essen bei Miep. Als ich bei ihr vor der Tür stand, merkte ich, daß ich im Dunkeln (der Mond schien nicht) vor mich hin kicherte. Lachend kam ich bei ihr rein. Den ganzen Abend habe ich herumgeblödelt. Ich bin in letzter Zeit viel zu eingebildet und rede nur noch über mich selbst. Ich habe mich heute so merkwürdig gefühlt. Ich hoffe, daß ich morgen wieder normal bin. Ich gehe besser bald ins Bett. Vielleicht hilft Morpheus mir ein bißchen drüber weg.

Meine Besorgtheit über mich selbst wich allerdings bald den Sorgen, die ich mir um meine Mutter machte, die regelmäßig schmerzhafte Stiche in ihrer Gallenblase verspürte.

2. März 1941

Wir saßen gerade gemütlich zu dritt bei einer Tasse Tee und lasen, als Mutter plötzlich in sich zusammensank. Es war schrecklich. Vater und ich rannten die Treppe hinauf, um heiße Tücher zu holen. Arme Mami. Sie ist so tapfer, dabei hat sie solche Schmerzen. Omi stand regelmäßig auf, um zu fragen, ob sie uns etwas helfen könne. Trotz allem mußten wir laut lachen, als sie mit kleinen Trippelschrittchen, eine Flasche Eau de Cologne in der Hand, ins Zimmer kam. Die Lahme, die der Blinden helfen will!

Die Schmerzen meiner Mutter bereiteten mir größere Sorgen als der Krieg. Dahinter steckte jedoch mehr als nur Besorgnis und Mitleid. Heute glaube ich, daß ich tief im Innern die Gallenblasenbeschwerden meiner Mutter und selbst meine im Grunde unbedeutenden Kümmernisse und Mißgeschicke als Kraftproben betrachtete, als Herausforderungen, die uns die Möglichkeit boten, zu beweisen, wie stark wir sein konnten angesichts der Aussichten auf kommende Entbehrungen in einer unsicheren Zukunft (etwas, worüber wir niemals sprachen).

6./7. März 1941

Nachdem Paul und Nina heute abend kurz bei uns zu Besuch gewesen waren, ging ich zu Bett. Vater kam noch nach oben und drehte das Licht aus. Ich versprach ihm, ich würde nie wieder vergessen, es auszumachen. Dann lag ich im Dunkeln und grübelte. Plötzlich fühlte ich mich glücklich, trotz der Menstruationsschmerzen in meinem Unterleib. Ich fand es sogar angenehm, Schmerzen zu spüren, weil ich mich abhärten und ein besserer Mensch werden wollte. Ich will tapfer sein und mir selbst beibringen, unter allen Umständen glücklich zu sein. Ich stand auf und ging die Treppe hinunter, um Mutter und Vater zu sagen, daß ich froh war, Bauchschmerzen zu haben, als ich auf einmal meine Mutter stöhnen hörte. Ich wußte sofort, was das bedeutete; es war nichts Neues für mich. Wieder ein Gallenblasenanfall. Ach, es ist schrecklich, wenn Mutter so einen Anfall hat. Dabei ist sie so tapfer, auch wenn sie furchtbare Schmerzen hat. Und wir können nichts anderes tun, als tatenlos zuzusehen. Wir würden ihr so gerne helfen, aber Mutter muß es ganz alleine durchstehen. Ich wurde ins Bett geschickt. Ich schämte mich zutiefst für meine eigenen unbedeutenden Bauchschmerzen, die ich so wichtig genommen hatte und von denen ich Vater und Mutter hatte erzählen wollen! Auf einmal spürte ich sie gar nicht mehr. Ich setzte mich unten auf die Treppe und horchte. Innerlich schimpfte ich mich gefühllos und egoistisch, ohne genau zu wissen, warum. Während ich dort saß und nachdachte, kam auf einmal das Bedürfnis in mir auf, ein Buch zu schreiben. Nicht bloß einen Mädchenroman oder eine Geschichte, sondern ein Buch mit tiefgründigerem Inhalt. Es sollte folgendermaßen beginnen: »Dieses Buch handelt nicht von der Liebe, verehrte Leser und Leserinnen …«

Plötzlich kam Vater in die Diele. Ich versuchte mich zu verstecken, aber er sah mich und sagte, ich brauche mir keine Sorgen zu machen, es sei alles in Ordnung. Ich setzte mich auf mein Bett und bürstete mir die Haare. Schritte auf der Treppe. Es war Vater, der noch kurz zu mir hereinschaute. Mutter ging es besser. Wir unterhielten uns noch ein wenig. Dann gab er mir einen Gutenachtkuß und sagte, ich solle das Licht ausmachen. Zu meiner Schande muß ich gestehen, daß ich es wieder einschaltete, sobald er zur Tür hinaus war, um das alles hier aufzuschreiben. Vater erzählte mir auch noch etwas Lustiges: Als er eben bei Omi war, um sich ihre Wärmflasche auszuleihen, hatte er, um sie nicht zu beunruhigen, behauptet, sie sei für ihn. Kurze Zeit später kam Omi ins Badezimmer, mit einer Flasche Cognac für Vater, damit er nicht so frieren muß!

Im Zimmer neben mir herrscht Totenstille. Wie immer hat Jules wieder alles verpennt. Wenigstens er ist morgen früh ausgeruht. Ich ganz bestimmt nicht!

Ich war fest entschlossen, meinen Charakter zu bessern. Daher bat ich meine Mutter, mir ein paar ihrer liebsten Aphorismen beizubringen.

7. März 1941

Heute abend habe ich Mutter nach allerlei Sinnsprüchen gefragt, die einem im Leben von Nutzen sein können. Von Schopenhauer und solchen Leuten zum Beispiel:

»Wer an das Gute glaubt, wird das Gute besitzen.«

Und:

»Not ist die Waage, die des Freundes Wert erklärt. Not ist der Prüfstein, auch für deinen eigenen Wert.«

Und gerade fand ich auch noch diesen in meinem Kalender:

»Schau in die Sonne, dann fallen die Schatten hinter dich.«

Der Krieg schien weit entfernt. Unser Schutzkeller im Garten blieb unbenutzt. Ab und zu schreckten uns nachts Sirenen oder sogar der Lärm fallender Bomben auf. Dann drehte ich mich im Bett um und schlief weiter. Meine Eltern machten häufig einen angespannten und abwesenden Eindruck, aber noch immer versuchte ich, diese Vorzeichen zu ignorieren und die immer bedrohlicheren Berichte auf die leichte Schulter zu nehmen.

Seyß-Inquart, der deutsche Reichskommissar, sprach am 12. März 1941 im Concertgebouw in Amsterdam die folgenden Worte:

»Juden sind nicht Teil der niederländischen Bevölkerung. Wir werden die Juden vernichten, wo immer wir sie antreffen. Und diejenigen, die sie verteidigen oder in Schutz nehmen, werden die Folgen ihres Handelns zu spüren bekommen.«

15. März 1941

Tja, man macht wirklich etwas mit in letzter Zeit. Die Lage ist nicht gerade rosig. Gerade war wieder Luftalarm, aber das hat nicht viel zu bedeuten.

Was ich vergaß, in meinem Tagebuch zu erwähnen, war die Tatsache, daß die Nachbarn von Gewehrsalven erzählten, die sie vor zwei Tagen gehört hätten, und daß in der Zeitung stand, fünfzehn »Verräter« seien in den Dünen, nicht weit von unserem Haus entfernt, von einem bewaffneten Kommando erschossen worden. Die Opfer waren Mitglieder einer der ersten Widerstandsgruppen gewesen, deren Anhänger sich »Geusen« nannten. Anfang des Winters waren Hunderte von Geusen verhaftet worden, und in Den Haag hatte der Schauprozeß gegen sie stattgefunden. Nach dem Krieg erfuhren wir, daß die Geusen auf bestialische Weise gefoltert worden waren. Der Mann, der sie verraten hatte, gehörte zu denen, die in der Nähe unseres Hauses erschossen wurden. Kurz bevor er getötet wurde, hatte er seine Kameraden noch um Vergebung angefleht. Von denen, die nicht exekutiert worden waren, wurden hundertsiebenundfünfzig in das Konzentrationslager Buchenwald deportiert.

Damals bekam ich diese Dinge so gut wie gar nicht mit. Ich versuchte, mich so lange wie irgend möglich an das Traumbild einer heilen, sicheren Welt zu klammern.

halb zwölf nachts

Ich sitze auf der Fensterbank in Jules' Zimmer und schreibe bei Mondlicht ... Vollmond ... Ich kann die Hand nicht vor den Augen sehen, ich sehe noch nicht einmal, was ich schreibe. Draußen ist es ganz still. Dann und wann wird die Stille vom Dröhnen eines Flugzeugs durchbrochen. Schatten fallen ins Zimmer, auf meine Hände und auf das Papier. Ich hänge halb aus dem Fenster. Unter mir sehe ich den Garten, in Licht gebadet. Die Tropfen, die an den Blättern hängen, glitzern im Mondschein, so daß alles aussieht wie aus Kristall. Die Bäume heben sich schwarz gegen den grauen Himmel ab. Im Zimmer unter mir höre ich Vater und Mutter reden. Jeder genießt diesen wunderbaren Abend – alles ist so friedlich und schön. Wie ist es möglich, daß nur wenige Straßen weiter ein schrecklicher Krieg tobt?

Oh, wie muß es herrlich sein, hier auf dieser Fensterbank zu schlafen! Aber wenn ich es versuchen würde, fiele ich wahrscheinlich in den Garten. Nein, ich gehe lieber in mein eigenes Bett und versuche, jeden Gedanken an schwülwarme Tage und wunderbare Abende im Mondschein aus meinem Kopf zu verbannen!

Im April bekamen wir unsere Osterzeugnisse, und ich war sehr zufrieden, denn ich hatte gute Noten. Meinem Niederländischlehrer gefiel einer meiner Aufsätze so gut, daß er ihn in einer anderen Klasse vorlas. Mein Zeichenlehrer war voll des Lobes über eine »dramatische Zeichnung«, die ich angefertigt hatte und die er »ergreifend« fand. Ich hatte das Bild »Seelen, die aus der Hölle zu entkommen versuchen« genannt, und es waren einige unheimliche, verschwommene Gestalten darauf zu erkennen, die versuchten, aus einer Grube zu klettern. Sogar Meneer Kaptein, mein Chemielehrer, erteilte mir ein Kompliment – obwohl Chemie mein schlechtestes Fach und die Bemerkung natürlich ironisch gemeint war.

5. April 1941

Ich bekam ein »ausreichend« in Chemie – nicht schlecht, alles in allem. Als mir Meneer Kaptein meine Arbeit zurückgab, sagte er: »Ja, Edith, weißt du, wenn ich eure Arbeiten korrigiere, sitze ich dabei immer ganz gemütlich am Ofen, in meiner Hausjacke und die Pfeife im Mund. Aber wenn ich dann zu deiner Arbeit komme, fühle ich mich auf einmal unbehaglich in meiner Hausjacke und wünschte, ich trüge einen Frack. Unwillkürlich streiche ich mit der Hand über mein Kinn, um zu kontrollieren, ob ich auch ordentlich rasiert bin, und das kommt daher, daß du dich immer so vornehm ausdrückst.« Da haben wir uns natürlich alle vor Lachen gekringelt.

Gestern habe ich mit Miep zusammen ungefähr drei Stunden lang Klavier gespielt (oder es jedenfalls probiert). Nach dem Essen bin ich nach Hause gegangen, und als ich dort ankam, spielte sich folgende Szene ab:

Großmutter, Mutter und Kind sitzen zusammen am Tisch. Es dämmert gerade. Das Zimmer ist in Halbdunkel gehüllt. Das Kind liest seiner Großmutter einen Aufsatz vor. Dann nimmt die Mutter eine Kerze vom Kaminsims, stellt sie auf den Tisch und fängt an, eine Geschichte zu erzählen. Eine Geschichte über etwas, das sie selbst sehr beeindruckt hat, als sie noch ein Kind war. Danach trägt sie ein wunderschönes Gedicht vor über eine Frau, die lernt, zu vergeben. Auf dem Tisch steht ein Korb mit Blumen, der phantastische Schatten auf die Tischdecke wirft …

Trotz meiner Enttäuschung über gewisse Leute, die es für nötig befanden, ihre jüdische Herkunft zu verleugnen, oder über jene, die sich nicht zu schade waren, für den Feind zu arbeiten, erschien es mir doch ratsam, nicht zu kritisch zu urteilen. Paul de R., ein Junge, mit dem wir früher Schlittschuh laufen gingen und der immer zu uns kam, um seine Kufen an Jules' Schleifstein zu schärfen, erzählte uns, er habe sich freiwillig zum »Arbeitsdienst« in Deutschland gemeldet. Ich hatte früher in diesem Jahr, als wir beim gemeinsamen Schlittschuhlaufen so viel Spaß hatten, für kurze Zeit ein Auge auf ihn geworfen, und war mir sicher, daß der Enthusiasmus, mit dem er immer wieder zum Schleifen seiner Schlittschuhe zu uns kam, durchaus etwas mit mir zu tun hatte. Aber als ich herausfand, daß er pro-deutsch eingestellt war, hatte er es sich mit mir verdorben. Wenn ich ihn danach noch einmal wiedersah, hatte ich ihm nichts mehr zu sagen, und als er vor seiner Abreise ein letztes Mal bei uns vorbeikam, schrieb ich in mein Tagebuch:

11. April 1941

Es tat mir gut, daß er, auch wenn er sich zum Arbeitsdienst gemeldet hat, immer noch zu uns kommt. Trotz allem habe ich noch eine gewisse Schwäche für ihn. Eigentlich idiotisch. Wo andere Antipathie empfinden würden, fühle ich Sympathie. Mache mir aber weiter keine Sorgen darüber.

Einige Monate später hörten wir, daß Paul nach Rußland geschickt worden war. Wie so viele andere niederländische Jungen ist auch er nie zurückgekommen.

Wir hatten Osterferien. Genau wie im letzten Jahr unternahm ich mit ein paar Klassenkameraden eine aufreibende dreitägige Fahrradtour von 236 Kilometern, oft in strömendem Regen und mit Gegenwind. Zufällig war ich die einzige Jüdin in unserer Gruppe. Wir übernachteten in Jugendherbergen, und als wir nach Hause kamen, fühlte ich mich einfach großartig, weil ich den Elementen getrotzt hatte und, was körperliche Anstrengung betraf, bis an meine äußersten Grenzen gegangen war. Doch im Laufe dieser Fahrradtour war ich mit etwas konfrontiert worden, das ich nur mit Mühe wegstecken konnte.

20. April 1941

Das Bewußtsein, wirklich etwas geleistet zu haben, gibt einem schon ein befriedigendes Gefühl. Ich sitze auf meinem Bett, mit rot verbranntem Gesicht von der Sonne und schmerzenden Knien. Abgesehen davon ist alles normal – außer meiner seelischen Verfassung. Ich könnte etwas Aufmunterung gebrauchen. Man muß doch zugeben, daß es ziemlich ernüchternd ist, in ein Dorf zu kommen und ein Schild zu sehen, auf dem steht: Juden unerwünscht. In einem kleinen Café in Wilnis, in dem wir am ersten Tag einkehrten – wirklich nette Leute – hatten sie ebenfalls so ein Schild, hatten es aber in einen Schrank gepackt. Es stand auch »Juden unerwünscht« drauf, doch sie hatten sich geweigert, es aufzuhängen. In anderen Dörfern haben wir ähnliche Schilder gesehen. Naja, was soll's.

Ich hatte bis Ende der Woche Zeit, um mich an einen bedrückenden Gedanken zu gewöhnen: Es war ein Dekret erlassen worden, wonach Cafés und Kinos in meiner Heimatstadt Den Haag von diesem Zeitpunkt an für Juden verboten waren. Jüdische Musiker, die in staatlich subventionierten Orchestern spielten, wurden entlassen. Beim letzten Jugendkonzert, bei dem Juden spielen durften, betrachtete ich die stehenden Ovationen für den jüdischen Konzertmeister des Residentie Orkest als eine Art persönlichen Triumph.

4. Mai 1941

Es war das letzte Konzert für Sam Swaab, den ersten Geiger. Wunderbare Musik: Beethovens Achte und sein viertes Klavierkonzert, mit Nelly Wagner als Solistin. Dirigent war Willem Andriessen. Als Sam Swaab das Podium betrat, ertönte ein donnernder Applaus. Nach der Symphonie noch einmal. Und dann, als Andriessen sich nach vorn beugte, um Swaab die Hand zu schütteln, geriet das Publikum förmlich außer sich. Ich auch. Die Leute trampelten mit dem Füßen, bis der Saal in seinen Grundfesten erbebte. Ich war zutiefst beeindruckt.

SIEBTES KAPITEL

Ein Herz voller Liebe

Als der erste Jahrestag der deutschen Besatzung näher rückte, wurde mir allmählich klar, daß dieser Krieg vielleicht doch nicht so schnell vorbei sein würde, wie ich gehofft hatte.

10. Mai 1941

Genau vor einem Jahr haben sie unser Land überfallen.

In der Schule herrschte eine ergreifende Stimmung. Totenstille. Es wurde kaum gesprochen oder gelacht. In der Pause schwiegen alle. Man hörte das Füßescharren von ungefähr vierhundert Schülern und Lehrern, aber es fiel kein einziges Wort. Auf dem Schulhof hallten die hohlen Schritte wider, finster und unheilverkündend, und als wir wieder hineingingen, war es, als würden wir eines Toten gedenken.

Ungefähr zur selben Zeit erregte ein neuer Junge meine Aufmerksamkeit – Adrie Verhulst, der später mein fester Freund wurde. (Damals konnte ich natürlich noch nicht wissen, daß seine Familie eines Tages eine so entscheidende Rolle für mein Überleben spielen würde.) Adrie, gelegentlich auch »Aat« genannt, war einer von Jules' Freunden. Nachdem er einmal bei uns zu Hause gewesen war, um mit meinem Vater und Jules über den Bau eines Bootes zu reden, erfuhr ich durch Jules, daß Adrie sich wohl für mich interessierte. Ich saß unten im Wohnzimmer und machte meine Hausaufgaben, aber das Gespräch lenkte mich so sehr ab, daß ich mir die Ohren zuhalten mußte, um mich auf meine Erdkundeaufgaben konzentrieren zu können. Kurze Zeit später fragte mich Adrie, ob ich mit ihm zum Fest einer früheren Freundin gehen wolle.

Seine Exfreundin hieß Loes, und im Vertrauen erzählte sie mir, sie sei Halbjüdin, halte es jedoch vor den anderen geheim. Sie wirkte sehr erwachsen für ihr Alter und hatte mit Adrie Schluß gemacht, weil sie ihn zu jung fand, obwohl er ein Jahr älter war als sie. Das Fest fand zu Ehren von Loes' siebzehntem Geburtstag statt, doch sie erzählte allen, sie sei achtzehn geworden. Das Kellergeschoß ihres Hauses war mit Lampions verziert und festlich beleuchtet. Ich paffte eine Zigarette – meine erste –, und Adrie und ich tranken Maibowle aus demselben Glas. Jemand schaltete das Licht aus, wir tanzten zur Musik von *Stardust* und *Dancing Cheek to Cheek*, und dann küßte Adrie mich.

2./3. Juni 1941

Aber das kann man doch nicht einfach so schreiben, »und dann küßte er mich«! Der allererste Kuß. Den behält man für immer in Erinnerung.

Adrie brachte mich nach Hause, legte den Arm um meine Taille, während wir nebeneinander durch die verlassenen Straßen nach Hause radelten, und küßte mich noch einmal. Zu Hause waren meine Eltern noch auf, und Jules und ich setzen uns zu ihnen auf den Bettrand und erzählten ihnen von dem Fest. Dann gingen mein Bruder und ich in mein Zimmer, um Erfahrungen auszutauschen und uns über die Frage zu zanken, wer von uns mehr Spaß gehabt hatte.

Am nächsten Tag war es mit meiner Freude vorbei. Es war ein Tag der Hiobsbotschaften. Erst hörte ich, daß in der Straße, in der wir das Fest gefeiert hatten, eine Bombe gefallen und alle Fenster in Loes' Haus zu Bruch gegangen waren. Was für ein trauriges Ende für den schönsten Abend meines Lebens! Dann lasen wir in der Zeitung, daß von nun an öffentliche Schwimmbäder, Strände, Parks und Rennbahnen für Juden verboten waren. Die Rennbahnen waren mir ziemlich egal, aber der Gedanke, daß ich nicht mehr an den Strand gehen durfte, war entsetzlich! Und dann, als sei das alles noch nicht schlimm genug, kam meine Freundin Alice Cohen bei uns vorbei und erzählte, die Deutschen hätten ihrer Familie eine Ankündigung überbracht: Ihr Haus würde beschlagnahmt. Ich war immer ein wenig neidisch auf das Haus gewesen, in dem Alice wohnte. Es war größer und imposanter als unseres und stand an der Ecke unserer Straße. Nun war ich froh, in einem Reihenhaus zu wohnen, das nicht weiter auffiel und mitten in der Straße lag. Die Cohens mußten vor Ende des Monats ausgezogen sein, und man hatte ihnen zu verstehen gegeben, daß sie außer ihrer Kleidung und ihrem persönlichen Besitz nichts mitnehmen durften. Die Möbel mußten sie zurücklassen; sie wurden im Namen des Führers beschlagnahmt.

Als Alice weg war, schlichen Miep und ich niedergeschlagen in den Garten, um hinter dem Schutzkeller unsere Trigonometrieaufgaben zu machen.

3. Juni 1941

Der Schutzkeller ist in letzter Zeit ganz praktisch. Ich benutze ihn, um mich dagegenzulehnen, als eine Art Rückenstütze. Heute hörten wir auf einmal einen Riesenlärm, ein

Dröhnen und Schüsse, und dann sahen wir ein Flugzeug ganz tief und mit wahnsinniger Geschwindigkeit dicht über unser Haus hinweg fliegen. Es stellte sich heraus, daß es Engländer waren! Alle fingen an zu jubeln und zu johlen. Am hellichten Tag! Dann knallte es, und kurze Zeit später gab es Luftalarm. Wir blieben einfach im Garten stehen. Dann hörten wir, daß jemand bei uns schellte. Und rat mal, wer das war? Adrie, mit ein paar Freunden. Sie suchten angeblich »Schutz« und gesellten sich zu uns in den Garten. Es war toll. Wir hatten eine schöne Zeit.

Eines Abends, als ich gerade mit dem Abwasch fertig war, ergriff mich plötzlich die Putzwut. Ich zog meinen Overall an, band mir ein Tuch um die Haare und ging, bewaffnet mit Eimer und Besen, zum Schutzkeller. Ich wollte allen beweisen, was für eine gute Hausfrau ich sein konnte. Ich fand zerquetschte Leichen großer Käfer, Spinnen mit langen Beinen, die die Wände hinaufhuschten, verschimmelte Kartoffeln mit langen violetten Auswüchsen, vergilbte Zeitungen und einen herrenlosen Schuh. Die muffige Luft und die wehenden Spinnweben jagten mir kalte Schauer über den Rücken. Ich hatte vorgehabt, aus dem Schutzkeller einen gemütlichen Aufenthaltsort zu machen, damit wir dort Jules' Examen feiern konnten. Doch je verbissener ich fegte, desto mehr Staub wirbelte ich auf. Der Fußboden aus festgestampfter Erde und die Betonwände eigneten sich nicht dazu, geschrubbt zu werden, und nach einer Weile krabbelten immer noch überall Ameisen herum. Es war und blieb eine feuchte, schmutzige Bruchbude. Die reinste Krypta! Schließlich gab ich es auf. Mit dem Schutzkeller war es wie mit dem Krieg: So sehr ich mich auch abmühte, ihm war nichts Schönes oder Angenehmes abzugewinnen.

Wir unterliefen die neuen Verordnungen gegen das Baden, indem wir uns nach der Schule mit unseren Freunden an einem verlassenen Stück Strand trafen, weit weg von den mit Badegästen übervölkerten öffentlichen Stränden. Wir nannten den Ort »Das grüne Häuschen«, nach der kleinen grünen Hütte, die dort stand und die der einzige Beweis dafür war, daß wir uns noch in der bewohnten Welt befanden. Der lange Weg durch die Dünen war heiß und ermüdend (wegen eines Blindgängers war der gepflasterte Weg zum Strand gesperrt): Bis wir an unserem Ziel ankamen, war es meist schon recht spät, so daß ich eigentlich gar keine Lust mehr hatte zum Schwimmen. Trotzdem nahm ich jedesmal meine ganze Willenskraft zusammen und tauchte in die eiskalten Wellen. Schließlich hatten meine nichtjüdischen Freunde sich die Mühe gemacht, hierherzukommen und ihre Solidarität zu beweisen; also war ich ihnen gegenüber verpflichtet, Spaß zu haben.

Der Gesundheitszustand meiner Mutter verbesserte sich nicht. Im Gegenteil: Die Gallenblasenanfälle wurden immer häufiger, und oft mußte sie Morphium nehmen gegen die Schmerzen. Ich wünschte, ich hätte ihre Pein mildern können, und ich nahm es mir selbst übel, daß ich noch zusätzlich zu ihren Sorgen beitrug. Doch in meiner unbekümmerten Art gelang es mir immer wieder, alle Probleme zu verdrängen, und so betrachtete ich die Tatsache, daß meine Mutter in Kur geschickt wurde, um geistig und körperlich wieder zu Kräften zu kommen, als ideale Lösung.

8. Mai 1941

Um vier Uhr nachmittags, nach einem bewegenden Abschied von Omi, bin ich mit Mami losgefahren. Stolz trug ich ihren Koffer zur Straßenbahnhaltestelle. Es ist wirklich ein Segen für unsere arme Mutter, daß sie nun endlich einmal zur Ruhe kommen kann. Sie muß einfach gesund werden. Die Kurklinik in Wassenaar heißt »Der Efeu« und befindet sich in einer schönen Villa. Sie wird von einer Krankenschwester geleitet, und es sind alle möglichen Leute dort untergebracht, die Ruhe brauchen. Mami hat ein sehr schönes Zimmer im Erdgeschoß, und sie ist dort in besten Händen. Ich habe jede Menge gute niederländische Bücher im Bücherschrank stehen sehen. Omi und ich vermissen sie jetzt schon.

Während meine kranke Mutter in Kur war, nahm Omi ihren Platz ein. Sie wohnte nun bereits seit drei Jahren bei uns, und es wurde wirklich höchste Zeit, daß wir beide uns besser kennenlernten und daß sie ihr Niederländisch und ich mein Deutsch verbesserte. In einer lauen Frühlingsnacht, als mein Vater auf Geschäftsreise und meine Mutter noch in der Klinik war, übernachteten Omi und ich gemeinsam im großen Doppelbett meiner Eltern. Mit weit geöffneten Balkontüren, die Gardinen beiseite geschoben, um das Mondlicht hineinzulassen, redeten und kicherten wir bis weit nach Mitternacht. Stetig wuchs mein Respekt für diese sanftmütige Frau mit den schneeweißen Haaren, für die ein paar Tropfen Eau de Cologne das Allheilmittel waren und die mit tiefen Seufzern Erinnerungen an Dinge wachrief, die schon lange zurücklagen und für die ich mich jetzt auf einmal zu interessieren begann. Auch als meine Mutter wieder zu Hause war, blieb unser enges Band bestehen.

31. Mai 1941

Soll ich dir was erzählen? Ich bin im Augenblick sehr glücklich. Habe gerade einen wunderbaren Abend verbracht. Vater und Mutter waren irgendwo auf Besuch. Omi, Jules und ich sind zu Hause geblieben. Omi und ich knieten uns in den Erker und schauten uns den Sonnenuntergang an. Omi erzählte mir von früher. Lauter alte Erinnerungen. Über Vater und Mutter und wie sie sich kennengelernt haben. Dann kam Jules noch dazu. Wir haben uns Platten angehört und Tee getrunken. Omi hat mit großer Sorgfalt das Tablett mit dem Tee hergerichtet; sie hat sich überhaupt mit allem sehr viel Mühe gegeben. Dann saßen wir in der Dämmerung, ohne das Licht einzuschalten. Ich habe immer wieder Stardust *aufgelegt. Ich bin ganz verrückt nach dieser Platte! Sehr sentimental; genau das Richtige für diese Stunde. Ich habe sie mir mit geschlossenen Augen angehört. Ich habe Omi auch von den Freunden erzählt, mit denen ich momentan viel zusammen bin – Paul, Adrie, Dicky, Dick, Wim und so weiter. (Dieses »und so weiter« klingt ja ziemlich eingebildet, aber es ist tatsächlich so: Momentan scheint es in meinem Leben eine Menge Jungen zu geben.) Ich fühle mich heute so glücklich, mein Herz ist voller Liebe, würde ein Dichter vielleicht sagen, oder so was Ähnliches jedenfalls.*

Adrie war sehr oft bei uns. In der Woche kam mein wachsamer Vater regelmäßig gegen acht Uhr in die Diele, wo wir gerade am Schmusen waren, und mahnte in strengem Tonfall, daß es nun für Adrie Zeit sei, nach Hause zu gehen. Aber das heißt nicht, daß meine Eltern ihn nicht nett fanden. Ich schrieb stolz in mein Tagebuch, sie wüßten eben, daß sie uns »vertrauen« können. Ich machte mir jedoch Sorgen darüber, daß andere Leute mich als »leichtsinniges Mädchen« betrachten könnten, als »mannstoll« oder eine »Partynummer«.

14. Juni 1941

Ich habe stundenlang vor dem Spiegel gestanden und mich mit meiner Frisur beschäftigt. Endlich habe ich dann letzte Hand an meine »Toilette« gelegt. Die ganze Familie mußte mich anschauen kommen und mir bestätigen, daß ich toll aussah. (Welch verwerfliche Eitelkeit, was bist du doch für eine oberflächliche Trine!) Aat kam mich um Viertel vor acht abholen. Wegen des Regens hatte ich, zu Aats großer Belustigung, ungefähr zehn Schals um mich gewickelt, was zur Folge hatte, daß der arme Aat nachher mindestens ein Drittel davon in seinen Taschen herumschleppen mußte. Na gut! Das Fest bei Boy: Wir tanzten im Eßzimmer. Ich habe den ganzen Abend mit Adrie getanzt, ausgenommen den einen Tanz mit Boy. Ich glaube, daß ich dabei bin, mich ein bißchen zu verlieben. Naja, die Umstände waren ja auch günstig. Der letzte Tanz fand im Dunkeln statt: Den werde ich immer in ganz besonderer Erinnerung behalten. Mehr sage ich dazu nicht, außer, daß es unheimlich schön war. Trotzdem hoffe ich, daß ich keine »Partynummer« werde. Um halb zwölf war das Fest zu Ende. Ich wickelte mich wieder in meine Schals, und wir gingen Arm in Arm nach Hause. Uns ging die Hula-Musik des letzten Tanzes nicht aus dem Kopf, und wir stellten uns vor, wie seien auf Hawaii, weit weg vom Krieg; badend im Mondlicht.

(Ein halbes Jahr später bombardierten die Japaner Pearl Harbor.)

Jules bestand sein Examen mit Glanz und Gloria und aus diesem Anlaß organisierten wir ein Gartenfest, zu dem fünfundvierzig Personen eingeladen waren.

Nachdem ich versprochen hatte, es für mich zu behalten, erzählte mir Adrie im Vertrauen, daß er daran dächte, zu »verschwinden« (unterzutauchen oder zu flüchten, um sich den alliierten Streitkräften anzuschließen). Ich erschrak darüber sehr, denn ich vermutete, daß auch Jules an seinen Plänen beteiligt war. Adries Geheimnis lag mir tagelang schwer im Magen. Meinen Eltern konnte ich nichts davon erzählen – dadurch hätte ich Adries Vertrauen mißbraucht –, doch ich sprach mit meiner Hebräischlehrerin darüber.

1. Juli 1941

Adrie will weg. Ich finde den Gedanken unerträglich. Mevrouw Rabinkow hat gesagt, ich solle aus meinem Herzen keine Mördergrube machen und ihm klar und deutlich zu verstehen geben, was ich von seinem Plan halte. Genau das habe ich heute auch getan. Ich habe Adrie erklärt, wie ich über sein Vorhaben denke. Ich sagte ihm, daß seine Mutter entsetzlich unglücklich sein würde, wenn er plötzlich verschwunden wäre, und sein Vater auch, und alle anderen auch. Auf einmal sprudelte alles nur so aus mir heraus. Er sagte, er könne mich verstehen und wolle mit seinem Vater darüber sprechen. Mir fiel ein Stein vom Herzen!

Es kam der Tag meines sechzehnten Geburtstags. In der Schule stand ich im Mittelpunkt des Interesses; all meine Freunde und Freundinnen und sogar Menschen, die ich überhaupt nicht kannte, schüttelten mir die Hand. Wie immer wurde ich ganz furchtbar verwöhnt. Meine Eltern schenkten mir das, wovon sie wußten, daß ich es mir am meisten wünschte – ein Klavier! Nein, sogar einen kleinen Flügel! Ich bekam außerdem eine neue Tennisausrüstung und von meinen Freunden noch Dutzende anderer Geschenke. Beim Frühstück lag ein Brief unter meinem Teller. Er war von Adrie, und er schrieb mir darin, daß er sich dazu entschlossen hatte, nicht wegzugehen. Das war das schönste Geschenk von allen.

ACHTES KAPITEL

Verbannung

4. August 1941

So, jetzt ist mein viertes Tagebuch auch voll, und ich fange schon mit dem fünften an. Ich frage mich, ob ich wohl in diesem Tagebuch, womöglich schon ganz am Anfang, Frieden und den Sieg für unsere Seite verzeichnen kann. Die meisten glauben daran. Vielleicht wird ja bald wieder alles gut. Mittlerweile befindet sich praktisch die ganze Welt im Kriegszustand. England, Rußland und Kanada gegen Deutschland, Italien und die besiegten Länder. Japan will nun unsere Kolonie Niederländisch-Indien angreifen. Was soll aus dieser Welt nur werden?

Zu Vaters Geburtstag bekamen wir einen Brief von Guus. Einen wundervollen Brief. Ich bin stolz auf meinen großen Bruder! Er schreibt, daß eine Freundin von Mutter (Mevrouw Oppenheimer) sich in einem Konzentrationslager in Frankreich das Leben genommen hat. Mutter war tief bewegt von dieser Nachricht. Wie verzweifelt man sein muß, um sich selbst zu töten! Frau Oppenheimer sah wohl keinen anderen Ausweg mehr: ihre Tochter in Amerika, ihr Sohn in einem Ausbildungscamp in Kanada, ihr Mann im Konzentrationslager, sie selbst auch gefangen, und dazu war sie auch noch zuckerkrank. Die arme Frau!

Hin und wieder kam es zwischen meinen Eltern und mir zu Auseinandersetzungen, weil ich den Geschehnissen um mich herum nicht genügend Anteilnahme entgegenbrachte.

Wenn sie versuchten, mich zu etwas mehr Verantwortungsgefühl zu erziehen, reagierte ich trotzig und wütend.

8. August 1941

Ich bin ein schreckliches, unmögliches Kind. Überhaupt keine nette Tochter. Ein dummes, kaltherziges, egoistisches, von der Schule verdorbenes Mädchen, das nur zufrieden und nett ist, wenn es mit Jungen herumhopsen kann und so weiter.

So denken jedenfalls mein Vater und meine Mutter.

Ich bin überhaupt keine artige Tochter; Esther Vecht und was weiß ich wer noch alles sind viel artiger und lieber und machen ihren Eltern viel mehr Freude, und sogar die Verkäuferin im Bijenkorf hat mehr Grund, auf ihre Tochter stolz zu sein, als meine Mutter.

So ist das also. Ich bin unmöglich.

Das habe ich heute abend von meinen Eltern zu hören bekommen. Anscheinend habe ich mich unseren Gästen gegenüber desinteressiert und abwesend verhalten. Und dabei dachte ich, daß ich mein Bestes getan hätte, um meine Launen unter Kontrolle zu halten, aber trotzdem scheine ich wohl sehr egoistisch zu sein. Naja, dann bin ich wohl ein schauderhaftes Kind – wenn sie es sagen. Vielleicht wäre es besser, wenn ich einfach von zu Hause wegliefe, dann fiele ich meinen Eltern nicht länger zur Last und würde sie nicht immer wieder enttäuschen.

Solche Mißstimmungen hielten allerdings nie lange an. Meine Mutter und ich versöhnten uns auch diesmal bereits am folgenden Tag wieder und nahmen uns vor der Arbeit an unserem großen Filmprojekt einmal ganz fest in die Arme. Als Überraschung zum sechzigsten Geburtstag meines Vaters bereiteten wir nämlich einen Film vor mit dem Titel: »Eine Radtour durch Vaters Leben«. Zu diesem runden Geburtstag waren sämtliche Verwandten eingeladen. Ich mußte mein Bett für meine Kusine Renée räumen und auf dem Boden schlafen. Sogar Oom Alfred, einer meiner katholischen Onkel, war mit von der Partie. Ich nannte ihn meinen »Zuckeronkel«, weil er immer kleine Geschenke für mich mitbrachte. Er nahm Renée und mich am nächsten Tag mit nach Rotterdam, um uns die Folgen des Bombardements vom Mai 1940 zu zeigen. Ich vermute, er hatte Mitleid mit uns jüdischen Mädchen. (Der Bruder meines Großvaters war im neunzehnten Jahrhundert zum Katholizismus übergetreten. Eines Tages, als mein Großonkel mit einer schweren Krankheit im Katholischen Krankenhaus von Groningen lag, hatte er den Schwestern, die ihn dort pflegten, versprochen, er würde zum Katholizismus konvertieren, wenn die Nonnen für ihn beten und er daraufhin genesen würde. Er genas und hielt sein Versprechen. Die meisten seiner Nachkommen, darunter Oom Alfred, überlebten den Krieg.)

Der Geburtstag meines Vaters wurde zu einer typischen Van-Hessen-Feierlichkeit, mit dem Unterschied, daß die Erwachsenen wesentlich mehr Gefühle zeigten, als es bei früheren Familienfesten der Fall gewesen war.

13. August 1941

Mittags bei Tisch wurden kolossale Reden gehalten. Oom Louis saß am Kopf der Tafel, und Oom Herman war mein Tischherr. Reizende Onkel, die beiden. Oom Louis fungierte für uns alle als eine Art Barometer. Wenn ein Gedicht oder eine Rede auch nur eine empfindsame Saite in ihm anschlug, begann er, herzzerreißend zu weinen. Jeder hatte ein Gedicht oder eine Rede vorbereitet. Auch Vater. Tante Marie schloß den Kreis und hielt eine Rede, bei der ihr zwar die Tränen über die Wangen rollten, die sie aber tapfer bis zum Ende durchhielt. Oom Louis heulte treu mit ihr. Jules hielt eine wahnsinnig komische Rede, und ich hatte ein Gedicht geschrieben. Ich glaube, es hat ihnen gefallen, jedenfalls sah ich, daß es Oom Louis zu Tränen rührte.

Mein Vater hatte aus Ton eine Büste von meiner Mutter modelliert, mit der er sich sehr viel Mühe gegeben hatte. Wir alle fanden, es sei das schönste Kunstwerk, das er je geschaffen hatte. Er hatte ihre Sanftmut und ihr strahlendes und zugleich nachdenkliches Lächeln ausgezeichnet getroffen. Eines Abends im August war Albert Termote, Bildhauer und in seinem Fach Mentor meines Vaters, bei uns zum Abendessen eingeladen. Anschließend folgten wir ihm alle gespannt ins Arbeitszimmer meines Vaters, um sein Urteil zu hören. Termote rieb sich übers Kinn. Er bewegte den drehbaren Sockel. Er räusperte sich. Die Büste meiner Mutter wurde für »fertig« befunden; das Werk war ein Erfolg. Es konnte nun in Bronze gegossen werden. Wir stießen einen kollektiven Seufzer der Erleichterung aus und strahlten vor Stolz.

Am selben Abend erfuhren wir, daß der jüdischen Bevölkerung noch mehr Restriktionen bevorstanden.

21. August 1941

Alice kam mich eben besuchen. Sie ist sehr deprimiert und sieht schlecht aus. Es sind harte Zeiten. Niemand von uns Juden darf von nun an mehr als 1000.– Gulden von seinem Einkommen behalten. Das ist wirklich ein schwerer Schlag.

Und dazu noch die ganzen anderen Maßnahmen. Doch ich mache mir nichts daraus. Wenn nur Jules nicht abgeholt wird und wir hier in unserem heimeligen Haus wohnen bleiben können, schlage ich mich schon durch und hoffe, auch anderen eine Stütze sein zu können. Arme Alice. Sie hat, glaube ich, nicht mehr viel Kraft. Sie ist immer so rasch niedergeschlagen. Das geht allerdings wohl in letzter Zeit den meisten Leuten so. Aber ich will tapfer sein! Ich will stark und ungebrochen aus diesem Krieg hervorgehen. Und wenn wir nicht mehr zur Schule dürfen, naja, dann lerne ich eben alleine weiter, eigne mir die Dinge selbst an und trainiere meinen Verstand!

Anfangs war es nichts weiter als ein Gerücht, doch kurze Zeit später war die Maßnahme schwarz auf weiß in der Zeitung *Joodse Weekblad* zu lesen, die vom Judenrat und den Besatzern herausgegeben wurde: Es war jüdischen Kindern nicht länger erlaubt, öffentliche oder private Schulen zu besuchen. Meine Freunde waren empört. Ich dagegen verkündete allen, die es wissen wollten, mir sei es egal. Ich wollte kein Mitleid. Selbst dies würde ich überleben; ich konnte schließlich einiges vertragen.

Plötzlich wurde ganz deutlich, wer jüdisch war und wer nicht, eine Tatsache, der wir in unserem Kreis nie vorher Beachtung geschenkt hatten. Manche Kinder gingen in die Kirche oder feierten Weihnachten, andere waren »gar nichts«, und wieder andere besuchten an jüdischen Feiertagen die Synagoge. Von meinen besten Freunden waren Alice, Miep, Dolf und Dicky jüdisch, die meisten anderen, darunter auch Adrie, waren es nicht. Um unseren unterschiedlichen Glauben hatten wir uns bis dahin nie besonders geschert.

29. August 1941

Tatsächlich, heute abend stand es in der Zeitung: Wir dürfen nicht mehr in die Schule. Da hat man's.

Mit dieser Nachricht machte ich mich auf den Weg zu Dolf. Maud war auch da. Sie war unheimlich empört. Sie fand es ganz erbärmlich und sagte, daß alle netten Leute jetzt von der Schule abgehen und nur ein blöder Haufen übrigbleiben würde. Schließlich haben wir einen tollen Plan für eine Party geschmiedet, mit der wir das Ende der Ferien feiern wollten, und haben beschlossen, uns nicht unterkriegen zu lassen. Später gingen wir zu Margo, um ihren Geburtstag zu feiern. Alle haben sehr mitfühlend darauf reagiert, daß wir nicht mehr zur Schule dürfen. Fabelhaft, diese Leute! Um elf Uhr sind wir nach Hause gegangen. Die Familie Fernandes war gerade dabei, sich zu verabschieden. Sie waren gekommen, um uns zu trösten. Ist aber gar nicht nötig. Wir schlagen uns schon durch. »Alles sal reg kom«, und deswegen mache ich mir keine Sorgen, denke an etwas Schönes und gehe jetzt schlafen.

Vor den Sommerferien hatte ich in Chemie, meinem schlechtesten Fach, eine extra Aufgabe bekommen. Nun bekam ich Bescheid von Meneer Kaptein, meinem Chemielehrer, daß er meine Lösung sehen wollte. Kaptein war der Lehrer, der mich immer aufzog wegen der gewählten Sprache, mit der ich oft mein Unwissen zu verbergen suchte. Da ich nicht mehr in die Schule durfte, ging ich zu ihm nach Hause.

31. August / 1. September 1941

Der August ist vorbei. Es ist jetzt September. Gestern hatte unsere Königin Geburtstag. Heute sind die Straßen übersät mit Pamphleten voll mieser Texte wie: Yankees, Engländer, Bolschewiken tanzen nach der Pfeife der Judencliquen, und das letzte Wort dann in dicken roten Buchstaben. Auf dem Laternenpfahl vor unserem Haus sind ganz viele angeklebt, auf den anderen Pfählen in der Straße wesentlich weniger.

Nach langem Suchen fand ich endlich das Haus, in dem die Kapteins wohnen. Ich wurde von Mevrouw Kaptein herzlich empfangen. Meneer Kaptein ging mir voraus in sein Arbeitszimmer, und wir haben uns über alles mögliche unterhalten. Das ganze macht ihm wirklich zu schaffen. Er zeigte mir Fotos von ihrem Baby, und später kam seine Frau nach oben und zeigte mir das Kind selbst. Es ist ein ganz, ganz süßes Baby, und es hat sich unglaublich verändert, seit ich es das letzte Mal gesehen habe. Mevrouw Kaptein ist ein Engel. Dann nahm Meneer Kaptein mein Aufgabenheft und schaute sich an, wie weit ich gekommen war. Er fand, daß ich ordentlich was getan hatte. Er fragte mich gar nichts, sondern füllte nur die Lücken aus und erklärte mir alles. Er hat also nichts von meinen Wissenslücken bemerkt. Im Nu war es schon wieder Zeit zu gehen. Meneer Kaptein gab mir die Hand und sagte: »Nun, Edith, ich wünsche dir das Allerbeste und hoffe, daß du ganz, ganz schnell wieder zurück zu uns ins Lyzeum kommst.« Er hielt dabei die ganze Zeit meine Hand fest, und seine Stimme klang sehr gerührt. Ich war auch sehr ergriffen, schaute ihn fest an und antwortete leise: »Das hoffe ich auch, Meneer.« Meneer Kaptein hatte Tränen in den Augen. Er half mir in die Jacke, und ich dankte ihm für alles. Er hielt mir die Tür auf und sagte nochmals: »Auf Wiedersehen, Edith, und halt' die Oh-

ren steif!« »Auf Wiedersehen«, sagte ich, und weg war ich. Diesen Nachmittag werde ich nie vergessen. So viel Mitgefühl und Sympathie, wie sie mir entgegenbrachten!

Es kostete mich große Mühe, meine Umgebung davon zu überzeugen, daß ich stets munter und optimistisch sei. Ich schrieb in mein Tagebuch, diese Schauspielerei sei so anstrengend, daß ich beim Essen kaum einen Bissen herunterbrachte. Miep ging zurück aufs Lyzeum und begann ihr Examensjahr, ebenso wie mein Freund Dolf, ein begabter Pianist. Seine Familie war zwar auch jüdischer Herkunft, hatte aber, wie die Familie Fernandes, eine Möglichkeit gefunden, diese Tatsache vor den Deutschen zu verbergen. Ich tat so, als sei ich begeistert darüber, offiziell noch immer Ferien zu haben, während meine armen Freunde wieder zur Schule mußten. Sie klagten und meinten, ich sei wirklich ein Glückspilz, weil das Wetter noch so herrlich und das Meer noch so warm war.

2. September 1941

Heute morgen hätte ich eigentlich zur Schule gemußt, um Bücher für den Bücherbasar abzugeben. Aber als ich mich erkundigte, bekam ich die Auskunft, ich solle mich besser nicht in der Schule sehen lassen. Also habe ich meine Bücher eben Margo mitgegeben und sie gebeten, sie für mich abzugeben. Es ist schon ein trauriger Gedanke, daß ich nicht mehr durch das Tor hindurch darf, durch das ich vier Jahre lang jeden Morgen geradelt bin, daß ich meine Schule nicht mehr betreten darf, die mir im Laufe der Zeit lieb geworden ist und wo ich in meiner Freizeit so oft mitgeholfen habe, die Aula festlich zu schmücken. Naja, auch das wird sich hoffentlich wieder einrenken.

Mein Ruderverein beschloß, für alle Mitglieder, die nun die Schule verlassen mußten, ein großes Fest zu veranstalten. Der Gedanke, daß ich nicht länger Mitglied des Ruderteams sein durfte und mich im Bootshaus, wo ich so viele glückliche Nachmittage verbracht hatte, nicht mehr blicken lassen durfte – der war schwer zu verkraften. Meine Freunde fanden, ein letzter Ausflug sei die angemessene Art und Weise, das Auseinanderbrechen unseres Teams zu begehen. Doch unser Trainer, Meneer Quast, durchkreuzte unsere Pläne, weil er sie »zu gefährlich« fand. Meine Freunde protestierten, doch ich zuckte nur mit den Achseln. Ehrlich gesagt, begann ich mich ein bißchen unbehaglich zu fühlen, weil ich mit Mitgefühl und Aufmerksamkeit geradezu überschüttet wurde.

5. September 1941

Gestern sind sie zum ersten Mal wieder in der Schule gewesen. Schon um zehn stand Miep mit einer Schachtel Süßigkeiten vor unserer Tür. Es war so süß von ihr, daß sie mich trösten wollte, obwohl ich ihren Trost gar nicht brauche, sondern eher umgekehrt, denn sie hat es jetzt in der Schule bestimmt nicht gerade leicht, weil alle sie fragen, warum sie denn noch da ist. Ich habe ein Riesenglück. Alle sind so lieb zu mir und fühlen mit mir. Ich habe beinahe das Gefühl, noch in der Schule zu sein, denn ich erfahre alles, was in der Klasse vor sich geht, und mir ist den ganzen Tag keinen Moment langweilig. Jede Menge Mädchen rufen andauernd bei mir an. Alle wollen wissen, wie es mir geht, und bis jetzt hat mich noch niemand im Stich gelassen.

Um zwei kam mich Maud abholen, und wir sind zusammen zum Strand gegangen. Doch in den Dünen standen wieder neue Schilder: »Für Juden verboten« und »Für Unbefugte kein Zutritt«. Maud schlug vor, wenn ich nicht weiter wollte, wieder nach Hause zu gehen und Tee zu trinken.

Ich gehörte jetzt zu einem neuen Kreis, bestehend aus meinen Freundinnen Hannie, Alice sowie den Zwillingen Polly und Dolly. Wir waren die jüdischen Ausgestoßenen. Wir trafen uns, um gemeinsam die Hausaufgaben zu machen, die wir von Meneer Dommisse, unserem früheren Klassenlehrer, erhielten, und nahmen an einem Kochkurs von Mevrouw Bakker teil, einer sehr netten jüdischen Witwe, die uns beibrachte, wie man Pudding und Apfelmus zubereitet und die ihrem Namen alle Ehre machte. Eines Tages radelten Hannie und ich an unserer Schule vorbei, als gerade Schulschluß war. Sofort wurden wir von Schulkameraden und Lehrern umringt, die uns beteuerten, wie sehr sie uns vermißten. Sogar der stille, introvertierte Eric, der sich selten bemerkbar machte, kam zu mir, schüttelte mir die Hand und sagte, ihm würde meine »moralische Unterstützung« fehlen.

Schon bald erhielten wir hier und dort Privatunterricht von verschiedenen jüdischen Lehrern und Hochschuldozenten, die ihrer Posten enthoben worden waren. Mein Onkel Joost war unser Deutschlehrer. Es war seltsam, vom eigenen Onkel unterrichtet zu werden. Ich nannte ihn »Doktor van Hessen« und nicht »Oom Joost«. Meine Mutter nahm derweil an Versammlungen des Komitees für Jüdische Erziehung teil – einer Gruppe, die vom Judenrat ins Leben gerufen worden war, um eine neue Grundschule und eine höhere Schule für jüdische Schüler zu gründen. Jules, der vorgehabt hatte, an der Technischen Hochschule in Delft Bauingenieurwesen zu studieren, wußte ebenfalls nicht, wohin, da die Universitäten keine jüdischen Studenten mehr aufnehmen durften. Er widmete sich verschiedenen Teilzeit-Jobs und, wie ich vermutete, Aktivitäten für den Widerstand.

Zur Feier des nun genau halbjährigen Bestehens unserer Freundschaft, schenkte mir Adrie ein Armband, in das *Nederland* eingraviert war. Er war von der Realschule abgegangen und besuchte nun die Seefahrtschule, wo er eine Ausbildung zum Offizier in der Handelsschiffahrt machte. Wann immer möglich, trug er seine neue Uniform mit glänzenden Epauletten und einer schicken Mütze. Sie stand ihm gut, und ich war stolz auf ihn. Wenn ich – wegen der inzwischen so genannten »jüdischen Frage« – bestimmte Feste oder Sportereignisse nicht besuchen konnte, blieb er für gewöhnlich bei mir zu Hause, um mir Gesellschaft zu leisten. Seine Treue half mir, den Mut nicht zu verlieren und mich von nichts ins Bockshorn jagen zu lassen.

5. Oktober 1941

Auf dem Weg nach Hause hielt mich so ein dämlicher Polyp an und gab mir einen Strafzettel, weil mein Rücklicht wieder einmal defekt war. Er notierte sich meine gesamten persönlichen Daten, und ich mußte meinen Personalausweis mit dem J zeigen. Und das habe ich getan – und zwar mit Stolz. Ich durfte auf meinem Fahrrad nicht weiterfahren. Weil ich um elf Uhr zu Hause sein mußte, lieh Aat mir sein Fahrrad, und er nahm meines. Wir waren beide traurig, weil er mich deswegen nicht nach Hause begleiten konnte, und es war doch gerade Vollmond!

NEUNTES KAPITEL

Die neue Schule

Am 8. Oktober sahen wir zum ersten Mal unsere neue Schule, das *Jüdische Lyzeum*. Wir hatten nun einen langen Schulweg, denn das Lyzeum lag am anderen Ende von Den Haag, in einem mir unbekannten Viertel mit trostlosen Reihenhäusern. Das trübselige Gebäude in der Fischerstraat hatte jahrelang leergestanden, es war verwahrlost und schmutzig, eingerichtet mit einem merkwürdigen Sammelsurium von Mobiliar. Das alles war mir jedoch egal; Hauptsache, ich konnte endlich wieder ernsthaft arbeiten. Es war mein letztes Schuljahr; im nächsten Frühjahr sollte ich meine Abschlußprüfungen ablegen. Ich würde in diesem Jahr mehr lernen und rackern müssen, als ich es je für möglich gehalten hatte. Ich brauchte mein Diplom, um an der Universität studieren zu können, und war fest entschlossen, die Prüfungen zu bestehen. Ich hatte das Gefühl, daß ich, falls ich durchfiele, vielleicht keine zweite Chance mehr bekäme.

Wir alle brauchten ein paar Tage, um uns an das Jüdische Lyzeum zu gewöhnen. Zweihundert Schüler hatten sich eingeschrieben. Manche von ihnen hatten vor der deutschen Besatzung gar nichts von ihrer jüdischen Herkunft gewußt und waren daher noch fassungsloser als wir übrigen. Doktor Bartels, ein Freund meines Vaters, war zum Rektor ernannt worden. Der Vater von Alice Cohen wurde unser Chemielehrer, und mein Onkel Joost van Hessen unterrichtete uns weiterhin in Deutsch. Es war beruhigend, unter all den fremden neuen Lehrern hin und wieder ein paar bekannte Gesichter zu sehen.

Zusammen mit Hannie, meiner Klassenkameradin aus dem Niederländischen Lyzeum, besuchte ich einmal Meneer Dommisse, unseren früheren Klassenleiter und Mathematiklehrer. Er hatte uns seit Beginn des Schuljahres von sich aus mit Büchern versorgt und Hausaufgaben aufgegeben. Wir schenkten ihm einen Blumenstrauß und dankten ihm für seine Hilfe. Er legte uns ans Herz, den Kontakt mit ihm aufrechtzuerhalten, und sagte, man habe uns am Niederländischen Lyzeum nicht vergessen; sie würden immer an uns denken. Seine freundlichen Worte machten mich ein wenig traurig. In letzter Zeit wurde ich immer empfindlicher und brach manchmal schon beim geringsten Anlaß in Tränen aus.

Ich fühlte mich ein bißchen angespannt, was wohl ein Grund für meinen Ausbruch war. Meine Freunde und meine Familie finden, daß ich in letzter Zeit nicht mehr die alte fröhliche Edith bin, sondern viel launischer und leichter verletzlich als sonst.

Am 12. Oktober gingen Gerüchte um, daß in Den Haag eine ähnliche Razzia wie in Amsterdam stattfinden sollte, und bei dem Gedanken daran wurde uns allen angst und bange.

Als wir nach Hause kamen, waren alle in heller Aufregung. Erst wollten sie den Jungen gar nichts davon erzählen, aber dann haben sie es Adrie, und später auch Harry, doch gesagt. Ein Gerücht macht die Runde, daß nun auch hier bei uns jüdische Jungen und Männer abgeholt werden sollen. Alle unsere Männer schliefen heute nacht irgendwo anders als zu Hause. Jules übernachtete bei Boy, Vater und

Paul bei der Familie Fernandes. Miep schlief dafür in meinem Zimmer, und ich unten bei Mutter. Herrlich. Nur hat es Mutter sehr aufgeregt. Am Ende ist doch nichts geschehen. Ich war ganz ruhig.

Neue Verordnungen schränkten unsere Bewegungsfreiheit immer stärker ein. Jüdischer Besitz wurde sowohl von den deutschen als auch von niederländischen Verwaltungsbeamten konfisziert. Ich hatte noch immer keine blasse Ahnung von unserer heiklen finanziellen Situation, aber Jules schmiedete allerlei Pläne, um die Familienkasse aufzubessern. Er setzte eine Anzeige in die Zeitung, in der er die alte Schreibmaschine meines Vaters zum Verkauf anbot, und es meldeten sich mindestens vierzig Leute, die sie haben wollten. Ich war ganz überrascht von Jules' Geschäftstüchtigkeit. Es gelang ihm, fünfundsiebzig Gulden für eine Schreibmaschine herauszuschlagen, die mein Vater vor zwanzig Jahren für sechzig Gulden gekauft hatte!

Als ich eines Tages nach Hause kam, fiel mir auf, daß die geliebten silbernen Leuchter meiner Großmutter weg waren. Nach und nach verschwanden all unsere Erbstücke und andere bewegliche Besitztümer aus dem Haus und wurden Freunden und Bekannten »geliehen«, um sie in Sicherheit zu bringen. Dadurch erschien uns das, was übrigblieb, um so wertvoller. Ich nutzte jede Gelegenheit, alle Erlebnisse, die irgendwie den Anschein eines glücklichen normalen Lebens erweckten, auf Papier zu bannen, um sie für ewig in Erinnerung zu behalten.

17. Oktober 1941

Wir haben unten ganz gemütlich Tee getrunken. Wir waren zu neunt. Dann klappte Dolf den Deckel des Flügels hoch und begann zu spielen. Erst das vierte Klavierkonzert von Beethoven, dann das erste von Tschaikowsky. Wunderbar. Wir saßen im Dunkeln. Nur eine einzige Kerze auf dem Flügel beleuchtete Dolfs Hände. Durch den flackernden Lichtschein wirkte Mutters Büste fast wie eine Heiligenfigur. Auch auf Vaters Holzkohlezeichnung von seiner Mutter fiel dieses Licht, und so wurden gleich zwei Mütter vom Kerzenschein umspielt, während Dolfs Hände wunderschöne Musik hervorbrachten. Ich saß allein und lauschte andächtig. Neben mir auf dem Sofa saßen mein Bruder und meine beste Freundin, rundherum Verwandte – und trotzdem war ich allein. Nicht, daß ich mich einsam fühlte, im Gegenteil. Ich fühlte mich heute abend ganz intensiv glücklich, mutig und bereit, allen Widrigkeiten, die noch auf uns zukommen mögen, zu trotzen.

Ich fing bereits an, mich an meine neue Schule zu gewöhnen. Ich hatte mich bereit erklärt, an der Gründung eines neuen Geselligkeitsvereins mitzuwirken, und wurde zur Schriftführerin ernannt.

17. Oktober 1941

Die oberen Klassen sind auf die Idee verfallen, in Zukunft mittags in der Schule zu tanzen. Besonders viel Lust habe ich nicht dazu. Trotzdem waren wir heute in der Pause wie eine große Familie. Vier Schüler spielten Bridge, der Rest stand um sie herum und schaute zu oder unterhielt sich. Ich widmete mich meiner Näharbeit. Auf so einer jüdischen

Schule hat man sich doch viel rascher eingewöhnt und findet schneller Anschluß als sonstwo.

Miep berichtete mir über das letzte Treffen meiner alten Musik- und Theatergruppe am Niederländischen Lyzeum, bei dem ich nicht dabeisein konnte.

25. Oktober 1941

Das Resultat der letzten Versammlung unseres alten Vorstands stimmte mich ein bißchen wehmütig und enttäuschte mich auch ein wenig. Ich hatte mir etwas anderes darunter vorgestellt. Die meiste Zeit wurde darauf verwandt, das Kassenbuch zu prüfen, und als Abschiedsgeschenk bekam ich ein Buch von Pearl Buck. Wie es scheint, wurde ich nicht weiter erwähnt. Auch das hatte ich mir anders vorgestellt. Aber was soll's, es ist ja jetzt vorbei, und ich sollte einfach nur an die schöne Zeit zurückdenken, die ich auf dieser Schule verlebt habe, anstatt an diese kalte Dusche. Die anderen können es sich nicht so richtig vorstellen, aber ich bin eben enttäuscht. Noch nicht einmal der Vorstand hat mir für meine Mitarbeit gedankt, obwohl sie es unter anderen Umständen bestimmt mit großem Tamtam getan hätten.

Meine Eltern sorgten sich um meine Sicherheit und hätten am liebsten gesehen, wenn ich überhaupt nicht mehr ausgegangen wäre. Solange meine Freunde mich zu Hause besuchten, machte mir das auch nicht viel aus.

Heute abend war ich zum Geburtstagsfest von Jetje eingeladen, aber ich durfte nicht hingehen. Es gab auch eine Versammlung von Gideon (der jüdischen Jugendorganisa-

tion). Auch dort durfte ich nicht hin. Morgen gibt Rosa eine Party, und auch da darf ich nicht hingehen. Nicht etwa aus Bosheit oder so, sondern weil es Papa und Mama lieber ist, und es macht mir überhaupt nichts aus.

Als ich zur Klassensprecherin gewählt wurde, tat dies meinem Selbstvertrauen ganz gut. Was mir wiederum überhaupt nicht gefiel, war, daß einer der Jungen an meiner neuen Schule mich mit Aufmerksamkeit überhäufte. Ich wurde von meinen Freunden damit aufgezogen, und dabei fand ich ihn noch nicht einmal besonders nett. Eines Tages lag nach der Schule ein Päckchen auf meinem Fahrrad, mit einem Zettel dabei. Im Päckchen befand sich ein nagelneues Gepäckträgerspannband, und auf dem Zettel stand: »Wird unsere Freundschaft noch so viele *Jahre* halten, wie dieses Spannband *Stunden*?« Verärgert legte ich meine Schultasche auf den Gepäckträger und zog so kräftig an dem neuen Spannband, daß es auf der Stelle riß. So, das hätten wir, dachte ich triumphierend. Als ich Adrie von den unerwünschten Aufmerksamkeiten erzählte, riet er mir, dem Jungen reinen Wein einzuschenken. Was ich daraufhin auch tat. Ich sagte ihm, ich betrachte ihn lediglich als Freund, nicht mehr. Endlich war es zu ihm durchgesickert. Im nachhinein hätte ich mir wohl gar keine Sorgen zu machen brauchen, denn schon einige Wochen später verschwand er von der Bildfläche, und nach ein paar Monaten erfuhren wir, daß er in die Schweiz geflohen war.

Am 5. Dezember feierten wir bei uns zu Hause ein gelungenes Nikolausfest. Jules war es geglückt, mit sechs Mann eine kleine Band zusammenzustellen, sogar mit einem Mikrofon. Wir Mädchen veranstalteten einen Gesangswettbewerb, und ich gewann mit meiner Interpretation von

Music, Maestro, Please. Wir tanzten bis spät in die Nacht hinein. Ich war an jenem Abend so glücklich, daß ich davon überzeugt war, der derzeitige Zustand müsse einfach bald ein Ende haben.

Ein paar Tage später bombardierten die Japaner Pearl Harbor.

12. Dezember 1941

Heute hat Guus Geburtstag. Er wird einundzwanzig und damit volljährig. Die Jugend wird flügge. Wie traurig muß es für Eltern sein, ihre Kinder weggehen zu sehen. Doch dieses Haus, unser Haus, wird für uns alle immer ein schützender Hafen bleiben, da bin ich mir ganz sicher. Unsere Eltern haben so viel für uns getan, und sie tun immer noch so viel! Wenn Gott will, wird der Tag kommen, an dem wir sie dafür belohnen können – und wie!

Zwischen Japan, Amerika und England herrscht Krieg. Unser Indonesien ist in Gefahr. Sie werben dort Freiwillige an. Der Zustand da unten wird allmählich kritisch und sehr angespannt. Ich habe meine Hoffnungen auf eine rasche Beendigung des Krieges und auf baldigen Frieden inzwischen fahrenlassen. Überall herrschen Angst und Spannung. Die internationalen Auseinandersetzungen sind in einen regelrechten Weltkrieg ausgeartet. Es gibt auf der Erde keinen einzigen Ort mehr, der nicht betroffen wäre.

Ich habe in meinem Tagebuch nie viel über Politik geschrieben, weil ich mich früher nicht besonders dafür interessierte und sich die Situation sowieso täglich ändert. Doch nun wird es von Tag zu Tag schlimmer, und das Leiden der Menschheit wird immer größer. Millionen Menschen finden den Tod; dieser Krieg ist eine furchtbare Tragödie.

Vielleicht ist es egoistisch von mir, so wenig darüber zu

schreiben, was in der Welt vor sich geht, und mich ausschließlich um mein eigenes unbedeutendes Leben zu kümmern. Aber es würde Bände füllen, und meine Theorien gehören hier nicht hin. Das eigene Leben steht wohl immer an erster Stelle, so ist das nun einmal. Das geschieht ganz unbewußt. Ich, mich – darum drehen sich unsere Gedanken doch hauptsächlich. So denke ich jedenfalls darüber, und vielleicht ist das tatsächlich ein Beweis dafür, daß ich eine schreckliche Egoistin bin. Ich hoffe nicht.

Mein Fahrrad war gestohlen worden. Es war meine eigene Schuld. Ich hätte es nicht draußen stehenlassen dürfen, obwohl es abgeschlossen war. Ich ging zur Polizei, um wegen des Diebstahls Anzeige zu erstatten, und war erstaunt über die Menschenmenge, die sich dort versammelt hatte. Es schien, als würde jeder von allen Seiten beraubt und bestohlen. Ein Mädchen erzählte mir, ihre beste Freundin habe ihre Nahrungsmittelkarte und ihre Kleidung gestohlen. Ein Milchhändler klagte, ihm fehlten achtzig Päckchen Butter. Ich schrieb all die Diebstähle und Betrügereien der vom Krieg verursachten Verzweiflung zu. Ein paar Wochen später wurde ich aufs Polizeipräsidium bestellt. Ein Polizist hatte mein Fahrrad aus einer Gracht gefischt. Es war völlig verrostet, der Rahmen war verbogen, und beide Reifen fehlten. Mein guter alter Drahtesel! Ich wünschte, er hätte sprechen können, um mir zu erzählen, was passiert war!

Ich sorgte mich um Jules, der einen verwirrten Eindruck machte und mich nicht länger ins Vertrauen zog. Ich spürte, daß er mir Dinge verheimlichte. Je distanzierter Jules sich verhielt, desto unsicherer und ängstlicher wurde ich.

23. Dezember 1941

Wenn ich zu irgendeiner Party nicht gehen durfte, sagte Jules meistens: »Darf Edith nicht mit? Wirklich nicht? Ach, wie schade!« Aber als ich nicht mit zu Hans durfte, sagte er statt dessen, er freue sich darüber, denn er könne mich sowieso nicht mehr leiden. Die Bemerkung war als Witz gemeint, aber sie hat mich verletzt. Diese Art von Witzen verletzt mich immer. Vielleicht bin ich überempfindlich, aber so bin ich nun mal. Ich habe ihn immer als meinen besten Freund betrachtet, aber in letzter Zeit benimmt er sich so komisch. Er ist einfach nicht mehr der gute alte Jules, wie ich ihn kannte. Früher besuchten wir uns auf unseren Zimmern und unterhielten uns über alles mögliche. Er war mein bester Freund. Jetzt sehen wir uns nur noch selten. Er hat mir noch nicht einmal gute Nacht gesagt. Also bin ich in sein Zimmer gegangen und habe leise gesagt: »Gute Nacht, Jules.« Er steckte hinter einem Buch. »Nacht.« Ich habe die Tür wieder zugemacht.

Dann bin ich nach unten gegangen, um Omi zum Geburtstag zu gratulieren (es war fünf nach zwölf). Sie ist ein Schatz. Ihr größter Wunsch ist, daß sie meine Hochzeit noch erlebt.

ZEHNTES KAPITEL

Die Jacke von Frans

1. Januar 1942

Stunden, Tage, Monate, Jahre ... ja, Stunden, Monate, Wochen, Tage ... sie flogen wie Schatten dahin.

Es kommt mir vor wie gestern, unsere letztjährige Silvesterfeier, als die Zukunftsaussichten noch nicht so düster waren wie in diesem Jahr.

Wir hatten noch genug zu essen. Es gab noch nicht so viele Kriegsopfer. Den meisten Familien ging es besser als jetzt. Und der Krieg wütet weiter und wird immer schlimmer und schlimmer.

Überall werden die Juden verfolgt. Sie sind ihres Lebens und ihrer Rechte nicht mehr sicher. Momentan hat jeder, der das »Verbrechen« begangen hat, vier jüdische Großeltern zu haben, jegliches Recht auf menschenwürdige Behandlung verspielt.

(Jeder, der mindestens drei oder vier jüdische Großeltern hatte, galt als »Jude«.)

Silvester war in diesem Jahr eine ziemlich glanzlose Angelegenheit. Mein Vater las uns etwas von Balzac vor, es gab die üblichen Gedichte und Reden, und ich spielte ein Stück auf dem Klavier. Aber meine Eltern hatten ihre Abendgarderobe nicht angezogen, und statt Sekt tranken wir Obstbowle mit Sprudelwasser. Es war der letzte Jahreswechsel, den unsere Familie je gemeinsam feiern sollte.

Obwohl wir zu Beginn der deutschen Besatzung eine Weile ohne Haushaltshilfe ausgekommen waren, hatte meine Mutter doch schnell wieder eine neue Kraft eingestellt. Greta war eine große Hilfe gewesen, vor allem in der Zeit, als meine Mutter krank war. Doch nun erfuhren wir, daß auch sie uns verlassen mußte, denn ab dem 1. Januar war es Nichtjuden verboten, für Juden zu arbeiten. Ein jüdischer Portier, der seine Stelle beim Theater verloren hatte, nahm Gretas Platz ein. Er hieß Jacques und hatte von Hausarbeit nicht besonderes viel Ahnung. Es war schon ziemlich seltsam, daß nun ein ungeschickter Mann durch unser Haus lief und versuchte, die Arbeit zu erledigen, die Jannie und Greta um so vieles gewandter verrichtet hatten. Trotzdem fand ich es auch irgendwie toll, einen »Butler« zu haben. Er trug eine schicke, rotweiß gestreifte Weste und gab sich wirklich Mühe. Außerdem war ich froh darüber, nicht selbst fegen oder die Betten machen zu müssen.

21. Februar 1942

Es ist schon Ewigkeiten her, daß ich zum letzten Mal geschrieben habe. Es hat getaut, dann wieder gefroren, geschneit, getaut usw. usw. Momentan friert es wieder heftig. Egal, ob man zu Fuß oder mit dem Fahrrad unterwegs ist: Man riskiert, sich den Hals zu brechen.

Die politische Situation ist katastrophal. Japan hat einen großen Teil Ostindiens erobert. Unser Niederländisch-Indien. Wer hätte das je gedacht? Ich empfinde Mitleid mit allen, die dort Verwandte haben, einen Vater oder einen Sohn. Wir leben in einer schlimmen Zeit. In Rußland geht es einigermaßen, und hier in den Niederlanden leben wir wenigstens noch. Hannie und ihre Familie wurden aus ihrem Haus vertrieben. Erst vor kurzem ist hier ganz in der Nähe eine Bombe gefallen. Ich komme fast jeden Tag zu spät zur Schule – die Verbindungen mit Bahn und Bus sind schrecklich schlecht. Trotzdem gehe ich immer noch gerne hin. Ich habe beschlossen, doch nicht Medizin zu studieren, sondern statt dessen Niederländische Sprach- und Literaturwissenschaft. Ich habe einen Aufsatz geschrieben, über einen Sommerabend. Aat sehe ich in letzter Zeit selten. Wegen des Wetters.

Armes, vernachlässigtes Tagebuch, ich verspreche, daß ich dir, sobald das Examen vorbei ist, sehr viel Aufmerksamkeit widmen werde, und ich verspreche auch, daß ich nicht mehr so schlampig und oberflächlich in dich hineinschreiben werde. Aber im Moment bin ich einfach zu müde und habe nur sehr wenig Zeit. Noch anderthalb Monate, dann liegt alles hinter mir. Und dann …?

Im April fand die schriftliche Prüfung statt. Ich war nervös, hatte aber andererseits das sichere Gefühl, es bestimmt zu schaffen. Wir bekamen eine Woche Zeit, um uns noch einmal in Ruhe vorzubereiten. Der letzte offizielle Schultag war ein Riesenspaß. Ich hatte Texte für zwei Lieder geschrieben, mit denen wir unsere Lehrer auf den Arm nahmen. Alle Examensschüler zogen in einer Polonaise durch die Schule, läuteten die Schulglocke, störten andere Schüler, sangen laut und überreichten allen Lehrern eine Nelke. An unsere Revers hatten wir eine fröhliche gelbe Narzisse geheftet.

Wir konnten nicht ahnen, daß wir keinen Monat später an derselben Stelle den gelben »Judenstern« würden tragen müssen.

Nachdem wir noch einmal eine Weile heftig gepaukt hatten, brach endlich der erste Tag des schriftlichen Examens an. Als meine Nerven anfingen, mir Streiche zu spielen, wurde ich mit einem Mal gläubig und betete jeden Abend inbrünstig zu Gott.

Nach den schriftlichen Prüfungen gönnte ich mir eine wohlverdiente Ruhepause, obwohl der schwierigste Teil des Examens noch vor mir lag – die gefürchteten mündlichen Prüfungen, die für Anfang Juli geplant waren. Ich ging jeden Tag mit ein paar Freunden, darunter auch Jules und Adrie, Segeln. Unser eigenes Boot, die *Doolard*, hatten wir – natürlich nur auf dem Papier – an Lex Fernandes, Mieps Vater, verkauft. Denn, wie ich leichthin in mein Tagebuch schrieb, »man konnte ja nie wissen«. Trotz der Erleichterung über das hinter mir liegende Examen war ich nicht imstande, mein seelisches Gleichgewicht zu bewahren. Dies hatte mit Eifersucht zu tun. Mir war nicht entgangen, daß sehr viele Mädchen Adrie attraktiv fanden, obwohl er mir schwor, ich sei die einzige für ihn. Besonders einem Mädchen, Mila, hatte er es offenbar angetan, und sie war ausgesprochen hübsch. Adrie war Jugendmeister seines Tennisclubs, und dort hielt sich Mila oft in seiner Nähe auf. Ich konnte in diesen Club nicht hinein, denn auch er war nun für Juden verboten. Manchmal erwartete ich Adrie am Eingang, damit wir zusammen nach Hause radeln konnten. Eines Tages schaute ich über den Zaun und sah, wie Adrie ein Tennismatch gewann und ihm danach seine Teamkameraden und alle hübschen Mädchen des Clubs gratulierten. Ich fühlte mich ausgeschlossen und einsam.

Mein Cousin Paul färbte sich die Haare, gab Nina einen Abschiedskuß und war vom einen auf den anderen Tag verschwunden. Damals wußte ich es noch nicht, aber lange Zeit später erfuhr ich, daß Paul meinen Vater in seine Pläne, über Belgien, Frankreich und Spanien zu flüchten, eingeweiht und ihn gebeten hatte, Jules mitnehmen zu dürfen. Nach langer Überlegung hatte mein Vater schließlich nein gesagt. Er fände es nicht richtig, Paul die Verantwortung für seinen wesentlich jüngeren Cousin aufzubürden, so begründete er seine Entscheidung.

»Nun sind wir vogelfrei«, schrieb ich am 1. Mai in mein Tagebuch.

Am 2. Mai 1942 wurden alle Juden dazu verpflichtet, einen gelben Davidsstern zu tragen, auf den in häßlichen, pseudo-hebräischen Buchstaben das Wort »Jude« gedruckt war. Die Sterne mußten auf jedes Kleidungsstück genäht werden, das außerhalb des Hauses getragen wurde. Ich erinnere mich an die Vorschriften im Zusammenhang mit dem Tragen der Sterne (die überall in der Stadt für jeden sichtbar auf Plakaten zu lesen waren): Sie gaben an, wo genau der Stern links auf der Brust zu befestigen sei. Es wurde außerdem geraten, sie vor dem Aufnähen zu waschen, um ein »Ausbleichen und Eingehen« zu verhindern.

4. Mai 1942

Wir tragen alle unsere Sterne. Es bringt mich dauernd zum Lachen. Was für ein Blödsinn, dieses dämliche Getue mit diesen Sternen. Man hört die ulkigsten Dinge darüber, und die Witze machen noch schneller die Runde als die Gerüchte. Die Leute, die Sterne tragen, werden auf der Straße gegrüßt. Die Herren ziehen den Hut, und man bekommt allerlei aufmunternde Bemerkungen zu hören. Es ist toll. Heute hat wohl auch ein deutscher Soldat Vater zugenickt. Ich habe sogar einen Stern auf meinen Schal genäht, was nicht erlaubt ist, aber ich warte so lange, bis jemand etwas sagt. Im Ausgabebüro waren alle überraschend freundlich. Jemand sagte zu mir: »Mach doch dieses blöde Ding ab! Wirf es einfach weg!« Es ist wirklich nett.

Zu Hause war inzwischen etwas Schreckliches passiert, etwas, das ich nicht einfach mit einem Lachen beiseite schieben konnte. Als ich ein paar Tage zuvor nach Hause gekommen war, hatte ich meine Mutter hingestreckt auf dem Boden gefunden. Sie hatte es an jenem Morgen besonders eilig gehabt, war auf dem frisch gebohnerten Parkettfußboden in der Diele ausgerutscht und hatte das Bewußtsein verloren. Sie hatte, ohne sich bewegen zu können, bereits einige Zeit dort gelegen. Es kostete mich große Mühe, sie in einen Stuhl zu hieven. Dann rief ich den Arzt an, der sofort kam, und zusammen trugen wir sie die Treppe hinauf ins Bett. Er diagnostizierte eine leichte Gehirnerschütterung und ein paar gezerrte Muskeln und verordnete strenge Bettruhe.

8. Mai 1942

Was für ein unglaublich elender Tag. Mutter hatte nun schon einige Tage im Bett gelegen. Sie wurde die ganze Zeit sehr verwöhnt und mit Blumen förmlich überhäuft. Der Arzt verpaßte ihr furchtbar schmerzhafte »Massagebehandlungen«. Er wußte zwar nicht genau, was ihr fehlte, aber ein Bruch? Ausgeschlossen! Doch heute war es schon zehn Tage her, daß sie gefallen war, und die Schmerzen hatten immer noch nicht nachgelassen. Vater drängte auf Röntgenaufnahmen, daher war der Arzt gezwungen, ein wenig umzudenken. Sie wurde von einem Krankenwagen abgeholt. Ein entsetzlicher Anblick war das – Mutter auf einer Bahre. Sie sagten, sie wären in einer Stunde wieder da. Endlich, nach Ewigkeiten, kehrten Vater und der Doktor zurück – aber ohne Mutter! Sie haben sie im Krankenhaus behalten. Auf den Röntgenfotos war zu sehen, daß sie die Hüfte gebrochen hat. Es wird Monate dauern, bis sie wieder gesund ist. Ich erschrak, als ich das hörte. Allein der Gedanke daran, daß Mutter die ganze Zeit weg ist und dort so alleine liegen muß …

Wir wußten, daß sie im Katholischen Krankenhaus »Johannes de Deo«, wo sie von freundlichen Schwestern gepflegt wurde, in guten Händen war. Meine Mutter versuchte, das Beste aus der Situation zu machen. Doch meine Großmutter war untröstlich, und mein Vater war ganz außer sich über diese erzwungene Trennung. Ich empfand es als meine Pflicht, die Familie moralisch aufzubauen.

Wir müssen jetzt alle versuchen, den Kopf über Wasser zu halten. Wir werden uns schon irgendwie durchschlagen. Politisch sieht es ganz gut aus.

Die »Sternenparade« ist einfach nicht zu übersehen. Im Grunde achtet inzwischen gar niemand mehr darauf. Die meisten Leute sind unglaublich freundlich. Eine Frau hat mir nachgerufen: »Mach dir nichts draus, Mädchen!« Und ein kleiner Junge hat heute morgen zu mir gesagt: »Hallo, Fräulein!« Ich glaube nicht, daß wir noch viel zum Segeln kommen. Alles, was früher Spaß gemacht hat, ist jetzt verboten. Als ich in den Bus stieg, um in die Stadt zu fahren, standen einige Herren auf, um mir, wegen meines Sterns, einen Platz anzubieten. Ein anderer Mann machte eine Bemerkung darüber, die ich hier nicht wiederholen kann, und begann, »Oranje boven« zu singen.

Aat ist heute abend vorbeigekommen. Er war ein wenig niedergeschlagen. Wir haben uns gut unterhalten, obwohl es ein ernstes Gespräch über allerhand deprimierende

Dinge war. Wir müssen eben sehen, wie wir uns hier durchschlagen können. Man rechnet damit, daß Mussert am 10. oder 11. Mai die Macht ergreift. Ich frage mich, was dann passiert. Am 10. Mai ist die Invasion genau zwei Jahre her. Es sind schon wieder ungefähr dreitausend wichtige Persönlichkeiten und Offiziere verhaftet worden. Als Geiseln, falls das Volk einen Aufstand wagen sollte. Alles Lüge!

Ein junger Mitarbeiter des Judenrats bat mich, seiner zwölfjährigen Schwester Nachhilfestunden zu geben. Bertie Keyzer war zu ihrem verheirateten Bruder gezogen, weil es an ihrem Wohnort keine jüdische Schule gab. Mein erster Job! Ich bekam fünf Gulden pro Woche, wenn ich ihr täglich half.

Damit übernahm ich zum ersten Mal in meinem Leben die Verantwortung für einen anderen Menschen.

10. Mai 1942

Muttertag. Ich ging, bepackt mit Blumen, Eiern und anderen Dingen, Mutter im Krankenhaus besuchen. Nächste Woche wird sie operiert. Omi darf nichts davon wissen. Ich besuche sie jeden Tag. Ich habe überhaupt keine Zeit für meine Hausarbeiten. Ich muß im Haushalt helfen, und Miep hat nächste Woche Dienstag Examen und braucht mich. Dazu muß ich jeden Tag Bertie Nachhilfestunden geben. Aat ist niedergeschlagen und muß aufgemuntert werden. Die Atmosphäre zu Hause muß besser werden. Vater ist ganz deprimiert ohne seine geliebte Frau. Auch Omi vermißt sie und weint oft. Meine Freundin Hansie liegt auch im Krankenhaus. Sie muß ich auch noch besuchen.

Jules sah ich nur selten; er ging morgens schon sehr früh zur Arbeit, sobald die Sperrstunde für Juden vorüber war. Das abendliche Ausgehverbot umgingen wir, indem wir Freunde zu uns nach Hause einluden. Die Juden unter ihnen blieben dann über Nacht bei uns, die anderen gingen nach Hause, denn als Nichtjude brauchte man erst um Mitternacht daheim zu sein. Trotzdem begannen die Einschränkungen, mich mehr und mehr zu bedrücken. Bei meiner Mutter im Krankenhaus ließ ich meinen ganzen Ärger heraus – die Wut, den Schmerz und das beklemmende Gefühl, ausgeschlossen zu sein.

Es ist schon eine ekelhafte Vorstellung, vor dem Tennisplatz zu stehen und nicht hineinzudürfen. Man sieht die Bekannten, die Tennis oder Hockey spielen, rudern oder segeln, und all diese Dinge sind für einen selbst verboten. Wenn man mit dem Fahrrad irgendwohin fahren will, stößt man überall auf Schilder mit der Aufschrift »Für Juden verboten«. Trotzdem laufe ich stolz mit dem Stern auf der Brust durch die Gegend. Wir müssen diese blöden Dinger auf fast jede Jacke und jedes Kleid, das wir besitzen, aufnähen. Ich habe stechende Kopfschmerzen. Ich glaube, daß ich mich einfach mit alldem abfinden muß. Schließlich wird schon alles wieder in Ordnung kommen. Im großen und ganzen halte ich mich eigentlich ganz tapfer.

Doktor Bartels, der Rektor unserer Schule und ein Freund meines Vaters, wurde entlassen, weil er Ärger mit einem Nazi-Kollaborateur bekommen hatte. Alle in der Schule waren darüber entsetzt. Durch unsere Zeitung, das *Joodsche Weekblad*, wurde uns mitgeteilt, daß alle jüdischen Jungen sich einer ärztlichen Untersuchung zur Auswahl für die »Arbeitslager« zu unterziehen hätten. Jules wurde abgelehnt, weil er eine Brille trug. Wir waren unglaublich erleichtert, obwohl wir nicht wirklich wußten, was »Arbeitslager« eigentlich waren. Wenn man las, was in den damaligen sogenannten Zeitungen gedruckt wurde – langatmige Beleidigungstiraden über Juden und ihre »Judenfreunde« – dann konnte man allerdings kaum glauben, daß es noch jemanden gab, der sich in dieser Beziehung Sand in die Augen streuen ließ.

Kleidung wurde allmählich knapp. Es gab Bezugsscheine für Textilien, ebenso wie für Schuhe und andere Lebensnotwendigkeiten. Ein Großteil der Produkte war aus den Geschäften geholt und nach Deutschland transportiert worden. Ich wuchs weiterhin mit der bisherigen Geschwindigkeit aus meiner Kleidung heraus. Als ich daher eine weiße Uniformjacke in einem Schrank entdeckte, war ich überglücklich. Die Jacke hatte Frans Oppenheimer gehört (dem Sohn einer Freundin meiner Mutter), der, als die Nazis an die Macht kamen, nach Südamerika geflüchtet und zur argentinischen Marine gegangen war. Frans hatte uns besucht, als sein Schiff im Rotterdamer Hafen vor Anker lag, kurz vor dem Angriff der Deutschen. Er hatte seine Uniform bei meiner Mutter gelassen und sie gebeten, sie in die Reinigung zu bringen. Nach der Bombardierung Rotterdams war uns klar, daß Frans seine Uniform nicht abholen würde, bis der Krieg vorbei war.

Die Jacke paßte mir wie angegossen, und meine Eltern erlaubten mir, sie zu tragen. »Frans hat bestimmt Verständnis dafür«, meinten sie. »Nach dem Krieg kaufen wir ihm einen neuen Anzug.«

Ich kam mir sehr elegant vor in meiner weißen Jacke mit den goldenen Knöpfen. Niemandem fiel auf, daß sie verkehrt herum geknöpft war. Ich nähte einen gelben Stern auf die Brusttasche und sah fast aus wie ein echter General.

Eines Tages, als ich Arm in Arm mit meiner Freundin Noeke spazierenging, hörte ich, wie sich hinter uns auf dem Bürgersteig ein Fahrradfahrer näherte. Plötzlich bekam ich einen Stoß in den Rücken und einen Schlag auf den Kopf. Zunächst dachte ich, es wäre ein Freund, der mich überraschen wollte, aber dann wurde mir klar, daß dies kein freundschaftlicher Stups in den Rücken gewesen war. Der Fahrradfahrer hielt nicht an, sondern fuhr mit hoher Geschwindigkeit weiter. Ich rannte ihm hinterher und schrie: »Dreckiger Schuft!« Ich versuchte noch, ihn am Gepäckträger zu erwischen, aber da hörte ich Noeke hinter mir her rufen: »Edith! Komm zurück! Den kriegst du doch sowieso nicht! Laß den Mistkerl abhauen!« Enttäuscht und wütend blieb ich stehen. Ich konnte nicht verstehen, warum mir jemand weh tun wollte – und dann auch noch jemand, der mich überhaupt nicht kannte!

Noeke nahm mich am Arm und sagte: »Komm, Edith. Komm mit mir. Ich lasse mich nicht so schnell einschüchtern. Ich werde immer deine Freundin bleiben.« Da verstand ich. Die weiße Jacke mit den goldenen Knöpfen und dem gelben Stern – und dazu meine Freundin Noeke mit ihren blonden Locken und ohne Stern auf der Jacke. In meinen Augen war der Stern immer ein Ehrenzeichen gewesen. Nun erst begriff ich, daß es durchaus auch Menschen gab, die darüber ganz anders dachten.

ELFTES KAPITEL

Ein Ende in Sicht?

Vom 2. auf den 3. Juni 1942, halb zwei Uhr nachts

Ich habe das Gefühl, daß das Ende in Sicht ist. Nicht für mich, sondern für den Krieg. Ich kann nicht schlafen. Seit einer Stunde fliegen ganze Geschwader von Flugzeugen über uns hinweg. Engländer. Sie fliegen nach Deutschland. Schon die dritte Nacht hintereinander. Köln und Essen sind bereits zerstört. Welche Stadt wohl heute nacht an der Reihe ist? Sie machen einen Höllenlärm, und zwar ununterbrochen. Auch bei uns in der Nähe sind einige Bomben heruntergekommen. Trotzdem geben mir die Flugzeuge ein beruhigendes Gefühl.

Ich lag nachts wach und wartete, bis meine »Freunde« zurückkehrten, um die Deutschen kurz hinter der Grenze zu bombardieren. Die Bombardements waren immerhin ein Beweis dafür, daß es irgendwo jemanden gab, der etwas *unternahm*!

6. Juni 1942

Nun erst bin ich mir bewußt geworden, wie schwer das alles manchmal auf einem lasten kann. Ich bin zutiefst niedergeschlagen. Aat sollte eigentlich heute abend zu mir kommen – oder zumindest anrufen. Aber ich habe nichts von ihm gehört. Manchmal bin ich von unserer Freund-

schaft enttäuscht. Habe mich eben erst bei Vater ausgeheult. Wenn Mutter nur bald wieder nach Hause käme! Ich vermisse sie so sehr. Und wenn der Krieg doch bald vorbei wäre!

Lieber Gott, hilf uns doch!

Sogar Feste und Ausflüge waren einfach nicht mehr wie früher.

15. Juni 1942

Heute hatte Dicky Geburtstag. Er ist achtzehn geworden. Die ganze Clique war da. Echtes Schokoladeneis mit Schlagsahne! Es war ein wunderbarer Abend.

Trotzdem bin ich nicht mehr in guter Stimmung. Ich fühle mich einfach nicht mehr glücklich. Ich bin überreizt, und es ist, als würde etwas Schweres auf mir lasten. Aber alle sind momentan bedrückt. Jüdische Jungen werden für Arbeitslager gemustert. Es muß die Hölle sein, dorthin geschickt zu werden. Gott sei Dank haben sie Jules für nicht tauglich erklärt, aber Gerard bekam seinen Tauglichkeitsbescheid. Er trägt es tapfer. Ich mag ihn.

Miep hat sich prächtig amüsiert. Ist ja auch logisch, sie kann schließlich noch tun und lassen, was sie will. Wenn sie Lust hat, Tennis oder Hockey spielen zu gehen, kann sie es tun. Wenn sie in Urlaub fahren oder etwas mit der Schule unternehmen will, kann sie es ebenfalls. Wir dagegen sitzen hier fest wie Gefangene. Wir dürfen nicht mehr segeln, nicht mehr rudern, nicht mehr Fahrrad fahren – bald bleibt uns gar nichts mehr übrig. Aber ich lasse mich nicht unterkriegen! Ich frage mich nur manchmal, wo meine sorglose Einstellung von früher geblieben ist. Andere Leute kommen mit ihren Sorgen und Problemen zu mir, und ich möchte ihnen wirklich gerne helfen. Aber ich sehne mich so sehr nach einer sorgenfreien Zeit!

Die Operation meiner Mutter war laut Bericht der Ärzte erfolgreich verlaufen, doch sie lag nun von den Achseln bis zu den Zehen in Gips. Ein junger Arzt hatte auf einen ihrer Zehen eine kleine rot-weiß-blaue Flagge gesteckt. Im Knochen unterhalb ihres Knies steckte ein Metallstift, der als Befestigungspunkt für das Gestell diente, das ihr Becken ein paar Monate lang fixieren sollte. Meine Mutter nahm ihren Zustand gelassen hin und klagte nie. Meine Besuche im Krankenhaus waren für mich der Höhepunkt des Tages.

Herrliche Stunden sind das, die ich bei Mutter verbringe. Sie hat so unendlich viel zu geben.

Es geschahen auch Dinge, die so schrecklich für mich waren, daß ich sie noch nicht einmal in mein Tagebuch schreiben konnte. Durch meine Weigerung, diese Dinge festzuhalten, gelang es mir irgendwie, mir selbst vorzumachen, sie seien nie geschehen. Meine Erinnerungen an jene Zeit sind daher vom beispielhaften Mut und der Treue meiner Freunde und anderer Menschen geprägt. Wenn sich etwas nicht mit diesem Idealbild meiner Landsleute in Einklang bringen ließ, weigerte ich mich, es zu mir durchdringen zu lassen. Dieser »selektive Gedächtnisverlust« wurde mir siebzehn Jahre später bei einer Jubiläumsfeier des Niederländischen Lyzeums in Den Haag bewußt. Ein früherer Klassenkamerad, an den ich mich kaum erinnern konnte, begrüßte mich überschwenglich und begann, über einen Vorfall zu reden, der ihm all die Jahre im Gedächtnis geblieben war. Ich fragte ihn, was er meinte. »Aber das kannst du doch nicht vergessen haben!« rief er aus.

Erst nachdem er mir die ganze Geschichte erzählt hatte, wußte ich wieder, wovon er sprach. Meneer Dommisse, unser Klassenlehrer, hatte Hannie und mich eingeladen, zur Bekanntgabe der Examensresultate meiner früheren Klassenkameraden zu kommen. Ich war froh und aufgeregt, wieder auf dem Innenhof des Niederländischen Lyzeums zu stehen, umringt von alten Freunden, und auf den Moment der Bekanntgabe zu warten. Plötzlich sah ich, wie zwei Personen in schwarzen Hemden, glänzenden Militärstiefeln und den verhaßten NSB-Abzeichen auf der Brust auf uns zu marschierten. Ich kannte die beiden nur allzu gut: Es waren Jan van S. und Rudi I., ehemalige Klassenkameraden. Sie waren beide nicht besonders gut in der Schule und auch nicht sonderlich beliebt. Früher waren sie immer froh gewesen, wenn meine Freunde und ich sie in unsere Aktivitäten mit einbezogen.

»Sieg heil«, schrien sie auf deutsch, und streckten Hannie und mir ihre blassen Gesichter entgegen. *»Was machen Sie hier?«* Ich wußte nicht, wie mir geschah, und öffnete den Mund, um etwas zu sagen, aber es kam kein Laut über meine Lippen. »Ihr wißt doch, daß ihr hier nicht erwünscht seid?« brüllten sie. »Schert euch weg!«

Zwei Jungen aus meiner Klasse begannen, Jan und Rudi grob wegzustoßen, doch die Lehrer gingen rasch dazwischen und hielten sie zurück. Meneer Dommisse nahm Hannie und mich am Arm, führte uns schnell vom Innenhof und flüsterte: »Kommt mit, Mädchen, wir ziehen doch nur den kürzeren. Es ist besser, ihr geht jetzt.«

Ich marschierte direkt von der Schule zum Krankenhaus, in der Gewißheit, daß meine Mutter mir über diese Demütigung hinweghelfen würde. Nach dem Besuch schrieb sie mir einen Brief, in dem sie mich zu trösten versuchte.

Meine liebes Eetje,

als Du mich gestern verlassen hast, warst Du in einer traurigen Stimmung. Später hatte ich dann genug Zeit, über all das, was Du mir erzählt hast, in Ruhe nachzudenken. Nun, mein Liebes, solange es Dir gut geht, hast Du natürlich kein Gefühl für das, was uns Menschen eigentlich weiterbringt. Gott hat die Natur erschaffen und läßt die Sonne auf die Welt hinunterscheinen, so daß alles prächtig aussieht – doch er hat auch den Regen erfunden, der die Menschen zwar oft trübselig macht, andererseits aber von großem Nutzen ist, weil er unsere Nahrungsmittel wachsen läßt, die uns am Leben erhalten.

Genau so verhält es sich auch mit dem Leben von uns Menschen, mein Schatz. Wir haben mit allen möglichen Widrigkeiten zu kämpfen: Enttäuschungen, Kummer, Demütigungen etc. Dabei gibt es natürlich auch die schönen Seiten wie Glück, Freude, Erfolg, Liebe und noch vieles mehr. Ein junger Mensch muß versuchen, diese Erfahrungen durch eigenes Nachdenken so gut wie möglich zu verarbeiten. Du hast gerade eine Enttäuschung erlebt; man hat Dich schmerzlich beleidigt. Doch Du darfst dabei nicht vergessen, von wem Du beleidigt wurdest. Deswegen rate ich Dir, in diesem Falle ein wenig toleranter (d. h. unempfindlicher) zu sein und Dir zu denken: Ein solcher Mensch kann mich doch überhaupt nicht kränken. Deine wahren Freunde bleiben auch Deine Freunde, und dank deiner eigenen Qualitäten hast Du in Deinem jungen Leben schon sehr viele Freunde gewonnen!

Wir stehen momentan unter großem Druck – Du ebenso wie Tausende anderer Menschen, und wir versuchen, bei allem, was kommen mag, so gut es geht den Kopf über Wasser zu halten. Dabei helfen uns unsere Willenskraft und unser Vertrauen! Ja, wenn wir die nicht hätten, dann wäre das Leben keinen Pfifferling wert. Im Geiste vergleiche ich uns Juden in dieser Zeit, die wir momentan durchmachen, immer mit einem kleinen Kind, das von einem großen Rüpel gejagt wird, der es anherrschen und in die Knie zwingen will.

Doch alles hat einmal ein Ende, mein Liebes. Du sollst wissen, daß ich hinter Dir stehe, und zusammen gehen wir unseren Weg, mit offenen Augen und offenem Herzen! Der liebe Gott beschützt uns, wenn wir nur immer den richtigen Weg einschlagen und unsere Pflichten beherzigen, uns selbst und unseren Mitmenschen gegenüber.

Zu Hause war ich momentan keine große Hilfe. Ich verspürte zwar das Bedürfnis, meiner Großmutter und Jacques zur Hand zu gehen, doch es war einfach unmöglich – ich mußte lernen. In der zweiten Juliwoche hatte ich mündliche Prüfung. Mein Vater riet mir, die Einladung der Familie Fernandes, für ein oder zwei Wochen bei ihnen zu wohnen, anzunehmen, wenn dies für meine Arbeit von Nutzen sei. Es fiel mir dort wesentlich leichter, mich zu konzentrieren. Ich wußte außerdem, daß mich Mieps Mutter, Tante Jetty, nach Strich und Faden verwöhnen würde, und ich genoß die Vorstellung, mich ein paar Tage lang ausschließlich mit mir selbst beschäftigen zu können.

26. Juni 1942

Letzten Mittwoch mußten alle Juden ihre Fahrräder abliefern. Es war ein wahnsinniger Andrang. Lange Schlangen. Habe übrigens viele Freunde und Bekannte getroffen. Es war fast wie bei einem Empfang. Ich mußte von halb elf bis zwei Uhr warten. Kein Jude darf jetzt mehr Fahrrad fahren. Was für eine Schweinerei. Sogar das nehmen sie uns noch weg! In letzter Zeit halte ich mir die ganze Zeit den Spruch vor Augen: »Wenn die Not am größten ist, muß *die Rettung nah sein.« Gestern nacht ist Bremen wieder bombardiert worden. Wann ist das alles endlich vorbei?*

Jacques, unser »Butler«, wurde für den Dienst im Arbeitslager für untauglich befunden, obwohl er auf mich einen vollkommen gesunden Eindruck machte. Mein Freund Gerard hatte weniger Glück. Wir hörten, daß er in ein Lager geschickt werden sollte. Für uns wurden die Nachrichten immer besorgniserregender:

1. und 2. Juli 1942

Schon wieder neue Maßnahmen. Nicht nur, daß wir nicht mehr Fahrrad fahren dürfen, nun dürfen wir auch nicht mehr die Straßenbahn benutzen. Wir müssen um acht Uhr abends von der Straße weg sein und dürfen die Häuser von Nichtjuden nicht mehr betreten. Einkaufen gehen dürfen wir nur noch zwischen drei und fünf Uhr nachmittags. Es ist doch alles ein Elend im Moment. Für Mutter sind die neuen Maßnahmen schlimm, weil das Krankenhaus für Vater und Omi zu Fuß so schlecht erreichbar ist. Sie muß jetzt noch acht Wochen im Gipsbett liegen, hält sich aber sehr tapfer. Jules war heute nachmittag bei ihr. Ich auch, einfach so, ohne Ankündigung: Sie hat sich riesig gefreut. Ich wohne wieder zu Hause. Ich konnte nicht länger bei der Familie Fernandes bleiben. Ich hatte dort eine schöne Zeit. Als ich gestern zum letzten Mal mit ihnen am Abendbrottisch saß, habe ich ihnen ein Gedicht vorgelesen, das ich zum Dank für sie geschrieben habe. Wir waren so aufgewühlt und empört wegen der neuen Maßnahmen, daß wir allesamt dermaßen heulen mußten, daß uns schließlich vor lauter Lachen die Tränen über die Wangen liefen. Wie in einer echten Tragikomödie.

Meine alten Freundinnen vom Lyzeum organisierten ein Fest für Hannie und mich, eine Pyjamaparty in einer Scheune auf dem Landgut von Loulous Eltern, dem Baron und der Baronin van Wassenaar. Sie wohnten in einer großen Villa mit einer Rasenfläche davor, die sich bis an den Rand eines schattigen Waldes erstreckte. In der Scheune fühlten wir uns sicher und ungestört. Wir hatten nämlich beschlossen, daß die Scheune gar kein richtiges Haus sei und Hannie und ich daher das Besuchsverbot bei Nichtjuden strenggenommen gar nicht übertraten. Die anderen Mädchen stritten sich darum, wer im Bett neben mir schlafen durfte. Damit wollten sie mir zu verstehen geben, daß sich an unserer Freundschaft nichts geändert hatte. Unser fröhliches Treffen endete am folgenden Tag mit einer Ponykutschfahrt durch den Wald. Kichernd sagten wir uns, man könne wirklich von Glück reden, daß die Nazis noch nicht daran gedacht hatten, auch Ponykutschen auf die Liste der für Juden verbotenen Fahrzeuge zu setzen!

Endlich brach der Tag der mündlichen Prüfung an. Hannie und ich hatten uns schon ganz früh morgens verabredet. Wir mußten so zeitig aufbrechen, weil wir über eine Stunde Fußmarsch vor uns hatten.

13. Juli 1942

Ich habe noch bis zum letzten Moment gelernt. Hannie und ich sind zusammen zur Schule gegangen. Es regnete. Ein Mechaniker von Bus T wollte uns unbedingt in seinem leeren Fahrzeug mitnehmen. Das war sehr nett von ihm, weil wir doch nicht mit der Straßenbahn fahren durften, aber wir hielten es für sicherer, nicht auf sein Angebot einzugehen. Wir sagten, wir müßten leider ablehnen, weil wir sonst ins Kittchen kämen. Er antwortete: »Naja, dann komme ich eben mit, das wird bestimmt lustig.« Wir antworteten: »Ja, aber wir warten lieber noch ein bißchen damit, wir müssen nämlich erst noch Examen machen …« Da fiel uns plötzlich wieder ein, daß wir ja auf dem Weg zu unserer Prüfung waren! »Das nächste Mal, einverstanden? Nach dem Krieg.« Und wir trotteten weiter.

Ich bestand mein Examen mit guten Noten (außer in Chemie, doch auch dafür bekam ich noch ein »ausreichend«.)

Es ist überstanden: Ich habe es geschafft! Es wurden Reden gehalten, und wir nahmen Abschied von den Lehrern. Danach bin ich gleich zu Mutter gegangen, um ihr die gute Nachricht zu überbringen. Mutter und Jules waren beide ganz aufgeregt. Große Feier bei ihr. Alle im Krankenhaus hatten die wichtige Neuigkeit gehört. Als wir gerade gehen wollten, stand auf einmal Adrie mit einem Blumenstrauß in der Tür.

Zu Hause wurde ich von Omi, Miep und Dolf festlich empfangen. Blumen. Gebäck.

Damals konnte ich noch nicht ahnen, daß ich nicht nur von meiner Schule Abschied nahm. Dieser Tag markierte zugleich das Ende meiner Jugend. Die Eintragung vom 13. Juli ist die letzte in meinem Tagebuch. Noch keine Woche später sollte Edith van Hessen aufhören zu existieren.

ZWÖLFTES KAPITEL

Untertauchen

Zwei Jahre lang hatten wir uns in der Hoffnung gewiegt, das Schlimmste würde uns schon erspart bleiben. Die Nazis hatten unsere Gutgläubigkeit geschickt für sich genutzt und unserer gesamten Nation Sand in die Augen gestreut. Es lief tatsächlich so ab, wie mein Vater mir ein Jahr später schrieb: *»Es ist eigenartig, wieviel der Mensch ertragen kann, solange ihm das Schicksal in kleinen Portionen verabreicht wird. Es ist genau wie mit Gift, das man gefahrlos schlucken kann, wenn man mit kleinen Dosen beginnt und diese nur langsam steigert, bis der Körper sich schließlich daran gewöhnt.«* Erst im Sommer 1942 wurde uns endlich klar, daß eine Rettung noch lange nicht in Sicht war und daß wir so schnell wie möglich selbst etwas unternehmen mußten, wenn wir lebend aus alldem herauskommen wollten.

Am 14. Juli 1942 erschien eine Sonderausgabe des *Joodsche Weekblad* mit einer wichtigen Bekanntmachung:

Die Sicherheitspolizei teilt folgendes mit:

Heute wurden in Amsterdam etwa 700 Juden festgenommen. Wenn sich im Laufe dieser Woche nicht alle 4000 dazu aufgerufenen Juden in die Arbeitslager nach Deutschland begeben, werden die 700 Verhafteten in ein deutsches Konzentrationslager gebracht.

Unterzeichnet von A. Asscher und Professor D. Cohen, Vorsitzende des Judenrates von Amsterdam.

Der Vorstand des Judenrats sah sich vor eine schwere Entscheidung gestellt: Sollte man die 700 Geiseln für die 4000 Juden, die sich noch auf freiem Fuß befanden, opfern, oder umgekehrt? Schließlich beschloß man, den 4000 »Dienstpflichtigen« zu raten, sich gehorsam für die »Arbeitslager« zu melden, damit die 700 Geiseln, die sonst in die Konzentrationslager müßten, freigelassen würden. Damit arbeitete man den Nazis genau in die Hände.

Die Bekanntmachung im *Joodsche Weekblad* veranlaßte Jules, auf der Stelle etwas zu unternehmen. Er war zu dem Schluß gekommen, daß ihm nicht anderes übrigblieb, als »unterzutauchen« – mit anderen Worten, eine neue Identität anzunehmen –, bevor der gefürchtete Aufruf auch ihn erreichte. Es gelang ihm, unsere Eltern davon zu überzeugen, daß sie auch mich besser gehen ließen. In Den Haag schienen es die Deutschen bis jetzt nur auf junge Männer abgesehen zu haben, doch Jules war der festen Überzeugung, daß sie in nicht allzu langer Zeit auch Mädchen einziehen würden, wie sie es in Amsterdam bereits taten. Die Deutschen hatten offensichtlich vor, alle gesunden jungen Juden, ungeachtet ihres Geschlechts, zu ergreifen und sie in ihren »Arbeitslagern« auszubeuten.

Einen Monat später, am 7. August, ließ eine neuerliche Bekanntmachung niemanden mehr im Zweifel darüber, was die Deutschen mit den Juden vorhatten. In dieser Bekanntmachung wurde verlautbart, daß alle Juden, die ihrem Aufruf nicht Folge leisteten, verhaftet und ins Konzentrationslager Mauthausen deportiert würden. Dieselbe Strafe erwartete alle Juden, die ohne Stern erwischt wurden oder ihren Wohnort wechselten, ohne die Behörden davon in Kenntnis zu setzen.

Mein armer Vater! Als hätte er noch nicht genug Sorgen gehabt: Seine Kinder waren in Gefahr, seine Frau lag im

Krankenhaus, sein Haus und sein Broterwerb waren bedroht und ein normales, alltägliches Leben wurde von einer stetig wachsenden Anzahl von Regeln unmöglich gemacht. Doch nun war er zu allem Überfluß auch noch gesundheitlich schwer angeschlagen. Er hatte versucht, die regelmäßig wiederkehrenden Probleme mit seinem Hals zu ignorieren, doch die bohrenden Zahnschmerzen, die ihn in letzter Zeit quälten, konnte er unmöglich länger verdrängen. Nun, wo ich mein Examen hinter mir hatte, gingen mir plötzlich die Augen für den schlechten Gesundheitszustand meines Vaters auf, den ich schon vor Monaten hätte bemerken müssen. Als ich meinen Vater sah, wie er, gebeugt unter den Sorgen um seine Kinder, deprimierter und erschöpfter, als ich ihn je erlebt hatte, ständig seine rechte Wange mit der Hand betastete, wurde mir klar, daß er furchtbare Schmerzen haben mußte. Ich schleppte ihn zum Zahnarzt, der einen bösen Abszeß in seinem Mund behandelte. Als wir wieder zu Hause waren, steckte ich ihn ins Bett und versuchte, es ihm so bequem wie möglich zu machen.

Es dauerte nicht lange, bis unsere Eltern sich mit Jules' Plan einverstanden erklären. Berichte über Razzien und Deportationen waren an der Tagesordnung. Überall um uns herum verschwanden Freunde. Es war nicht immer klar, wer aus freien Stücken weggegangen war und wen die Gestapo abgeholt hatte. Es gab jetzt keine Zeit mehr zu verlieren. Endlich hatten wir begriffen, daß die Nazis vor nichts zurückschreckten.

Es folgten anderthalb Tage hektischer Aktivitäten. Jules und seinen Freunden gelang es, von einer Untergrundorganisation einen Vorrat gestohlener Personalausweise zu bekommen – alle ohne das hineingestempelte »J«. Sorgfältig ersetzten die Fälscher die Originalpaßfotos durch unsere. Mit Hilfe von Gummistempeln, Scheren, kleinen Messern und Pinzetten rekonstruierten sie minutiös den fehlenden Teil des offiziellen Stempels, der die Fotos teilweise bedeckte. Es gelang ihnen auch, die Fingerabdrücke, die sich auf jedem Ausweis befinden mußten, zu ersetzen, indem sie ebenfalls von den Behörden gestohlenes Spezialpapier benutzten. Wieder einmal war ich von den verborgenen Talenten meines Bruders beeindruckt. Wo und wann hatte er sich diese Art von Fertigkeiten angeeignet?

Zwei Tage lang war Jules' Zimmer das Hauptquartier einer regelrechten Fälscherbande. Er und seine Freunde fälschten eine ganze Reihe von Ausweisen. Als Vorwand für das rege Kommen und Gehen diente die Schlittschuhschleifmaschine, die in Jules' Zimmer stand. Es war ein einzigartiger Apparat, der sein Zimmer schon von jeher zu einem Anziehungspunkt gemacht hatte, und so wunderten sich die Nachbarn nicht über den Strom junger Männer, die sie mit Schlittschuhen um den Hals in unser Haus gehen sahen, auch wenn es mitten im Sommer war. Während einer der Freunde mit viel Lärm Schlittschuhe zu schleifen begann, widmeten sich die übrigen der Fälscherarbeit.

Jules hatte vor, zunächst mit dem Fahrrad in die östlichen Niederlande zu fahren und sich dort als Bauernknecht zu verdingen. Später wollte er versuchen, nach England zu flüchten. Ich hatte Bedenken, daß seine dunklen jüdischen Gesichtszüge meinen Bruder verraten würden. Doch Jules steckte voller unheilbarem Optimismus. Er mache sich darüber keine Sorgen, sagte er. Es war die Art von Abenteuer, nach der er sich sehnte – ein Leben, bestimmt von seinem Charme und seinem Improvisationstalent, kampieren unter freiem Himmel, derweil er seine endgültige Flucht plante. Es war Sommer, und er würde schon seinen Spaß haben. Aber er wollte erst losziehen, wenn eine Untertauchadresse für mich gefunden wäre.

Wir hatten hier und da diskret Informationen eingeholt. Zuerst hatte Adrie seinen Eltern vorgeschlagen, mich in ihr Haus aufzunehmen. Die Familie Verhulst mochte mich gern und hatte bereits durchblicken lassen, daß sie es gern sähen, wenn Adrie und ich später einmal heiraten würden. Aber ich konnte nicht unter falschem Namen bei ihnen wohnen. Das wäre viel zu gefährlich, meinten sie. Zu viele Freunde und Bekannte kannten mich vom Sehen; sie waren mir auf der Hochzeit von Adries Bruder und bei zahlreichen anderen Gelegenheiten begegnet.

Wie es der Zufall wollte, waren in derselben Woche Freunde aus Breda bei der Familie Verhulst zu Besuch, das Ehepaar zur Kleinsmiede. Die beiden Familien hatten sich in Indonesien kennengelernt, wo Meneer Verhulst und Meneer zur Kleinsmiede zu gleicher Zeit an einer Mittelschule in Tinande auf der Insel Celebes (heute Sulawesi) als Lehrer tätig gewesen waren.

Tine und Egbert zur Kleinsmiede hatten die Situation, der sich die Juden ausgesetzt sahen, mit wachsendem Ärger verfolgt. Sie wohnten mit ihrer einzigen Tochter, Ineke, die vier Jahre älter war als ich, in Breda, in der Provinz Noord-Brabant. Als die zur Kleinsmiedes Adries Eltern anvertrauten, daß sie daran dächten, ein jüdischen Mädchen bei sich aufzunehmen, das zugleich auch eine Kameradin für Ineke sein könnte, schien dies ein Geschenk des Himmels. Meneer und Mevrouw Verhulst erzählten ihnen daraufhin, sie kennten ein Mädchen, das wie für sie geschaffen sei, und sorgten sofort dafür, daß wir uns kennenlernten.

Tine zur Kleinsmiede war damals ungefähr achtundvierzig Jahre alt, genau so alt wie meine Mutter. Sie war eine stolze, attraktive Frau mit einem markanten Kinn und frühzeitig ergrauten Haaren. Ihr Ehemann war vierzehn Jahre älter als sie, ein großer, korpulenter, jovialer Mann, der früher Rektor einer Mittelschule gewesen war. Sie schie-

Guus (stehend) mit Mutter, Edith, Jules und dem Hund Fifi, 1938

Mutter, Vater und Omi auf der Terrasse in der Mildestraat, 1941

Vater mit Jules und Guus, 1925

Edith, 1929

oben: Edith und Jules mit einem von Jules' Go-Karts, 1931

links: Edith nach einem Hockey-Spiel, 1940

rechts: Mutter und Vater, 1938

unten: Mutter mit dem von Vater angefertigten Porträt, 1941

links: Omi, 1941

unten: Jules an seinem Schreibtisch, 1941

Edith mit Alice Cohen, 1941

Edith und Jules, kurz bevor sie untertauchten, 1942

oben: Vaters sechzigster Geburtstag, August 1941. In der hinteren Reihe: Nina Fernandes, Onkel Lex Fernandes und Kusine Annie Smit. In der mittleren Reihe: Onkel Herman van Hessen, Tante Jeanette Haas, Jetty Fernandes, Vater, Mutter, Omi, Edith, Kusine Renée van Hessen, Tante Map van Hessen, Tante Marie Smit und Onkel Louis Smit. In der ersten Reihe: Jules, Miep und Vetter Dolf van Hessen

links: Adrie Verhulst, 1941

Noeke und Dicky am Bootshaus in Leidschendam, 1940/41

Miep, Jules und Edith segeln auf *De Doorlaard,* 1942

nen mir nette, seriöse und bedachtsame Menschen zu sein. Ich fühlte mich gleich wohl in ihrer Gesellschaft.

Noch am selben Abend wurden Nägel mit Köpfen gemacht. Ich sollte bei den zur Kleinsmiedes einziehen. Mein Vater und sie einigten sich finanziell. Ich hatte nicht das Gefühl, daß ich bei der ganzen Sache irgend etwas zu sagen gehabt hätte. Sobald feststand, daß ich untertauchen sollte, war es, als hätte ich mich in eine Achterbahn gesetzt: unterwegs aussteigen kam nicht in Frage. Ich hoffte, nicht allzu lange in Breda bleiben zu müssen, und ich fürchtete mich vor der Trennung von meiner Familie und Adrie. Ich nahm nur einen Koffer mit ein paar Sommersachen mit – so sicher war ich mir, daß ich noch vor dem Herbst wieder zurück sein würde. Ich wollte auch mein Tagebuch mitnehmen, doch mein Vater wies mich auf die Gefahr hin, die es darstellte, und überredete mich dazu, es zurückzulassen. »Du darfst kein Tagebuch führen, solange du untergetaucht bist«, ermahnte er mich. »Es könnte dich verraten. Es würde deine wahre Identität preisgeben, was nicht nur dich allein, sondern auch die Menschen, die so freundlich sind, dir Unterschlupf zu gewähren, in Gefahr brächte.«

Ich sah ein, daß er Recht hatte, und ließ mein Tagebuch zurück. Ich verstaute es sorgfältig in dem schwarzen Koffer, in dem ich auch meine anderen Tagebücher aufbewahrte, und bat Miep Fernandes, sie für mich aufzuheben. Sie mußte mir feierlich schwören, sie in meiner Abwesenheit niemanden lesen zu lassen.

An jenem Abend blieben mein Vater, Jules und ich lange auf, um die Einzelheiten unserer Flucht zu besprechen. Die Nazis hatten gedroht, daß es die Familie teuer zu stehen käme, wenn man sich nicht für den Dienst im Arbeitslager meldete. Die Gestapo würde die Eltern verhaften und in Konzentrationslager deportieren. Noch wußten wir nicht, wie es in den Konzentrationslagern oder Arbeitslagern wirklich zuging: Die Behörden ließen uns in dem Glauben, daß es dort schon auszuhalten sei, solange man gesund war und tüchtig anpackte. Doch es gab auch bereits Gerüchte über unmenschliche Zustände und unbeschreibliche Greueltaten. Wir wußten nicht, was wir glauben sollten, wollten aber keinesfalls das Risiko eingehen, es am eigenen Leib zu erfahren.

Wir planten, unsere Flucht raffiniert zu tarnen, indem wir den Eindruck erweckten, niemandem davon erzählt zu haben. Das Drehbuch lautete wie folgt: Die Kinder van Hessen hatten die Köpfe zusammengesteckt und beschlossen, gemeinsam in die Schweiz zu flüchten, ohne Wissen oder gar Zustimmung ihrer Eltern. Wenn sie von der gefürchteten »Grünen Polizei« festgenommen würden, sollten unsere Eltern so tun, als wüßten sie nichts von den Fluchtplänen und hätten keine Ahnung, wo wir uns aufhielten.

Am nächsten Tag, dem 18. Juli 1942, machten Jules und ich zum letzten Mal den vertrauten Spaziergang zum Krankenhaus. Meine Mutter war über unseren Plan im Bilde. Sie lag in einem Zweibettzimmer, und weil sie sich mit ihrer Zimmergenossin gut verstand, war der Vorhang zwischen ihren Betten meist offen.

An jenem Tag war es anders. Meine Mutter hatte gebeten, den Vorhang zuzuziehen, und an beiden Seiten ihres Bettes stand ein Stuhl. Glücklicherweise hatte ihre Zimmergenossin ebenfalls Besuch; dennoch bestand meine Mutter darauf, unsere Fluchtpläne nicht offen zu besprechen. Und so führten wir eine Pantomime auf, die ich nie vergessen werde.

Jules saß auf der rechten Seite des Bettes, ich auf der linken. Meine Mutter und wir hielten uns fest bei den Händen. Jules und ich schwatzten fröhlich drauflos, erzählten, was wir so alles machten, ganz so, als läge nichts Besonderes an. Meine Mutter hielt unsere Hände, und mit ihrem Griff sagte sie uns, was sie nicht mit Worten ausdrücken konnte. Während wir ihr die letzten Neuigkeiten berichteten und sie uns auf ihre altbekannte muntere und sachliche Art antwortete, wechselten wir lange, bedeutungsvolle Blicke. Mutter strich uns über das Haar, als ob sie uns segnen wollte, und riet uns im Flüsterton, vor allem vorsichtig zu sein. Wir antworteten, ebenfalls flüsternd, sie solle ihr Bestes tun, bald wieder gesund zu werden, trotz allem seien wir aber froh, sie hier zu wissen, in diesem freundlichen Krankenhaus und bei solch netten Schwestern, wo sie bestimmt sicherer war als irgendwo sonst.

Schließlich wurde es Zeit, Abschied zu nehmen. Das Zimmer meiner Mutter zu verlassen, kostete mich die allergrößte Mühe. Jules und ich gingen in Richtung Tür, kehrten aber immer wieder um, für einen allerletzten Kuß, noch eine letzte Umarmung, wobei wir, um das Theater aufrechtzuerhalten, jedesmal so taten, als hätten wir vergessen, ihr etwas zu sagen. »Denk dran, morgen die Taschentücher mitzubringen, Edith«, sagte meine Mutter, oder »Ach, Jules, das habe ich fast vergessen! Ich habe nichts mehr zu lesen. Könntest du mir bitte das Buch mitbringen, von dem du mir erzählt hast?« Ihre Stimme klang ganz normal, während ihr die Tränen über die Wangen liefen. Jedesmal, wenn ich drei Schritte zur Tür gemacht hatte, ging ich wieder zwei Schritte zurück, nicht in der Lage, die Schwelle zu überschreiten. »Geht jetzt nur!« sagte sie dann. »Geht ruhig! Ich sehe euch morgen wieder, meine Lieblinge!« Schließlich konnten wir den Abschied nicht länger hinauszögern. Als wir den langen Krankenhausflur entlangliefen, Mutters gedämpften Abschiedsgruß noch im Ohr, spielten wir unsere Komödie weiter, lachten, machten Witze und erinnerten einander laut an die Dinge, um die sie uns gebeten hatte.

Dies ist das letzte Bild, das ich von meiner Mutter habe: ausgestreckt im Bett, gefangen im Gips – doch eine außergewöhnliche Kraft und einen mütterlichen Mut ausstrahlend, ihr dunkles Haar tadellos gebürstet und im Nacken zusammengebunden, die Augen tränennaß.

Es war unser letzter Abend zu Hause. Mein Vater hatte beschlossen, Schlaftabletten einzunehmen, und meiner Großmutter auch ein paar gegeben. Die Schlaftabletten waren Teil des ziemlich naiven Plans, den wir uns ausgedacht hatten: Falls die Gestapo oder die Polizei kommen und uns suchen sollte, konnten meine Großmutter und mein Vater mit bestem Gewissen behaupten, wir hätten hinter ihrem Rücken das Haus verlassen und sie hätten tief und fest geschlafen, als wir uns davonschlichen.

Der Abschied von unserem Vater fiel uns schwer. Leise sagte er, es koste ihn zum ersten Mal in seinem Leben Mühe, die richtigen Worte zu finden. Wie sollte er seinen Kindern gute Ratschläge mitgeben, wo sie sich doch auf ein Abenteuer einließen, an das er selbst sich nie gewagt hätte? Er versuchte, uns beruhigend zuzulächeln, doch ich sah, daß es ihn sehr anstrengte. Mit der rechten Hand betastete er ständig seine Wange und seinen Unterkiefer – eine Geste, die mich mit Sorge und Mitleid erfüllte, denn ich wußte, wieviel Schmerzen ihm diese Gesichtshälfte bereitete.

Ich küßte ihn erst auf die rechte Hand und die rechte Wange, dann auf die andere Wange, und versicherte ihm, daß mit mir schon alles gutgehen würde. Ich versprach ihm, bald zurückzukommen, Jules ebenso. Dann sahen wir zu, wie er die Schlaftabletten einnahm, die dafür sorgen sollten, daß er tief schliefe, wenn wir in aller Herrgottsfrühe das Haus verließen.

Oben in meinem Zimmer begann ich mit Hilfe von Nagelschere und Rasiermesser, die gelben Sterne von allen Kleidungsstücken, die wir mitnehmen wollten, abzutrennen. Es war eine mühselige Arbeit, die viel Sorgfalt verlangte, weil die Sterne fest angenäht waren (wenn man sie nur ansteckte oder mit ein paar losen Stichen anheftete, machte man sich strafbar). Ich mußte genau darauf achten, keine losen Fäden oder Spuren von Nadelstichen auf dem Stück Stoff über unserem Herzen zurückzulassen, die hätten verraten können, daß sich dort einmal ein Stern befunden hatte.

Als ich den letzten Stern entfernte, hatte ich das Gefühl, als würde mir eine bleischwere Last von den Schultern genommen. Jules und ich schlichen auf Zehenspitzen in die Küche und schmissen die elenden gelben Lappen in den Spülstein. Dann warf mein Bruder mit übermütigem Kichern ein brennendes Streichholz hinterher, und in Windeseile verbrannten die Sterne mit den häßlichen schwarzen Buchstaben, die das Wort »Jude« bildeten, zu einem Häufchen schwarzer Asche. Dann drehten wir, schnaufend vom Qualm, den Wasserhahn auf und spülten die Reste unserer Sterne in den Abfluß.

In nervöser Erwartung des großen Abenteuers, das mir bevorstand, schlief ich ein. Ich versuchte, nicht daran zu denken, daß meine spannende Reise zugleich den Abschied von meinen Eltern bedeutete.

Jules weckte mich um fünf Uhr, gestiefelt und gespornt. Es war ein wunderbarer Sommermorgen. Unsere Großmutter war doch aufgestanden. Sie hatte ihre Schlaftabletten nicht genommen, denn sie wollte es sich nicht nehmen lassen, uns an unserem letzten Morgen zu Hause das Frühstück zuzubereiten.

Jules brach als erster auf. Er hatte sich von irgend jemandem ein Fahrrad geliehen und es mit seinem Rucksack und seiner Campingausrüstung bepackt. Er wollte zuerst nach Osten, in Richtung Veluwe, fahren. In seinen neuen Papieren stand der Name »Alfred van Meurs«. – »Nenn mich einfach Al. Oder Fred«, sagte er scherzend zu mir. Er fuhr sich mit der Hand durch sein dunkles Haar und setzte seine Brille mit dem Metallgestell auf. »Okay. Auf geht's. Viel Glück, Ee!«

Wir gaben uns erst feierlich die Hand und umarmten uns dann fest. »Wir sehen uns wieder, wenn der Krieg vorbei ist, Eetje!« flüsterte er. »Darauf kannst du dich verlassen, Alf. Bis bald!« antwortete ich. Ich versuchte, mir ein Lächeln abzuringen. »Viel Spaß!« Sportlich schwang er ein Bein über den Fahrradsattel und verschwand winkend hinter der blühenden Hecke unseres Vorgartens.

Der Garten bot zu dieser Tageszeit den schönsten Anblick. Tautropfen glitzerten im Sonnenlicht. Omi klammerte sich in der dunklen Diele an mich. Ihr Gesicht war tränennaß. Ich seufzte tief und versuchte, das Maß an Traurigkeit zu empfinden, das ich eigentlich hätte fühlen sollen – was ich aber nicht tat. Ich brannte darauf, endlich aufzubrechen. Ich war es so satt, mich als Gefangene zu fühlen. Ich wollte keine Ausgestoßene mehr sein. Ich wollte sein wie alle anderen: *normal.*

»Weine nicht«, sagte ich in gedämpftem Ton zu meiner Großmutter. »Der Krieg ist bald vorbei, du wirst schon sehen. Wir sind ruckzuck wieder da, und dann wird das Leben wieder so wie früher.«

Es war schon fast sechs Uhr. Adrie kam mich abholen. Ich drückte meine Tasche fest gegen die Brust und bedeckte damit die Stelle, an der der Stern gesessen hatte. Falls jemand von unseren Nachbarn zufällig am Fenster stand, hätte er nicht erkennen können, daß der Stern fehlte. Ich sprang auf den Gepäckträger von Adries Fahrrad. Meinen Koffer auf dem Lenker balancierend, seinen Ellbogen gegen meinen Arm gedrückt, den ich um seine Taille gelegt hatte, fuhr Adrie zum Bahnhof, wo wir frühzeitig ankamen. Wir schlossen das Fahrrad ab und stiegen in den Zug nach Breda.

Da wir in der morgendlichen Hauptverkehrszeit unterwegs waren, wimmelte es nur so von deutschen Soldaten – die in den grünen Uniformen gehörten zur Wehrmacht, die in Schwarz, das waren die von der SS. Mir klopfte das Herz bis zum Hals. Trotzdem fühlte ich mich frei wie ein Vogel. Unter meiner Jacke trug ich ein dünnes Sommerkleid. Adrie und ich saßen Hand in Hand und versuchten, uns so unauffällig wie möglich, wie ein ganz normales verliebtes Pärchen, zu verhalten. In meiner Brieftasche hatte ich, wie alle anderen, meinen Ausweis – ohne das abscheuliche »J«.

In Gedanken wiederholte ich, was ich sagen müßte, falls ich angehalten und nach meinen Personalien gefragt würde:

Antoinette Schierboom
Geboren am: 22. Juli 1925
Wohnort: Wassenaar
Beruf: Haushaltshilfe

DREIZEHNTES KAPITEL

Herr Niemke

Ich war noch nie in Breda gewesen. Das Haus der zur Kleinsmiedes lag zu Fuß eine halbe Stunde vom Bahnhof entfernt, direkt gegenüber der Kavallerie-Kaserne. Wir gingen durch Straßen mit schattenspendenden Bäumen und Gärten voller blühender Blumen. Adrie kannte den Weg, weil er mit seiner Familie schon oft bei den zur Kleinsmiedes zu Besuch gewesen war. Als wir endlich in die Cavaleriestraat einbogen, erblickte ich auf der einen Straßenseite eine Reihe hübscher Doppelhäuser mit großen Erkern an der Vorderseite. Fast bei allen waren die Gardinen geöffnet, wodurch man ungehindert einen Blick in ordentlich eingerichtete Wohn- oder Eßzimmer werfen konnte. Wenn man neugierig war, konnte man sehen, was die Leute drinnen zu Mittag aßen.

Auf der anderen Straßenseite standen keine Häuser. Statt dessen sah ich einen Zaun, Backsteingebäude und – deutsche Soldaten! »Die Kaserne der Kavallerie«, erklärte mir Adrie. »Die ist jetzt natürlich von den Deutschen besetzt.«

Niemand hatte mich vorgewarnt, daß mein neues Zuhause direkt gegenüber von deutschen Truppen lag! Als wir an der Kaserne vorbeigingen, sahen wir überall auf den Rasenflächen hinter hohen Zäunen mit furchterregenden Eisenspitzen darauf Gruppen von Männern in grünen Uniformen und glänzenden schwarzen Stiefeln.

Wir kamen gerade rechtzeitig zum Mittagessen. Meneer und Mevrouw zur Kleinsmiede empfingen mich herzlich und taten ihr Bestes, dafür zu sorgen, daß ich mich so weit wie möglich zu Hause fühlte. Ineke, ihre Tochter, küßte erst Adrie auf beide Wangen und reichte dann mir die Hand. Sie war ein hübsches Mädchen mit hellblonden Haaren, einer zarten, rosigen Gesichtsfarbe und einem traurigen Zug um den Mund. Obwohl sie vier Jahre älter war als ich, ging sie noch aufs Gymnasium. Sie hatte gerade erfahren, daß sie (bereits zum zweiten Mal) durch ihre Abschlußprüfungen gefallen war und darum das letzte Schuljahr noch einmal wiederholen mußte. Sie sagte mir, in diesem Jahr würde sie es bestimmt schaffen, davon sei sie fest überzeugt. Ich bot spontan an, ihr in den Fächern, in denen ich gut war, zu helfen. Sie tat mir leid, und ich hoffte, sie würde es mir nicht krummnehmen, daß ich mein Examen beim ersten Anlauf geschafft hatte.

Das Haus unterschied sich sehr von meinem Elternhaus. Unser Haus in Den Haag war hell, schlicht und modern eingerichtet, mit weißen Wänden, beigem Teppichboden, modernen Möbeln und indirekter Beleuchtung. Der Hang meiner Mutter zu fröhlichen Farben und die Liebe meines Vaters für bildende Kunst kamen in den modernen Gemälden an den Wänden und den überall verteilten Vasen mit bunten Blumen deutlich zum Ausdruck.

Bei den zur Kleinsmiedes waren die Räume in eine Art Halbdunkel getaucht. Ein dunkler Mahagonischrank, eine Vitrine voll Porzellan und Silber, schwere Möbel mit dunklen Bezügen in gedämpften Farben kombiniert mit persischen Teppichen, indonesischen Kupfergegenständen, chinesischen Ingwertöpfen und Fettpflanzen, die in Reih und Glied auf der Fensterbank standen, unterstrichen diesen Eindruck.

Während wir bei uns zu Hause gewöhnt waren, mittags

nur ein paar Butterbrote zu essen, gab es hier stets eine warme Mahlzeit, in diesem Fall einen Eintopf mit Bohnen und Erbsen, wie ich ihn noch nie vorher gegessen hatte. Weil alles neu für mich war und ich mich obendrein noch gar nicht wohl in meiner Haut fühlte, aß ich mehr, als gut für mich war. Kurz darauf bekam ich Bauchschmerzen, was meine Stimmung nicht gerade hob. Adrie alberte mit Ineke herum und tauschte mit ihr Erinnerungen an das Leben in Indonesien aus. Es war offensichtlich, daß er sich hier vollkommen zu Hause fühlte. Ich dagegen war ungewöhnlich still und spürte, wie mich eine bleierne Last immer mehr niederdrückte.

»Komm«, sagte Mevrouw zur Kleinsmiede schließlich. »Es wird Zeit, daß du dein neues Zimmer kennenlernst.« Genau wie zu Hause befand sich mein Zimmer im zweiten Stock unter dem Dach. Die Dachgaube bot Aussicht auf den Garten. In den Bäumen zwitscherten Vögel, was mich irgendwie beruhigte. Es war ein hübsches Zimmer mit einem Bett aus Holz, einem Tisch und einem Stuhl, die vor dem Fenster standen, einem Kleiderschrank, einem niedrig angebrachten Handwaschbecken mit fließend kaltem Wasser, einer Waschschüssel mit Krug und einem hölzernen Handtuchständer. Adrie half mir beim Auspacken meiner bescheidenen Habseligkeiten. Wir waren beide sicher, daß ich hier nur für kurze Zeit würde bleiben müssen.

»Also, Nettie, du bist Inekes beste Freundin aus dem Norden und bleibst den Juli über bei uns zu Besuch«, erklärte Mevrouw zur Kleinsmiede, als ich mit dem Auspacken fertig war. »Es ist sehr wichtig, daß wir alle dieselbe Geschichte erzählen, wenn wir danach gefragt werden. Deine Mutter liegt mit einem Beckenbruch im Krankenhaus. Mehr braucht niemand zu wissen.«

Adrie lächelte und kniff mich leicht in die Wange. »Na,

Nettie, paß nur immer schön auf!« Der Name »Nettie« klang mir fremd in den Ohren. Es sollte eine Zeitlang dauern, bis ich mich daran gewöhnte, und ein paar Wochen, bis ich spontan reagierte, wenn mich jemand mit meinem neuen Namen rief. Doch meine neuen Hausgenossen irrten sich nie: Da sie mich nicht als Edith gekannt hatten, bereitete ihnen mein neuer Name keinerlei Schwierigkeiten. Für sie war ich Nettie Schierboom, und damit basta.

Adrie tat sein Bestes, um mich aufzumuntern. Er versprach mir, mich so oft wie möglich zu besuchen. Er würde als Mittler zwischen mir und meinen Eltern fungieren. Aat und seine Eltern waren die einzigen, denen mein jetziger Aufenthaltsort bekannt war. Noch nicht einmal meine Eltern oder meine Großmutter wußten genau, wo ich wohnte. So war es ausgeschlossen, daß irgend jemand ihnen diese Information entlocken konnte, sollten sie jemals verhört werden.

Wir bekamen keine Möglichkeit, auch nur für einen Augenblick allein zu sein. Ich hätte mich am liebsten an Adrie festgeklammert, ihn geküßt und nie mehr losgelassen. Doch ich wußte mich zu beherrschen. Als er aufbrach, um den letzten Zug nach Den Haag noch zu bekommen, begleiteten Ineke und ich ihn zum Bahnhof. Auf dem Bahnsteig gab er uns beiden einen förmlichen Abschiedskuß auf die Wange. Als der Zug abfuhr, überfiel mich große Traurigkeit. Es war, als wäre durch Adries Abfahrt die letzte Verbindung zu meinem früheren glücklichen Leben gekappt worden.

Als wir an jenem Abend bei Tisch saßen, wurde mir in meinem neuen Zuhause gleich der nächste Schock versetzt. Ich hörte schwere Schritte auf der Treppe und schaute mich erschrocken um. »Ach ja, Nettie, im Zimmer neben deinem, oben auf der zweiten Etage, du weißt schon«, sagte Mevrouw zur Kleinsmiede, »da wohnt übrigens Herr Niemke.«

»Herr Niemke?« fragte ich verständnislos. »Ja, der deutsche Offizier, der hier einquartiert ist«, erklärte Mevrouw zur Kleinsmiede mit gespitzten Lippen. »Dagegen können wir leider nichts unternehmen.«

Ich starrte sie mit offenem Mund an. Ein deutscher Offizier, unter einem Dach mit mir, in dem Zimmer direkt neben meinem! Mit so etwas hatte ich wirklich nicht gerechnet. Herr Niemkes Büro befand sich in der Kaserne gegenüber. Die Ortskommandantur hatte für ihre Offiziere in den meisten Häusern der unmittelbaren Nachbarschaft Zimmer beschlagnahmt. Als sie mit dieser Tatsache konfrontiert wurden, fanden sich die zur Kleinsmiedes gelassen damit ab – als stelle es kein unüberwindliches Problem dar, einen Feind in ihrem Haus zu beherbergen. Doch ich merkte schon bald, daß sie ihren Widerwillen gegen die »Gastfreundschaft«, die ihnen die Deutschen aufgezwungen hatten, keineswegs verbargen.

Am ersten Abend war mir hundeelend. Vielleicht kam es durch die Bohnen, die ich mittags gegessen hatte, vielleicht hatte ich beim Abendessen etwas Falsches erwischt: Mir war jedenfalls nicht nur schlecht, sondern ich hatte auch noch stechende Kopfschmerzen. Ich versuchte, die zur Kleinsmiedes meinen Zustand nicht merken zu lassen, und blieb höflich unten bei ihnen sitzen. Erst, als ich das Gefühl hatte, mich nun zurückziehen zu können, ohne sie vor den Kopf zu stoßen, ging ich auf mein Zimmer, ließ mich aufs Bett fallen und drückte das Gesicht ins Kissen. Ineke kam nach oben, fragte, ob ich noch etwas bräuchte, blieb noch eine Weile auf meinem Bettrand sitzen und redete mit mir. Dann erschien Mevrouw zur Kleinsmiede mit einem Glas Wasser und ein paar Aspirin. Sie zog die geblümten Gardinen zu, deckte mich fest zu, drückte mir einen Kuß auf die Stirn und sagte: »Ich freue mich wirklich, daß du jetzt bei uns bist, Nettie. Ich hoffe, daß du dich hier ganz wie zu Hause fühlst.«

Natürlich konnte mir diese Geste die Gutenachtküsse meiner Mutter nicht ersetzen, aber sie munterte mich trotzdem ein wenig auf. Ich schlief rasch ein, doch nicht ohne mir noch eingeschärft zu haben, daß ich am nächsten Morgen um acht Uhr wach werden wollte.

Meine Mutter und ich hatten nämlich verabredet, jeden Tag um Punkt acht Uhr aneinander zu denken.

Kurz vor meiner Ankunft hatte das Dienstmädchen der zur Kleinsmiedes gekündigt, um ihren kranken Mann pflegen zu können. Mevrouw zur Kleinsmiede erklärte mir, sie hätten wegen meiner Anwesenheit beschlossen, keine neue Kraft einzustellen. Es wäre nicht sicher genug gewesen und hätte möglicherweise sogar Verdacht erweckt. Bei unserem ersten Treffen in Den Haag hatte ich den zur Kleinsmiedes versichert, ich wolle soviel wie möglich im Haushalt helfen. Ich war nur allzu bereit, mich für ihre Herzlichkeit und den Mut zu revanchieren, den sie bewiesen, indem sie mich bei sich aufnahmen. Zu Hause hatten meine Mutter und meine Großmutter zugegebenermaßen nie viel Unterstützung von mir bekommen, doch damals hatte ich noch meine Hausaufgaben als Ausrede und war außerdem ständig mit meinen Freunden unterwegs. Hier in Breda hatte ich nichts anderes zu tun.

Langsam gewöhnte ich mich an mein neues Leben. Ineke brauchte erst im September wieder in die Schule zu gehen, und ich verbrachte den größten Teil des Tages in ihrer Gesellschaft. Es erstaunte mich, daß sie als junges Mädchen ein so gesetztes Leben führte und so wenig Zerstreuung hatte. Im Gegensatz zu mir war Ineke nicht daran gewöhnt, viele Freunde bei sich zu Hause zu empfangen. Weder besuchte sie Feste, noch nahm sie an Ausflügen teil. Sie hatte nur wenige Hobbys, war nicht besonders an Sport interessiert und gehörte keinem Verein an. Rasch wurde mir klar, daß sie wegen ihrer Schüchternheit einfach nicht viele Freunde hatte. Das machte es zwar einerseits einfacher, mich bei den zur Kleinsmiedes versteckt zu halten, machte aber andererseits das Leben ziemlich langweilig. Gemeinsam halfen Ineke und ich ihrer Mutter, das Haus picobello in Ordnung zu halten: Wir wuschen ab, entstaubten die Möbel und putzten die vielen verschiedenen Kupfergegenstände. Den Nachbarn und Freunden, die zu Besuch kamen, wurde ich als »Inekes Freundin aus Wassenaar, die die Sommerferien bei uns verbringt«, vorgestellt. Da Ineke als Einzelgängerin bekannt war, freuten sich alle für sie, daß sie eine Freundin hatte, die etwas mit ihr unternahm. Wir machten Fahrradtouren und lange Spaziergänge durch die nahe gelegenen Wälder. Meneer zur Kleinsmiede hatte von dem Geld, das mein Vater ihm gegeben hatte, ein altes, klappriges Fahrrad für mich gekauft. Ich genoß es sehr, wieder ein eigenes Rad zu besitzen und trotz der Schilder »Juden unerwünscht« hingehen zu können, wo ich wollte.

Eine meiner ersten Aufgaben war das Aufräumen von Herrn Niemkes Zimmer. »Es wird zu deinen Pflichten gehören, das Gästezimmer in Ordnung zu halten, Nettie«, sagte Mevrouw zur Kleinsmiede am zweiten Tag meines Aufenthalts zu mir. »Sobald Herr Niemke das Haus verlassen hat, machst du sein Bett, wischst Staub, reinigst das Waschbecken und kehrst den Fußboden. Einmal im Monat nimmst du den Teppich mit nach draußen und klopfst ihn aus. Ach ja, und sonntags morgens bringst du ihm den Kaffee.«

Ich begriff bald, daß meine Beschützer, nachdem sie entschieden hatten, mich bei sich untertauchen zu lassen, Herrn Niemkes Anwesenheit eher als Vor- denn als Nachteil betrachteten. In der Tatsache, daß ich diejenige war, die sein Zimmer sauber halten und ihm seinen Kaffee bringen mußte, lag eine derartige Dreistigkeit, daß niemand je auf die Idee gekommen wäre, mich für eine Jüdin zu halten.

Niemkes freundliches, beinahe entschuldigendes *»Guten Morgen«* und *»Guten Abend«* wurde von seinen unfreiwilligen Gastgebern jeweils nur mit einem kühlen Nicken beantwortet. Ineke ignorierte ihn völlig. Ich versuchte, mich so normal wie möglich zu verhalten, obwohl ich nicht genau wußte, was »normal« unter diesen Umständen wohl heißen mochte.

Jeden Abend stand Meneer zur Kleinsmiede vor der Haustür, die eine Hand locker in der Hosentasche, in der anderen eine selbstgedrehte Zigarette vom Schwarzmarkt, und brachte die Zeit herum, indem er mit den Nachbarn klönte und Passanten grüßte. Er wartete darauf, daß der Deutsche von der Arbeit kam. Er hatte sich vorgenommen, diesen einen speziellen, naiven Deutschen, der keine Ahnung hatte, was wirklich in der Welt geschah, auf den Boden der Tatsachen zurückzubringen. Herr Niemke wußte nämlich nur das, was die Nazipropagandamaschine ihm weismachte – zum Beispiel, daß die mächtigen deutschen Streitkräfte unaufhaltsam dabei waren, ganz Rußland zu erobern. »Ach, das glauben Sie also?« rief Meneer zur Kleinsmiede dann aus, und blickte ihn unter schweren Lidern mitleidig an. Tja, dann hatte er bestimmt noch nichts von den schweren Verlusten gehört, die die Deutschen an der russischen Front erlitten hatten? Ein anderes Mal informierte Meneer zur Kleinsmiede Herrn Niemke beiläufig über die Geiseln, die die Nazis gefangennahmen, oder über die Judenverfolgung und die Deportation Tausender unschuldiger Menschen. Auf freundliche, joviale Art rieb er Herrn Niemke jeden Abend zur Begrüßung eine neue Information unter die Nase. Niemke glaubte ihm natürlich kein Wort. Er hatte auch keine Ahnung vom Schicksal der Juden. Seine Reaktion lautete in den meisten Fällen: »Das ist ganz unmöglich! Das ist nicht wahr!«

Ich hatte mir von Anfang an vorgenommen, den Mann, der auf der anderen Seite meiner Zimmerwand wohnte, zu hassen. Er war ein Monster, ein Repräsentant des verhaßten »Dritten Reichs«. Andererseits bewunderte ich den Kunstgriff der zur Kleinsmiedes, ihn praktisch zu meinem Alibi zu machen. Selbst wenn die Nachbarn meine Ankunft mit gewissem Mißtrauen zur Kenntnis genommen hätten, mußten sie doch zu dem Schluß kommen, daß niemand so verrückt wäre, sich ein jüdisches Mädchen ins Haus zu holen, solange dort ein deutscher Offizier einquartiert war.

Täglich nach dem Frühstück ging ich hinauf in den zweiten Stock, um das Bett von Herrn Niemke zu machen. Auf dem Nachtschränkchen, in einem Rahmen, der mit Vergißmeinnichtmuster verziert war, stand das Foto einer attraktiven, lächelnden Frau. Neben dem Foto lag Niemkes Lesebrille mit Horngestell auf einer deutschen Zeitung. Ich hielt den Kopf schräg, um die Fotos der jubelnden Soldaten betrachten zu können, die aus Panzern oder Lastwagen winkten. Mit großem Widerwillen nahm ich Niemkes Schlafanzug, faltete ihn ordentlich zusammen und legte ihn unter sein Kissen. Ich kochte innerlich vor Wut auf den Mann, der gerade noch darin geschlafen hatte. Wenn ich sein Rasiermesser und die Zahnbürste wegräumte, die auf dem Rand des Waschbeckens lagen, erwartete ich, daß ein unglaublicher Zorn in mir aufsteigen würde. Ich war bereit, zu hassen, bereit, zu verachten. Doch es waren und blieben nur ein Rasiermesser und eine Zahnbürste. Und eine Dose Talkumpuder.

Die Tasse Kaffee am Sonntagmorgen war eine Idee von Mevrouw zur Kleinsmiede. Sie gehörte nicht zu den Forderungen des Ortskommandos, wie etwa das Bett und das Zimmer. Nein, sie war ein Beweis niederländischer Gastfreundschaft, die einzige Schwachstelle in Mevrouw zur Kleinsmiedes undurchdringlichem Panzer. Ich mußte direkt in die Höhle des Löwen. »Zeig ihm, daß du keine Angst hast«, sagte sie. »Klopf an seine Tür, stell den Kaffee auf den Tisch und verlasse das Zimmer wieder. Das ist alles.«

Ich tat, was man von mir verlangte, und schaute ihm, sobald sich die Gelegenheit bot, direkt in die Augen. Das Problem war allerdings, daß die Situation für Herrn Niemke, der oft noch im Pyjama war, noch unangenehmer war als für mich. Er wich meinem Blick aus und murmelte einen kurzen Dank. Dennoch regte die Situation meine Phantasie an. Ich stellte mir vor, daß sich Herr Niemke, trotz des Fotos auf seinem Nachttisch, bald unwiderstehlich von mir angezogen fühlen würde. Was für ein Sieg für mich und mein ganzes Volk! Welch süße Rache! In Gedanken sah ich vor mir, wie er eines Sonntagmorgens vor mir auf die Knie fallen und mir seine heimliche Liebe gestehen würde. Ich genoß die Vorstellung, daß ihm das Herz bräche, wenn ich ihm mein düsteres Geheimnis verriete. »Tja, tut mir furchtbar leid, Herr Niemke«, würde ich ihm unbarmherzig antworten. »Das Mädchen, das Sie lieben, ist Jüdin!« – »Nein!« würde Herr Niemke dann verzweifelt ausrufen. »Das ist nicht wahr!« – »Doch, es ist wahr!« würde ich triumphierend entgegnen.

Zwar halfen mir meine Rachephantasien, den Tag herumzubringen, doch sie beruhten natürlich auf keinerlei Basis. Herr Niemke war und blieb ein stiller, zurückhaltender und unauffälliger Mann. Er hätte gern öfter einmal ein Gespräch mit uns angeknüpft, doch so sehr er sich auch bemühte, es kam nie mehr zurück als der tägliche Gruß und das sture Nicken. Nur durch die Schritte seiner Stiefel auf der Treppe bemerkten wir, daß er da war.

Im Grunde war er ein ganz gewöhnlicher Mann, der sich in nichts von anderen Männern unterschied. Ein bißchen traurig vielleicht und ein bißchen einsam, aber jedenfalls kein Monster. Ich hatte fast Mitleid mit ihm. Wie schade, daß ich ihn schließlich doch nicht hassen konnte.

Zwei Monate später wurde Herr Niemke in ein anderes Quartier verlegt. Mevrouw zur Kleinsmiede wurde ins Hauptquartier der Ortskommandantur bestellt, um sich dort einen Verweis abzuholen. Es sei traurig, sagte man ihr, daß ein Offizier aus ihrem Haus in ein anderes verlegt werden mußte, weil sie und ihr Ehemann sich als deutschfeindlich erwiesen hätten.

Mevrouw zur Kleinsmiede erzählte, sie habe dem Kommandanten daraufhin einmal ordentlich die Meinung gesagt. Sie wies ihn darauf hin, daß sie in ihrem Haus tun und lassen könne, was sie wolle. Jeder anständige Mensch könne doch wohl begreifen, daß es ihre Sache sei, wen sie gastfreundlich empfange und wen nicht. So hielten sie es jedenfalls hier in ihrem Land. Daraufhin drehte sich Mevrouw zur Kleinsmiede um und marschierte mit zusammengepreßten Kiefern, das Kinn wie eine Waffe nach vorn gestreckt, zur Tür. Der Kommandant, überrumpelt von dieser energischen Frau, rückte seinen Schlips zurecht, knallte die Hacken zusammen und öffnete ihr mit einer höflichen Verbeugung die Tür: »Bitte schön, gnädige Frau.«

Den zur Kleinsmiedes wurde danach nie wieder zugemutet, einen deutschen Offizier bei sich aufzunehmen.

VIERZEHNTES KAPITEL

Hilfe für Juden

Es dauerte nicht lange, bis ich begriff, daß Inekes Mutter bei den zur Kleinsmiedes die Hosen anhatte, obwohl Meneer zur Kleinsmiede sich demonstrativ so aufführte, als hielte er das Zepter in der Hand. Frau und Tochter hatten ihm den Spitznamen »Chef« verpaßt und nahmen ihn oft auf den Arm. Ich dagegen achtete darauf, mich ihm gegenüber respektvoll zu verhalten, und sprach ihn stets mit »Meneer zur Kleinsmiede« an. Nachdem ich einmal den Widerspruch zwischen seinem Verhalten und seinem tatsächlichen Status innerhalb der Familie erkannt hatte, tat er mir leid. Zwischen den beiden Elternteilen gab es Machtkämpfe um die Loyalität ihres einzigen Kindes, und Ineke stellte sich praktisch immer auf die Seite ihrer Mutter. Mir fiel daher die Aufgabe zu, das Gleichgewicht wiederherzustellen. Ich sollte die Rolle des Kindes übernehmen, das sich auf die Seite von Meneer zur Kleinsmiede schlug. Er spielte gern den Dozenten, und es dauerte nicht lange, bis ich seine folgsame Schülerin wurde. Wenn sich seine Frau und seine Tochter gegen ihn verschworen, ergriff ich für ihn Partei. Er konnte manchmal sehr streng mit mir sein und hielt mir eine Standpauke, wenn ich etwas tat, das, wie er es nannte, »nicht in Ordnung« war. Als echter Schulmeister liebte er es, mich zu verbessern, wenn ich mich versprach oder ein falsches Wort gebrauchte.

Meneer zur Kleinsmiede hatte sein Leben lang unterrichtet. Er und seine Frau hatten sich in Indonesien kennengelernt und dort auch geheiratet. Sie waren beide als

Lehrer tätig gewesen, und er war schließlich zum Schulleiter befördert worden. Nachdem er 1933 an Malaria erkrankt war, mußte er mit seiner Familie in die Niederlande zurückkehren. Sie ließen sich in Breda nieder, wo eine Cousine von Mevrouw zur Kleinsmiede eine Grundschule leitete. Diese Cousine, Jo Ufkes, eine energische, resolute Frau, hatte Meneer zur Kleinsmiede eine Stelle als Lehrer an ihrer Schule angeboten, die er dankbar annahm, weil Lehrerstellen dünn gesät waren – obwohl es für ihn, der Rektor einer Realschule gewesen war, einen großen Rückschritt bedeutete, nun Kinder an der Grundschule unterrichten zu müssen. Mevrouw zur Kleinsmiede wurde Verwaltungsratsmitglied des angegliederten Kindergartens. Die zur Kleinsmiedes vermißten ihr Leben in der Kolonie und beschworen oft wehmütig Erinnerungen an ihre schönen Jahre in den Tropen herauf, an Tennispartys, Ausflüge, Empfänge im Freien beim Generalgouverneur und an die treuen Bediensteten, die hinter dem Haus wohnten. Im katholischen Breda bildete die protestantische Minderheit eine eigene Elite, zu der auch die reichen Familienmitglieder von Mevrouw zur Kleinsmiede gehörten. Ich hatte jedoch den Eindruck, daß Meneer und Mevrouw zur Kleinsmiede in diesem Kreis nie so ganz akzeptiert wurden.

Kurz bevor ich zu ihnen kam, hatte Meneer zur Kleinsmiede seine Lehrtätigkeit aufgegeben, und seitdem beschränkten sich seine Aktivitäten auf das morgendliche Malen des Kaffees für das starke Gebräu, das Mevrouw zur Kleinsmiede aus ihrem schwindenden Vorrat kostbarer echter Kaffeebohnen gemischt mit gerösteter Zichorienwurzel aufbrühte, sowie das Schuheputzen für die ganze Familie, eine Aufgabe, die er mit großem Enthusiasmus und hin und wieder ein wenig Spucke versah. Außerdem fuhr er mit dem Fahrrad für seine Frau zum Einkaufen. Meneer zur Kleinsmiede war eine äußerst imposante Erscheinung, und wo immer er war, wo immer er angeregt mit Leuten, die er auf der Straße traf, ins Gespräch kam, konnte man schon von weitem seine dröhnende Stentorstimme hören.

Nach dem Mittagessen entschuldigte er sich regelmäßig, um – wie er es nannte – einen »englischen Brief« zu schreiben. Dann schloß er sich in seinem Arbeitszimmer ein und wollte nicht gestört werden. Ich vermutete anfangs, er hielte ein Mittagsschläfchen, doch später fand ich heraus, daß er es sich in seinem Lehnstuhl bequem machte und sein illegales Radio auf BBC-Empfang einstellte. Deswegen war er stets so gut informiert. Der Besitz eines Radios war zu jener Zeit strengstens verboten, und der Schwager von Meneer zur Kleinsmiede, ein Blumenzwiebelzüchter aus Lisse, der in einem seiner Schuppen beim Radiohören erwischt wurde, ließ dafür in einem deutschen Konzentrationslager sein Leben. Ein Neffe hatte das Radio für Meneer zur Kleinsmiede in eine Zigarrenkiste eingebaut, und er muß ein geniales Versteck dafür gehabt haben, denn obwohl es meine Aufgabe war, sein Arbeitszimmer sauberzumachen, habe ich dieses Radio nie entdeckt.

»Zur Kleinsmiede« ist ein deutsch klingender Name. Eines Morgens entdeckte Meneer zu Kleinsmiede beim Öffnen der Haustür, daß das Namensschild aus Email verkratzt und beschädigt war, als hätte jemand Steine dagegen geworfen. Kein bißchen verärgert über das kaputte Schild, kehrte er kichernd ins Haus zurück. »Diese Jungens«, sagte er nur kopfschüttelnd. »Einfach unverbesserlich. Sie irren sich natürlich, aber woher sollten sie wissen, daß die Leute, die hier wohnen, gar keine Moffen sind? Man kann ihnen wirklich nicht böse sein. Ich an ihrer Stelle hätte dasselbe getan.« In den Augen von Meneer zur Kleinsmiede war das kaputte Türschild ein Beweis von Vaterlandsliebe und nicht etwa von Vandalismus.

Im August kam endlich Adrie zu Besuch. Er hatte eine Tasche voller Lebensmittelkarten bei sich, die er durch Kontakte der Familie Fernandes zu Untergrundorganisationen auf dem Schwarzmarkt aufgetrieben hatte. Ich freute mich sehr, ihn wiederzusehen, denn auch wenn wir kaum Gelegenheit hatten, einmal für uns zu sein, bedeutete sein Besuch doch eine erfrischende Abwechslung und brachte einen Hauch meines früheren Lebens mit sich. Außerdem hatte er einen Brief von meiner Mutter dabei.

5. August 1942

Meine liebe Freundin,
wie froh war ich, als die Mutter deines Freundes gestern zu mir kam und mir einen prächtigen Rosenstrauß sowie Deinen lieben Brief mitbrachte. Mir liefen die Tränen übers Gesicht. Kind, ich bin so froh, daß Du es dort so gut hast! Sei weiterhin immer tüchtig und vernünftig, laß keine Unzufriedenheit in Dir aufkommen, und sei diesen guten Menschen gegenüber immer dankbar. Sei stets hilfsbereit und stehe ihnen zu 100% mit Willenskraft, Liebe und Arbeitseinsatz zur Verfügung.

Mein Liebes, ich denke Tag und Nacht an Dich. Ich schlage schon morgens um halb acht die Augen auf, damit ich um acht Uhr hellwach bin. Dann spüre ich Dich, meine liebe junge Freundin, ganz dicht bei mir, und manchmal habe ich das Gefühl, als redeten wir miteinander! Vergiß also nicht, Dich um acht Uhr zu konzentrieren! Wie lieb von dieser Frau, Dir die Mutter zu ersetzen, und wie schön, daß Ineke Dir eine so gute Freundin ist. Deiner Mutter geht es gut, um sie brauchst Du Dir keine Sorgen zu machen. Nur wenn es heiß ist, ist der Gips ein wahrer Klotz am Bein. Im September werden sie mir meinen Panzer abnehmen. Ist das nicht schön? Vielleicht ist bis dahin auch Frieden in Sicht. Dago und seiner Mutter geht es gut. Ich hoffe, Du verbringst einen schönen Tag mit Adrie. Sei fröhlich, genieße es, und mach Dir keine Sorgen. Achtest Du auch immer darauf, hübsch gepflegt auszusehen? Die Haare und so? Ja, ja, Deine ältere Freundin hat immer ein paar Ermahnungen parat, aber ich hoffe, Du findest es unter den gegebenen Umständen nicht so schlimm.

Mein Liebes, schreib mir so oft, wie Du nur kannst. Bleib gesund, und sei vor allem immer lieb, sonnig und fröhlich, liebste Nettie!

Ich drücke Dich und küsse Dich, mein Schatz,
Deine treue Hilligi

In ihren Briefen, die mir Adrie und seine Eltern überbrachten, nannten mein Vater und meine Mutter nie meinen Namen. Sie nannten mich statt dessen ihre »kleine Freundin«, »die Freundin unseres Sohnes«, »Maus« oder etwas ähnliches – sie schrieben niemals Ee oder Eetje, meine richtigen Kosenamen. Sie unterzeichneten ihre Briefe mit ihren Initialen – H. oder D. – oder mit ihren Kosenamen: »Doddel« oder »Dago« für meinen Vater und »Hilligi« für meine Mutter. Sie versuchten, jede Formulierung, aus der man hätte entnehmen können, daß ich ihre Tochter war, zu vermeiden (obwohl es ihnen hin und wieder trotzdem durchging). Meneer und Mevrouw zur Kleinsmiede bezeichneten sie oft als »deine Eltern«. Es dauerte eine Weile, bis ich mich daran gewöhnt hatte, meine Eltern mit ihrem Nachnamen anzusprechen: *»Liebe Mevrouw van Hessen«* schrieb ich an meine Mutter. Diese Anrede war mir genau so fremd wie die Tatsache, daß die zur Kleinsmiedes meine *»lieben Eltern«* oder *»Deine Tante und Dein Onkel«* genannt wurden und Ineke meine

»Schwester«. Wenn ich solche Worte las, mußte ich immer schlucken. Ich kannte diese Leute doch kaum!

Der nächste Brief, den ich erhielt, war vom 28. August 1942. Meine Mutter schrieb mir, daß meine Freunde Alice Cohen und Dicky Polak beide »in Urlaub« gewesen waren, doch nun wieder zurück seien, »weil es nicht richtig geklappt hat«. Daraus entnahm ich, daß es ihnen nicht geglückt war, ein Versteck zu finden. Von anderen Bekannten und Familienmitgliedern berichtete sie mir, sie seien »abgereist«, unser Codewort für »deportiert«.

D. ist sehr einsam, aber er und Omi halten sich tapfer. Omi ist ein Wunder, wirklich ein großes Wunder. Wo sie nur diese Kraft hernimmt ... ich weiß es nicht. Mein Arzt hat mir gerade mitgeteilt, daß er mich morgen »losschneiden« wird. Du kannst Dir sicher vorstellen, wie ich mich gefreut habe! Heute ist der letzte Tag, an dem ich hier in dieser schrecklichen Gipshose liegen muß!

Daß meine Mutter von ihrem Gipspanzer erlöst wurde, bedeutete jedoch noch lange nicht, daß sie nun frei wie ein Vogel war. Sie mußte weiterhin liegen, und die Ärzte warnten sie davor, sich zuviel zu bewegen. Sie konnte nicht einfach aufstehen und herumlaufen, wie sie es gehofft hatte. Außerdem machte sie sich immer größere Sorgen um meinen Vater. Trotzdem gelang es ihr, stets optimistisch und sogar fröhlich zu klingen.

31. August 1942

Mein lieber Schatz,
was für ein Glück für mich, zu wissen, wie zufrieden Du bist. Der liebe Gott hat mich noch nie im Stich gelassen,

und ich zähle mich nun ganz klar zu den Auserwählten, weil er meine Kinder beschützt. Du weißt, mein lieber Schatz, daß ich nie fromm war, nur gottesfürchtig. Doch in letzter Zeit schicke ich jede Nacht meine Gebete zu unserem Herrn, denn in dieser Einsamkeit spüre ich seine Anwesenheit in mir mehr denn je, und wer ihn anbetet, den wird er nie verlassen.

Mit D. sieht es anders aus. Er fühlt sich zu Hause sehr einsam. Doddeltje weiß gar nicht, wie ihm geschieht. Er hätte lieber jede Menge Trubel um sich und den Garten voller junger Leute, so wie früher. Kein Telefon mehr, keine Freunde von Euch, die an der Türe klingeln. Naja, auch das wird sich wieder einrenken.

Wie schön, daß Du in Ineke eine so liebe Freundin hast. Später muß sie in den Ferien auch einmal zu uns kommen, oder ich schicke Euch (wenn wir dafür noch Geld haben) zusammen nach England, wenn der Krieg vorbei ist!

Lies in Deiner Freizeit gute Bücher, mein Engel, und mach Dir um uns keine Sorgen. Bis jetzt gibt es dafür keinen Grund. Möge Gott unsere lieben Männer beschützen! Bleib tapfer – und sei vorsichtig!

In ihrem nächsten Brief verriet sie, daß Adrie mit Jules, alias Alfred van Meurs, gesprochen hatte:

Ich habe Aat ausgequetscht wie eine Zitrone, als er mich letzten Sonntag besuchte, nachdem er bei Alf gewesen war. Adrie ist wirklich ein Schatz. Wenn er nur irgend kann, schaut er kurz zu mir herein und erzählt mir etwas Nettes oder leistet mir Gesellschaft. Er heitert mich auf, und dann und wann fährt er zu Hause vorbei, um Vater oder Omi einen Besuch abzustatten. Er ist so eine treue Seele! Genau wie seine Mutter. Ich freue mich schon auf den Brief, den sie mir bringen wird! Es ist das einzige Vergnügen, das ich im Moment habe – das und die herrlich versponnenen Pläne, die ich mit Adrie für das große Fest schmiede, das wir für all Euch jungen Leute veranstalten werden, wenn der Krieg erst einmal vorbei ist.

Ich mache mir Sorgen um D. Er hat immer wieder Probleme mit seinem Zahn. Ein Geschwür hat sich gebildet, das bestrahlt werden muß. Er wird in diesem Krankenhaus behandelt, was bedeutet, daß ich ihn zwei- bis dreimal die Woche sehen kann!

Adrie hatte einen Segeltörn durch Friesland frühzeitig abgebrochen, um meiner Mutter die Nachrichten von Alfred/Jules zu überbringen, den er irgendwo auf dem Land getroffen hatte. Miep, Ineke und noch einige unserer Freunde hatten ihn auf diesem Segeltörn begleitet. Als Adrie Ineke eingeladen hatte, mitzufahren, hatte ich sie ermuntert, seine Einladung anzunehmen. Sie hatte so wenige solcher Vergnügungen in ihrem Leben. Ich klagte nicht darüber, daß ich nicht dabei sein konnte. Ich tat mein Bestes, mir meine Wehmut nicht anmerken zu lassen.

Meneer zur Kleinsmiede hatte an seiner alten Schule einen jüdischen Kollegen gehabt, Meneer Gokkes, einen Lateinlehrer. Er war letztes Jahr, wie alle jüdischen Lehrer, entlassen worden und arbeitete nun beim Judenrat von Breda, einer Einrichtung, die die Deutschen in allen Städten ins Leben riefen, um den Kontakt zu den jüdischen Einwohnern zu vereinfachen. Meneer Gokkes hatte eine junge Frau und einen zwei Jahre alten Sohn namens David. Meine Gasteltern sorgten sich ernsthaft um die Familie Gokkes und besuchten sie fast täglich.

Eines Mittags, als ich alle meine Haushaltspflichten erledigt hatte, ließ mich Mevrouw zur Kleinsmiede zu Mevrouw Gokkes gehen, um ihr ein wenig zu helfen. Ich hatte die Familie noch nicht kennengelernt, aber von Mevrouw zur Kleinsmiede gehört, daß Mevrouw Gokkes es nicht leicht hatte. Es war Juden nicht mehr erlaubt, eine nichtjüdische Haushaltshilfe zu beschäftigen, und sie durften nur während zwei Stunden am Nachmittag ihre Einkäufe erledigen. Ich hatte selbst vorgeschlagen, sie zu besuchen und ihr ein wenig zur Hand zu gehen. Insgeheim wünschte ich mir sehr, sie kennenzulernen.

Ich wurde von einer jungen, todmüde aussehenden Frau empfangen. »Hallo, ich bin Nettie«, sagte ich. »Nettie, wie lieb von dir, daß du mich besuchen kommst!« rief sie. Sie trug eine geblümte Kittelschürze mit dem altbekannten gelben Davidsstern auf der linken Brustseite. Ihre Freundlichkeit grenzte schon fast an Unterwürfigkeit. Ich kannte dieses Verhalten. Ich erinnerte mich nur allzu gut an die Gefühle, die ich noch wenige Wochen zuvor selbst allen Nichtjuden gegenüber gehegt hatte, die sich Mühe gaben, mir ihre Sympathie oder ihr Mitgefühl zu zeigen. Doch nun verusachte es mir Unbehagen. Ich versuchte, bescheiden zu sein und so zu tun, als sei es die selbstverständlichste Sache der Welt, daß ein nichtjüdisches Mädchen wie ich ihr zu Hilfe kam.

Während Mevrouw Gokkes einkaufen ging, blieb ich bei ihr zu Hause und spielte mit dem kleinen David. Aus einem Gefühl der Verpflichtung oder auch der Schuld machte ich die Küche sauber und bemühte mich, das ziemlich unordentliche Wohnzimmer ein wenig aufzuräumen. Ich wollte Mevrouw Gokkes überraschen. Als sie zurückkam, schälte ich gerade Kartoffeln und erzählte David dabei eine Geschichte. Als sie mich bei meiner Beschäftigung sah, sagte sie: »Halt, warte mal, Nettie! Sonst machst du dir noch dein Kleid schmutzig. Hier, zieh das an!« Bevor ich ein Wort herausbringen konnte, hatte sie mir schon ihre Kittelschürze über den Kopf gestreift und sie hinter meinem Rücken zusammengebunden.

Als ich mit dem Kartoffelschälen weitermachte, schaute sie mich plötzlich nachdenklich an und fing an zu lachen. »Du meine Güte!« sagte sie, eine Hand vor den Mund geschlagen und mit der anderen auf mich deutend: »Jetzt schau dich bloß mal an! Du siehst ja aus wie eine Jüdin!«

Ich schlug die Augen nieder und sah den gelben Stern auf meiner Brust. Mit einem forschenden Blick versuchte ich herauszufinden, ob sie etwas vermutete, doch ihr Lachen war aufrecht und unschuldig, daher zwang ich mich, herzlich mitzulachen. Später, bei einer Tasse löslichem Tee-Ersatz, zeigte sie eine beschämende Dankbarkeit für die Arbeit, die ich ihr abgenommen hatte. Ich hätte am liebsten gerufen: »Hören Sie doch auf damit! Das ist doch gar nicht nötig! Es ist nichts besonderes! Ich bin selbst Jüdin und weiß, wie Sie sich fühlen!« Statt dessen beschränkte ich mich darauf, zu murmeln: »Gern geschehen. Ich freue mich, daß ich Ihnen helfen konnte.«

Bevor ich nach Hause ging, bot ich an, den Müll nach draußen zu bringen, der am nächsten Tag abgeholt wurde. Als ich wieder hereinkam, nahm ich meine Jacke und versprach, bald wiederzukommen. Mevrouw Gokkes zeigte auf mich und sagte lachend: »Vergiß aber nicht, die Schürze auszuziehen, bevor du gehst!«

Beim Abendbrottisch erzählte ich den zur Kleinsmiedes lachend die Geschichte mit der Kittelschürze. Meneer zur Kleinsmiede wurde kreidebleich. »Du wirst in Zukunft nicht mehr dorthin gehen«, sagte er mit Nachdruck. Ich protestierte, doch Meneer und Mevrouw zur Kleinsmiede blieben hart. »Stell dir nur mal vor, die Gestapo dringt in ihr Haus ein, und du bist zufällig gerade dort, ob mit Stern oder ohne? Wie gedenkst du wohl, sie davon zu überzeugen, daß du keine Jüdin bist? Willst du wirklich das Risiko eingehen, daß dein falscher Ausweis dieser Art von Prüfung unterzogen wird?«

Ich war niedergeschlagen und hatte das Gefühl, daß damit ein weiteres Band zu meiner Vergangenheit durchschnitten worden war. Doch andererseits war mir sehr wohl bewußt, daß ich nicht als einzige in Gefahr war. Die zur Kleinsmiedes riskierten eine Gefängnis- oder sogar die Todesstrafe dadurch, daß sie mich aufgenommen hatten. Ich hatte keine Wahl, als ihnen zu gehorchen.

Eine Woche später kam die Gestapo die Familie Gokkes abholen. Sie hatten gerade noch Zeit, den kleinen David über den Zaun hinweg in die ausgestreckten Arme einer Nachbarin zu legen.

Nach dem, was mit der Familie Gokkes geschehen war, fühlte sich der Rest der kleinen jüdischen Gemeinschaft Bredas womöglich noch stärker bedroht. Man wußte nicht, wer die nächsten sein würden. Meneer und Mevrouw zur Kleinsmiede nahmen sich der Koperbergs an – Leo, Hanny und ihrer dreizehnjärigen Tochter Tineke –, eine weitere jüdische Familie, mit der sie befreundet waren. Sie waren der Meinung, es sei nun höchste Zeit für die Koperbergs, unterzutauchen. Es gab keine mehr Zeit zu verlieren. Man hatte eine Deckadresse für sie in De Biesbosch gefunden – ein sumpfiges, von einem Labyrinth zahlreicher Wasserläufe durchzogenes Gebiet kleiner Flußinseln in Noord-Brabant – wo sich viele Mitglieder des Widerstands und andere Flüchtlinge verborgen hielten. (Diese Gegend war für jene, die die tückischen Gezeitenbewegungen nicht kannten, sehr gefährlich, und während der Besatzungszeit ertranken dort viele Deutsche.) Man traf eine finanzielle Regelung mit einem Bauern, der den Koperbergs einen kleinen Raum in seiner Scheune zur Verfügung stellte. Im Fußboden gab es eine Klappe, die im Fall drohender Gefahr zu einem winzigen Versteck führte.

An einem dunklen, verregneten Abend kamen die Koperbergs heimlich zu uns. Im Schuppen der zur Kleinsmiedes standen drei Fahrräder vom Schwarzmarkt für sie bereit. Die Familie sollte bei uns übernachten und noch vor Sonnenaufgang unter der Führung von Meneer und Mevrouw zur Kleinsmiede aufbrechen. Ich fühlte von ganzem Herzen mit ihnen. Ich wußte nicht nur, was es hieß, von dem verhaßten gelben Stern erlöst zu sein, sondern auch, was es bedeutete, das eigene Heim verlassen zu müssen und die Angst vor Entdeckung zu spüren. Als alle drei wohlbehalten in der Cavaleriestraat ankamen, stießen wir einen Seufzer der Erleichterung aus. Am Abend war es beinahe so, als feierten wir ein kleines Fest. Wir tranken echten Kaffee mit Cognac und aßen Butterplätzchen dazu, die Mevrouw zur Kleinsmiede am Morgen gebacken hatte. Obwohl unsere Gäste ängstlich und gespannt ihrer Flucht entgegensahen, herrschte eine angeregte, heitere Atmosphäre. Meneer Koperberg erzählte in einer Tour Witze, und wir kringelten uns vor Lachen.

Plötzlich schellte es an der Haustür. Wir erstarrten alle vor Schreck. Es war schon spät, nach elf Uhr. Wer konnte das sein? Die schweren Samtgardinen waren zugezogen, daher konnten wir nicht hinausschauen und nachsehen.

Die Koperbergs versteckten sich hinter dem Sofa. Mevrouw zur Kleinsmiede stand auf und ging zur Haustür. Mein Herz raste. Zögernd schaute ich mich um. Auch ich wollte mich verstecken, aber würde ich mich dadurch nicht verraten? Die Koperbergs waren über mich nicht informiert und sollten auch gar nichts erfahren. Ich riß mich zusammen und blieb, wo ich war. Ich hörte eine ruhige, höfliche, bedächtige Männerstimme, die etwas auf deutsch sagte. Ich merkte, wie Meneer zur Kleinsmiede mich ansah und daß Ineke an den Fingernägeln kaute. Ich war mir sicher, daß alle mein Herz klopfen hörten.

Dann hörten wir die Stimme von Mevrouw zur Kleinsmiede: *»Vielen Dank. Danke schön!«* Die Tür ging wieder zu, und der Schlüssel wurde im Schloß umgedreht. Mevrouw zur Kleinsmiede kam zurück ins Zimmer und wischte sich mit einem Taschentuch den Schweiß von der Stirn. Sechs bleiche Gesichter starrten sie an.

»Alles in Ordnung. Er ist weg. Es war ein deutscher Soldat. Er hat an der Seite unseres Hauses einen Streifen Licht zwischen den Gardinen gesehen. Er hat nur geklingelt, um uns Bescheid zu sagen, damit wir keine Schwierigkeiten bekämen.«

Ein netter Deutscher! Er wollte nicht, daß wir Schwierigkeiten bekämen! Wir trauten unseren Ohren nicht. »Nettie«, sagte Mevrouw zur Kleinsmiede dann und wandte sich zu mir, »es ist das Licht im Fahrradschuppen. Jemand muß es angelassen haben. Bitte mach es sofort aus.« Als ich aufsprang, sah ich, daß mich Meneer zur Kleinsmiede anschaute und vorwurfsvoll den Kopf schüttelte. Doch es wurde kein weiteres Wort über die Frage verloren, wer vergessen hatte, das Licht auszumachen. Die Erwachsenen tranken noch ein Glas Cognac, und dann gingen alle zu Bett. Die Koperbergs sollten unter der Führung der zur Kleinsmiedes bei Tagesanbruch das Haus verlassen.

FÜNFZEHNTES KAPITEL

Die Kuriere

Es wurde September, und Ineke mußte wieder in die Schule. Das Ende des Krieges war noch lange nicht in Sicht, und uns wurde klar, daß sich mein Aufenthalt in Breda nicht auf den Sommer beschränken würde. Trotzdem hatte ich nie das Gefühl, daß meine Beschützer meine Anwesenheit als Last empfanden und froh gewesen wären, mich wieder loszuwerden. Ich hielt mich noch immer strikt an die Anweisungen meiner Eltern und versuchte, mich erkenntlich zu zeigen, indem ich soviel wie möglich half.

Da Ineke früh aus dem Haus ging und sich, wenn sie zurückkam, auf ihre Schulaufgaben konzentrieren mußte, übernahm ich nun alle Hausarbeiten, die wir in den Sommerferien gemeinsam erledigt hatten. Das große Haus hielt mich von morgens bis abends auf Trab. Ich erhielt von Mevrouw zur Kleinsmiede eine solide Hauswirtschaftsausbildung. Sie zeigte mir, wie man Socken stopft, die Teppiche richtig klopft und wie ich die Fingerschalen aus Kupfer putzen mußte, die beim Abendessen immer auf den Tisch gestellt wurden, egal wie bescheiden die Mahlzeit auch ausfiel.

Die Zubereitung der Mahlzeiten bildete den Höhepunkt des Tages. Wir litten keinen Hunger, lebten aber auch keineswegs im Überfluß. Das Frühstück bestand aus vier Schnitten Brot für jeden, mit einer dünnen Scheibe Käse oder etwas Marmelade. Mittags aßen wir immer Suppe, Kartoffeln oder Bohnen, mit einem kleinen Stückchen Fleisch, Fisch oder einem Ei dazu, je nachdem, was wir in der entsprechenden Woche mit unseren Lebensmittelgutscheinen bekommen konnten – und abends dann wieder Brot, wenn möglich mit ein wenig dünn geschnittenem Belag. Zu besonderen Gelegenheiten wurde auch einmal eine Dose Ölsardinen geöffnet, die Mevrouw zur Kleinsmiede schon vor dem Krieg im Keller gehamstert hatte.

Ich aß meine Butterbrote ganz langsam, weil ich nicht die erste sein wollte, die ihren Teller leer hatte. So brauchte ich nicht zuzusehen, wenn die anderen noch aßen. Wenn wir, bei zurückgezogenen Gardinen, für jeden auf der Straße deutlich sichtbar bei Tisch saßen, achteten wir peinlich genau auf unsere Tischmanieren. Meneer und Mevrouw zur Kleinsmiede fanden es besonders wichtig, daß wir Messer und Gabel richtig hielten und ordentlich bei Tisch saßen, und das Auftragen der Gerichte vollzog sich nach einem Ritual, an das ich mich nur mit Mühe gewöhnen konnte. Beim Essen amüsierten wir uns damit, die vorübergehenden Passanten zu beobachten und ihr Verhalten zu kommentieren; manche schauten herein und grüßten uns, andere liefen vorbei, ohne sich unserer forschenden Blicke bewußt zu sein. Daneben widmeten wir unsere Aufmerksamkeit ausschließlich den Speisen. Eines der beliebtesten Gesprächsthemen bei Tisch waren die vielen verschiedenen Urlaube, die die Familie vor dem Krieg in Frankreich verbracht hatte. Mevrouw zur Kleinsmiede liebte Frankreich und alles Französische, und zusammen mit ihrem Ehemann hatte sie eifrig und systematisch das ganze Land erkundet. Gegen Ende meines Aufenthaltes in Breda war ich in der Lage, die Lieblingsanekdoten über ihre Ferien in Frankreich nachzuerzählen, als sei ich selbst dabeigewesen.

Die direkten Nachbarn der zur Kleinsmiedes hatten drei Töchter, die alle Klavier spielten. Regelmäßig waren durch die Wand, die ihr Haus von unserem trennte, ihre Etüden und Sonatinen zu hören, und es dauerte nicht lange, bis ich genau unterscheiden konnte, welche der drei Schwestern am Klavier saß. Auch Ineke bekam Klavierstunden und spielte teilweise dieselben Musikstücke, die wir von unseren Nachbarinnen hörten. All die Musik um mich herum brachte mich dazu, es wieder einmal selbst zu versuchen. Schließlich hatte ich auch Klavierunterricht erhalten, nachdem ich, vor nunmehr zwei Jahren, von meinen Eltern ein Klavier geschenkt bekommen hatte. Bald waren in beiden Häusern auch meine stümperhaften Versuche zu hören, dieselben Musikstücke wie die anderen zu erlernen. Ich freute mich, wenn es gut klappte und ich mich in die Musik versenken konnte; es war eine der wenigen Zerstreuungen, die ich hatte.

Daneben waren Besucher eine willkommene, aber seltene Abwechslung. Wenn eine der drei Cousinen von Mevrouw zur Kleinsmiede, Jo, Riek oder Ine Ufkes, zu Besuch kam, wurden die silberne Teekanne und die schönen Tassen aus weißblauem Delfter Porzellan hervorgeholt. Mevrouw zur Kleinsmiede schenkte den Tee ein, und ich bot den Gästen ein Plätzchen aus der silbernen Keksdose an. Zur zweiten Tasse Tee gab es dann ein zweites Plätzchen, oder, solange die Nahrungsmittelknappheit noch nicht so akut war, auch einmal ein Stückchen Schokolade. Alles war genau abgemessen: Jeder bekam ein Stück, nicht mehr und nicht weniger. Nach der »Teezeremonie« war der richtige Augenblick, den Gästen ein Gläschen zu trinken anzubieten. Wenn schließlich alle ihren Sherry geleert hatten, wußte man, daß es an der Zeit war, aufzubrechen. Die Gäste standen auf, verabschiedeten sich, und zogen von dannen. Manchmal gingen auch die zur Kleinsmiedes Freunde oder Verwandte besuchen, doch ich begleitete sie nie und habe daher nicht ein einziges Mal das Haus eines ihrer Bekannten betreten. Wenn ich mit eingeladen wurde, dankte Mevrouw zur Kleinsmiede in meinem Namen und erklärte dann, Nettie sei »zu Besuch bei ihren Eltern«.

Dann und wann brachen Meneer und Mevrouw zur Kleinsmiede in aller Herrgottsfrühe auf zu einer »schönen Radtour aufs Land«. Wir wußten, was damit gemeint war: Sie besuchten die Familie Koperberg. Der Bauernhof, auf dem sich die Koperbergs versteckt hielten, lag weit entfernt und war mit dem Fahrrad nur schwer zu erreichen. Um dorthin zu gelangen, mußte man über eine kleine Zugbrücke fahren. Der Fährmann füllte seine Taschen mit dem Geld, das Meneer zur Kleinsmiede ihm zusteckte, um jede Form ungesunder Neugier im Keim zu ersticken. Die zur Kleinsmiedes waren der einzige Kontakt zur Außenwelt, den die Koperbergs unterhielten. (Dem Bauern, der ihnen Obdach bot, ging es ausschließlich ums Geld; außer, daß er ihnen Unterschlupf gewährte, kümmerte er sich nicht im mindesten um sie.) Bei ihren Besuchen brachten die zur Kleinsmiedes ihren Freunden Neuigkeiten über den Krieg, ermutigende Worte und Hoffnung – neben den Lebensmitteln, die sie in ihrem Fahrradgepäck und ihren Jackentaschen verstaut hatten. Ich hätte viel darum gegeben, selbst einmal zu den Koperbergs fahren zu dürfen, doch dies war mir von Anfang an strengstens verboten worden, und ich wußte inzwischen, daß es besser war, nicht weiter auf einem derartigen Wunsch zu beharren.

Ich begann, die Stunden, die ich allein auf meinem Zimmer verbrachte, zu genießen. Nur dort konnte ich ich selbst sein – die temperamentvolle Edith statt der folgsamen Nettie. Ich schrieb an meine Eltern, an Adrie und Miep, und hob meinen Stapel Briefe auf, bis wieder einer der Kuriere – Adrie oder seine Eltern – zu uns kam. Sie waren die einzigen, die unsere Post befördern konnten. Ich durfte kein Foto von meiner Familie im Zimmer haben, nur eines von Adrie. Vor dem Schlafengehen küßte ich sein Bild und fühlte mich dadurch ein bißchen weniger einsam. Die Briefe, die mir meine Eltern schrieben, hob ich auf und las sie so oft, daß ich sie beinahe auswendig kannte. (Meine Mutter hatte mich eindringlich ermahnt, die Briefe nach dem Lesen zu verbrennen, aber ich brachte es nicht übers Herz. So weit ging mein Gehorsam nicht. Ich versteckte sie unter einem Stapel Kleidung im Schrank.) Ab und zu fertigte ich noch eine Zeichnung an oder schrieb ein Gedicht, doch viel seltener, als ich es zu Hause getan hatte. Hier hatte niemand besonders großes Interesse an meinen kreativen Anwandlungen. Nur selten erhielt ich beispielsweise ein Kompliment für mein Klavierspiel. Lediglich wenn ich gut und eifrig saubergemacht hatte, wurde dies mit einem anerkennenden Nicken belohnt.

Die zur Kleinsmiedes waren eine nüchterne Familie, in der mit Komplimenten nicht verschwenderisch umgegangen wurde. Außerdem war mir von Anfang an instinktiv klar, daß ich Ineke nicht überflügeln durfte. Ich half ihr jedoch bei Mathematik, einem Fach, das sie haßte, ich dagegen liebte.

Ich berichtete offenherzig von meiner Familie, und vor allem, wenn wir zusammen abwuschen, erzählte ich Ineke alles mögliche über meine Brüder Guus und Jules sowie über meine älteren Cousins und Cousinen, die früher oft bei uns zu Besuch gewesen waren: Paul, Dolf, Renée, Hans und Otto. Schon nach kurzer Zeit konnte Ineke über meine Familienmitglieder plaudern, als würde sie sie schon ihr Leben lang kennen.

Ineke hatte in Breda nicht viele Freunde. Manchmal wurde zu Hause über Mitschüler von ihr gesprochen, aber ich lernte nie welche kennen. Inekes Mutter war ziemlich kritisch anderen gegenüber, und in bezug auf »Persönlichkeit« und »gutes Benehmen« hatte sie so ihre eigenen Vorstellungen. Ineke war praktisch immer ihrer Meinung. Sie konnte sehr negativ sein in ihrem Urteil über andere. Da ich mir bewußt war, daß mein Leben von den zur Kleinsmiedes abhing, hatte ich Angst, bei ihnen in Mißkredit zu geraten oder gar von ihnen verstoßen zu werden, falls ich mich nicht ihrer Meinung anschloß oder entgegen ihren Wünschen handelte, und spielte daher gehorsam die Rolle, die sie mir zugedacht hatten. Die zur Kleinsmiedes wollten gern, daß ich ihrer Tochter eine Freundin war – die jüngere Schwester, die sie nie gehabt hatte. Und so versuchte ich beispielsweise, sie aufzumuntern, wenn sie sich abfällig über sich selbst äußerte.

Ihre Mutter freute sich immer, wenn sie sah, daß wir uns so gut verstanden, wenn wir miteinander kicherten und tuschelten, auch wenn wir dabei zuweilen etwas über die Stränge schlugen. »Das«, meinte sie dann mit einem zufriedenen Schnaufen, »beweist eben, daß ihr euch wohlfühlt und alles in Ordnung ist.« Doch manchmal konnte Inekes Stimmung von einem Moment auf den anderen umschlagen, und dann verhielt sie sich sehr abweisend mir gegenüber. Dann rannte sie beispielsweise mit einer häßlichen Bemerkung aus dem Zimmer, so daß ich keine Chance hatte, zu reagieren, sondern nur noch mit offenen Mund auf die Tür starren konnte, die sie mit einem Knall hinter sich zugeschlagen hatte. Manchmal sprach Ineke tagelang kein Wort mit mir oder sagte nur etwas, wenn es gar nicht anders ging, und ich kam nur selten dahinter, welchen Grund ihre Verärgerung hatte. Ich fragte mich, ob es sie vielleicht störte, daß sie zum ersten Mal im Leben gezwungen war, ihre Eltern mit jemandem zu teilen. Nach und nach kam ich jedenfalls zu der Überzeugung, daß es meine Aufgabe war, Ineke glücklich zu machen – eine Berufung, die mich noch jahrelang beschäftigen sollte.

Als Ineke eines Tages zur Hochzeit ihrer Cousine Atie eingeladen wurde, war ich stellvertretend für sie so aufgeregt, als ginge ich selbst dorthin. Atie heiratete einen jungen Mann, der Edzo Toxopeus hieß, und ich stellte mir die Feier als eine äußerst elegante Angelegenheit vor. Am Morgen der Hochzeit nahm ich mich Inekes an, ließ sie ein paar Kleider anprobieren, die in Frage kamen, frisierte ihr Haar und versuchte, dafür zu sorgen, daß sie so attraktiv wie möglich aussah. Als Hochzeitsgeschenk hatten wir einen Korb mit Bändern und Schleifen verziert und mit seltenen Waren gefüllt – einem Glas Himbeerkonfitüre, einer Dose Ölsardinen, einem halben Pfund Reis, einem Päckchen echten Tee und einem Pfund Zucker, das Ganze mit Blumen dekoriert. Dazu hatte ich eine »Ode« an das junge Paar geschrieben und Ineke stundenlang darauf gedrillt, wie sie sie aufsagen mußte, wenn sie das Geschenk überreichte. Als sie mit ihren Eltern aufbrach, sagte ich beim Abschied zu ihr: »Lächle, und die Welt wird dir lächelnd begegnen« – ein Spruch, mit dem meine Mutter mich immer aufmunterte, wenn ich niedergeschlagen oder traurig aussah.

Nach ihrem Aufbruch ging ich wieder hinein und begann, das Geschirr vom Frühstück abzuwaschen. In Gedanken sah ich Ineke, umringt von all ihren Familienmitgliedern, wie sie lächelte und sich köstlich amüsierte. Ich stellte mir vor, wie sie das Gedicht, das ich für sie geschrieben hatte, vortrug. Ich war allein zu Hause. Ich sang ein fröhliches Lied und hielt mir vor Augen, daß ich kein Aschenputtel, sondern eine Svengali war. Außerdem würde meine Zeit schon noch kommen.

Als die zur Kleinsmiedes von der Hochzeit zurückkehrten, erwähnte niemand auch nur mit einem Wort mein Gedicht. Das Fest sei »ziemlich gelungen« gewesen, lautete ihr einziger Kommentar. Als ich Ineke später fragte, ob dem Brautpaar mein Gedicht gefallen hätte, zuckte sie mit den Achseln und antwortete nur: »Ich glaub schon.«

»Dumme Nuß«, tadelte ich mich selbst. Ich begriff allmählich, daß ich Ineke nicht vorschreiben konnte, wie sie ihr Leben zu leben hatte, genau so wenig, wie sie mir in dieser Hinsicht Vorschriften machen konnte.

Ungefähr zwei Monate nach meiner Ankunft in Breda kamen zum ersten Mal die Kuriere. Adries Eltern, die ich Oom Aa und Tante Dop nannte, statteten uns einen kurzen Besuch ab. Sobald sie hereingekommen waren, legte Tante Dop mir die Hände auf die Schultern und sagte: »Nettie, es ist etwas Schlimmes passiert.«

Ich erstarrte und wollte erst gar keine schlechte Nachricht hören. Doch sie sprach in freundlichem Ton weiter und zwang mich, sie anzusehen: »Dein Vater und deine Großmutter mußten das Haus in der Mildestraat verlassen. Die Deutschen haben es konfisziert. Sie wohnen jetzt bei den Thalheimers.« Die Thalheimers waren jüdische Freunde meiner Eltern, die bei uns um die Ecke wohnten. Sie gehörten zu den letzten, die noch in ihrem eigenen Haus wohnten.

So bald wie möglich rannte ich nach oben, um die Briefe zu lesen, die Adries Eltern für mich mitgebracht hatten. Meine Mutter schrieb:

Freitag.

Mein Engel, mein Mäuschen,
inzwischen ist eine Menge passiert, wie die liebe Frau Verhulst Dir zweifellos berichtet haben wird. Trotzdem kann ich wieder befreit durchatmen, weil meine liebe alte Mut-

ter und unser lieber D. nicht ins Gefängnis mußten, von wo aus sie natürlich nach Polen geschickt worden wären.

Stell Dir vor: D. lag, nachdem er von Doktor Wijnen behandelt worden war, auf dem Kanapee. Omi war auf dem Weg zu mir. Da schellte es an der Haustür. D. sah zwei Polizisten und dachte: »Oh Gott, sie kommen mich holen, wegen der Kinder...« Vater machte auf. Die Polizisten sagten: »Sie müssen innerhalb von einer Stunde das Haus verlassen, und Sie und Ihre Schwiegermutter kommen in Untersuchungshaft.« Vater blieb äußerlich ganz ruhig und bat die Herren, hineinzukommen und Platz zu nehmen. Er erzählte ihnen alles: von den Kindern, die weggelaufen sind, von seiner Frau, die im Krankenhaus liegt, und so weiter und so fort. Doch alles vergeblich. »Packen Sie Ihre Sachen – Sie gehen nach Polen«, sagten sie. Vater ging ins Arbeitszimmer, um seine Papiere zusammenzusuchen. Plötzlich sieht er durch das offene Fenster Mevrouw Keyzer in den Vorgarten kommen. Du erinnerst Dich sicher: Sie ist die Schwägerin des Mädchens, dem Du im letzten Frühjahr Nachhilfestunden gegeben hast. Wie dem auch sei, er ruft ihr zu: »Gehen Sie fort, die Polizei ist hier! Sonst nehmen sie Sie auch noch mit!« – »Ich weiß, deswegen bin ich ja gerade gekommen!« rief sie zurück.

Schließlich ist es gerade noch einmal gutgegangen! Wer weiß, was in diesem Leben noch alles auf uns zukommt! Auf jeden Fall, meine liebe Maus, brauchst Du Dir keine Sorgen zu machen. Der liebe Gott war auch diesmal wieder mit uns!

Der Bruder von Bertie, meiner Nachhilfeschülerin, hatte eine hohe Position im Judenrat inne. Als er hörte, daß die Polizei bei uns zu Hause war, schickte er schnell seine Frau mit Papieren zu uns, in denen stand, daß mein Vater und Omi von der Deportation freigestellt waren. Das Haus wurde jedoch beschlagnahmt, einschließlich unseres gesamten Eigentums. Meinem Vater gelang es lediglich, den Gegenstand, an dem er am meisten hing – die Tonbüste meiner Mutter – zu retten. Meneer Jansen, unser Nachbar, hatte an der Hintertür angeklopft und gefragt, ob er irgendwie behilflich sein könne, und mein Vater hatte ihm die Büste in die Hände gedrückt. (Wenn sie bei uns geblieben wäre, hätte die Büste wahrscheinlich, wie die anderen Kunstwerke meines Vaters, auf dem Speicher unseres Hauses den Krieg überstanden. Das Schicksal wollte jedoch, daß die Jansens nach Bezuidenhout evakuiert wurden, als man unser Viertel zu militärischem Sperrgebiet erklärte. Ihr gesamter Besitz, die Büste meines Vaters inbegriffen, wurde zerstört, als die Alliierten gegen Ende des Krieges das Viertel ausbombten.)

In ihrem nächsten Brief, den sie mir an Rosch Ha-schana, dem jüdischen Neujahrsfest, schrieb, betonte meine Mutter nochmals, wie glücklich sich mein Vater und meine Großmutter schätzen konnten, noch einmal davongekommen zu sein. In Amsterdam wurden die Juden zu Hunderten verhaftet. Meine Cousine Renée, die in aller Eile ihren Verlobten geheiratet hatte, als das Gerücht die Runde machte, nur Junggesellen würden für die Arbeitslager rekrutiert, wurde zusammen mit ihrem frischgebackenen Ehemann verhaftet. In unserem Haus, an dem wir alle so hingen, wohnten nun ein deutscher Offizier und seine Geliebte.

Samstagmorgen, Neujahrstag.

Nebbich, was für ein elender Zustand: unsere Familie in alle Himmelsrichtungen zerstreut – was für ein Unterschied zu den Feiertagen von früher! Und doch habe ich

Mut und Vertrauen darin, daß alles gut werden wird. Gerade war Oom Lex bei mir und gratulierte mir dazu, daß Vater und Omi frei sind, denn in Amsterdam und überall sonst werden die Menschen scharenweise deportiert! Emmy Godschalk und ihr Ehemann, die ganze Familie Mussaf, und – erschrick nicht, Schatz – auch unsere Renée und ihr Mann wurden abgeholt. Das habe ich heute morgen von Tante Marie erfahren. Alle stecken in der Patsche, alt und jung. Wann wird das ein Ende haben? Vorläufig bleibe ich noch ein paar Wochen hier, und es wird sicher noch einige Monate dauern, bis ich wieder laufen kann. Vielleicht wirst Du mir sogar noch beim Üben helfen können?

Gleich kommt D. mich besuchen. Das sind meine schönsten Stunden. Wie recht Du hattest, Deine Tagebücher wegzugeben, mein Schatz. Alles, was ich besitze, ist im Haus zurückgeblieben und damit verloren. Schon am nächsten Tag hat sich eine blonde »Na-Du-weißt-schon« darin eingenistet! Ach, was soll's, ich bin schon darüber weg! Was mit unserer Renée geschehen ist, finde ich viel schlimmer. Ich muß fortwährend an sie denken.

Ich hoffe, Du weißt, was für ein Glück Du hast. Dein Schicksal ist eines unter Tausenden. Es ist nun an Dir, mit dem Austeilen von Liebe fortzufahren. Ohne es zu wissen, bist Du unsere Sonne. Daß alles so gut gekommen ist, haben wir nämlich auch Dir zu verdanken – dadurch, daß Du diesem Keyzer-Kind Nachhilfe gegeben hast, und dadurch, daß Du uns Oom Lex und auch die großartige Familie Verhulst gebracht hast und durch sie wiederum Deine lieben Pflegeeltern – mein Kind, Du bist eine »Bemasselte«!

Achtest Du auch schön darauf, immer ordentlich auszusehen? Auf den Fotos, die Du mir geschickt hast, trägst Du eine recht merkwürdige Kombination von Kleidungsstücken. Mädchen, versuche, immer gepflegt und attraktiv auszusehen: Dein Haar, Dein Kleid, Deine Strümpfe und Schuhe sind so wichtig! Sie bilden zusammen Deine Visitenkarte. Brauchst Du noch irgend etwas?

Unter ihren Brief hatte mein Vater folgendes gekritzelt:

Wenn das alles ist, was wir ertragen müssen, dann glaube ich, daß ich mich schon durchschlage. Omi und mir geht es prima. Mach Dir um uns keine Sorgen. Weißt Du, dasselbe ist auch so vielen anderen Menschen in den letzten Wochen geschehen. Wäre Deine Mutter doch nur so weit genesen, daß sie das Krankenhaus verlassen könnte! Wenn sie erst einmal wieder bei mir ist, wird nie mehr eine Klage über meine Lippen kommen.

Drei Wochen später kamen die Kuriere wieder zu Besuch nach Breda – diesmal, um mir zu berichten, daß mein Vater Knochenkrebs im Kiefer hatte. Er war in aller Eile ins Stads Academisch Ziekenhuis in Utrecht eingeliefert worden, wo man auf die Behandlung von Kieferkrankheiten spezialisiert war. Der Arzt sprach ganz offen: »Sie kommen wirklich sehr spät zu uns. Drei Viertel des Kiefers müssen entfernt werden, um diese schlimme Geschwulst zum Stillstand zu bringen.« Meine Mutter schrieb:

Doddeltje hat starke Schmerzen gehabt, doch glücklicherweise konnten sie ihn während der Operation betäuben, was die Ärzte anfangs nicht für möglich gehalten hatten. Als er alles hinter sich hatte, fragte er: »Haben sie schon angefangen?« Er hat mir direkt nach der Operation einen Brief geschrieben, der mich ein wenig beruhigte. Trotzdem war mein Herz voller Traurigkeit, und das ist es noch immer, weil ich nicht bei ihm sein kann. Wie Du weißt, war unsere Liebe immer so, daß stets einer für den anderen da war. Nun vermißt er mich entsetzlich und ist natürlich recht niedergeschlagen, weil ich ihn nicht versorgen kann. Er ist auf sich allein gestellt, obwohl er viel Besuch bekommt. Nur – Du und ich – ach, manchmal bricht mir das Herz! Gott sei Dank braucht er nur zehn Tage im Krankenhaus zu bleiben, und dann darf er schon wieder nach Hause (nebbich, was denn für ein »Zuhause«?).

Ja, mein lieber Schatz, Du bist noch zu jung, um zu wissen, daß Geschwulste bösartig sein können. (Lies mal das Buch über Madame Curie. *Dann wirst Du das alles viel besser begreifen.) Am Tag der Operation habe ich dem Chirurgen, der die Operation durchführte, ein Telegramm geschickt: »Doktor, retten Sie meinen Mann, ich flehe Sie an! Gott sei mit Ihnen.« Er bekam es gerade noch rechtzeitig vor der Operation. Sie mußten seitlich an seiner rechten Wange einen langen Schnitt machen. Das Essen fällt ihm jetzt natürlich schwer, er kann nur flüssige Nahrung zu sich nehmen. Später, wenn alles verheilt ist, bekommt Vater ein Stück Kiefer aus Silber von innen eingesetzt, auf dem dann die Zähne befestigt werden. Daß unser lieber, guter Schatz, der beste Mensch der Welt, so etwas mitmachen muß! Die ganze Geschichte hat auch Omi sehr stark angegriffen. Doch selbst in ihrem Alter hat man keine Wahl und muß sich mit allem abfinden! Wir haben es wirklich nicht leicht: Nichts aus dem Haus konnte gerettet werden, alles ist verloren, und doch würde Deine Freundin Alice (die zusammen mit ihren Eltern und ihrem Bruder abgeholt wurde) uns noch beneiden, denn ihr Los – wer kann es sagen? – ist vielleicht noch um vieles schrecklicher.*

Später sollten wir erfahren, daß Alice und ihre Familie nach Polen deportiert worden waren. Man hat nie wieder etwas von ihnen gehört.

Ich nahm mir die Ratschläge meiner Mutter zu Herzen und versuchte, angesichts all der schlechten Nachrichten eine so tapfere Haltung wie möglich zu bewahren. Die zur Kleinsmiedes konnten Wehklagen und Jammern nicht leiden, und ich genausowenig. Ich beschloß also, nachdem ich den Brief gelesen hatte, den Küchenfußboden zu schrubben, und tat es mit so viel Hingabe, daß mir die Schultern davon schmerzten. Ich wollte nicht, daß die anderen mich bemitleideten. Ich glaubte, dies sei nun die Prüfung, auf die ich mich all die Jahre innerlich »vorbereitet« hatte. Ich hatte mir solche Mühe gegeben, meinen Charakter zu verbessern und mich geistig zu wappnen, und so nahm ich mir nun eher ein Vorbild an Mevrouw zur Kleinsmiede – streng, unbeugsam und furchtlos – als an meinen Eltern, aus deren Briefen ich, trotz der überschwenglichen, weisen und ermutigenden Worte, so etwas wie Verzweiflung herauszulesen meinte.

Utrecht, 16. Oktober 1942

Meine liebe Freundin!
Du wirst Dich nicht wenig gewundert haben, als Du hörtest, daß Dein alter Freund auf einmal operiert werden mußte. Nach über vier Wochen sitze ich hier immer noch, und es wird auch noch ein paar Wochen so weitergehen. Die Hauptsache ist, geduldig zu bleiben und den Mut nicht zu verlieren.

Ja, mein Schatz, die Welt scheint aus den Fugen, und doch gibt es einen Gott, der alles lenkt, und Du wirst sehen, daß alles wieder ins Lot kommt. Nun muß der Mensch zeigen, aus welchem Holze er geschnitzt ist; nun wird der Charakter geformt. Man darf nie den Mut verlieren. Ich selbst stand vor einem entscheidenden Entschluß, was mein

Leben betrifft, und ich fragte mich, warum ich das viele Leid auf mich nehmen sollte. Ich habe es dann für meine Lieben getan, und siehe da, es ist geglückt. Das Leiden ist erträglich, und wenn Du dann meine liebe Hilde siehst, die all das ihr Auferlegte so tapfer erträgt, dann kann man nicht anders, als auf Gott und seine Vorsehung zu vertrauen.

Also, liebste Freundin, verzweifle niemals. Einst wird die Sonne wieder für die Menschheit scheinen. Und selbst wenn das alles droht, zuviel für Dich zu werden, bleib guten Mutes, denn es kommen wieder Zeiten voller Erfolg und Glück, so sicher, wie es einen Gott im Himmel gibt. Ich wünschte, ich könnte Dir eine größere Stütze sein, doch im Moment bin ich leider selbst so hilfsbedürftig. Deine Briefe und die von Hilde sind eine größere Hilfe für mich gewesen, als ich sie Dir zurückgeben kann. Grüß Deine liebe Mutter von mir, und denke in den dunkelsten Stunden an Deinen treuen Freund, der auch aus der Ferne immer innig Kontakt mit Dir hält. Auf Wiedersehen, liebste Freundin, ich küsse Dich und drücke Dir herzlich die Hand.

Dein Doddel

Meine Mutter betrachtete es als einen Segen, daß mein Vater nun im Krankenhaus von Utrecht aufgenommen und damit in Sicherheit war. In Den Haag waren Tausende Juden aufgegriffen und an unbekannte Orte abtransportiert worden. Niemand war mehr sicher. Fast alle meine jüdischen Freunde waren verschwunden. Was meine Großmutter betraf, so richtete sich die ganze Hoffnung meiner Mutter auf das Ehrenkreuz, das sie von Hitler verliehen bekommen hatte, weil sie im Ersten Weltkrieg ihren Sohn für das »Vaterland« geopfert hatte. Dieses Kreuz mußte ihr einfach Schutz bieten. *»Ich mache mir fortwährend Sorgen um sie«*, schrieb meine Mutter.

Mein innig geliebtes Mäuschen,
ich habe Deinen Brief bekommen, mein Engel, und war sehr gerührt. Natürlich fand ich Dein Angebot, einen Knochen Deines Körpers zu spenden, um für Papi eine Prothese daraus zu fertigen, nicht verrückt – ehrlich gesagt hatte ich selbst dem Doktor bereits eine Spende vorgeschlagen. Doch er erklärte mir, daß der Knochen von Doddeltje selbst stammen muß.

Mein armer lieber Schatz! Und ich kann gar nichts für ihn tun – das ist das Alllerschlimmste für mich, glaube mir! Nicht still bei ihm sitzen oder ihn streicheln zu können, nicht seinen ganzen Genesungsprozeß selbst in die Hand nehmen, Dinge regeln und mit dem Arzt sprechen zu können ... Das ist wirklich schwer für mich. Aber der liebe Gott hat es so gewollt. Außerdem ist es mir lieber, er bleibt noch ein Weilchen dort, denn gestern nacht wurden wieder furchtbar viele Leute abgeholt. Den Haag muß inzwischen regelrecht leer sein. Ich habe gehört, sie hätten achtzehnhundert Menschen festgenommen. Gestern war Omi bei mir. Ach, ich habe so tiefes Mitleid mit ihr! Die ganze Nacht haben sie wach gesessen und darauf gewartet, ob auch sie abgeholt würden. Das ist doch kein Leben mehr. Gott gebe, daß ihr nichts passiert, daß das Hitlerkreuz sie davor bewahrt. Sie haben sogar Schwangere und Frauen von fünfundachtzig Jahren weggeholt. Man ist als Jude nirgends mehr seines Lebens sicher.

Darum danke ich Gott, daß Du nicht mehr bei mir bist. Es war wahrscheinlich das Beste, was Ihr je getan habt! Anfangs war ich todunglücklich, aber nun danke ich jeden Tag dem lieben Gott!

Meine Mutter fühlte sich schuldig, weil sie mich mit ihren Sorgen und Ängsten belastete, doch ich war geschmeichelt, weil sie mich für erwachsen genug hielt, um mich ins Vertrauen zu ziehen.

Meine liebe Maus, ich habe Dich immer als Freundin behandelt und versucht, Dir alles zu erklären, und mittlerweile habe ich keinerlei Geheimnisse mehr vor Dir. Wir erteilen einander nun Ratschläge wie gute Freundinnen und versuchen, uns gegenseitig zu helfen. Wir reden von gleich zu gleich miteinander, und deswegen habe ich Dir mein Herz ausgeschüttet und Dir meine größten Sorgen anvertraut. Hinterher tat es mir leid, und ich dachte: Warum mußte ich das Kind noch mehr belasten? Doch wem sollte ich sonst mein Seelenleid offenbaren als Dir, mein Engel? Du verstehst mich, und Du bist mein größter Trost! Doch nun darfst Du Dir keine weiteren Sorgen mehr machen und mußt in Ruhe Deinen Pflichten nachgehen, denn Du kannst von Glück sagen, daß Du Dich unter der Obhut solch guter Menschen befindest. Mevrouw hat einen überaus liebenswürdigen Eindruck auf mich gemacht, und ich habe sie in Gedanken gesegnet, als sie von hier aufbrach. Sie ist die Retterin meines Kindes. Wo findet man in dieser Zeit noch solche Menschen? Die meisten haben einfach zu große Angst!

Außer meinem Vater galt die größte Sorge meiner Mutter Jules, *»... weil er so kühn ist. Und das ist nicht gut!«* Sie machte sich außerdem Gedanken darüber, ob ihre Kinder auch genügend warme Kleidung für den kommenden Winter besäßen, und bat meine Tante in Amsterdam, mir die Wintersachen zu schicken, die die arme Renée möglicherweise zurückgelassen hatte. Selbst aus der großen Distanz konnte sie es nicht lassen, mich zu bemuttern. Wie dem auch sei: Ihre Ratschläge und ihre liebevolle Aufmerksamkeit gaben mir mehr Wärme, als es die dickste Winterkleidung vermocht hätte.

Ich fand es so seltsam, daß Du von allen in Frage kommenden Stücken ausgerechnet Schumanns Frühlingserwachen *ausgewählt hast. Wußtest Du, daß dies auch das erste Stück war, das ich früher gut spielen konnte? Es war das Lieblingsstück meines Vaters. Immer wenn es ihm nicht gut ging, spielte ich es ihm vor, und dann ging es ihm wieder besser. Omi hat geweint, als ich es ihr erzählt habe. Vergiß nicht, ins Handarbeitsgeschäft zu gehen und Dir ein Paar Socken stricken zu lassen. Es ist mir egal, was es kostet; aber ich will auf keinen Fall, daß Du frierst! Und laß die anderen Kleidungsstücke, die ich Dir schicke, umändern, so daß sie Dir richtig passen, denn wenn Du irgendwohin auf Besuch gehst, mußt Du ordentlich aussehen! Kauf Dir etwas Vitamin C, und hol jeden Tag ein paar Mal tief Luft.*

Das Schreiben nahm schon seit langem einen wichtigen Platz in meinem Leben ein, und nun, wo ich kein Tagebuch mehr führen konnte, schüttete ich mein Herz in den Briefen an meine Eltern und Freunde aus. Heimlich bewahrte ich die Post meiner Eltern auf – es war meine einzige widersetzliche Handlung – doch mein Vater und meine Mutter vernichteten nach der Lektüre sorgfältig jeden Brief, den ich ihnen schickte, und dasselbe taten auch Adrie und Miep. Das Wissen darum und das mangelnde Interesse der zur Kleinsmiedes an meinen kreativen Äußerungen – namentlich allen Dingen, die unter Umständen meine wahre Identität hätten enthüllen können – schnürten mir auf schmerzliche Weise den Mund zu. Manchmal hatte ich regelrecht das Gefühl, zu ersticken. Dann hätte ich am liebsten alle Dinge, die ich nicht sagen durfte, laut von den Dächern geschrien. Statt dessen wurde ich immer verschlossener. Ich begann, in gewisser Weise Ineke zu ähneln: ein braves, stilles, vorsichtiges, zurückgezogenes und gehorsames Mädchen.

Als ich noch zu Hause wohnte und von meiner Mutter versorgt und verwöhnt wurde, waren die Bauchkrämpfe und die Niedergeschlagenheit, die immer mit meiner Menstruation einhergingen, ein guter Grund, nicht in die Schule zu gehen, mich verhätscheln zu lassen und gemütlich mit einer Wärmflasche im Bett liegenzubleiben. In Breda hingegen versagte ich mir diesen Luxus. Wenn ich Bauchkrämpfe hatte, versuchte ich, sie zu ignorieren, und im Laufe der Zeit hatte ich immer weniger Probleme damit.

Manchmal betrachtete ich ängstlich mein Gesicht im Spiegel. Die ständige Nazipropaganda über die »typisch jüdische Physiognomie« schürte in mir die Angst, daß meine Gesichtszüge mich eventuell verraten könnten. Früher hatte ich nie geglaubt, »typisch jüdisch« auszusehen. Von allen meinen Familienmitgliedern war Jules der einzige, auf den diese Beschreibung zutraf. Sein dunkles Äußeres fiel auf in einem Land, wo helle Haut und blondes Haar die Norm sind. Ich hatte mir früher zwar gewünscht, eine kleinere, elegantere Nase zu haben, mehr wie ein Filmstar, hatte aber die Größe meiner Nase nie in Zusammenhang mit meiner Abstammung gebracht. Alles in allem war ich ein durch und durch niederländisches Mädchen, mit rotblondem Haar, niederländischem Gesicht und niederländischem Namen.

Es gab nur eine Person in Breda neben den zur Kleinsmiedes, die über meine wahre Identität Bescheid wußte: Mevrouw Daamen, eine gute Freundin von Mevrouw zur Kleinsmiede, die in derselben Straße wohnte. Sie war meine Anlaufstelle für Notfälle. Wäre bei den zur Kleinsmiedes etwas Unvorhergesehenes geschehen, hätte ich mich an sie wenden sollen, und sie hätte gewußt, was zu tun war.

Die strikte Geheimhaltung, auf die meine Pflegeeltern so großen Wert legten, erwies sich als überaus vernünftig und vollkommen gerechtfertigt. Wir hörten immer häufiger Berichte über Menschen, die Juden Unterschlupf gewährt hatten und von Freunden verraten worden waren, die es zwar nicht böse meinten, aber einfach zu geschwätzig waren. Wie ehrlich ihre Absichten auch sein mochten, ihr Geflüster: *»Du darfst es niemandem weitersagen, hörst du, aber wer hätte je gedacht, daß der und der so ein Held ist? Er hält jemandem auf dem Speicher versteckt. Pssst! Vergiß nicht, daß es ein Geheimnis ist! Du darfst es niemandem weitersagen. Es muß unter uns bleiben ...«* traf irgendwann unweigerlich auf die falschen Ohren, und dann war es sowohl für die Flüchtlinge als auch für ihre Beschützer zu spät. Das Leben von uns allen Vieren stand auf dem Spiel.

Als ich schon einige Monate bei den zur Kleinsmiedes wohnte, fragten sich immer mehr Leute, warum ich immer noch da war. Wenn Mevrouw zur Kleinsmiede auf der Straße Bekannten begegnete, erkundigten diese sich oft: »Wie lange bleibt Nettie denn noch bei euch? Ich dachte, du hättest gesagt, sie wäre nur die Sommermonate über zu Besuch. Muß sie denn nicht langsam mal wieder nach Hause?« Solche Fragen zeugten nicht einmal von unverschämter Neugier, sondern waren ganz natürlich. Man lebte dicht beieinander in einer kleinen Gemeinschaft, in der man stets wußte, was die Nachbarn so taten, und da gehörte es sich geradezu, über derartige Dinge auf dem laufenden zu sein. Und Mevrouw zur Kleinsmiede war auf solche Fragen vorbereitet. Sie streckte dann ihr imposantes Kinn nach vorn, schaute dem oder der Fragenden geradewegs ins Gesicht, zuckte mit den Achseln und antwortete: »Ach, warum sollten wir das arme Schäfchen denn nach Hause schicken? Sie hat doch dort niemanden. Ihre Mutter liegt immer noch mit ihrem gebrochenen Becken im Krankenhaus und muß sich noch mehrere Monate lang einer

Rehabilitationsbehandlung unterziehen, bevor sie wieder nach Hause darf. Und jetzt liegt auch noch Netties Vater im Krankenhaus, mit Krebs. Ist das nicht schrecklich? Und zu allem Überfluß mußten sie auch noch ihr Haus verlassen, weil es in dem Küstenstrich liegt, den die Deutschen zum militärischen Sperrgebiet erklärt haben. Was soll das arme Kind denn da oben ganz alleine anfangen? Hier hat sie doch wenigstens ihre Freundin Ineke, und wir können aufpassen, daß sie nicht in Schwierigkeiten gerät. Ich habe ihrer Mutter versprochen, gut für sie zu sorgen, wie lange es auch immer nötig sein mag.«

Dies war eine Erklärung, die alle zu akzeptieren schienen, und um die Geschichte noch glaubwürdiger zu machen, blieb ich ab und zu den ganzen Tag über in meinem Zimmer, zum Beispiel, wenn jemand von den Nachbarn zu Besuch kam. Dann erzählten die zur Kleinsmiedes dem Gast, Nettie sei gerade in Den Haag, um ihre Mutter zu besuchen. Niemand schien zu vermuten, daß wir etwas zu verbergen hatten.

SECHZEHNTES KAPITEL

Der Besuch bei Vater

Meine Flucht nach Breda hatte mir nicht die Freiheit beschert, die ich mir erhofft hatte. Im Gegenteil: In gewisser Weise war ich hier in noch stärkerem Maße gefangen als in Den Haag. Im Gegensatz zu meinem Elternhaus, wo ich stets alles sagen konnte, was mir in den Sinn kam, mußte ich hier fortwährend auf meine Worte achten, selbst wenn keine Fremden in der Nähe waren. Ich durfte zwar nach draußen – die zur Kleinsmiedes bestanden sogar darauf, daß ich meinen Anteil an den Einkäufen übernahm, mein Gesicht in der Stadt zeigte und mich »ganz normal« benahm. Doch innerlich fühlte ich mich oft furchtbar einsam, weil ich mit niemanden außer meiner Pflegefamilie Kontakt hatte. Außerdem hatte ich Angst: Ich hatte gehört, daß es Leute gab, die die Jagd auf Juden regelrecht als eine Art Sport betrachteten. In Amsterdam waren sogar spezielle Suchtrupps gebildet worden, die auszogen, um Versteckte aufzuspüren. Teilweise erhielten diese Leute den fürstlichen Betrag von sieben Gulden fünfzig pro aufgefundener Person.

Durch den Krieg war die Beschaffung von Lebensmitteln zu einer schwierigen Aufgabe geworden. Wenn sie nicht Gefahr laufen wollten, daß ihnen etwas von den raren Dingen entging, die in den Geschäften angeliefert wurden, mußten die Hausfrauen sehr häufig einkaufen gehen und ständig die Ohren spitzen, um entsprechende Tips und Gerüchte aufzuschnappen, wenn sie in der Schlange anstanden. Mevrouw zur Kleinsmiede beauftragte mich damit, täglich zum Lebensmittelhändler in der Marathonstraat und zum Bäcker an der Ecke zu gehen. Als ich eines Tages unterwegs zum Lebensmittelgeschäft war, sah ich einen Mann am Fenster stehen, der mich anschaute. Als ich wieder zum Geschäft hinausging, stand er immer noch da und starrte mich an. Warum tat er das?

Ich beeilte mich, nach Hause zu kommen, und war wütend auf mich, weil ich so ein Feigling war. Doch am folgenden Tag stand der Mann schon wieder da. Als ich diesmal nach Hause kam, erzählte ich Mevrouw zur Kleinsmiede davon. »Ich gehe nicht mehr zur Tür hinaus!« zischte ich mit zusammengebissenen Zähnen. »Unsinn!« entgegnete sie. »Wenn wirklich Gefahr droht, wenn dir dieser Kerl wirklich hinterherspioniert, meinst du nicht, es würde ihm auffallen, wenn du plötzlich nicht mehr vorbeikommst? Meinst du nicht, daß das noch mehr Verdacht erwecken würde?«

Am nächsten Morgen weigerte ich mich, nach unten zu kommen. »Es laufen mir draußen zu viele Judenjäger-Nazis rum«, sagte ich. »Von jetzt an ist es sicherer, wenn ich auf meinem Zimmer bleibe.«

Ich werde nie vergessen, wie Mevrouw zur Kleinsmiede dort unten an der Treppe stand und mit ihrem Zeigefinger wie mit einer Pistole in Richtung Fußboden deutete. »Du kommst jetzt sofort runter, junge Dame! Zieh deine Jacke an! Du gehst jetzt raus! Der Lebensmittelhändler kennt dich: Du bist eine seiner Stammkundinnen. Wenn du dort nicht erscheinst, gehen uns möglicherweise Lebensmittel durch die Lappen, die er für seine ›treuen Kunden‹ reserviert hat. Ich *verbiete* dir, Angst zu haben, hast du das verstanden? Brust raus, Kopf hoch, und zeig, daß dir nicht mal der Teufel Angst einjagen könnte!«

Langsam und betreten ging ich die Treppe hinunter und zog meine Jacke an. Ich hatte mehr Angst vor Mevrouw zur Kleinsmiede als vor jedem Nazi.

Allerdings war Mevrouw zur Kleinsmiede so verständnisvoll, mich an jenem Tag, für alle Fälle, zu begleiten – »Aber nur dieses eine Mal!«

Der Mann am Fenster war verschwunden.

Durch den stetigen Strom der Briefe von meiner Mutter blieb ich über die Geschehnisse in Den Haag auf dem laufenden. Die Stadt wurde zu einer Art Festung ausgebaut, um die Besatzer gegen einen möglichen Angriff der Alliierten vom Meer her zu schützen. Die meisten Häuser in unserem Viertel waren geräumt und viele Gebäude abgerissen worden. Meine Mutter schwankte beständig zwischen Dankbarkeit Adrie gegenüber, der einer unserer treuesten Besucher und unsere wichtigste Mittlerperson war, und mütterlicher Sorge um mein Wohlbefinden. Ich hatte mich bei ihr beklagt, daß Adrie und ich uns nicht mehr besonders viel zu sagen hatten, und nachdem sie mich beruhigt hatte, daß dies nicht unbedingt an mir liegen müßte (ich war schon immer eine Quasselstrippe gewesen), gab sie zu Bedenken, daß ich ihrer Meinung nach noch zu jung sei, um mich schon so ernsthaft an einen jungen Mann zu binden, den ersten, den ich je richtig geliebt hatte. Andererseits lebten wir in einer besonderen Zeit, und Adrie und seine Eltern stellten in gewisser Weise unsere Rettungsleine dar.

(Anfang Dezember 1942)

Mein innig geliebter Schatz, mein Mäuschen,
ich war so glücklich, so glücklich wie schon lange nicht mehr, als ich [durch Adrie] Deinen Brief bekam. Ich will nicht klagen, sondern ertragen – aber trotzdem muß ich

Dir kurz sagen, daß ich es auch oft schwer habe. Und so war es auch an dem Tag, als ich Deinen Brief erhielt. Doch dieser Brief und mein Freund (ja, er ist inzwischen auch mein Freund geworden!) halfen mir wieder auf die Beine. Ich kenne ihn mittlerweile so gut, daß ich Deine Gefühle für ihn vollkommen verstehe! Aber, mein lieber Schatz, es ist Krieg, und ich würde mich an Deiner Stelle nicht allzu sehr auf die Liebe zu ihm fixieren. Er ist mit Sicherheit ein ganz phantastischer junger Mann, aber andererseits möchte ich Dich später nicht unglücklich sehen. Du bist noch so jung und er auch – paß deshalb auf, daß Dein Herz später nicht brechen kann, *wenn es sich zufällig anders ergibt. Laß Dich lieber nicht auf solch tiefe Gefühle ein, bis diese traurigen Zeiten vorbei sind. Bitte verstehe mich nicht falsch – ich weiß sehr gut, daß es hier um mehr als einen vorübergehenden Flirt geht, mein Kind. Andererseits will ich ja auch, daß Du Deine Jugend genießt. Während des Krieges '14–'18' habe ich selbst wie die Heldin in ›Enoch Arden‹ auf Deinen Vater gewartet. Ich wollte niemand anderen und habe geduldig ausgeharrt, bis der Krieg vorbei war. Und Du hast selbst gesehen, wie glücklich wir geworden sind.*

Ach, wo sind nur all die lieben Menschen von früher geblieben? Es sind so viele, an die ich oft denke ... Wo ist unser Guus, mein lieber Junge? Manchmal krampft sich mir das Herz zusammen. Ich weiß noch nicht einmal, ob er dort drüben auch zum Militär eingezogen wird. Gott schütze ihn!

Ich möchte, daß Du zu Nikolaus etwas Hübsches für Ineke kaufst; einen Schal, einen hübschen Ring, eine Kette oder ein Buch, und für Mevrouw vielleicht etwas für den Haushalt? Ich will versuchen, für Meneer ein paar Zigarren zu organisieren. Versuche, den Abend ein bißchen gesellig und festlich für sie zu gestalten! Ich werde ihnen auch

Jules, Miep und ihre Freunde auf dem Kaag, 1942

Nina, Edith und Miep, 1942

Abschlußklasse und Lehrkräfte des Jüdischen Lyceums,
Den Haag, April 1942

Die ersten Seiten von Ediths drittem Tagebuch mit einer Zeichnung
von ihr, von der Hand ihres Vaters. Januar 1941

DAGBOEK III van 1 Januari – 15 April.

EDITH VAN HESSEN

1941.

9 Januari.

Vanochtend heel vroeg op, om mijn scheikunde repetitie te beëindigen. O jé hoe zal ik het gemaakt hebben vanmiddag. Minimaal geloof ik. Vandaag was het heel gezellig op school. Om 4 uur ben ik gaan schaatsen, hier op Arendsburg. Met Hannie, Hilda en Noche. Het ijs vonden de twee eersten zo slecht, dat ze naar Clingendaal gingen. Wij bleven. Vanavond kwam Jules opeens ongeroepen thuis. De maan schijnt erg, 't is heldere nacht buiten. Op het Arendsburgse vijvertje zijn ze in 't maanlicht aan 't rijden en spelen gitaar enz. Ik was er natuurlijk dolgraag heen, maar mocht niet. Moest mijn werk afmaken. Heb gezellig op Moeders kamer gezeten en thee gedronken met Moeder, die n.l. op bed ligt. Was niet zo lekker.

Nu zal ik voor mijn doen eens vroeg naar bed gaan!

LEES DIT! Model No. 45 (Hsd.)

Bij briefwisseling met verpleegden en gevangenen moeten de naam en voornaam bovenaan IN den brief vermeld staan; op het adres mag de naam niet voorkomen.

Het adres is: AAN No. 32 - B 29.

~~GEVANGENIS~~
~~RIJKSWERKINRICHTING~~

Huis van Bewaring te Groningen

Ongefrankeerde brieven aan verpleegden en gevangenen worden niet aangenomen - POSTZEGELS en COUPONS mogen NIET worden toegezonden - De toezending van geld geschiedt per POSTWISSEL.

[redacted]

Groningen, 29 Jan. '43.

Mijn innig geliefde schat,

U zult wel niet aangenaam verrast zijn bericht van mij te krijgen uit de gevangenis. U dacht mij zeker reeds lang in veiligheid? Helaas, het heeft niet zo mogen zijn. Verleden Woensdag werd ik bij iemand opgewacht, die ik meende te kunnen vertrouwen, en hier naar het Huis van Bewaring gebracht. Ongelukkig genoeg had ik juist 't vorige een brief aan een vriend geschreven en die ik nog niet gepost had. U begrijpt welke verwijten ik me gemaakt heb! Maar buiten dat, had het zo moeten gebeuren, het was nu eenmaal God's wil! Onvoorzichtig ben ik gelukkig niet geweest. Mijn lieve schat, hoe is het nu met U? Hoe deze brief U zal bereiken weet ik niet, ik hoop in goede gezondheid. 6 maanden is een lange tijd, en er heeft veel kunnen gebeuren. Hoe is het nu met vadertje? O, schrijf toch eens iets over jullie. Ge begrijpt, dat ik brand van verlangen om iets te horen. Jammer dat ik in deze omstandigheden moet horen, hoe het met jullie gesteld is! Gelukkig ben ik nog zeer opgewekt en optimistisch, mijn pech in aanmerking genomen

oben:
eine Seite des Tagebuchs mit einer Illustration von Edith, 1941

links:
Der Brief von Jules aus dem Gefängnis in Groningen, 1943

Paul van Hessen, Tante Tine, Onkel Eb und Ineke zur Kleinsmiede
mit Edith im Garten der Cavaleriestraat 3, 1945

links: Guus nach der
Befreiung, bei Aachen,
Dezember 1945

Onkel Eb, 1945

Dolf und Ineke bei ihrer Verlobung, 1947

Ineke und Dolf auf dem Weg
zur standesamtlichen Trauung, Frühjahr 1950

links: Tine und
ihr zweiter Mann,
Job zur Kleinsmiede
bei Inekes Hochzeit,
1950

unten: Loet und
Edith mit ihren
Zwillingen, 1950

Tante Tine und Edith in Yad Vashem, Jerusalem, wo Tante Tine als »Gerechte der Völker« geehrt wurde, 1983

Tante Tine und Edith in Yad Vashem während der Zeremonie des Baumpflanzens, 1983

schreiben. Wie dankbar ich dem lieben Herrn bin, daß er Dich an einem so netten Ort untergebracht hat.

12. Dezember 1942

Meine liebe gute Maus,
noch jetzt, nach acht Tagen, bin ich gerührt darüber, wie Du mich zu Nikolaus verwöhnt hast! Ich habe die Bettjacke mit großen Augen angeguckt, fast so, wie ich meine Babys bewunderte, wenn sie auf die Welt kamen. Mein Mäuschen hat aus nichts eine wunderbare Jacke für mich gemacht. Mir sind vor Rührung die Tränen gekommen, wirklich. Ich habe auf jeden Ärmel und jedes Vorder- und Rückenteil einen Kuß gedrückt! Alle hier sind voller Bewunderung für Dein kleines Meisterwerk. (Unter uns gesagt, hätte ich Dir so etwas gar nicht zugetraut!) Hast Du es wirklich ganz alleine gemacht, Schatz? Dann ist diese Zeit doch zu etwas gut – wir alle werden stärker, selbständiger und praktischer und begreifen erst jetzt so richtig, was das Wort »Glück« wirklich bedeutet. Und dann das Gedicht – nein, mein lieber Schatz, ich habe nicht umsonst gelebt, wenn meine kleine Freundin so etwas Schönes schreiben kann.

Doch der Höhepunkt des Abends war der Moment, als die Schwester mich im Rollstuhl zum Telefon in der Eingangshalle schob und ich zum ersten Mal seit drei Monaten mit Doddel sprechen konnte! Wir schluchzten mehr, als daß wir sprachen, das kannst Du Dir sicher vorstellen. Das ist nun von unserem traditionellen Nikolausfest übriggeblieben! Trotzdem habe ich heute nacht ausgezeichnet geschlafen, weil ich mich meinen Lieben so nahe fühlte.

Doddel wurde diese Woche nochmals operiert. Er wird für immer einen schiefen Mund behalten, wenn er sich nicht ein Stück Knochen in den Kiefer einsetzen läßt, aber er möchte es nicht. Vielleicht kann ich ihn ja doch noch dazu überreden. Wir müssen alle tapfer sein.

Diese Woche gab es wieder allerhand Aufregung, denn Omi mußte ihre Wohnung verlassen. Ich werde eines Tages noch einen Roman über all das schreiben. Sie wurde von Polizeibeamten abgeholt. Mevrouw K. hat den Judenrat angerufen, um in Erfahrung zu bringen, wo sie sie hingebracht haben, und kam mich nachmittags besuchen. Dank der Papiere, die beweisen, daß sie das Ehrenkreuz empfangen hat, ist Omi schließlich wieder freigelassen worden. Sie ist jetzt in ein Altersheim eingewiesen worden, wo sie sich mit zwei Damen von neunzig und einundneunzig Jahren ein kleines Zimmer teilen muß! Sie fühlt sich dort überhaupt nicht wohl, und Du kannst Dir vorstellen, wie deprimiert sie war, als sie mich besuchen kam. Doch jeden Tag kann die Erlaubnis zur Verlegung ins Joodse Invalide [ein großes jüdisches Pflegeheim in Amsterdam; einer der Brüder meines Vaters gehörte zur Leitung und konnte für Omi dort einen Platz organisieren] uns erreichen. Wieder waren es Meneer Keyzer und seine Frau, die Omi Schutz boten. Diese beiden jungen Menschen tun unglaublich viel Gutes.

Ich bin so dankbar, daß mein Engel ein so schönes Zuhause gefunden hat. Ich bin froh, daß ich mir um Dich nicht solche Sorgen machen muß. Die Grübelei über Alf hält mich dagegen nächtelang wach, und ich darf gar nicht an meinen armen Mann denken, der so furchtbar einsam ist, oder an Guus, der sich am anderen Ende der Welt aufhält, oder an Omi, der es oft so schlecht geht. Trotzdem mache ich mir doch auch Sorgen um Eetje, die mich braucht. Aber dann muß ich unwillkürlich an Alice denken und an ihren Vater, ihre Mutter, ihren Bruder und die Tausende von anderen, die deportiert wurden, und dann bin ich wieder so dankbar und unterdrücke meine Sehnsüchte und Wünsche – und warte auf den Tag, an dem wir alle wieder vereint sind und all diese Probleme der Vergangenheit angehören. Einmal wird die Zeit kommen, halte Dir das immer vor Augen, mein lieber Schatz. Natürlich ist es oft schwer für Dich. Du befindest Dich noch in der Entwicklung, in einer Phase, in der Du Deine Mutter am meisten brauchst, aber (es gibt immer ein Aber) Du mußt bedenken, daß ich Dich viel früher auf das Erwachsensein vorbereitet habe, als es vielleicht bei anderen Mädchen der Fall ist. Ich habe alles *mit Dir besprochen, und das ist ein großer Vorteil, der Dir jetzt vielleicht noch nicht so richtig bewußt ist.*

Ja, meine Kleine, bewahr Dir nur ruhig Deine mädchenhaften Illusionen, Sehnsüchte und Träume. Von dem, was ich Dir in meinen letzten Brief gechrieben habe, hast Du nicht alles richtig verstanden. Ich will Dir nichts wegnehmen, ich will Dich nur vor Enttäuschungen bewahren, weil der Krieg überall wütet und man momentan einfach keine festen Zukunftspläne schmieden kann. Doch Illusionen braucht jeder, sonst wäre das Leben ja unerträglich langweilig! Sogar ich habe noch jede Menge Illusionen! Ich möchte, zusammen mit Deinem lieben Vater, unseren Kindern und ihren Nachkommen noch eine große Stütze sein. In Gedanken sehe ich schon, wie Ihr zu mir zum Essen kommt – die silbernen Kerzenleuchter Deiner Urgroßeltern auf dem Tisch (vergiß nicht, daß wir sie in Mieps Haus untergebracht haben). Ach, mir läuft jetzt schon das Wasser im Munde zusammen!

1. Januar 1943

Ich habe das letzte Mal, als ein Kurier hier war, nicht schreiben können. Ich hatte so starkes Heimweh. Mein Verlangen verwirrte meine Seele und machte mich überempfindlich. Ich habe Doddels Rede vom letzten Jahr noch einmal gelesen (die hatte ich in meinem Schreibkoffer), und meine traurigen Gedanken – »mein Glück liegt in Stücken und Scherben« – flogen wie ruhelose Vögel durch die Finsternis! Aber nun bin ich wieder drüber weg, ganz bestimmt, mein Schatz. Jedesmal, wenn ich an Dich denke, wird mir ganz warm ums Herz. Das neue Jahr ist angebrochen, und ich betrachte es wie ein neugeborenes Kind, das noch zeigen muß, aus welchem Holz es geschnitzt ist, und das wir Menschen formen und zu etwas Schönem machen müssen. Das alte Jahr war ein großer Schrecken, und vor genau einem Jahr wünschten wir uns noch alles Gute! Wie ist das möglich? frage ich mich manchmal. Und doch ist es eine Prüfung Gottes. Wir mußten das alles durchmachen; die Zeit war gewiß reif dafür – wenn man es so betrachtet, sieht man es mit anderen Augen; und wir müssen lernen, für das dankbar zu sein, was wir noch haben. Du hast recht, mein Schatz, es geht nicht um Partys und elegante Abendessen. Wir wissen jetzt alle sechs, wo unser Glück liegt: Einer für alle und alle für einen. Wir haben genug gelitten, und ich hoffe auf eine baldige Wiedervereinigung.

Ich hoffe, daß Ihr ein geselliges Silvesterfest verbracht habt, und ich weiß, wo Du in Gedanken warst. Als ich hörte, daß Du eigenhändig allerlei Gerichte zubereitet hast, dachte ich bei mir: Meine kleine Hummel? Wie ist das möglich? Das kleine Mädchen ist dabei, zu einer jungen Frau zu werden, genau wie die kleine Rosenknospe, die ich letzte Woche bekam und die heute zu einer wunderschö-

nen Blume erblüht ist. Während ich dies schreibe, ist Adrie im Nebenzimmer bei einem jungen Mädchen, dem er Mathematik-Nachhilfe gibt. Das habe ich arrangiert. Als er zu ihr ging, neckte ich ihn und sagte: »Paß auf, Aat, daß Du Dich ja nicht verliebst!« Da antwortete er mir: »Ich kann mich nur einmal verlieben!« Er ist ein Schatz, und ich mag ihn sehr. Er erzählte mir gerade, es gäbe eine Möglichkeit, daß Du Doddel in Utrecht besuchst. Was für eine Überraschung! Ich gönne es Euch so sehr! Ich wünschte nur, ich könnte dabei sein. Adrie muß jetzt gehen. Mein Engel, ich küsse Dich und drücke Dich an mein Herz! H.

Ein paar Tage vor Weihnachten hatte Mevrouw zur Kleinsmiede meinen Vater besucht. Es war das erste Mal, daß sie sich trafen, nachdem sie im Juli 1942 gemeinsam meine Flucht geplant hatten. Als sie wieder zurück in Breda war, schlug Mevrouw zur Kleinsmiede vor, daß ich meinen Vater in Utrecht besuchen solle. Sie war voller Respekt und Bewunderung für ihn. »Geh ihn besuchen, Nettie«, sagte sie. »Es wird ihm guttun.«

Ein Besuch bei meinem Vater! Eine Chance, einmal aus Breda herauszukommen, wenn auch nur für kurze Zeit! Ich war ganz außer mir vor Aufregung, aber auch vor Angst. Ineke sollte mich begleiten. Zwei Freundinnen, die für einen Tag zusammen einen Ausflug machten. Während Ineke in Utrecht bei Freunden der zur Kleinsmiedes wohnen konnte, sollte ich bei Flip und Joke Zwarts übernachten – guten Freunden meiner Eltern, die angeboten hatten, Jules und mich im Notfall in ihrem Haus zu verstecken.

Der Entschluß, uns gehen zu lassen, war den zur Kleinsmiedes nicht leichtgefallen. In einer hitzigen Diskussion hatte Meneer zur Kleinsmiede seine Frau daran erinnert, daß es, trotz meiner falschen Papiere, sehr gefährlich war. In meinem Ausweis stand, daß ich in Wassenaar wohnte, und ich mußte mich bei der Polizei melden, sollte ich umziehen oder länger als einen Tag lang von meinem Wohnort wegbleiben. Mir wurde eingeschärft, daß nicht nur mein Leben, sondern auch Inekes und das ihrer Eltern auf dem Spiel stand.

Mevrouw zur Kleinsmiede hielt uns vor unserer Abreise eine sehr ernste Predigt. »Ihr habt keine Angst, ist das klar? Schaut jedem Deutschen, der euch begegnet, offen in die Augen. Zeigt keine Furcht. Das ist das einzig Richtige, wenn man keinen Verdacht erwecken will.«

Da saß ich dann also – im Zug nach Utrecht. Ich tat so, als hätte ich vor nichts Angst. Seltsamerweise fing ich schon bald an, selbst an meine eigene Furchtlosigkeit zu glauben. Als ich durchs Fenster die vorbeifliegende Landschaft betrachtete, fühlte ich mich frei.

Mit einem Schock wurde ich wieder in die Wirklichkeit zurückgeholt. Ein paar SS-Männer gingen den Gang entlang und blickten argwöhnisch in unser Abteil. Ich mußte mich dazu zwingen, keine Angst zu haben. Lächelnd schaute ich Ineke an, und auch sie lächelte tapfer. Ich fühlte, wie mir die Knie zitterten. Die SS-Leute gingen weiter. Sie waren lediglich auf der Suche nach einem Sitzplatz – Gott sei Dank!

In Utrecht wurde ich von der Familie Zwarts herzlich in Empfang genommen. Als ich sie das letzte Mal gesehen hatte, war ich noch mit meinen Eltern zusammen im Chevrolet angereist. Nun war das Auto meines Vaters konfisziert, und dasselbe galt für das stattliche Herrenhaus der Zwarts im Stadtzentrum. Sie wohnten jetzt in einem bescheidenen kleinen Bauernhaus am Rande der Stadt. Flip Zwarts war Jude, seine Frau Joke nicht – was wir unter den gegenwärtigen Umständen als Vorteil betrachteten. (Juden, die mit Nichtjuden verheiratet waren, schienen von der Deportation ausgenommen zu sein. Fünf Monate nach meinem Besuch allerdings wurden die jüdischen Partner in gemischten Ehen vor eine schreckliche Wahl gestellt: Entweder, sie ließen sich »freiwillig« sterilisieren, oder sie wurden in ein Lager geschickt. Die Familie Zwarts überlebte den Krieg, auch wenn Flip Zwarts die letzten Monate im Durchgangslager Westerbork verbrachte.) Ich fand es herrlich bei ihnen, es war so gemütlich in ihrem kleinen Häuschen, mit dem Weihnachtsbaum im Wohnzimmer, der zwar schon nadelte (es war Januar), aber immer noch vor Lametta glänzte. Hier war ich bei Menschen, die mich kannten und die von meiner geheimen Vergangenheit wußten. Elly, die fünfjährige Tochter der Zwarts, saß bei ihrem Vater auf dem Schoß. Flip erzählte ihr, sie könne von Glück sagen, daß sie hier bei ihren Eltern sei und Spielzeug und gut zu essen habe, wo es doch andere Kinder gab, die nicht bei ihren Eltern sein konnten. Ich fühlte, wie mir die Tränen in die Augen schossen. Ich mochte diese Leute wirklich sehr. Ich wünschte, ich hätte dort für immer bleiben und ihr Kind sein können.

Flip und Joke erzählten mir, daß »Alfred« am Morgen meinen Vater besucht hatte.

»Jules!« rief ich. »Ist er hier?«

»Er war hier«, sagten sie. »Möglicherweise kommt er morgen früh noch einmal zurück und holt ein paar Sachen ab. Er hoffte, dich hier zu treffen.«

Und tatsächlich klopfte am nächsten Tag mein Bruder an meine Zimmertür. »Hallo, Nettie«, sagte er, während ich ihn so fest umarmte, daß ich ihn beinahe zerquetschte. »Wie geht's dir denn so?«

Jules sah gut aus und wirkte sehr attraktiv in seinem Baumwollregenmantel. Der war zwar gefüttert, aber ich fragte mich trotzdem, ob er wohl warm genug war für die grimmige Kälte, die draußen herrschte. Er erzählte mir rasch, daß er gekommen sei, um von unserem Vater Abschied zu nehmen und ihn um etwas Geld zu bitten, denn er wollte ein Boot kaufen, mit dem er flüchten konnte. Er hatte ein rostiges altes Fischerboot aufgetrieben, an dem nur ein paar Kleinigkeiten repariert werden mußten. Es würde nicht allzuviel Mühe kosten, es seetüchtig zu machen. Jules plante, das Boot nach Groningen zu transportieren, wo er gute Beziehungen zu einem Schiffsbauer hatte. Von dort aus wollten er und Adrie dann über die Nordsee nach England fahren.

Ich freute mich, daß Jules so voller Mut und Hoffnung war. Wir hatten wenig Zeit zum Reden. Wir hatten beide wegen dieses Wiedersehens ein schlechtes Gewissen, da wir uns eigentlich nicht zur selben Zeit am selben Ort befinden sollten. Es war ein unverantwortliches Risiko. Daher beendeten wir unsere Zusammenkunft so schnell wie möglich. Als wir seine Taschen nach unten trugen, machten wir fröhliche Anspielungen auf unsere Zukunft, wenn Jules als Kriegsheld aus England zurückkehren würde. Ich half meinem Bruder, die Taschen auf sein Fahrrad zu laden, und wickelte ihm seinen Wollschal fest um den Hals. Jules stieg auf, küßte mich – mit einem Fuß auf dem Boden, um sich und sein Gepäck im Gleichgewicht zu halten – und flüsterte mir zu: »Auf ein ganz, ganz baldiges Wiedersehen, Nettie! Und denk dran, die Befreiung rückt immer näher!«

Dann sah ich zum zweiten Mal in einem halben Jahr meinen Bruder wegradeln und zum Abschied fröhlich mit einer Hand winken, während er sein Fahrrad durch den Verkehr manövrierte.

Mein Vater hatte im Krankenhaus erzählt, er erwarte Besuch von der Freundin seines Sohnes Guus, der sich momentan in Amerika aufhalte. Auf dem Weg in die Abteilung

Mund- und Kieferchirurgie versuchte ich, mich gegen den Schock zu wappnen. Ich wußte aus den Briefen meines Vaters und meiner Mutter, daß die Operation sein Aussehen verändert hatte.

Doch nichts und niemand hätte mich auf diese Begegnung mit meinem Vater vorbereiten können. Er, der wunderbarste und unwiderstehlichste Mann, den ich je im Leben gekannt hatte, war nun zu einer verletzlichen, ausgezehrten Person reduziert worden, die in einem Stuhl am Fenster saß. Sein Gesicht war ganz eingefallen und fast nicht wiederzuerkennen. Im Hintergrund stand eine Krankenschwester.

»Meneer van Hessen!« rief ich fröhlich. »Wie schön, Sie wiederzusehen!«

Er richtete sich auf, und ich sah, daß er einen ordentlich gebügelten grauen Anzug trug. Abgesehen von seinem schief eingefallenen Gesicht sah er tadellos aus. »Nettie, du bist wirklich ein Schatz, daß du mich besuchen kommst. Ich weiß ja, wie beschäftigt du bist, und es ist überaus aufmerksam von dir, dich freizumachen, um einen alten Mann wie mich zu besuchen.« Sogar seine Stimme war verändert. Er brabbelte ein bißchen, wie ein alter Mann, und es kostete ihn Mühe, sich deutlich zu artikulieren.

Er nahm meine ausgestreckten Hände in seine und rief: »Schwester! Darf ich Ihnen Nettie Schierboom vorstellen, die Freundin meines Sohnes. Sie ist extra aus Wassenaar hierhergekommen, um mich zu besuchen. Wissen Sie noch, ich habe Ihnen doch von Guus erzählt, meinem Sohn, der in Amerika ist? Ich wette, sie vermißt ihn noch mehr als ich!« Ich lächelte schüchtern und versuchte, wie die einigermaßen verlegene Freundin auszusehen, die vom Vater ihres Freundes auf Herz und Nieren geprüft wird. Dann erkundigte ich mich höflich nach seinem Gesundheitszustand.

Er erklärte, daß Doktor Tjebbes, sein Chirurg, die ganze rechte Seite seines Kiefers entfernen mußte, um weitere Krebsmetastasen zu verhindern. Er lobte die Geschicklichkeit des Chirurgen, der nun darauf wartete, daß die Wunde verheilte, damit eine Prothese angepaßt werden konnte. Ich versuchte, nicht hinzuschauen, doch mein Blick wurde unwillkürlich von dem an einer Seite übel zugerichteten, auf abscheuliche Weise eingefallenen Gesicht angezogen.

Mein Vater nahm sein Skizzenheft, um mir die Zeichnungen zu zeigen, die er vor und nach der Operation von seinen Mitpatienten gemacht hatte. Da er von der Bedeutung der zugrundeliegenden Knochenstruktur für die äußere Form eines Gesichtes fasziniert war, hatte er sich im Krankenhaus einen Namen als Haus-»Chronist« gemacht. Als er sein Skizzenheft durchblätterte, sah ich unter anderem auch Holzkohle- und Pastellzeichnungen vom Krankenhauspark, von seinem Fenster oder einer Bank aus gesehen. Es war ergreifend, zu erleben, wie er im Stande war, immer neue Blickwinkel zu entdecken, von denen aus er seine Umgebung betrachten und zeichnen konnte.

Endlich ging die Schwester fort, und wir waren einige Augenblicke allein im Zimmer. Ich sprang auf, um näher bei ihm zu sein. Wir nahmen uns in die Arme und hielten uns fest. Mein Vater küßte mich und flüsterte mir ins Ohr: »Liebling, ich bin so froh, daß du gekommen bist.«

»Doddeltje«, sagte ich mit einem Kloß im Hals, während ich ihn fest an mich drückte. Es war der Kosename, mit dem meine Mutter ihn immer ansprach. Ich traute mich nicht, ihn »Vater« zu nennen.

Dann hörten wir Schritte auf dem Gang. Ich ließ ihn hastig los und ging wieder auf ehrerbietigen Abstand. »Und, Meneer van Hessen, wie geht es Ihrer Frau?« Wir setzten unsere höfliche Konversation fort, bis wir noch einmal die Möglichkeit hatten, uns schnell und flüchtig zu umarmen. Als ich dort saß, sehnte ich mich heftig danach, ihn zu berühren, seine Hand zu nehmen und seinen Geruch nach Tabak und After-shave einzuatmen. Doch die gestohlenen Augenblicke der Nähe waren zu kurz und zu nervenzermürbend.

Eine Schwester brachte ihm auf einem Tablett sein Mittagessen, und da sah ich erst, wie krank und schwach er wirklich war. Feste Nahrung konnte er nicht zu sich nehmen, er mußte Suppe durch einen Strohhalm schlürfen. Das Loch in seinem Hals war noch nicht verheilt, und es tropfte ein wenig Suppe durch die Wunde nach draußen. Mein Vater genierte sich und bat mich, in eine andere Richtung zu schauen. »Schau lieber nicht hin, während ich esse. Es ist kein schöner Anblick«, sagte dieser peinlich korrekte Mann, den ich nie auch nur in Unterhose oder mit ungekämmtem Haar gesehen hatte. »Das ist mir egal!« hätte ich am liebsten gerufen. »Ich hab dich doch lieb, auch wenn du mit dem Essen kleckerst!« Doch die Schwester war wieder ins Zimmer gekommen, und so blieb ich still in meinem Eckchen sitzen und lächelte höflich. Wir spielten unser Spiel ganz ausgezeichnet. Ich nannte ihn nicht »Vater«, und er sagte nicht »Edith« oder »Eetje« zu mir. Wir sprachen in verschlüsselten Worten. Er fragte mich, wie es »meinen lieben Eltern« und Ineke ginge. Er erzählte mir ganz beiläufig, daß er gerade Besuch von einem alten Bekannten gehabt hätte – ob ich mich an ihn erinnerte? Alfred van Meurs? – Ach ja, antwortete ich zerstreut. Wir sprachen nicht über das Boot oder Jules' Pläne. Kurz darauf wurde es Zeit, Abschied zu nehmen – es wäre aufgefallen, wenn ich länger geblieben wäre als die übrigen Besucher. Ich grüßte die Schwestern und die anderen Patienten, die ich kennengelernt hatte. Dann bot mein Vater mir galant an, mich zum Ausgangstor zu begleiten und mir »den Park zu zeigen. Er ist wunderschön zu dieser Jahreszeit.«

Als wir draußen waren und niemand uns hören konnte, sagte er mir noch einmal, wie sehr er mich liebte und wie glücklich er sei, daß ich ein so gutes Zuhause gefunden hatte. Er erzählte mir auch, was für große Sorgen er sich um meine Mutter machte und daß er sie schrecklich vermißte. »Doch laß den Kopf nicht hängen, mein liebes Kind«, fügte er hinzu. »Verlier nicht den Mut. Ich weiß, daß du davon genug hast. Betrachte immer alles von der sonnigen Seite.« Beim Ausgangstor nahm er meine beiden Hände in seine und blickte hoch zu den Fenstern des Krankenhauses. »Ich kann dir hier keinen Kuß geben, mein Liebes«, sagte er. »Aber in Gedanken tue ich es.«

»Ich auch«, sagte ich.

»Der Tag wird kommen«, sagte mein Vater, wobei sich seine Stimme vor Bewegung überschlug. »Der Tag wird kommen.«

Langsam drehte er sich um und ging zurück zum Krankenhaus. Noch einmal wandte er sich zu mir um und winkte. Als ich dort stand und ihm hinterherblickte, wußte ich, daß ich ihn nie mehr wiedersehen würde.

SIEBZEHNTES KAPITEL

Gestrandet

Nach dem Besuch bei meinem Vater blieb mir nichts anderes übrig, als nach Breda zurückzukehren. Ineke und ich hatten uns unter der großen Uhr in der Bahnhofshalle verabredet. Als ich mir einen Weg durch die Menge bahnte, wurde ich von einem Trupp junger deutscher Soldaten beiseite gedrängt, die vorübereilten. Ich fühlte die rauhe Wolle ihrer Uniformjacken an meinem Arm entlangscheuern und blickte starr geradeaus. Ich schaute mir die Menschen an, die durcheinanderwuselten, und fragte mich, ob es unter ihnen noch mehr Leute gab wie mich, die auch jemand anders waren, als sie vorgaben zu sein. Oder war ich die einzige? Ganz sicher konnte man jedoch sein, daß in der Menge zahlreiche Nazi-Sympathisanten herumliefen, die mich, wenn sie die Möglichkeit dazu hätten, verraten würden. Doch wie sollte man herausfinden, wer wer war – wer gut und wer böse?

Zu meiner großen Erleichterung erblickte ich unter der Bahnhofsuhr, umringt von anderen fröstelnden Reisenden, Ineke, die mit ihren ruhigen hellblauen Augen nach mir Ausschau hielt. Meine »Schwester«. Wir fielen uns um den Hals wie Freundinnen, die sich nach Jahren zum ersten Mal wiedersehen. Mit Ineke an meiner Seite fühlte ich mich unauffällig und sicher. Zwei kichernde Mädchen, die für einen Tag gemeinsam einen Ausflug machten. Wir fanden ein Abteil, das zwar eisig kalt, aber dafür leer war. »Sie werden die Heizung schon noch einschalten, wenn der Zug erst einmal unterwegs ist«, sagten wir uns hoffnungsvoll. Nach den zwei Tagen hatten wir uns eine Menge zu erzählen. Ich berichtete Ineke von dem Besuch bei meinem Vater, und ich hatte gerade angefangen, ihr von »Alfred« zu erzählen, als drei Männer in Anzügen unser Abteil betraten. Sie bliesen in ihre zu Halbkugeln geformten Hände, um sich die eiskalten Finger zu wärmen. Wortlos nahmen sie Platz. Kurze Zeit später waren zwei von ihnen in ihre Zeitungen vertieft; der dritte schaute mit müdem, lustlosem Blick aus dem Fenster und nickte schon bald darauf ein. Wir sprachen in gedämpftem Ton und vermieden sorgfältig alles, was uns hätte verraten können. Wir zitterten beide vor Kälte und rückten dicht zusammen, um uns gegenseitig zu wärmen. Die Heizung wurde die ganze Zeit über nicht eingeschaltet.

Als der Zug nach dem zweiten Halt langsam zum Bahnhof hinausfuhr, sah ich plötzlich ein Schild mit der Aufschrift *Philips Gloeilampen Fabriek* und fragte mich laut, warum wir die Philips-Fabriken auf dem Hinweg nicht gesehen hatten. »Vielleicht waren wir zu sehr ins Gespräch vertieft, oder es ist uns einfach entgangen«, meinte Ineke.

Da sprang ich auf. »Philips! Aber Philips ist doch in Eindhoven!« Besorgt schauten wir die Mitreisenden an. »Dies ist doch der Zug nach Breda?« fragten wir. »Oh nein, ich fürchte, ihr seid auf dem Weg nach Maastricht«, antwortete einer von ihnen kopfschüttelnd. »Bei der ersten Station hättet ihr umsteigen müssen.«

Der Zug war inzwischen in voller Fahrt, und es war zu spät, um noch auszusteigen. Auf der Hinreise waren wir mit einem Schnellzug gefahren, und niemand hatte uns darüber informiert, daß wir auf der Rückreise umsteigen müßten. »Ihr könnt jetzt nur eines tun«, sagte einer der Geschäftsleute. »Ihr müßt an der nächsten Station, in Weert, aussteigen und mit dem nächstmöglichen Zug zurückfahren.«

Es war sechs Uhr abends und es wurde schon langsam dunkel. Besorgt fragten wir den Schaffner um Rat, und er erklärte uns kopfschüttelnd, daß unser Zug zu spät in Weert ankäme. Am selben Abend würden wir es nicht mehr zurück nach Utrecht schaffen, da wegen der im ganzen Land geltenden Sperrstunde nach acht Uhr kein Zug mehr fuhr. Wir schauten uns entsetzt an. Was sollten wir tun? Wir durften uns zwischen acht Uhr abends und sechs Uhr morgens nicht auf der Straße aufhalten und kannten in Weert keine Menschenseele.

Ineke nahm meine Hand, während wir versuchten, unser Entsetzen vor den Mitreisenden verborgen zu halten. Mir schossen allerlei Gedanken durch den Kopf, aber ich zwang mich, ruhig zu bleiben. Schweigend starrten wir nach draußen auf die Viehweiden, die in der Dämmerung vorüberzogen, mit ihren dunklen Gruppen von Kühen, die sich gegen die Kälte zusammendrängten. Dann und wann begegneten sich unsere Blicke in der spiegelnden Zugfensterscheibe.

Ich ging alle Möglichkeiten nacheinander durch. Natürlich hatte es keinen Sinn, zu einer Polizeiwache zu gehen und dort um Hilfe zu bitten. Ebenso war es unmöglich, sich ein Zimmer in einer Pension oder einem Hotel zu suchen, weil man uns an der Rezeption nach unseren Ausweisen fragen würde. Das Risiko, daß diese dann zwecks Kontrolle zur Polizei oder zur Gestapo gebracht würden, war zu groß. Jeder, der sich länger als vierundzwanzig Stunden von seinem Wohnort entfernte, mußte sich dort, wo er sich aufhielt, melden. Ich wußte, daß die Deutschen eine Liste gestohlener Ausweise führten – es war ein Leichtes für sie, die Tarnung von »Illegalen« wie mir zu durchschauen.

Als wir schließlich aus dem Zug stiegen, hatten wir nur noch eine knappe Stunde Zeit, um eine Lösung zu finden. Wer würde uns eine Unterkunft geben? Wir hatten nicht genug Geld, um jemanden zu bestechen, und selbst wenn, hätten wir doch nicht gewußt, wem wir hätten vertrauen können.

Als wir vom Bahnhof aus ins Zentrum des kleinen Ortes liefen, überlegten wir rasch, welche Geschichte wir erzählen könnten. Wir entschieden uns für folgende: Wir waren zwei Schwestern aus armen Verhältnissen, die in Utrecht ihren kranken Großvater besucht hatten, auf dem Rückweg den verkehrten Zug erwischt hatten und nun ohne das nötige Geld für ein Hotel in Weert gestrandet waren. »Aber wo sollen wir bloß hin?« stöhnte Ineke.

Da hatte ich einen Geistesblitz. »Wir gehen zu einem Arzt oder zu einem Priester. Das sind Leute, die sich um ihre Mitmenschen kümmern. Wenn wir ihnen nicht vertrauen können, dann können wir überhaupt niemandem vertrauen.« Ineke war einverstanden. Es war inzwischen bereits halb acht, und in dreißig Minuten begann die Sperrstunde. Wir waren in einer stillen Straße angekommen. Wegen der Verdunklung drang nirgends Licht aus den Häusern. Wir stellten uns Familien vor, die hinter dicken Gardinen oder schweren Rolläden am Eßtisch saßen und im Schein einer Lampe oder dem Schimmer des Weihnachtsbaumes zu Abend aßen. Eine junge Frau mit einem Kind auf dem Arm kam eilig in unsere Richtung gelaufen. Wir beschlossen, es zu wagen. Sie machte einen sympathischen Eindruck, und sie hatte ein Kind bei sich. So jemand konnte doch nicht schlecht sein? »Bitte, verzeihen Sie«, sprachen wir sie höflich an, »aber könnten Sie uns vielleicht sagen, wo wir hier einen Doktor oder einen Priester finden?« Hastig erzählten wir ihr die Geschichte, die wir uns ausgedacht hatten. »Wissen Sie«, sagten wir, »wir müssen irgendwie von der Straße weg. Wir hoffen, jemanden zu finden, der uns – nur für heute nacht – bei sich aufnimmt, im Gartenhäuschen oder so.«

»Da habt ihr aber Glück, Mädchen«, sagte die junge Frau. »Ihr steht genau vor dem Pfarrhaus. Pater Josefus wohnt hier. Fragt ihn ruhig!« Dann erklärte sie, sie müsse sich wegen der Sperrstunde beeilen, und lief rasch weiter.

Bei dem Pfarrhaus handelte es sich um ein großes, weißes, stattliches Herrenhaus. Kein einziger Lichtstrahl fiel nach draußen, der uns verraten hätte, ob jemand zu Hause war. Wir zogen an der schweren Kupferglocke, die neben der Tür hing. Wir warteten eine ganze Weile. Drinnen war kein Geräusch zu hören. Wir zogen nochmals an der Glocke, diesmal hartnäckiger. Der Mut begann uns zu sinken.

Dann hörten wir plötzlich, wie der Türknauf von innen gedreht wurde. Mein Herz klopfte zum Zerspringen. Ich glaube, in diesem Moment stand ich die größte Angst meines Lebens aus. Doch andererseits war es auch sehr spannend. Plötzlich war mein Leben ein Abenteuer!

Eine alte Frau öffnete die Tür. Nachdem wir stotternd unsere Geschichte erzählt hatten, machte sie die Tür ganz auf und bat uns herein. »Wartet bitte in der Diele«, sagte sie, »ich sage eben Pater Josefus Bescheid, daß er Besuch hat.« Nach scheinbar endlos langer Zeit kam ein Mann mittleren Alters in einer Hausjacke und Pantoffeln die Treppe hinunter. Ich fand, daß sein Gesicht freundlich und ehrlich aussah. Er tat so, als sei unsere Bitte, die Nacht in einem Schuppen oder Gartenhäuschen verbringen zu dürfen, die normalste Sache der Welt.

»Aber nein«, sagte er, »kommt ruhig herein! Ihr braucht nicht im Schuppen zu schlafen. Hier, kommt mit ins Wohnzimmer, da ist es schön warm. Stellt euch einen Stuhl ans Feuer und macht euch keine Sorgen.« Er bat seine Haushälterin, uns etwas zu essen zu bringen, und ausgehungert, wie wir waren, langten wir sofort zu. Dann leistete er uns eine Weile Gesellschaft, und wir sprachen über

Literatur, Philosophie und andere neutrale Themen. Er stellte uns keine einzige persönliche Frage.

Schließlich entschuldigte er sich, doch nicht, bevor er dafür gesorgt hatte, daß seine Haushälterin uns alles brachte, was wir für die Nacht benötigten – Kissen, Decken und eine Fußbank, so daß wir bequem in unseren Stühlen am Kamin übernachten konnten. Wir schliefen sofort ein, dankbar, daß wir eine Unterkunft hatten und nicht durch die Winternacht zu irren brauchten.

Um fünf Uhr morgens weckte uns die Haushälterin mit einer Tasse heißem Kaffee (aus echten Kaffeebohnen!), Bauernbrot, echter Butter und selbstgemachter Marmelade. Wir hielten unsere Gesichter kurz unter den kalten Wasserhahn, aßen unser herrliches Frühstück und bedankten uns überschwenglich bei unserem Gastgeber. Pater Josefus begleitete uns zur Haustür und überreichte uns ein Päckchen mit frischem Speck, Butter, Eiern und Brot, das gerade erst aus dem Backofen kam. »Für eure Eltern«, sagte er. »Weil sie nicht wußten, wo ihr wart, und bestimmt eine schwere Nacht hinter sich haben. Ihr braucht mir nicht zu danken. Sorgt jetzt dafür, daß ihr in den richtigen Zug steigt und heil nach Hause kommt, verstanden? Gott segne euch, Mädchen.«

Nach dem Krieg habe ich einen Brief und ein kleines Geschenk zu Pater Josefus nach Weert geschickt, und ihm für die Rettung meines Lebens gedankt. Doch das Päckchen kam mit dem Vermerk *Empfänger unbekannt* zurück. Ich versuchte, herauszufinden, was mit ihm geschehen war, doch niemand konnte mir sagen, wo er sich aufhielt. Erst viel später fand ich heraus, daß Pater Josefus dem Widerstand angehört hatte und, wie so viele Priester, verhaftet und ermordet worden war.

ACHTZEHNTES KAPITEL

Jules

Kurz nach meinem Ausflug nach Utrecht fuhr Mevrouw zur Kleinsmiede mit dem Zug nach Den Haag, um meine Mutter im Krankenhaus zu besuchen. Sie nahm einen Brief von mir mit, in dem ich ihr bis ins Detail alles über meinen Besuch bei Vater beschrieb. Meine Mutter antwortete mir:

Meine innig geliebte Freundin,
ich habe große Augen gemacht, als gestern auf einmal Deine Mutter vor mir stand! Ich habe sie umarmt, und wir einigten uns darauf, uns in Zukunft zu duzen. Sie war wie ein Lichtstrahl in der Finsternis meiner Einsamkeit. Dein Brief las sich wie das reinste Filmdrehbuch – dadurch konnte ich alles intensiv miterleben. Ich habe ihn mindestens zehnmal gelesen. Eifersucht ist vielleicht nicht das richtige Wort, aber ich hätte alles darum gegeben, Dich auch in den Arm nehmen zu können. Mir hing quasi vor lauter Sehnsucht nach Dir die Zunge heraus wie einem Hund an einem warmen Sommertag, nachdem ich die ganze Geschichte gelesen hatte!

Deine Großmutter hat mir heute auch geschrieben. Es gefällt ihr nicht in Amsterdam. Ich schreibe ihr dreimal pro Woche und habe ihr Nahrungsmittelgutscheine geschickt, denn sie bekommt dort nur sehr wenig zu essen. Ich tue für sie, was ich nur kann. Auf dem Grabstein meiner eigenen Großmutter steht geschrieben: »Ihr Leben war sorgende Liebe.« Wird das in hundert Jahren auch auf meinem

Grabstein stehen? Ach nein, was für düstere Gedanken! Dabei bin ich eigentlich gerade in allerbester Laune, mein Schatz, und warte auf bessere Zeiten. Und die kommen ganz bestimmt, davon bin ich überzeugt!

Ich kann immer noch nicht richtig laufen. Alle ergreifen die Flucht, wenn ich komme. Trotzdem weiß ich, daß ich irgendwann wieder mit Dir in den Kagerplassen schwimmen gehen werde. Aber nur, wenn es eine Treppe gibt, über die ich wieder an Bord kommen kann! Erinnerst Du Dich noch an das eine Mal, als ich mich so fürchterlich abzappeln mußte, um wieder ins Boot zu kommen? Noch einmal lasse ich mich nicht von Euch jungen Leuten auslachen!

Hier traut sich inzwischen keiner mehr auf die Straße. Alle vegetieren nur so vor sich hin. Sogar die Schwestern. Wenn man sie fragt: »Was macht ihr denn heute abend?«, lautet die Antwort: »Ach, nichts, ich bleibe zu Hause und lese ein Buch.« Du verpaßt also nichts, mein Kind. Daß Du dicker geworden bist, ist ein gutes Zeichen, dann hast Du jedenfalls genug zu essen. Es ist wirklich nicht so schlimm. Bald machen wir zwei zusammen Morgengymnastik. Von Deinen Freunden ist niemand mehr übrig. Dolly und Polly sind denselben Weg wie Renée gegangen.

Mevrouw zur Kleinsmiede erzählte mir, daß meine Mutter inzwischen aufstehen konnte und dazu angehalten wurde, mit Hilfe eines Laufgestells kurze und schmerzhafte Spaziergänge durch die Gänge des Krankenhauses zu unternehmen. Meine Mutter versuchte, meinen Vater in dasselbe Krankenhaus verlegen zu lassen, in dem sie sich befand, doch seine Ärzte bestanden darauf, daß er blieb, wo er war, damit er dort nochmals operiert werden und Bestrahlungen bekommen konnte.

Schreckensbilder von meinen Eltern verfolgten mich –

meine graziöse Mutter, die durch ihr gebrochenes Becken zum Krüppel geworden war, und das einst attraktive Gesicht meines Vaters, entstellt durch einen operativ entfernten Kiefer. Was hatten Knochen nur an sich, daß man durch sie so schrecklich hilfsbedürftig werden konnte? Ich nahm mir den Rat meiner Mutter zu Herzen und vollführte brav jeden Tag gymnastische Übungen, die verhindern sollten, daß ich träge und dick würde. Ich wollte kräftig und muskulös sein, wie mein Bruder Jules. Mein Bruder und ich schrieben uns zwar nicht, doch ich hörte von ihm durch Miep, die ihn mehr liebte als je zuvor. Im Januar bekam sie einen unbekümmerten, launigen Brief von ihm – typisch Jules:

Utrecht, 17. Januar 1943

Liebe Miep,
die Dinge stehen gut. Dies ist also vorläufig noch kein Abschiedsbrief (natürlich nicht, sonst wäre er ja ganz naß von meinen Tränen!). Ich würde gerne demnächst abends persönlich von Euch Abschied nehmen und dann mit dem letzten Zug wieder fahren. Was hältst Du davon?

Miep, Du weißt, daß Du meine beste Freundin bist. Ich trage Dein Glücksäffchen immer an meinem Herzen, was soll mir also geschehen? Grüß Deine ganze Familie allerherzlichst von mir. Von mir persönlich einen herzhaften Kuß für Dich. Dein Freund Alf.

Dann geschah das Unvorstellbare. Noch heute kostet es mich Mühe, zu beschreiben, was in mir vorging, als mir Adrie an einem rabenschwarzen Tag im Februar wortlos einen Umschlag in die Hand drückte. Darin waren zwei Briefe: einer von meiner Mutter und eine auf Gefängnispapier gekritzelte Botschaft in Jules' robuster Handschrift, die an unsere Mutter gerichtet war.

Untersuchungsgefängnis Groningen, 29. Januar 1943

Meine innig geliebte Mutter,
Du wirst sicher unangenehm überrascht sein, diese Nachricht von mir aus dem Gefängnis zu erhalten. Du glaubtest mich bestimmt schon seit langem in Sicherheit? Nein, es hat nicht sollen sein. Letzten Mittwoch hat mir jemand, dem ich meinte, vertrauen zu können, aufgelauert, und ich wurde hierher ins Untersuchungsgefängnis gebracht. Unglücklicherweise hatte ich gerade einen Brief an einen Freund geschrieben, den ich noch nicht weggeschickt hatte. Du kannst Dir sicher vorstellen, welche Vorwürfe ich mir gemacht habe! Doch abgesehen davon mußte es so kommen. Es war nun einmal Gottes Wille! Unvorsichtig bin ich glücklicherweise nicht gewesen – wirklich nicht!

Meine liebe Mutter, wie geht es Dir denn? Ich hoffe, Du bist bei guter Gesundheit. Sechs Monate sind eine lange Zeit. Und wie geht es Vater? Ach bitte, schreibt mir doch einmal von Euch! Du verstehst sicherlich, daß ich darauf brenne, etwas von Euch zu hören, obwohl es schade ist, daß es gerade unter solchen Umständen sein muß. Gott sei Dank bin ich noch recht guten Mutes und ganz optimistisch, trotz meines Pechs. In den ersten Tagen war ich ziemlich niedergeschlagen, doch nun habe ich mein Schicksal akzeptiert und versuche, das Beste daraus zu machen. Unser Los liegt in Gottes Hand, und Er wird uns schon durch alles hindurchbringen. Mutter, bewahre das Vertrauen, das Du immer in mich gehabt hast. Ich werde schon zurechtkommen!

Ich sitze in einer Zelle mit jemandem, der auch ganz in Ordnung ist. Wir werden sehr gut behandelt. Die Wacht-

posten sind alle freundliche Leute, und zu Essen bekommen wir auch genug. Bis jetzt kann ich mich nicht beklagen. Nächste Woche werden wir allerdings höchstwahrscheinlich nach Westerbork transportiert, und von dort aus geht es dann weiter. Ich bin voll guten Mutes und lasse den Kopf nicht hängen. Natürlich habe ich nichts bei mir, und an die Kleidung, die sich noch in Utrecht befindet, kann ich wohl kaum herankommen. Aber könntest Du mir nicht etwas Unterwäsche, einen Overall, ein Paar alte Schuhe, ein paar Socken, eine alte Hose und ein Hemd hierherschicken? Wenn Du es rasch tust, bekomme ich die Sachen wahrscheinlich noch rechtzeitig. Auch ein wenig Geld (per Postanweisung) wäre mir sehr willkommen. (Zum Beispiel 20 Gulden.)

Mein lieber Engel, schreib mir doch gleich zurück, denn ich darf zwar nur einmal pro Monat schreiben, aber so viele Briefe bekommen, wie ich will. (Nur von Dir, das wird wohl am sichersten sein.) Liebe Mutter, ich hoffe, daß dieser Brief Dich bei guter Gesundheit erreicht, ich drücke Dich an mein Herz und bete um ein baldiges Wiedersehen!

Dein Dich liebender Sohn,
Jules.

PS: Wenn ich in Westerbork bin, versuche ich, mit Cousin Otto Kontakt aufzunehmen! Wie geht es Eetje und ihrem Freund? Schreib mir vor allem darüber! Grüße alle Bekannten recht herzlich von mir und schicke mir bitte so schnell wie möglich, was ich brauche – auch ein paar Toilettenartikel … und einen Pyjama?

Ich überflog rasch den beiliegenden Brief meiner Mutter, um einen Hinweis darüber zu finden, wer Jules verraten haben könnte, doch ich fand nichts. In ihrer Ratlosigkeit war meine Mutter unvorsichtiger, als sie je zuvor in ihren Briefen an mich gewesen war, und ließ unseren verabredeten Code vollkommen außer acht.

Meine innig geliebte Tochter, mein Mäuschen, mein ein und alles!
Endlich wieder eine Gelegenheit, Dir zu schreiben. Es ist so schlimm für mich, daß ich nicht regelmäßig von Dir hören kann! Doch selbst damit muß man sich abfinden, wenn man nicht der Hoffnungslosigkeit verfallen will. In den letzten Wochen haben mir Deine Gedanken so viel Kraft gegeben. Ich fühlte, wie nahe Du Vater und mir warst.

Du mußt wissen, daß ich innerlich gespürt habe, daß einem der Meinen etwas zugestoßen war. Telepathie gibt es wirklich – ich hatte eine Vorahnung. Ich wußte nur nicht, was genau geschehen war und wen von Euch es betraf, doch in meinem Herzen und in meinem Kopf fühlte ich es! Es war sogar so stark, daß ich am Tag, an dem Jules verhaftet wurde (ach, schon der Gedanke macht mich verrückt – mein Kind, das ich unter dem Herzen getragen habe!), ein langes Gespräch mit Miep führte und ihr riet, sich nicht so sehr auf ihre Liebe zu Jules zu fixieren und nicht zu fest mit ihm zu rechnen, denn Jules sei jetzt allein und ohne Mädchen, was unter den gegebenen Umständen auch besser sei. Ich wollte nicht, daß sie später enttäuscht wird. Ich riet ihr, ihr Verhältnis als gute Freundschaft zu betrachten, und sagte, wir würden dann später schon sehen, wie sich alles entwickelt! Ich war den ganzen Tag lang so unruhig, und auch am folgenden Tag noch, als mich Mieps Mutter besuchte. Ich sagte zu ihr: »Ich habe so ein Gefühl, daß etwas mit meinem Mann, meinen Kindern oder meiner Mutter ist.« – »Ach«, meinte sie, »mach Dir doch nicht immer so viele Sorgen!« In dieser Nacht konnte ich nicht schlafen, und in der nächsten auch nicht. Am nächsten Morgen rief ich schon früh bei ihnen zu Hause an. Ich war so überdreht, daß ich kaum ein vernünftiges Wort herausbrachte, und bat Oom Lex stotternd, mich so schnell wie möglich zu besuchen. Er kam dann gegen zwölf. »Sags mir«, bat ich. »Ich weiß, daß etwas geschehen ist. Sag es mir.«

»Jules ist erwischt worden«, lautete seine Antwort.

Ich war zwar auf so etwas vorbereitet, aber ich hatte trotzdem das Gefühl, daß mir der Boden unter den Füßen weggezogen wird!

Als mich ausgeweint hatte, rief ich sofort alle meine Bekannten an, die irgendwie Einfluß auf die entsprechenden Stellen ausüben könnten. Ich bekam einen langen Brief von Jules aus dem Gefängnis und fand, Du solltest ihn lesen: Er ist optimistisch und voll guten Mutes. Er darf keinen Besuch empfangen, nur von seinem Anwalt. Ich war ganz blind vor lauter Tränen und konnte seinen Brief kaum zu Ende lesen. Jemand hat ihn verraten, und nun muß er nach Westerbork. Ich bin aus dem Bett aufgestanden und habe den besten Anwalt angerufen, den ich kenne, und auch Deinen Herrn Keyzer, der direkt jemanden zu mir sandte. Sie werden Jules die Kleidung schicken, um die er gebeten hat. Als der Anwalt hier war, habe ich ihm das Schriftstück von Hitler zu lesen gegeben (das Dokument, in dem steht, daß Omi einen Sohn für das »Vaterland« geopfert hat), und ich habe ihm auch erzählt, was ich selbst als Krankenschwester im letzten Krieg für Deutschland geleistet habe. Vielleicht kann das Jules helfen. Gott gebe, daß er nicht weitergeschickt wird und am Leben bleibt. Das ist meine größte Sorge. Alle haben für ihn gebetet, sogar der hiesige Kaplan. Erst wollten sie die schreckliche Nachricht vor mir geheimhalten, aber was für einen Sinn hätte das gehabt? Ich hätte mir sämtliche Haare aus-

gerissen, wenn ich aus Unwissenheit nichts für meinen Jules hätte tun können. Nun kann er zumindest alle meine Briefe und die Pakete von mir und den anderen erhalten.

Ich habe Deinen lieben Brief an Paps gelesen, bevor er an ihn weitergeschickt wurde, und war wieder einmal ganz gerührt. Wie ich Dich vermisse, mein Mäuschen! Dein Foto steht bei mir am Bett, und oft spreche ich mir Dir. Ich höre Deine Stimme, die sagt: »Mutti, laß doch den Mut nicht sinken, wir sind doch bald wieder bei Dir!« Ich möchte so gern Deine Hand auf meiner Stirn fühlen. Morgen sind dreißig Sonntage vergangen, seit Du und Jules von mir weggingt, und er ist jetzt in den Händen dieser durch und durch gemeinen Schufte! Aber ich habe es kommen sehen. Er war nicht vorsichtig genug und ist zu viele Risiken eingegangen. Oder mußte es einfach so kommen?

Aat ist auch untergetaucht. Es ist das reinste Irrenhaus hier. Ständig werden Leute verhaftet. Ich weiß nicht, wie viele tausend Menschen schon. Das Gerücht ging um, daß sie jetzt auch Mädchen mitnehmen, aber vielleicht bezog sich das auch nur auf die Mädchen, die beim Begräbnis von General Seyffardt gelacht haben, der zur Waffen-SS übergelaufen war und vor ein paar Tagen vom Widerstand ermordet wurde. Trotzdem wagen sich Miep und Nina nicht mehr auf die Straße; niemand kommt mich mehr besuchen; alle bleiben zu Hause.

Omi vermißt Euch alle sehr. Ich schreibe ihr jede Woche dreimal. Sie darf nichts von Jules wissen. Verstehst Du jetzt, wie sehr ich Theater spielen muß! Meine größte Sorge ist jedoch unser lieber Doddel. Ich schreibe ihm jeden Tag. Er hat große Probleme mit seiner Gesundheit und kann niemandem richtig sein Herz ausschütten. Seine letzte Operation war keine Kleinigkeit. Sie haben ihm eine Lymphdrüse entfernt, und danach bekam er vierzehn Tage hintereinander Radiumbestrahlungen (worüber Marie Cu-

rie geschrieben hat). Dadurch hat er überhaupt keinen Appetit, und ihm ist andauernd schlecht. Doch heute wird er Gott sei Dank zum letzten Mal bestrahlt. Was müssen wir doch alles ertragen. Wenn ich nur sicher wüßte, daß später alles wieder in Ordnung kommt, würde ich diese schweren Lasten mit Würde tragen. Ich denke immer an das Sprichwort: »Nicht klagen, sondern tragen.«

Lex (Mieps Vater) war gerade noch kurz bei mir. Er kann mich natürlich nicht mehr so oft besuchen wie früher, doch ich sehe ihn noch immer mindestens einmal pro Woche. Genau wie alle anderen haben auch sie ihre Sorgen. Ihre Nichte Fietje, deren Mann in der psychiatrischen Klinik von Apeldoorn garbeitet hat, ist nun auch in Westerbork. Offensichtlich sind alle Psychiatriepatienten schon auf dem Transport nach Deutschland oder Polen, zusammen mit ihren Ärzten und dem Pflegepersonal.

Elfhundert jüdische Psychiatriepatienten waren, zusammen mit dem medizinischen Stab, der von sich aus angeboten hatte, sie zu begleiten, in einen Spezialzug verfrachtet worden, der sie geradewegs in die Gaskammern von Auschwitz brachte.

Wie froh ich bin, zu wissen, daß Du sicher untergebracht bist!

Ich habe diese Woche etwas gelesen, das mich tief beeindruckt hat. Hör gut zu, Liebes: »Es kommt nicht darauf an, welche Aufgabe uns gestellt wird, sondern auf die Art und Weise, wie wir diese Aufgabe erfüllen!« Auch wenn Dein Leben Dir momentan vielleicht langweilig und eintönig vorkommt, so mußt Du doch froh sein, bei solch guten Menschen untergebracht zu sein, und mußt Dir ordentlich Mühe geben! Niemand hat es augenblicklich leicht, doch wir müssen sehen, daß wir uns durchbeißen. Wir müssen da durch! Verstehst Du das, mein Schatz? Denn nur die Starken werden später die Möglichkeit haben, am Aufbau einer neuen Gesellschaft mitzuwirken.

Adrie erklärte mir, er könne vorläufig nicht mehr vorbeikommen. Da Jules einen belastenden Brief bei sich getragen hatte, als er verhaftet wurde, war es besser, sich ein Weilchen bedeckt zu halten. Außerdem wurden immer mehr junge Männer, ob jüdisch oder nicht, verhaftet und in Arbeitslager deportiert. Adrie war am Boden zerstört, als er erfuhr, daß man Jules erwischt hatte: Seine Hoffnungen auf eine Flucht waren dadurch mit einem Schlag zunichte gemacht.

Nur wenige Tage später erhielt meine Mutter die Nachricht, daß Jules auf einen Transport nach Polen geschickt worden war.

Es ist Sonntagmorgen. Gestern empfing ich die schreckliche Nachricht: Jules wurde weitergeschickt. Du verstehst sicher, mein geliebter Engel, wie ich mich fühle. Ich dachte, ich müsse sterben. Ich erlitt einen Nervenschock, habe ihn aber mittlerweile überwunden. Ich habe die ganze Nacht geweint, aber was nutzt das? Das einzige, was hilft, ist das Vertrauen darauf, daß er zurückkehren wird. Er ist stark, und das gibt mir Hoffnung. Alle Mühe war vergebens. Mein armer Jules! Du verstehst, mein Liebes, wie mein Herz blutet! Ich dachte, ich würde verrückt, aber Oom Lex kam vorbei und blieb über zwei Stunden bei mir. Erst mußte ich den Dreckskerlen meinen Bruder opfern, und nun nehmen sie mir auch noch meinen Sohn! Nicht mehr als ein Kind, das noch nie jemandem etwas Böses getan hat … Möge der allmächtige Gott ihm die Kraft geben, alles gut zu überstehen. Es ist eine schwere Prüfung, sowohl für ihn als auch für mich, doch ich glaube an Gott und ver-

traue darauf, daß Er uns nicht im Stich läßt! Mein innigster Wunsch ist, daß Du von alldem verschont bleibst, mein Kind.

Vater darf noch nichts von Jules' Deportation wissen. Er ist sowieso schon so niedergeschlagen, und er wird es nicht von anderen erfahren, weil ich doch die einzige bin, die mit ihm korrespondiert. Der letzte Brief, den ich Jules geschickt habe, kam mit dem Stempel »Unzustellbar« und »Auf Transport« wieder zurück. Da wußte ich alles. Und nun weißt Du es auch. Laß Vater nur erst gesund werden, dann ist immer noch Zeit genug, es ihm zu erzählen. Ich könnte mich selbst förmlich in Stücke reißen: die eine Hälfte für ihn und die andere Hälfte zu gleichen Teilen für Dich, Jules und unseren armen Guus. Wie muß er sich fühlen, wenn er die Berichte über unser Vaterland hört! Und diese Angst um seine Nächsten. Gestern hat der Kaplan mich getröstet und versprochen, für unseren Jules zu beten. Mein Kind, das ich unter dem Herzen getragen habe, in der größten Liebe empfangen und großgezogen habe – ach, man könnte glatt den Verstand verlieren!

Gerade erfuhr ich, daß es ein großer Transport war. Zahnärzte, andere Spezialisten, ganze Familien und so weiter. Ich hoffe, daß er sich tapfer hält. Und überhaupt, sie können doch nicht alle getötet werden! Die Alliierten haben doch auch sehr viele deutsche Kriegsgefangene gemacht. Die Deutschen werden es sich zweimal überlegen, bevor sie all diese Menschen töten, denn wenn sie es tun, dann könnte ihren Leuten sehr wohl dasselbe Schicksal blühen. Ich überlasse nun alles dem lieben Gott. Er wird uns beschützen.

Und du, mein Engel? Machst Du auch immer tapfer so weiter? Wirst Du Dir ein Vorbild an Deiner Mutter nehmen? Man kann ohne Freude leben, aber nicht ohne Hoffnung. Ich wehre mich so gut es geht gegen die schwarzen

Gedanken. Sei froh, daß Du zu tun hast, denn das vermisse ich selbst am meisten. Ich habe mal irgendwo gelesen, daß der Mensch nur dadurch, daß er arbeitet, das Gefühl hat, etwas zu bedeuten. Adrie ist in Sicherheit, um ihn brauchst Du Dir keine Sorgen zu machen. Ich vermisse ihn auch, denn er war einer meiner treuesten Besucher. Er und seine Familie haben mir gezeigt, was wahre Freundschaft bedeutet.

Derjenige, der Jules in Groningen verraten hat, wird es eines Tages büßen! Wenn Jules wiederkommt, wird er uns erzählen können, was genau passiert ist. Sein Brief klang sehr optimistisch, und das, obwohl er im Gefängnis saß! Ach, wären wir doch nur nach Amerika gegangen, als es noch nicht zu spät war!

Gestern kam mich Meneer Keyzer zum ersten Mal persönlich besuchen, doch auch er kann nichts für Jules tun. Seine Schwester wurde bisher noch nicht deportiert. Er hat eine hohe Stellung im Judenrat inne. Hast Du noch genug Kleidung und Unterwäsche? Kauf Dir, was Du brauchst, und schenke auch Mevrouw ab und zu eine kleine Aufmerksamkeit. Vergiß nie, wie Du erzogen wurdest, mein Engel, und daß Du diese Liebe nun an andere weitergeben mußt.

Deine Dich liebende treue Mutter.

PS: Du darfst meine Briefe nicht aufbewahren. Verbrenne sie, nachdem Du sie gelesen hast.

Nach dem Krieg erklärte mir ein Cousin, der zur gleichen Zeit wie Jules in Westerbork gewesen war, warum er so schnell nach Polen weitertransportiert wurde. Jules hatte anscheinend zweimal versucht, auszubrechen, ob aus dem Gefängnis, während des Transports oder aus dem Lager Westerbork, weiß ich nicht genau. Das bedeutete, daß mein

Bruder zwei negative Eintragungen erhielt und den gefürchteten Stempel »S« in seine Papiere bekam, was bedeutete, daß für ihn eine besondere Bestrafung vorgesehen war.

In ihrem nächsten Brief berichtete mir meine Mutter, daß alle Briefe, die sie an Jules geschickt hatte, ungeöffnet wieder zurückgekommen waren. Mieps Herz war gebrochen. Sie weigerte sich, das Bett zu verlassen, und wurde sehr krank. Die ungezügelte Trauer, die meine Mutter nun mit mir teilte, war etwas Unbekanntes und Erschreckendes für mich. Trotzdem glaube ich, daß sie auf ihre Art immer noch versuchte, mir Mut einzuflößen. Sie zeigte mir, daß man, egal, wie tief die Wunde auch sein mochte, den Schmerz lindern konnte, indem man an schöne Dinge aus der Vergangenheit zurückdachte.

Mein lieber Schatz, mein einziger Trost,
heute morgen bekam ich alle Briefe, die ich an Jules geschickt hatte, zurück – und wieder wurde die Wunde aufgerissen. Doch was kann man daran ändern? Ich vertraue weiterhin darauf, daß er wieder zu uns zurückkommen wird! Immer, wenn ich esse oder schlafe, denke ich: Was hat er, um seinen Hunger zu stillen? Was hat er, um sich gegen die Kälte zu schützen? Kind, ich will und darf nicht so denken, sonst gehe ich daran zugrunde! Ich muß mich zusammenreißen. Ich rede mir selbst ein, daß es bald vorbei ist. Habe ich vor drei Jahren nicht das Richtige getan, als ich Guus wegschickte? Das war am 1. März 1940. Ich erinnere mich daran, als sei es gestern gewesen. Hätte ich Jules doch nur mit ihm geschickt! Hätte ich nur… hätte ich nur… damit kommt man auch nicht weiter! Deswegen denke ich lieber an schöne Dinge, oder versuche es zumindest. Ich denke an die Zeit, als Ihr alle noch zu Hause bei mir wart.

Weißt Du noch, mein Schatz – unsere gemütlichen Freitagabende oder das Nikolausfest, an dem ich den Nikolaus gespielt habe? Und als wir in das Haus in Scheveningen zogen und ich durch den Schlafzimmerfußboden krachte? Und wie wir morgens schon in aller Herrgottsfrühe aufbrachen nach Sinsheim, damit die Jungen es nicht merkten? Was hatten wir doch für herrliche Zeiten, in den Sommermonaten auf den Kagerplassen ... das kleine Häuschen, wo Ihr in Etagenbetten schlieft ... das ist meine Rettung, mein Arsenal an Erinnerungen. Ohne die könnte ich es nicht aushalten.

Es gelang meiner Mutter nicht, die Nachricht von Jules' Deportation lange vor meinem Vater geheimzuhalten. Er brachte es nicht über sich, mir darüber zu schreiben, fand jedoch etwas Trost darin, sich um andere Dinge zu kümmern – unsere Finanzen zum Beispiel. Er fand es am vernünftigsten, Jules' Boot zu verkaufen, und bat Adrie, die Sache für ihn zu regeln. Adrie sorgte dafür, daß das Boot zu einem See in der Nähe von Loosdrecht transportiert wurde. Dort kannte er einen Schiffsbauer, der es gern kaufen wollte.

Gegen Ende des Frühlings schrieb Adrie mir einen Brief, in dem er in überschwenglichen Worten seinen Segeltörn in Jules' Boot von Groningen nach Loosdrecht beschrieb. Er hatte ein paar Freunde eingeladen, ihn zu begleiten, und bevor sie das Boot beim Schiffsbauer ablieferten, hatten sie noch ein Wochenende auf dem See verbracht. Er schrieb, daß sie an jenem Wochenende eine Menge Spaß gehabt hätten.

Eine Menge Spaß! Im Boot unseres armen Jules! In mir zerbrach etwas. Ich konnte nicht länger so tun, als sei alles in Ordnung zwischen Adrie und mir. Wie konnte er nur so herzlos sein! Diese Geschichte markierte einen Wendepunkt in meinen Gefühlen für Adrie, obwohl es noch einige Monate dauerte, bis ich mir selbst eingestand, was ich schon eine ganze Weile vermutete: Wir hatten uns entfremdet.

Ich habe nie herausgefunden, in wessen Haus die Gestapo Jules aufgelauert oder welcher »Freund« ihn verraten hatte. Nach dem Krieg betrieb ich einige Nachforschungen, doch alle, die ihn in Groningen gekannt hatten, schworen, sie hätten ihm geholfen, sie hätten ihn wahnsinnig nett gefunden und er sei ein Prachtkerl gewesen. Aber ich hatte so meine Vermutungen, auch wenn ich nie etwas beweisen konnte. Wie dem auch sei: Irgendwann ließ ich den Gedanken an Rache fallen. Der wahre Übeltäter war schließlich Adolf Hitler. Jules' Schicksal war besiegelt. Niemand hätte ihn retten können.

Noch keinen Monat später wurde meine Mutter um drei Uhr morgens aus dem Bett geholt und nach Westerbork transportiert.

NEUNZEHNTES KAPITEL

Mutter

Während der ersten Monate des Jahres 1943 schlug die Sicherheitspolizei stets mitten in der Nacht zu. Sie drangen in jedes Krankenhaus im Land ein und holten aus allen Abteilungen die jüdischen Patienten heraus, wie krank oder geschwächt sie auch sein mochten. Am 5. März waren die Den Haager Polikliniken und die katholischen Krankenhäuser an der Reihe. Als die örtliche Bevölkerung am nächsten Morgen von den Razzien erfuhr, war es zu spät, etwas dagegen zu unternehmen. Hunderte jüdischer Patienten waren in die Krankenbaracke des Lagers Westerbork »verlegt« worden – und eine von ihnen war meine Mutter.

Aus irgendeinem unerfindlichen Grund wurde mein Vater in Utrecht zurückgelassen. Warum sie ihn nicht mitgenommen haben, blieb ein Rätsel. Er hatte keinen Zweifel daran gelassen, daß er nicht mitgehen würde, wenn »sie« ihn holen kämen. Er war zu schwer krank und hatte seinen Ärzten klargemacht, daß er lieber auf der Stelle sterben wollte. Anfang April bekam er einen Aufruf, sich spätestens am dreiundzwanzigsten des Monats im Konzentrationslager Vught (in der Nähe von Breda) zu melden, doch er ignorierte diese Mitteilung. Niemand weiß, ob ihn die Krankenhausverwaltung in Schutz nahm oder ob womöglich die Ärzte glaubhaft versichern konnten, daß sie meinen Vater brauchten, um ein medizinisches Experiment durchzuführen. Vielleicht war es auch nur ein bürokratischer Irrtum; jedenfalls blieb mein Vater, wo er war.

Westerbork, wo meine Mutter interniert wurde, war das Hauptdurchgangslager in den Niederlanden für Juden, die für die Krematorien von Auschwitz-Birkenau und Sobibor bestimmt waren. Es lag an einem trostlosen, verlassenen Ort in der Provinz Drente, im Osten des Landes nahe der deutschen Grenze. Es wies alle typischen Kennzeichen eines Konzentrationslagers auf – den Schlamm, die überfüllten Baracken, die Wachtürme, den Stacheldraht und die Rangiergleise. Die Menschen, die dort untergebracht wurden, lebten unter erbärmlichen Bedingungen, doch sie durften wenigstens in begrenztem Maße Briefe und Päckchen empfangen, und sie durften Freunde und Familienmitglieder darüber informieren, daß der Zustand im großen und ganzen erträglich sei. Alle möglichen Krankheiten konnten sich dort ungehindert ausbreiten, doch die Kranken wurden in der Krankenbaracke des Lagers gut versorgt. Außerdem wurde den Gefangenen gestattet, jüdische Fest- und Gedenktage zu begehen. Es gab ein Orchester, eine Schule und sogar ein kleines Theater, in dem talentierte Kabarettkünstler auftraten! Man war sich allgemein darüber einig, daß man es noch ganz gut getroffen hatte, solange man in Westerbork bleiben konnte und nicht weitertransportiert wurde.

Meine Mutter blieb zwei Monate in Westerbork. Anfangs war sie in der Krankenbaracke untergebracht, später, als ihr Bein zu heilen begann, wurden ihr kleine Haushaltspflichten übertragen. Sie traf im Lager zahlreiche Freunde und Verwandte und erfuhr, was mit vielen anderen, die verschwunden waren, geschehen war. Sie schrieb so oft wie möglich an meinen Vater (zwei Briefe pro Monat waren erlaubt). Mein Vater kopierte jeden dieser kostbaren Briefe und schickte ihn über einen unserer Kuriere an mich weiter.

Westerbork, 12. März 1943

Meine innig geliebten Schätze,
schon Tage im voraus freue ich mich auf den Schreibtag. Das ist das einzige, woran ich mich noch nicht gewöhnt habe: daß die Verbindung mit allem, was ich liebhabe, so abrupt abgebrochen ist! Eure Briefe sind mein »Eldorado« – und wenn ich höre, daß es Euch gut geht, ist es für mich das reinste Lebenselixier!

Ich habe mich schon an die Lebensumstände hier gewöhnt. Gücklicherweise verfüge ich ja über ein großes Anpassungsvermögen. In den ersten Wochen ist es hier für jeden schwierig, doch diejenigen, die in der Lage sind, die Vergangenheit hinter sich zu lassen und ihre Nerven unter Kontrolle zu halten, können jedenfalls noch etwas für andere tun. Ich weiß, wie ich mich im Griff zu halten habe, und meine große Willenskraft kommt mir auch hier wieder einmal zugute.

Wir liegen hier mit hundertfünfzehn Frauen in einer Baracke, alten wie jungen. Ich habe schon viele Menschen getroffen, die sehr lieb zu mir sind und sich kümmern. Doch ich sehe immer wieder neue Gesichter; es ist ein Kommen und Gehen. Frieda (meine Schwägerin) ist mit dem letzten Transport abgereist. Ich habe ihr durch ihre Nichte, die auch hier ist, noch ein Päckchen schicken können, doch ich habe sie selbst nicht gesehen, weil ich nicht so weit laufen konnte. Ich hörte, daß Dein Bruder Julius heute ankommt.

Lieber Schatz, wie sieht es mit Deinen Bestrahlungen aus? Dies alles kommt mir vor wie ein böser Traum, und am allerschlimmsten daran finde ich, daß ich so wenig für Euch tun kann. Liebe Omi, ich kann mir Deinen Kummer gut vorstellen, aber Du darfst Dir wirklich nicht solche Sorgen machen – der Frühling kommt, und der kalte Win-

ter ist vorbei. Ich habe die warme Kleidung, die Jetty Fernandes mir geschickt hat, bekommen: Die brauche ich hier wirklich sehr nötig. Wenn noch weitere Bekannte von Euch weg müssen, ratet ihnen, das Ganze vernünftig anzupacken. Kein unnötiger Ballast und auch keine Koffer. Sagt ihnen, sie sollen alles in Rucksäcken verstauen. Glücklicherweise habe ich nun alles, was ich brauche. Als ich ankam, mußte ich in Pantoffeln gehen!

Ob meine Tätigkeit als Krankenschwester während des letzten Krieges mir hier großartig helfen wird, bezweifle ich, doch die Papiere, die Ihr mir geschickt habt, können sicher für Omi von Nutzen sein. Die Besuchszeit in der Krankenstation ist von halb fünf bis fünf. Meistens kommen dann so viele Leute, daß man nichts voneinander hat. Doktor Kam, Tobias, Marion Buchsbaum und ihr Ehemann, Dein Cousin Karl, Juffrouw Kanner, die Familien Zimmern, Sanders, Krakauer, Juffrouw Mannheimer, die Nichte von Erna Mayer-Wolf – zu viele, um sie alle einzeln aufzuzählen, haben mich schon besucht. Das Radium ist hier inzwischen ausgegangen. Ich hoffe, daß Du bald gesund wirst, mein Engel, und daß Du mich später besuchen kommen kannst.

Es dauerte nicht lange, und auch meine Großmutter wurde ohne Umschweife aus dem *Joodse Invalide* in Amsterdam herausgeholt und in Westerbork abgeliefert. Zu allem Überfluß war Omis Rucksack mit dem einer anderen Person verwechselt worden, so daß sie sich statt mit ihren eigenen Sachen mit den Kleidungsstücken eines alten Mannes behelfen mußte. Nun, da meine Mutter jemanden hatte, um den sie sich kümmern mußte, fühlte sie sich veranlaßt, so schnell wie möglich aus dem Bett aufzustehen und auf die Beine zukommen, denn, so schrieb sie: »*Man* muß *hier einfach gesund sein.*«

Was für ein Schock, als ich Omi hier ankommen sah! Die arme Seele hat wirklich viel mitgemacht. Kaum war sie hier angekommen, schon wurde sie krank. Durchfall, die häufigste Krankheit im Lager. Nun liegt sie mit Grippe im Bett neben mir. Ihr werdet sicher verstehen, daß mein Los dadurch noch schwerer wird, aber der liebe Gott wird mir Kraft geben, um alles zu überstehen.

Jeden Tag hoffe ich, die Papiere, die ich noch brauche, zu erhalten. Du mußt in der Sache wirklich etwas mehr Druck ausüben, mein lieber Schatz. Außerdem mußt Du alles daran setzen, daß die ganze Familie in die Frederiksliste aufgenommen wird (das behauptet jedenfalls Karel van Hessen).

Ein Gerücht besagte, daß man aus dem Lager Westerbork entlassen werden konnte, wenn man im Besitz gewisser Papiere war, zum Beispiel einer Erklärung, die nachwies, daß man nie Mitglied einer jüdischen Gemeinde gewesen war. Meine Mutter hatte außerdem versucht, von einem befreundeten Pfarrer gefälschte Taufpapiere zu bekommen, da die Nederlands Hervormde Kerk im Juli 1942 vom Reichskommissar das Versprechen erhalten hatte, daß alle vor 1941 protestantisch getauften Juden vom Lager verschont blieben. Dieses Versprechen erwies sich jedoch, wie so viele andere, als vollkommen gegenstandslos. Die weiteren Bemühungen meiner Mutter, einen Ausweg zu finden, gründeten sich auf die Opfer, die sie und meine Großmutter im Ersten Weltkrieg für Deutschland gebracht hatten.

Zu meinem großen Kummer muß ich Dir berichten, daß Dein Bruder Julius und seine Frau Henny letzte Woche weitertransportiert wurden. Julius hat sich tapfer gehalten. Cousin Otto hat alles mögliche für ihn getan, aber es war vergebens. Jetty und Olga sind auch weg und mit ihnen noch viele, viele andere. Gott behüte sie. Wer kommt als nächstes? Ich habe gerade eine Erklärung des Judenrats erhalten, daß ich nie Mitglied einer jüdischen Glaubensgemeinschaft war. Das wäre also schon mal erledigt. Nur die Taufbescheinigung von Pfarrer Nieuwenhuis (oder wie er auch immer heißen mag) ist noch nicht da. Auch nicht für Omi. Ich weiß, daß Du keinen Zugang zu unserem alten Haus hast, aber vielleicht kann jemand anderer von der Sterbeurkunde meines Bruders ein Duplikat anfertigen lassen?

Mein lieber Schatz, Du weißt doch, daß ich Tag und Nacht an Dich denke? Denn was ist mein Leben ohne Dich? Und doch finde ich jeden Tag aufs neue die Kraft, Omi und all den anderen eine Stütze zu sein. Manchmal begreife ich es selbst nicht. Aber dann denke ich wieder, daß es durch meine Hoffnung und das Vertrauen kommt, einst zurückzukehren zu all dem, was mir lieb und wert ist. Omi ist sehr alt geworden, und ich erschrak, als ich sie sah. Sie ist sehr mutlos und auch ziemlich durcheinander. Wirst Du mir oft schreiben? Das ist das einzige, was ich wirklich brauche. Ich habe von Marie, Dop und auch Nettie liebe Briefe bekommen, und es gibt mir ein Gefühl der Zufriedenheit, so viele Freunde zu haben. Wünsche ihnen in meinem Namen alles Liebe. Ich kann ihnen nicht allen persönlich schreiben, um mich zu bedanken. Erkläre es ihnen und bitte sie darum, mich nicht zu vergessen. Wie unendlich viel glücklicher wir waren, als wir noch zusammen in der Mildestraat wohnten! Ob ich dieses Haus jemals wiedersehen werde?

Die Briefe meiner Mutter klangen immer verzweifelter, während sie zugleich tapfer nach einem Ausweg für sich und meine Großmutter suchte, bevor der unvermeidliche

Befehl, in einen Viehwaggon in Richtung Osteuropa zu steigen, ausgefertigt wurde. Ich wußte, daß mein Vater alles tat, was in seiner Macht stand, um Leute dazu zu bringen, ihren Einfluß geltend zu machen, um meiner Mutter und Omi zu helfen. Ich selbst blieb bei alldem merkwürdig gelassen; meine Hilflosigkeit hatte mich mürbe gemacht.

Ich fragte mich oft, was wohl passieren würde, wenn ich mich selbst anzeigte. Ich sehnte mich danach, auch nach Westerbork geschickt zu werden. Da hätte ich wenigstens bei meinen eigenen Leuten sein können. Ich wollte meiner Mutter und meiner Großmutter beistehen. Ich vermißte sie so entsetzlich. Ich war stark, ich konnte arbeiten, ich konnte andere unterstützen, für sie sorgen. Welche Schrecken konnten mich dort schon erwarten? Es würde schon nicht schlimmer sein als dieses erstickende Dasein, in dem ich mich innerlich wie tot fühlte, wie ein Zombie, der hinter seiner Pflegefamilie herwankte. Das Problem war allerdings, daß ich durch eine Selbstanzeige auch die Familie zur Kleinsmiede verraten hätte. Daher war auch dies ausgeschlossen. Nein, das einzige, was ich tun konnte, war schreiben, so viele Briefe wie möglich schreiben und versuchen, meinen Eltern Mut zu machen.

Westerbork, 9. April 1943

Mein innig geliebter Mann,
Deine Briefe, mein Schatz, sind eine gewaltige Stütze für mich. Schreib mir so oft wie möglich, und wenn es etwas Wichtiges ist, dann schick ein Telegramm! Wir dürfen jetzt nicht müde werden! Du hast noch genug Freunde, die bereit sind, alles für Dich zu tun, wenn Du nur die Initiative ergreifst. Vielleicht kann die Tatsache, daß Dein Vater dem Groninger Gemeinderat angehörte, Lex bei seinen Versu-

chen, etwas für Dich zu tun, weiterhelfen? Du siehst, ich bin jeden Tag damit beschäftigt, eine Lösung zu suchen. Hast Du nach den Papieren gefragt, die ich brauche? Es wäre wesentlich besser gewesen, wenn wir früher dafür gesorgt hätten! Ich hoffe, daß die Dokumente, die Du geschickt hast, Omi von Nutzen sein werden. Vielleicht kannst Du meinen Freund aus dem Krankenhaus doch noch darum bitten, diese Angehörigkeitsbescheinigung aus unserem Haus zu holen? Du darfst nicht ruhen, bevor Du nicht alle Unterlagen hast. Es tut mir leid, daß ich Dich damit belaste, aber es muß nun einmal sein!

Mein lieber Engel, spürst Du, wie ich in Gedanken bei Dir und bei allen anderen bin? Die Tage verstreichen, und mein Herz ist schwer wie Blei ... Manchmal frage ich mich, wie man das alles ertragen soll? Doch Eure Briefe wirken Wunder, und Eure Liebe gibt mir Kraft! Ich kann nun schon wesentlich besser laufen, obwohl mir mein Bein noch oft weh tut. Bitte danke all unseren Freunden für ihre Päckchen. Ist es nicht wunderbar, so viele Freunde zu haben? Auch hier habe ich eine Frau getroffen, die wie eine Schwester für mich ist. Mit uneigennütziger Liebe hilft sie mir, Omi zu versorgen. Ich komme hier überhaupt mit allen gut aus. Die Oberschwester ist auch sehr nett zu mir, und ich gehe ihr dann und wann ein wenig zur Hand. Ich könnte noch alles mögliche gebrauchen; wir sind beispielsweise noch immer um warme Unterwäsche verlegen. Bitte Jetty, mir ein oder zwei warme Nachthemden und ein paar warme Unterhosen zu schicken – Omi hat fast gar nichts. Ich brauche auch dringend meinen Morgenmantel. Darum habe ich Jetty schon vier- oder fünfmal gebeten. Warum schickt sie ihn nicht? Ich erfriere fast! Könntest Du dafür sorgen, daß alle Kleidungsstücke nachgesehen und gegen Motten behandelt werden, bevor Ihr sie schickt? Sonst haben wir nämlich nichts davon ...

Ich freue mich, daß Du so oft mit unserer kleinen Freundin korrespondierst. Meine Gedanken sind immer bei ihr. Sag ihr, wie sehr ich sie liebe und daß ich stolz bin auf ihre Liebe zu mir und ihre Achtung. Wie es Jules wohl geht? Omi weiß immer noch nicht, daß er deportiert wurde.

Endlich bekam ich einen Brief von meiner Mutter, der speziell an mich gerichtet war. Ich bewunderte ihre Ehrlichkeit: Nun erst hatte ich das Gefühl, daß sie mich wirklich als Erwachsene betrachtete. Sie schrieb, sie habe eine Karte von Jules bekommen, in der stand, daß es ihm »gut« gehe, und daß er sich in »Birkenau« befinde, einem Ort, von dem sie noch nie gehört hatte. Diese Nachricht klang an und für sich nicht beunruhigend, nur daß Birkenau anscheinend sehr weit weg war.

Im Dezember 1942 berichtete der Judenrat, daß 83 Briefe und 18 Postkarten aus Auschwitz-Birkenau angekommen seien, in denen stets dasselbe mitgeteilt wurde: Der Schreiber oder die Schreiberin befände sich in recht guter Verfassung, sie arbeiteten an der »frischen Luft«, und sowohl Nahrung als auch die übrige Versorgung wären »zufriedenstellend«. Es wurde behauptet, man könne Familienmitgliedern in den Lagern schreiben. Beim Judenrat trafen Tausende von Briefen ein, die an die zuständigen Instanzen weitergeleitet wurden. Diese Briefe wurden jedoch nie zugestellt; die Nazis haben sie alle vernichtet.

Westerbork, 7. Mai 1943

Meine geliebte Freundin,
was mußt Du nur von mir denken, mein Schatz, daß Du so lange nichts von mir gehört hast. Und doch weiß ich ganz bestimmt, daß Du gespürt hast, daß ich in Gedanken bei

Dir war! Mein Liebling, Du weißt, daß mein guter Mann sehr krank ist, und ich muß die wenigen Briefe, die ich schreiben darf, dazu verwenden, ihn so viel wie möglich zu unterstützen. Doch heute möchte ein wenig mit Dir plaudern, Mäuschen, denn mir ist traurig zumute, und ich möchte mein Herz bei Dir ausschütten, wie es ein Kind bei seiner Mutter tut. Mein armer, lieber Mann ist ganz allein – ohne jegliche Hilfe von allen, die ihm lieb sind, immer unter Schmerzen leidend, die manchmal unerträglich sind … Ach, wie furchtbar es ist, daß ich nichts für ihn tun kann. Ich mache mir Tag und Nacht Sorgen um ihn und frage mich, womit er das verdient hat. Du kennst unser Familienleben und weißt daher, was ich durchmache. Bitte schreibe meinem Mann oft und schenke ihm all Deinen Mut und Deine Kraft, damit auch er diese schwere Prüfung überstehen kann! Möge der allmächtige Gott ihm beistehen und ihm doch noch ein klein wenig Licht und Glück im Leben gönnen! Manchmal ist es, als sei alles um mich herum dunkel geworden. Doch gerade eben gab es eine freudige Überraschung für mich: Ich erhielt Deinen Brief, liebste Freundin.

Ja, nun bin ich für kurze Zeit wieder in einer heiteren Stimmung, so wie früher. Doch sie ist leider nicht von Dauer, denn die Ängste um meinen geliebten Mann lassen mich nicht lange los. Worte können nicht ausdrücken, wie es um meinen seelischen Zustand bestellt ist. Doch eins verspreche ich Dir, mein lieber Schatz: Ich lasse mich nicht unterkriegen, was immer auch kommen mag, ich schlage mich durch.

Die Nachricht von Budi [Jules] hat mich natürlich unglaublich froh gemacht. Ich hoffe, daß es ihm weiterhin gut geht. Habt Ihr ihm schon geschrieben? Er wird so froh sein, von uns allen zu hören.

Manchmal kommt mir mein Leben vor wie eine kost-

bare Vase, die in Scherben gegangen ist und die ich nun Stückchen für Stückchen wieder versuche zu kitten. Omi geht es Gott sei Dank wieder besser, obwohl die Lungenentzündung und das Fieber sie geschwächt haben. Sie klammert sich an ihre Erinnerungen und spricht die ganze Zeit von Guus und seinem Bruder und seiner Schwester – Du weißt schon, wen ich meine.

Mir selbst geht es viel besser. Ich kann schon ohne Stock gehen und mittlerweile hier im Krankenhaus auch kleine Aufgaben übernehmen. Wenn ich arbeite, vergesse ich für den Moment meine Sorgen, und die Zeit geht auch schneller vorbei. Hast Du Doddels Zeichnung erhalten? Ich würde gerne mehr über Deine Familie in Breda hören; übermittle Ihnen meine besten Wünsche, vor allem Deiner Schwester. Sie wird inzwischen sicher mitten im Examen sitzen. Wenn ich die Möglichkeit hätte, ihr eine kleine Aufmerksamkeit zu schicken, würde ich es selbstverständlich tun.

Ich gäbe alles darum, ganz still, Deine Hände in meinen, neben Dir zu sitzen und zu spüren, wie sehr wir einander verstehen ... Vielleicht kommt dieser Tag doch irgendwann einmal. Und denk daran, daß ich stets ich selbst bleiben werde, so wie ich schon immer war! Ich finde es schade, daß ich über das alles hier kein Buch schreiben kann.

Mein liebes Mäuschen, ich schließe Dich in meine Arme und drücke Dich an mein Herz. Bleibt alle gesund und schreib mir bald wieder. Ob jemand mir ein Stück Seife schicken könnte?

Meine innige Liebe und einen Kuß (auch von Omi)
Deine treue alte Freundin.

PS: Ich brauche Haarnadeln und Zahnpasta.

Die zur Kleinsmiedes verhielten sich stets aufmerksam und diskret, wenn ich von unseren Kurieren einen Brief bekam, und ließen mich allein in meine Dachkammer gehen, um die Neuigkeiten, was auch immer es für welche waren, zu verarbeiten. Meine Eltern hielten mir wieder und wieder vor Augen, daß die Tragödie, die meine Familie betraf, nichts Außergewöhnliches war. Alle hatten es schwer, und ich betrachtete es als meine Pflicht, die anderen nicht unnötig zu belasten, indem ich mich durch meinen Kummer zu sehr aus der Bahn werfen ließ.

Obwohl die Neuigkeiten, die sie brachten, nie gut waren, freute ich mich immer auf einen Besuch von Adries Eltern. Oom Aa war ein charmanter Mann und hatte stets einen Scherz auf Lager, und Tante Dop war eine liebe, empfindsame Frau mit sehr viel Verständnis für die Lage, in der ich mich befand. Als Mevrouw zur Kleinsmiede eines Morgens Ende Mai nach dem Lesen der Post erklärte, daß die »Besucher« im Anmarsch seien, schlug daher mein Herz gleich schneller vor Freude: Vielleicht würden sie mir ja diesmal hoffnungsvolle Neuigkeiten bringen!

Mevrouw zur Kleinsmiede ging in den Keller, um Leckereien hervorzuholen: eine Büchse Ölsardinen, einige Eier in Aspik (die eingelegten Eier wurden in einem großen Steinguttopf mit schwerem Deckel aufbewahrt, der auf einem Bord im Keller stand) sowie ein kleines Glas Johannisbeermarmelade. Delikatessen wie diese waren ganz besonderen Gelegenheiten vorbehalten. Mevrouw zur Kleinsmiede hatte ihren Vorrat sorgfältig angelegt, und unter ihrer Aufsicht schien dieser Lagerbestand auf mysteriöse Weise niemals ein Ende zu nehmen. Ineke und ich wünschten uns sehnlichst, sie würde einmal ihre Bedachtsamkeit über Bord werfen und sagen: »Ach, was soll's, laßt uns mal so richtig schwelgen!« Doch so etwas wäre Mevrouw zur Kleinsmiede nie in den Sinn gekommen.

Das Ehepaar Verhulst kam erst sehr spät, und nachdem wir uns ein ausgiebiges Abendessen genehmigt hatten, gingen wir sofort zu Bett. Am nächsten Morgen nach dem Frühstück beschlossen die vier Erwachsenen, in die Innenstadt zu spazieren und auf der Terrasse eines Cafés eine Tasse »Kaffee« (aus gerösteten Zichorienwurzeln, da es keine Kaffeebohnen gab) zu trinken. Es stand nicht zur Debatte, daß ich sie begleitete: Abgesehen von meinen Einkäufen ging ich momentan überhaupt nicht mehr in die Stadt. Ineke war in der Schule. Es war Dienstag, der Tag, an dem ich immer das Schlafzimmer der zur Kleinsmiedes und das Arbeitszimmer saubermachte. Pfeifend, die entschuldigenden Abschiedsgrüße der Erwachsenen noch im Ohr, ging ich, mit Mopp und Staubsauger bewaffnet, nach oben. Ich hätte mir in die Nase beißen können, weil ich vergessen hatte, Tante Dop zu fragen, ob sie einen Brief von meinem Vater für mich hatte oder eine Kopie eines Briefes von meiner Mutter aus Westerbork.

Ich machte die Betten, sang dabei *Moonlight and Shadows* und rückte achtlos, mit dem Staubtuch wedelnd, dem Mahagoni-Toilettentisch und dem Schrank zu Leibe, wobei ich den Staub in alle Richtungen aufwirbelte. Als ich zum Nachtschränkchen neben Mevrouw zur Kleinsmiedes Bett kam, fiel mein Blick auf einen Umschlag mit der nur allzu vertrauten Handschrift meiner Mutter. Erstaunt fragte ich mich, was der Brief hier, im Schlafzimmer der zur Kleinsmiedes, zu suchen hatte. War etwa mein Geheimversteck mit den nicht vernichteten Briefen entdeckt worden? Wenn dem so war, würde es mich teuer zu stehen kommen.

Die streng calvinistischen Auffassungen meiner Pflegeeltern (die gleichwohl nicht zur Kirche gingen und sich selbst als Atheisten bezeichneten) waren nicht ohne Einfluß auf mich geblieben, und mir war durchaus bewußt, daß es falsch war, in anderer Leute Sachen herumzuschnüffeln und etwas zu lesen, das nicht für meine Augen bestimmt war. Aber dies hier war etwas anderes. Dieser Brief konnte für niemanden außer mich bestimmt sein. Warum lag er hier?

Plötzlich wurde es mir klar. Auf einmal fiel es mir wie Schuppen von den Augen. Die Kuriere waren wieder zu uns gekommen. Um mir diesen Brief zu geben. Sie hatten es nur noch nicht übers Herz gebracht. Er mußte sehr schlechte Nachrichten enthalten. Sie waren mit den zur Kleinsmiedes zusammen losgegangen, um zu überlegen, wie sie mir die Botschaft am besten beibringen sollten.

Zitternd nahm ich den Umschlag und zog Mutters Brief hervor. Er war an meinen Vater gerichtet.

Westerbork, 23. Mai 1943

Mein Liebling,
ich liebe Dich von ganzem Herzen und flehe Dich an, den Kampf nicht aufzugeben. Ich komme gewiß zurück, und dann nehmen wir das Leben wieder auf, das wir uns, lange bevor dieser Alptraum begann, geschaffen haben. Du mußt Dein Bestes tun, um zu genesen, denn wenn ich zurückkomme, werde ich Dich mehr denn je brauchen. Ich will, daß Du diese Krankheit bezwingst und Dich nicht von den Grausamkeiten unterkriegen läßt, die die Nazis uns zufügen. Wenn ich zurückkomme, brauche ich Dich so sehr! Ich kann nicht ohne Dich leben!

Sag meiner kleinen Freundin, daß sie sich glücklich preisen soll. Sie muß weiterhin ihre Pflicht tun und noch viel mehr als ihre Pflicht, für diese wunderbaren Menschen, die so viel für uns getan haben. Sage ihr, daß ich stolz auf sie bin, daß ich sie liebe und daß ich bald zurückkomme.

Heute nacht werde ich abtransportiert. Omi und ich

stehen auf der Liste. Omi ist sehr krank, und es geht ihr furchtbar schlecht. Sie ist sehr geschwächt und alt geworden. Ich kann mit einem Stock laufen und werde dort wahrscheinlich ein wenig arbeiten können. Ich werde mein Bestes tun. Und Ihr müßt auch Euer Bestes tun, verstanden? Ich zähle auf Euch und werde Euch dringend brauchen, wenn ich zurückkomme. Dann müßt *Ihr da sein!*

Ich werde Euch immer lieben.

Hilde.

Der Brief fiel zurück aufs Nachtschränkchen. Ich schaute hoch zur Decke, die dringend geweißt werden mußte. Ich hatte Mitleid mit den beiden Ehepaaren draußen auf dem Marktplatz, die überlegten, wie sie mir beibringen sollten, daß meine Mutter und meine Großmutter in ein Konzentrationslager irgendwo im Osten deportiert worden waren.

Ich schloß den Staubsauger an (es war ein lautes altes Ding, das nur wenig Saugkraft hatte) und rückte dem Fußboden damit wüst zu Leibe. Ich sang mein Lied weiter, und zwar so laut, daß meine Stimme das Geheul des Staubsaugers übertönte. Ich sang immer lauter, bis mir beinahe die Lunge platzte.

Vor dem Spiegel blieb ich stehen und sah mich selbst singen, den Mund weit offen. Die Tränen bildeten große nasse Flecken auf meiner Schürze. Ich sang, so laut ich konnte, um mich nicht weinen zu hören.

Dann nahm ich einen Waschlappen, wusch mir das Gesicht und ging nach unten, um darauf zu warten, daß die anderen nach Hause kamen.

ZWANZIGSTES KAPITEL

Vater

Nachdem meine Mutter auf den Transport nach Osten geschickt worden war, hörten wir nichts mehr von ihr. Mit der Gesundheit meines Vaters ging es auf einmal erschreckend schnell bergab. Seine Ärzte waren nun dagegen, daß er überhaupt das Bett verließ, und jeder Brief, den er schrieb, klang, als vermute er, daß dies sein letzter sei.

Utrecht, 31. Mai 1943

Meine einzige Freundin!
Ich habe das starke Bedürfnis, ein paar liebe Worte an Dich zu richten und Dich von ganzem Herzen darum zu bitten, Dich von den alltäglichen Sorgen nicht zu sehr mitnehmen zu lassen! Ich selbst versuche ebenfalls, nicht nachzugeben, und bin inzwischen imstande, den Tagen, die das Leben noch für mich bereithält, mit Gelassenheit entgegenzusehen. Trauer kann ich nicht mehr empfinden, denn meine Reservoirs sind schon übervoll.

Letzte Woche rief mich mein Bruder Herman an. Auch sie werden »evakuiert«. Dasselbe gilt für meine Schwester Marie und ihre Familie.

Mit »evakuiert« meinte mein Vater, daß sie den Befehl erhalten hatten, sich für den Transport nach Westerbork zu melden. Oom Herman und seine Frau tauchten unter. Sie fanden Unterschlupf im Haus einer streng protestantischen Familie. Tante Marie, Oom Louis und meine Cousine Annie wurden in Konzentrationslager deportiert und kehrten nie mehr zurück.

Auch hier haben die Menschen nichts als Kummer und Sorge. Darum kann ich nichts anderes tun als abwarten, was kommt. Jeder hat sein eigenes Päckchen zu tragen. Ihr sicher auch, was? Ist Ineke wieder durchgefallen? Das täte mir wirklich verdammt leid, obwohl es momentan ja keine so große Rolle spielt. Es ist bei ihr nur eine Frage der Nerven, und daran kann das Mädchen eben herzlich wenig ändern.

An meiner Handschrift kannst Du erkennen, daß ich im Bett liege. Der Doktor hat es verordnet. Deswegen ermüdet mich das Schreiben sehr, weißt Du! Aber Du mußt doch mal wieder etwas von mir hören. Mein Krankheitszustand ist derzeit relativ stabil. Glücklicherweise sorgt der Arzt dafür, daß ich keine Schmerzen leide, und das ist schon viel wert. Wenn man keine Schmerzen hat, ist alles so viel leichter zu ertragen. Wohin man augenblicklich auch schaut: Nirgends sieht man mehr einen sorglosen Menschen. Nur daß der eine etwas mehr leidet als der andere. Aber solange man jung ist und gesund an Körper und Geist, muß man alle Kraft aus seinen Lebenssäften schöpfen, um sich durch diese vorübergehende tiefe Krise durchzuschlagen. Es ist doch inzwischen klar, daß es nicht mehr allzu lange dauern kann, bis alle wieder zusammenkommen, der eine vielleicht ein bißchen stärker angeschlagen als der andere; aber schließlich ist es auch ein langer Krieg gewesen.

Ach, wir – Hilde und ich – haben auch unseren Teil abbekommen und haben daran noch zu knabbern. Aber selbst wenn wir hier nicht lebend rauskommen, dann haben wir doch wenigstens unser Leben gelebt und eine Familie ge-

gründet. Im Lichte all dieses großen Glücks dürfen wir nicht klagen, wenn es uns nun eine Zeitlang schlechtgeht. Ihr müßt es als Segen betrachten, daß Ihr Eure Eltern so lange behalten durftet.

Für die Zukunft meiner Kinder habe ich ausreichend Sorge getragen; Oom Lex und der Mann von Tante Dop werden es ihnen später ausführlich erklären.

Und Du? Laß Dich nicht vom Leben unterkriegen, hörst Du! Du hast liebende Eltern und so viele Freunde, daß Du Dich nicht vor der Zukunft fürchten mußt. Grüß Deine lieben Eltern von mir. Sie haben mehr für uns getan, als man je von einem Freund hätte erwarten können.

Auf Wiedersehen, meine liebe Freundin. Du hast mir nichts als Freude gemacht!

Dein lieber alter Freund, Doddel.

Mein Vater spickte seine Briefe mit Erinnerungen an unsere glückliche Vergangenheit und legte mir ans Herz, mich nicht von Gefühlen des Hasses oder der Verzweiflung auffressen zu lassen. Er schloß seine Briefe nun mit Botschaften wie »Lebe wohl, mein Engel – ich liebe Dich bis über das Grab hinaus«. Ich versuchte, mich vor dem zu verschließen, was er mir damit sagen wollte. Ich war nicht bereit, zu akzeptieren, daß mich auch noch das letzte Mitglied meiner Familie verlassen sollte.

Während Ineke für ihr Examen paukte, liefen wir alle auf Zehenspitzen durchs Haus. Zur riesengroßen Erleichterung aller bestand sie dieses Mal. Mevrouw zur Kleinsmiede fand, es sei wieder einmal an der Zeit, meinen Vater zu besuchen. Sie hatte gehört, daß es ihm nicht gutging. Ich bat sie flehentlich, sie begleiten zu dürfen, doch sie blieb unnachgiebig. Es war einfach zu gefährlich geworden. Die Moffen lagen auf der Lauer, und überall auf den Straßen hielten sie die Leute an, um ihre Ausweise zu kontrollieren. Mevrouw zur Kleinsmiede mußte mir schwören, meinem Vater darzulegen, wie gerne ich mit ihr nach Utrecht gekommen wäre. Ich war der Meinung, daß sie mich gehen lassen müsse, wenn mein Vater nur seine Zustimmung erteilte.

Utrecht, 17. Juni 1943

Zum Teufel noch mal! Ich lasse mich nicht unterkriegen! Obwohl Besuch für mich sehr anstrengend ist, habe ich mir gestern vom Barbier eine komplette Schönheitsbehandlung verpassen lassen, so daß Deine Pflegemutter, wenn sie gleich kommt, mich nicht wiedererkennen wird. Schneiden und rasieren! Nun sitze ich aufrecht im Bett, um ein paar Worte an Dich zu schreiben und ihr zu beweisen, daß ihr Besuch nicht umsonst war.

Ich habe mich wirklich unglaublich gefreut, als sie kam. Als sie eintraf, hatte ich gerade eine Morphiumspritze bekommen und habe sie deshalb im ersten Augenblick nicht gleich erkannt. Schick sah sie aus, und so herrlich frisch und beruhigend. Ich bin immer noch dabei, Deinen Brief zu lesen, denn das Lesen fällt mir schwer und geht ein wenig schleppend voran.

Ach, ich schlafe momentan so viel, und ab und zu läßt mein Geist ein bißchen zu wünschen übrig. Ich mache auch viele Fehler beim Schreiben. Aber na ja, mit dem Alter kommen eben auch die Zipperlein.

Wenn es Euch jungen Leuten nur gutgeht! Und mit Ineke ist wohl alles in Ordnung, ja? Nur ihr Vater ist etwas nervös. Geht schon vorbei. Und außerdem ist in fünfzig Jahren sowieso für uns alles vorüber, und dann seid Ihr diejenigen, die jammern. (Komisch, daß mir das Schreiben so schwerfällt.)

Ach, mein Schatz, mein Engel – meine Seele, alles gehört Dir. Ich kann so gut wie gar nicht mehr sprechen, und das ist sehr lästig. Hoffe Du nur auf eine schönere, bessere Zeit! Weißt Du, daß Meneer Jansen diese Woche zusammen mit seinen Freunden, den Houtzagers, hier war? Treu, nicht wahr? Ich küsse Dich, sonst nichts Neues gehört. Bleib mir treu, mein Liebling!

Meneer Jansen war unser direkter Nachbar aus der Mildestraat, dem mein Vater die Büste meiner Mutter anvertraut hatte; die Houtzagers wohnten ein Stück weiter in unserer Straße.

PS: Nochmals, mein Schatz, ich möchte lieber nicht, daß Du mich besuchen kommst. Laß gut sein, was gut war, denn weißt Du: Schöner bin ich gerade nicht geworden, und Du sollst mich so in Erinnerung behalten, wie Du mich früher kanntest.

Ich konnte damals immer nur an eines denken: Ich wollte meinem Vater, der in seinen Briefen einen so furchtbar schwachen und hilflosen Eindruck machte, Trost spenden. Ich war fix und fertig, weil er nicht wollte, daß ich ihn besuchte, denn ich war der festen Meinung, daß er sich, wenn ich ihn nur sehen, sein armes Gesicht küssen und seine Hand halten könnte, sofort um vieles besser gefühlt hätte. Er mußte doch einsehen, daß ich den Platz meiner Mutter einnehmen und die große Leere, die ihre Deportation hinterlassen hatte, ein klein wenig füllen konnte? Ich lief in meinem Dachzimmer auf und ab, vor Wut schnaubend über die Ungerechtigkeit, daß ich hier eingesperrt blieb, während »dort draußen« so viel zu tun war. Meine Mutter, Jules, meine Großmutter – ich hatte hilflos dagesessen, während sie wie Fische im Netz gefangen waren. Es mußte doch irgend etwas geben, was ich tun konnte!

Jahre später, als meine eigenen Kinder bereits erwachsen waren, wurde mir bewußt, daß ich damals Aggressionen gegen meinen Vater hegte. Ich fühlte mich von ihm abgewiesen, weil er mir nicht erlaubt hatte, ihn in den letzten Tagen seines Lebens zu besuchen. Erst 1988, als Miep mir den folgenden Brief schickte, den sie auf dem Speicher in einem Karton mit lange in Vergessenheit geratenen Schriftstücken gefunden hatte, wurde mir die eigentliche Wahrheit bewußt: Ich war damals durchaus bei ihm gewesen. Zwar nicht körperlich, aber in Form eines Briefs – und letztendlich war ich es gewesen, die ihm die Erlaubnis gab, dieses Leben zu verlassen.

Breda, 22. Juni 1943

Mein liebster, bester Freund,
hier bin ich wieder, lieber Doddel, Deine Kameradin, Deine jüngste Freundin, Dein Kind! Heute morgen bekam ich einen Brief von Tante Dop, in dem sie mir von Dir schrieb. Ich bete zu Gott, daß er Dir Deine Schmerzen nimmt und Dich nicht so lange leiden läßt. Du bist so tapfer und mutig. Ich bewundere Dich in jeder Hinsicht und vor allem Deine Schicksalsergebenheit.

Lieber Doddel, spürst Du, daß ich bei Dir bin? Fühlst Du, daß Du in meinen Armen liegst, wie ich früher in Deinen Armen lag, wenn ich Schmerzen hatte oder traurig war und wollte, daß Du mich tröstest? Nun bin ich bei Dir, Dein eigen, Deine einzig noch Verbliebene, und Deine Hände liegen in meinen. Wie schön muß es sein, wenn Du einst von Deinem Leiden erlöst bist und in jene Welt einkehrst, wo es keinen Haß, keinen Schmerz und kein Elend mehr gibt ... Vati, Du wünschst Dir nun, daß diese Zeit bald kommen wird, und weißt Du, ich würde so gern mit Dir gehen, Dir folgen und Dich nicht alleine lassen! Wie schön es dort sein muß, Vati, ganz hell – schöne Farben – Blumen – Glück und Freude. Vögel singen vor meinem Fenster, um den Sommer einzuläuten, und so stelle ich mir auch die Musik vor, die Dir, wenn Du Dein Leiden hinter Dir gelassen hast, in den Ohren klingen wird.

Sei bitte nicht traurig, wenn Du einmal von mir gehen mußt. Denk an mich mit leichtem Herzen. Du hast mir so unglaublich viel Unterstützung gegeben, einen so großen Schatz an Freude und Liebe geschenkt, und Du hast mir (und den Jungen) eine so herrliche Jugend ermöglicht, und das ist die Basis, auf der wir unser Leben aufbauen können. All die schrecklichen Dinge, die jetzt geschehen – das ist das Schicksal, daran können wir nichts ändern, es mußte so kommen. Und vielleicht ist es auch gut so, denn wenn wir rechtzeitig geflüchtet wären, hätte uns vielleicht eine noch viel größere Tragödie bevorgestanden. Du und Hilde, Ihr habt alles, alles getan, um uns zu behüten und um uns zu retten, und das ist Euch doch auch geglückt? Budi kommt ganz bestimmt zurück, und wir werden dafür sorgen, daß er wieder glücklich wird. Mutti kommt auch wieder zurück, und, Vater – ich gebe Dir die Hand darauf, ich verspreche es Dir hoch und heilig, und laß es Dir einen beruhigenden Gedanken sein –, ich werde ihnen Halt geben und eine Stütze sein, ich werde tun, was Du von mir erwartest: Ich werde ihnen helfen, so gut ich kann. Vati, Du kannst auf mich zählen – ich werde stark sein – ich werde mich um Deine Lieben kümmern, Du kannst auf mich, Deine Jüngste, zählen. Wenn ich eine Königstochter wäre, würde ich nun als erwachsen gelten. Ich habe keine Angst mehr, und ich verspreche, daß ich vorsichtig sein und meine Eltern hier auf jede mögliche Art und Weise beschützen werde.

Ich werde mich schon durchs Leben schlagen. Guus und ich werden einander später gegenseitig bei der Erfüllung der Aufgabe helfen, die Du uns auferlegt hast.

Vati, ich hoffe, daß ich Dich nicht zu sehr ermüdet habe. Ineke hat heute Geburtstag. Im Namen von uns allen, vor allem von Dir und Hilde, habe ich ihr einen Topf aus schwarzen Kacheln, bepflanzt mit orange blühenden Blumen und Ringelbumen – Mutters Lieblingskombination – geschenkt. Vati, Du liegst in meinen Armen. Vorsichtig küsse ich Deine Stirn, Deine Augen, Deine Wangen, Deine Hände … Ich werde meine Versprechen halten und werde mich durchs Leben schlagen. Mach Dir deshalb keine Sorgen um mich oder um irgend jemanden sonst. Versprich mir, daß Du Dir nicht mehr den Kopf darüber zerbrichst. Du hast uns so viel Glück und so viel Schönes gegeben! Wir haben uns gegenseitig geholfen, wir haben getan, was wir konnten, und Du hast tapfer gekämpft, Vati. Mach Dir keine Sorgen mehr. Laß alle Sorgen von Dir abfallen und spüre unsere Liebe. Auf Wiedersehen, mein lieber Vati. Ich küsse Dich nochmals innig und werde immer bei Dir sein, von Dir und für Dich.

Dein Kind.

Ich hatte diesen Brief Mevrouw zur Kleinsmiede anvertraut, die mit dem Zug nach Den Haag reiste, um ihn der Familie Fernandes zu übergeben. Ich fügte einen Brief an Tante Jetty bei, in dem ich sie anflehte, meinen Brief an Vater sofort von Miep überbringen und vorlesen zu lassen, falls er selbst nicht zum Lesen imstande wäre. Und Miep brachte meinen Brief unverzüglich ins Krankenhaus nach Utrecht, wo sie ihn meinem Vater, an seinem Bett sitzend, laut vorlas.

Als die Kuriere wieder in Breda erschienen, wußte ich, warum sie gekommen waren. Ich sah den Gesichtsausdruck von Tante Dop, als sie hereinkam und die Arme nach mir ausstreckte, um mich zu trösten. Ohne ein Wort zu sagen, ließ ich mich an ihre Brust sinken.

Mein Vater war am 23. Juni 1943, wenige Stunden, nachdem er meinen Brief erhalten hatte, gestorben.

Kurz vor ihrem Tod erzählte Tine zur Kleinsmiede meinen Töchtern, was sie mir nie zu sagen gewagt hatte – nämlich, daß sie glaubte, mein Vater habe selbst Hand an sich gelegt.

Man ließ mich eine Weile allein in meinem Zimmer, damit ich mich in aller Ruhe ausweinen konnte. Ich weiß nicht, wie lange ich voller Trauer der Länge nach auf dem Bett gelegen habe – vielleicht nur ein paar Minuten, vielleicht auch Stunden. Dann klopfte es leise an der Tür. Mevrouw zur Kleinsmiede und Tante Dop baten mich mit Tränen in den Augen, hinunterzukommen. Es war an der Zeit, zu besprechen, wie wir diese Neuigkeiten unserer Umgebung vermitteln sollten. Es war wichtig, in diesem Moment die richtige Entscheidung zu treffen.

Die Nachbarn, die Familie und die Bekannten der zur Kleinsmiedes waren darüber informiert, wie krank Netties Vater gewesen war, und erkundigten sich stets nach seiner Gesundheit, wenn sie einem von uns begegneten. Sie waren immer sehr an mir interessiert. Schließlich hatte sich mein geplanter Aufenthalt von einigen Wochen im Sommer 1942 inzwischen zu einem ganzen Jahr ausgedehnt, und ob nun aus aufrechter Anteilnahme oder nur aus krankhafter Wißbegierde, die Leute reagierten unwillkürlich mit einem Kopfschütteln, wenn sie von dem armen Mädchen hörten, dessen Eltern nicht in der Lage waren, für sie zu sorgen. Um meine Geschichte glaubwürdig zu untermauern, beschlossen daher die zur Kleinsmiedes und die Verhulsts, allgemein bekanntzugeben, daß Netties Vater in Utrecht verstorben sei.

Als sie vom Tod meines Vaters erfuhren, wollten die braven Leute, die mich kannten, natürlich vorbeikommen, um mir zu kondolieren. Doch wenn jemand schellte, erzählten die zur Kleinsmiedes jedesmal, Nettie sei zum Begräbnis ihres Vaters nach Utrecht gefahren und käme erst in drei Tagen wieder.

In den folgenden drei Tagen mußte ich daher in meinem Zimmer bleiben und sorgfältig darauf achten, mich nicht am Fenster sehen zu lassen. Ineke brachte mir meine Mahlzeiten hinauf und leistete mir manchmal ein wenig Gesellschaft. Wenn die Sperrstunde gekommen war und wegen der Verdunklung im ganzen Haus die Gardinen zugezogen wurden, durfte ich hinunterkommen und ein paar Stunden bei der Familie verbringen.

Ich hatte ein kleines liniertes Notizbuch ergattert, und da ich die Gewohnheit, meinen Eltern zu schreiben, nicht so leicht ablegen konnte, schüttete ich ihnen weiterhin heimlich mein Herz aus. Es war kein Tagebuch in dem Sinne, denn das Verbot meines Vaters, Tagebuch zu führen, wagte ich nicht zu übertreten. Aber gegen das Schreiben von Briefen war doch gewiß nichts einzuwenden? Und auch wenn meine Eltern nicht mehr da waren, hieß das doch noch lange nicht, daß ich ihnen nicht mehr schreiben konnte? Also saß ich allein in meinem Zimmer und schrieb und schrieb und weinte dabei die ganze Zeit. Darin bestand für mich die einzige Möglichkeit, meine Trauer zu äußern.

Lieber Vater, ich weiß nicht, wann es endlich in mein Bewußtsein dringen wird, daß Du nicht mehr da bist – aber ich habe Dir versprochen, tapfer zu sein, und dieses Versprechen werde ich auch halten. Tagsüber kommt es mir manchmal so vor, als wäre gar nichts passiert, und dann wieder scheint es mir, als geschehe das alles nicht mir, sondern jemand anderem; oder als sei alles nur ein Spiel, wie so viele andere; aber dann, wenn ich wieder alleine bin und Dich vor mir sehe, und Mutter, dann fühle ich mein Herz – so als sei es in Stücke zerbrochen, und als steckten die Scherben nun in meiner Lunge und in meiner Kehle.

Drei Tage später, als Nettie »aus Utrecht zurückgekehrt war«, kamen die Besucher, um mir ihr Beileid auszusprechen und mir zu kondolieren. Zum ersten Mal seit meiner Ankunft in Breda stand ich im Mittelpunkt des Interesses. Ich war nicht länger nur »das Mädchen aus dem Norden« oder »Inekes Freundin«. Endlich hatte ich eine eigene Identität: das arme Mädchen, das gerade vom Begräbnis seines Vaters zurückgekehrt war und dessen Mutter noch immer mit ihrem Beckenbruch, der einfach nicht heilen wollte, im Krankenhaus lag. Die Besucher umarmten mich mit Tränen in den Augen, und ich reagierte, wie es sich gehört, meinerseits mit Tränen.

Ich spielte meine Rolle ganz vorzüglich. Fast triumphierend fühlte ich, wie ich die Leute in dem Glauben bestärkte, ich sei tatsächlich die, die ich vorgab zu sein. Hätten noch irgendwelche Zweifel daran bestanden, waren diese nun endgültig aus dem Weg geräumt. Was für ein Auftritt!

Erst nachdem alle Besucher wieder gegangen waren, wurde mir bewußt, daß ich nicht nur die Rolle der Nettie gespielt hatte. Ich war zugleich auch Edith gewesen, und Edith konnte Mitgefühl noch dringender gebrauchen als Nettie, denn sie hatte wirklich alles verloren. Doch dies sollten die Besucher nie erfahren.

EINUNDZWANZIGSTES KAPITEL

Vaters Schuhe

Adrie brachte sie mir eines Tages: ein Paar Schuhe, und dazu den Anzug meines Vaters, den er getragen hatte, als er noch genug Kraft besaß, um mit seinem Skizzenblock durch den Krankenhauspark zu spazieren.

Ich hängte die Jacke an den Haken hinter meiner Tür. Die Hose faltete ich ordentlich zusammen. Ich streichelte den Kragen der Jacke, rieb meine Wange an den breiten Schultern und legte den Kopf an das dicke Futter, das ein tröstendes kleines Kissen bildete. Ich atmete den vertrauten Geruch nach Camel-Zigaretten und After-shave ein.

Ich schloß die Augen und lehnte mich gegen Vaters Jacke – eine leere Hülle, deren Bewohner für immer verschwunden war. Nichts war von ihm übriggeblieben, außer einem schönen Duft, der Erinnerungen an ein kleines Mädchen wachrief, das bei seinem Vater auf dem Schoß saß, während er aus Tom Sawyer vorlas. Sein kleines Mädchen – ich.

Klein? Ich war gerade achtzehn geworden und fühlte mich steinalt. An meinem Geburtstag hatte ich in mein geheimes Notizbuch einen »Brief« an meinen Vater gekritzelt:

3. Juli 1943

Heute bin ich achtzehn Jahre alt geworden – ein Geburtstag, auf den ich mich früher, als ich jünger war, so sehr gefreut hatte. Und Du und Mutter auch ... der Tag, an dem Eure Jüngste erwachsen würde – es ist alles ganz anders ge-

kommen, als ich erwartet hatte. Nun bin ich achtzehn und habe keinen Vater mehr, jedenfalls keinen faßbaren. Ich spüre Deine Anwesenheit überall um mich herum, aber ich kann Dein liebes Gesicht nicht sehen und Deine leise, sanfte Stimme nicht hören. Deine Witze, Deine geistreichen Kommentare, Deine klugen Worte, Deine Lieder, Deine Sportbegeisterung, Deine Liebe – auf all das muß ich jetzt für immer und ewig verzichten.

Dieser Abend war ein Abend wie jeder andere – ganz anders als meine früheren Geburtstage: kein musikalischer Umzug die Treppe hinunter zu einem fröhlich geschmückten Geburtstagstisch, keine unterdrückte Ungeduld und Aufregung, bis wir die herrliche Geburtstagstorte anschneiden durften, keine Mutter, kein Vater, kein ausgelassener Festtag, an dessen Ende ich Euch beiden erschöpft um den Hals fiel und aus tiefstem Herzen dankte. Heute bekam ich kein lustiges Gedicht von Dir, keine ulkige Zeichnung, keine rührende Rede … und trotzdem spüre ich, daß Du hier bist …

Ich schaute mich um, weil ich sehen wollte, wo ich seine Schuhe gelassen hatte. Sie standen auf dem Tisch vor dem Fenster, auf zwei Bücherstapeln. Es waren ein Paar große, alte, faltige Schuhe mit nach oben gebogenen Kappen. Ich setzte mich auf meinen Stuhl, um sie anzuschauen. Die Innensohlen waren abgetreten und an den Seiten eingerollt; ihre Farbe – einst Beige – war so stark nachgedunkelt, daß sie fast schwarz aussahen. Das Gewicht meines Vaters hatte einen Abdruck im Leder hinterlassen, und kleine Kreise markierten die Stellen, auf die seine Zehen gedrückt hatten. Drei tiefe Risse zogen eine diagonale Spur von den Vorderseiten beider Schuhe, dort, wo der große Zeh gesessen hatte, bis zur Ferse, und liefen im Zickzack wie feine Adern über das schwarze Leder. Die Sohlen aus dickem

Kunstleder waren ungleich abgenutzt und die Absätze schräg abgelaufen.

Nachdem er mir die Sachen meines Vaters übergeben hatte, zog sich Adrie diskret zurück und ließ mich allein. Ebenso wie der Rest der Familie ging er an jenem Abend früh zu Bett. Niemand erwartete von mir, daß ich mich zu ihnen gesellte. Ich hatte wenig zu sagen, weder zu Adrie noch zu sonst jemandem. Mit fehlten die Worte.

Es war Adries letzter Besuch in Breda. Man war sich allgemein darüber einig, daß es zu gefährlich für ihn sei, diese Reise noch einmal zu unternehmen. Doch mit unserer engen Beziehung war es sowieso vorbei – in unserem Fall hatte die erzwungene Trennung die Gefühle nicht vertieft. Seit ich nach Breda gezogen war, hatten wir uns bei seinen unregelmäßigen Besuchen kaum mehr geküßt, an den Händen gehalten oder umarmt. Wir waren gezwungen gewesen, einen gewissen Abstand zu wahren, da wir hier an die strengen Anstandsnormen von Mevrouw zur Kleinsmiede gebunden waren. Durch diesen Mangel an Intimität war unsere Liebe unvermeidlich abgekühlt, und nach und nach hatte ich auch ein deutlicheres Bild von unserer Beziehung gewonnen. Eine Zeitlang hatte ich beispielsweise das Gefühl gehabt, wir kommunizierten auf verschiedenen Ebenen. In meinen Briefen an Adrie hatte ich ihm mein Herz ausgeschüttet, ihn mit philosophischen Fragen über den Sinn des Lebens bestürmt und ihm meine geheimsten Gefühle und Gedanken anvertraut. Nun wurde mir klar, daß seine Antworten darauf immer zu oberflächlich oder zu trivial gewesen waren, um mich zufriedenzustellen. Meine Mutter hatte recht gehabt: In meiner Isolation, meiner unendlich unsicheren Lage, hatte ich mich zu sehr auf ihn verlassen. Ich hatte unserer Beziehung mehr Bedeutung beigemessen, als sie wirklich verdiente. Nun beschloß ich, daß »tapfer« auch »selbständig« bedeutete. In meinem Leben war kein Platz mehr für Backfischverliebtheiten. Adrie und ich würden gute Freunde bleiben, aber mehr nicht.

Ich behielt den Anzug meines Vaters und seine Schuhe fünf Monate lang in meinem Zimmer. Doch ich wußte, daß ich sie nicht ewig aufbewahren konnte, denn sie konnten auf dem Schwarzmarkt zu Geld gemacht werden. Lederschuhe waren schon seit langem nirgends mehr zu bekommen, und auch Bezugsscheine für Schuhe gehörten der Vergangenheit an. Viele Leute, nicht nur Bauern, waren inzwischen dazu übergegangen, hölzerne Klompen zu tragen, die zwar auf Sand oder Erde äußerst praktisch sind, auf Straßenpflaster oder im Haus dagegen nicht sehr bequem.

Ich wußte, was ich zu tun hatte. Ich mußte einen Ausflug aufs Land machen, von Bauernhof zu Bauernhof radeln und zusehen, daß ich jemanden fand, bei dem ich die Schuhe gegen Nahrungsmittel eintauschen konnte.

Endlich rang ich mich dazu durch, die Schuhe in altes Zeitungspapier zu wickeln und im Korb am Lenker meines Fahrrads, dessen Reifen schon fast kein Profil mehr hatten, zu deponieren. Ohne jemandem etwas davon zu sagen, schob ich das Fahrrad aus dem Schuppen und zog los, um meine Ware an den Mann zu bringen.

Es dauerte nicht lange, bis ich eine Abnehmerin gefunden hatte. Die dritte Tür, an der ich anklopfte, wurde von einer Bäuerin geöffnet, mit der meine Pflegeeltern schon früher Geschäfte gemacht und bei der sie im Tausch für ein Paar prächtige Leinenbettücher, Handtücher und weitere Gebrauchsartikel ein Huhn bekommen hatten.

Ich hielt das Päckchen unter den Arm geklemmt. »Ich habe hier ein Paar Schuhe«, begann ich zögernd. »Laß mal sehen«, sagte sie barsch. Mit Widerwillen überreichte ich ihr das Päckchen und sah zu, wie sie die Schuhe meines Vaters aus der Zeitung wickelte und in den Händen hin und her drehte, als versuchte sie, ihr Gewicht zu schätzen oder ihre Größe zu erraten. Ich hielt den Atem an. Ich fühlte mich wie eine Verräterin.

Ich war schon kurz davor, ihr zu sagen, daß ich es mir anders überlegt hätte und ihr die Schuhe aus den knochigen Fingern zu reißen, als sie mich anschaute und sagte: »Sie sind alt und verschlissen. Die sind nicht mehr viel wert. Aber mein Mann könnte sie tragen, wenn er zur Kirche geht. Oder vielleicht passen sie einem meiner Söhne. Was willst du dafür haben?«

Es war kurz vor Nikolaus, und ich wollte gern für die zur Kleinsmiedes Plätzchen backen, besaß jedoch keine Lebensmittelgutscheine für die nötigen Zutaten.

»Haben Sie zufällig Eier, Mehl oder Butter?« fragte ich.

Die Bäuerin verschwand im Haus und kam ein paar Minuten später mit einem Päckchen zurück, eingeschlagen in dasselbe Zeitungspapier, in dem ich die Schuhe transportiert hatte. Das Päckchen hatte jetzt nur eine andere Form.

»Hier, versteck das unter deiner Jacke. Ich habe dir Mehl, ein paar Eier und ein Stückchen Butter eingepackt. Mehr kann ich dir nicht geben.«

Es reichte, um einen Kuchen daraus zu backen.

Die Tage krochen im Schneckentempo dahin. Aus Wochen wurden Monate, und ein neues Jahr brach an: 1944. Wir feierten es nicht. Nach fast vier langen Kriegsjahren kostete es uns schon die größte Mühe, die grenzenlose Eintönigkeit eines jeden Tages zu ertragen. Wir stritten uns mittlerweile um die Krümel, die auf dem Brotbrettchen übrigblieben, wenn Mevrouw zur Kleinsmiede unsere tägliche Ration an Brotscheiben geschnitten hatte. Ineke und ich blieben in ihrer Nähe, bis sie fertig war, und fuhren dann mit den Fingern über das splitterige Holz, auf der

Suche nach Krümeln, die wir danach zu kleinen Kugeln kneteten und hastig in den Mund steckten. Wir hatten jetzt nur noch Anrecht auf ein einziges Ei im Monat, und es war äußerst schwierig, sich zu entscheiden, wie diese allmonatliche Delikatesse zubereitet werden sollte. Wollte ich mein Ei lieber gekocht oder gebraten? Oder sollten wir unsere Eier zusammenrühren, um Pfannkuchen, ein Omelett oder Mayonnaise daraus zu machen? Wir konnten uns einfach zu keiner Entscheidung durchringen. Das Wasser lief uns schon im Mund zusammen, wenn wir all diese Möglichkeiten der Zubereitung Revue passieren ließen. Die Erwartungen waren so hoch gesteckt, daß ich oft enttäuscht war, wenn der »Tag des Eis« endlich gekommen war.

Die Alliierten waren in Italien auf dem Vormarsch, und wir verfolgten ihre Fortschritte mit bunten Reißzwecken auf einer Europakarte, die im Arbeitszimmer von Meneer zur Kleinsmiede hing. Mussolini war bereits gestürzt worden. Die Rote Armee hatte die Ukraine und die Krim zurückerobert. Wir hörten, daß die Deutschen schwere Verluste erlitten. Doch selbst solche Nachrichten änderten nichts an der Monotonie, die meine Tage beherrschte.

Es war anderthalb Jahre her, daß mich jemand zum letzten Mal Edith genannt hatte. Die Notwendigkeit, die Rolle der Nettie überzeugend zu spielen, wurde mit jedem Mal zwingender, da eine neue Verordnung herausgebracht wurde, die das Aufspüren versteckter Juden erleichterte. Groß angelegte Razzien gehörten jetzt praktisch der Vergangenheit an. Inzwischen war das ganze Land gründlich durchkämmt worden, und nur die Juden, die ein Versteck hatten finden können, waren entkommen. Die Anzahl der untergetauchten Juden wurde im nachhinein auf 24000 geschätzt. Davon wurden 8000 verraten, 16000 überlebten den Krieg.

Ich versuchte, mich in die Lage von Nettie Schierboom zu versetzen und mich ganz und gar mit ihr zu identifizieren. Im Grunde genommen wußte ich überhaupt nichts von ihr, außer daß sie Haushaltshilfe war. Ich erhöhte ihren Status auf »Au pair«, denn ich wollte kein Dienstmädchen sein. Als Au-pair-Mädchen gehörte man wenigstens zur Familie. Ich versuchte, mir Nettie vorzustellen: ein Mädchen aus Wassenaar, das nicht dieselbe höhere Bildung genossen hatte wie ich, das genau so alt war wie ich, doch schon in jungen Jahren arbeiten gehen mußte. Wie sah ihr Leben aus? Wußte sie, daß sich jemand mit Hilfe ihrer persönlichen Dokumente eine falsche Identität verschafft hatte und sich als Nettie ausgab? Und wenn sie es wüßte, fände sie es dann schlimm?

Der Gedanke, mich selbst anzuzeigen, spukte mir immer noch ab und zu im Kopf herum. Ich hätte einfach zum Gestapo-Hauptquartier marschieren und dort erzählen können, wer ich in Wirklichkeit war. »Edith van Hessen«, würde ich sagen, »Jüdin«. Dann würde ich nach Westerbork geschickt. Da wäre ich dann wenigstens unter meinesgleichen und träfe vielleicht sogar Freunde und Verwandte. O.k., ich müßte hart arbeiten, aber sogar ein Arbeitslager schien mir erträglicher als die schreckliche Isolation und Einsamkeit, in der ich in Breda lebte. Ich könnte herausfinden, ob meine Mutter oder Jules noch am Leben waren. Ich könnte das Schicksal meines Volkes auf mich nehmen. Allerdings wagte ich nicht, solche Gedanken je mit den zur Kleinsmiedes zu teilen.

Eine unserer verläßlichsten Quellen für verbotene Nachrichten war To, die tatkräftige Ehefrau eines Gemüsebauern, die zweimal pro Woche mit einem Handkarren voller Kohl, Kartoffeln und Spinat bei uns vorbeikam. Manchmal besorgte sie Mevrouw zur Kleinsmiede sogar ein gewildertes Kaninchen, das sie unter einer Decke versteckte. Wenn To, die andauernd schwanger war, vor der Tür unseres Hauses mit meiner Pflegemutter über die politische Situation diskutierte und mit großer Überzeugung voraussagte, daß der Krieg an Ostern vorbei wäre, fühlten wir uns alle erleichtert und voller Hoffnung, und wir glaubten ihr. Und wenn wir hörten, daß Churchill sein eigenes Volk sowie die Alliierten ermahnte, daß noch Monate – vielleicht sogar Jahre – blutiger Entbehrungen vor uns lägen, zuckten wir mit den Achseln und schlossen uns Tos Meinung an, Churchill sei ein blöder alter Schwarzseher, der nicht wüßte, was er redet.

Außer Kartoffeln und Gemüse zog To auf ihrem Bauernhof am Rande der Stadt auch Erdbeeren. Erdbeeren waren nirgends in den Geschäften erhältlich, da die gesamte Ernte, ebenso wie alle anderen Nahrungsmittel, die in den Niederlanden produziert wurden, für den deutschen Markt bestimmt war. Doch die wagemutige To dachte gar nicht daran, nach der Pfeife der Deutschen zu tanzen, und sie legte uns ans Herz, zu ihr zu kommen und so viele Erdbeeren zu pflücken, wie wir nur wollten, bevor sie offiziell geerntet wurden.

Eines Tages, gegen Ende des Frühlings, wurde ich zu Tos Bauernhof geschickt, um Erdbeeren zu pflücken. Die Sonne schien warm, und ich hatte kräftigen Rückenwind. Ich fuhr an der Kaserne auf der anderen Straßenseite vorbei, tat so, als seien die deutschen Wachen Luft für mich, bog um eine Ecke und radelte in Richtung stadtauswärts. Mein Fahrrad holperte über die Pflastersteine, bevor die Straße in einen Sandweg überging und die Reihenhäuser Kornfeldern wichen. Der Wind in meinem Rücken gab mir ein Gefühl der Freiheit, und plötzlich empfand ich eine intensive Lebensfreude. Ich begann, vor mich hin zu summen und zu singen.

Ich trat erst kräftig mit dem linken Fuß das Pedal herunter, rollte ein paar Sekunden lang ohne zu treten weiter, und trat dann mit dem rechten Fuß, um das Fahrrad wieder ein Stück vorwärts schießen zu lassen. Ein wenig benommen von der Geschwindigkeit, der Weite, die sich vor mir erstreckte, und dem Wind, der mir das Haar zerzauste, merkte ich, daß ich im Rhythmus meiner Tritte verbotene Worte murmelte. »E-d-i-t-h!« flüsterte ich leise, wenn mein linker Fuß hinunterging, und dann »v-a-n H-e-s-s-e-n!«, wenn ich das rechte Pedal trat. Plötzlich sagte ich laut meinen Namen, immer und immer wieder: »Edith van Hessen! Edith van Hessen!« Die vertrauten Silben, die ich so lange vermißt hatte, kamen mir mühelos über die Lippen. »Edith van Hessen!« schrie ich übermütig in den Wind. »Edith van Hessen!«

Auf einmal erweckte das wiegende Korn meine Aufmerksamkeit. Die Kornähren wogten im Wind wie eine aufgewühlte See. Woran erinnerte mich dieser Anblick nur?

Entsetzt preßte ich die Lippen aufeinander.

König Midas hat Eselsohren!

Ich erinnerte mich jäh an die Legende über den Barbier von König Midas, der geschworen hatte, niemandem zu erzählen, daß sein König unter seinem großen Turban Eselsohren hatte, und der sein Geheimnis preisgab, indem er es in ein Loch im Boden flüsterte, das es an die Binsen weitererzählte, die es wiederum dem Wind anvertrauten, der es dann bis in die entferntesten Winkel des Königreichs trug.

Ich stieg ab und schaute mich ängstlich um. War jemand in Hörweite, der mich belauscht haben könnte? Was war nur in mich gefahren? Und wenn das Korn tatsächlich in der Lage war, meinen Namen zu wiederholen wie ein Echo, und ihn in die Ohren der Nazis flüsterte?

Kleinlaut stieg ich wieder aufs Fahrrad und fuhr zu Tos

Bauernhof. Dort kroch ich auf den Knien durch die Reihen der Erdbeerpflanzen und wühlte mit den Händen im sandigen Boden, in dem die Früchte halb begraben lagen. Die Sonne schien heiß, die Erdbeeren waren reif und saftig. Ganz allein in Tos Garten, weit weg von der Kaserne, genoß ich ihr süßes Aroma – und die Erinnerung an die Zeit, als ich Edith war.

ZWEIUNDZWANZIGSTES KAPITEL

»Dolle Dinsdag«

Endlich war das Ende in Sicht! Die Alliierten rückten näher! Die Landkarte im Arbeitszimmer von Meneer zur Kleinsmiede war nach einer Weile kunterbunt gespickt, da er immer mehr orangefarbene, rote, weiße und blaue Reißzwecken mit einer zufriedenen Drehung seines Handgelenks in die vormals besetzten Gebiete drückte. Die alliierten Streitkräfte waren in der Normandie gelandet und rückten mit großen Verlusten quer durch Frankreich in Richtung Belgien vor. Natürlich machte ich mir Sorgen um meinen Bruder Guus. Befand er sich womöglich unter den Yankees, die am D-Day an Land gegangen waren? Dann wurde Paris befreit. Doch je näher die Aussicht auf Befreiung rückte, desto mehr wuchs auch meine Angst davor, was ich feststellen würde, wenn die Deutschen erst einmal vertrieben waren. Solange meine Eltern noch da waren, die sich um alles kümmerten, hatte ich die ewige Optimistin gespielt und mich hartnäckig geweigert, die rosa Brille abzusetzen, durch die ich das Leben betrachtete. Nun kam etwas ganz Neues auf mich zu: Ich mußte mich auf das Schlimmste gefaßt machen.

30. August 1944

Lieber Vater,
um ehrlich zu sein, tröstet es mich – ja, ich bin sogar froh darüber –, daß Du nicht länger in dieser grausamen Welt

leben mußt. Selbst wenn Du wieder gesund geworden wärst, selbst wenn Du wieder mit Deinen Lieben vereint worden wärst, wäre das alles – dieses große Unrecht, das niemals ungeschehen gemacht werden kann, dieses Leid, das unserem Volk, dem einen mehr, dem anderen weniger, angetan wurde – viel zuviel gewesen, als daß es man je vergessen und das Leben weiterführen könnte, als sei nichts geschehen. Aber weißt Du, Papi, heute abend muß ich ständig an unsere Lieben denken, die irgendwo da draußen in der Fremde sind. Papi, nur Du weißt, ob sie noch am Leben sind und ob sie je zu mir zurückkehren werden. Ich wünschte, ich wüßte es. Ich versuche, mich innerlich darauf vorzubereiten, daß ich sie nie wiedersehen werde ... dann kann es ja nur besser kommen ... Doch der Gedanke, daß sie, während ich hier behaglich im Bett liege, vielleicht gefoltert, erniedrigt oder zu Tode geschunden werden, daß sie Kälte, Entbehrungen oder Krankheiten erleiden müssen ... Oh Gott, oh lieber Vater, hilf ihnen doch! Rette sie!

Gruppen zerlumpter deutscher Soldaten schleppten sich auf dem Weg nach Deutschland durch Breda. Es war Anfang September 1944, und Brüssel wurde belagert. Wir bildeten uns ein, den Geschützdonner irgendwo in weiter Ferne hören zu können. Wir lauschten mit gespitzten Ohren, in der Hoffnung, die Befreiung sozusagen akustisch wahrnehmen zu können.

Dann endlich erreichte uns die aufregende Nachricht, die sich wie ein Lauffeuer verbreitete und die offiziellen Berichte über die unbesiegbare Kraft der deutschen Armee Lügen strafte: Brüssel war befreit! Am nächsten Tag wurde Antwerpen von den Alliierten erobert, und nun mußte als Nächstes Breda an der Reihe sein!

Am 5. September, dem Tag, der später als *»Dolle Dinsdag«* in die Geschichte einging, war das ganze Land in hellem Aufruhr. Wir waren davon überzeugt, daß der Krieg nun wirklich zu Ende war. In Breda schwoll das Rinnsal sich zurückziehender Deutscher plötzlich zu einem wahren Strom an. Da kamen sie, die Deutschen, ermattet und entmutigt, in Armeelastwagen, Privatautos und sogar auf Traktoren. Manche fuhren auf dem Fahrrad, manche kamen zu Fuß und schoben Kinderwagen, beladen mit Fässern und Kisten, vor sich her. Gestohlene Kriegsbeute, das wußten wir. Es waren auch Zivilisten darunter – Belgier, die mit den Deutschen kollaboriert hatten und nun fürchteten, in ihrem eigenen Land die gerechte Strafe dafür zahlen zu müssen. Gerüchten zufolge war auch in Breda schon eine ansehnliche Zahl von NSB-Anhängern dabei, die Koffer zu packen.

Bestärkt vom trübseligen Anblick dieser ramponierten Truppe, verfestigte sich unsere Überzeugung, daß dies der Augenblick sei, auf den wir so lange gewartet hatten. Wir traten aus unseren Häusern, postierten uns keck auf der Straße, um uns die Deutschen anzuschauen, und musterten sie mit bösen, anklagenden Blicken.

Plötzlich kam einer unserer Nachbarn angerannt. Atemlos berichtete er, daß die flüchtenden Soldaten mindestens eine Tonne Butter zurückgelassen hätten, die nun einfach so, für jedermann greifbar, mitten im Stadtzentrum herumlag, direkt neben der Militärakademie.

Ich zögerte keinen Augenblick. Ich wußte, was zu tun war. Es war meine Pflicht, so schnell, wie mich meine Beine trugen, zur Militärakademie zu spurten. Dies war eine Chance, die man sich einfach nicht entgehen lassen konnte. Ich würde mir unseren Anteil sichern.

Es regnete. Ich lief durch eine Menge von Fremden, die wie eine Meute aufgeregter Kinder durch die Pfützen rannten, daß es nur so spritzte. Die ausgelassene Karnevalsatmosphäre war ansteckend. »Sie« hatten uns alles genommen, diese Diebe, und nun waren wir an der Reihe. Ich sagte mir, daß ich ruhig raffgierig sein dürfe, denn schließlich waren es alle anderen ja auch.

Als ich mich der Militärakademie näherte, sah ich, wie mehrere offene Lastwagen von Männern in Overalls ausgeladen wurden. Große Pappfässer wurden über die hölzernen Laderampen hinuntergerollt. Da war sie, meine Butter!

Ich drängte ein paar Leute zur Seite und griff mir eines der Fässer. Das gehörte mir! Ich klammerte mich daran fest, als hinge mein Leben davon ab, und grinste vor Begeisterung von einem Ohr zum anderen. Endlich konnte ich etwas Nützliches mit nach Hause bringen – ein Geschenk für die zur Kleinsmiedes. Und was für ein Geschenk! Wir hatten seit Jahren keine Butter mehr zu Gesicht bekommen. Sogar Margarine war in der letzten Zeit nur schwer erhältlich.

Ich konnte das Faß unmöglich heben; dazu war es viel zu schwer und unhandlich. Ich mußte es den ganzen Weg nach Hause rollen, quer über den Marktplatz, den Singel entlang und durch Straßen, die ich während meines gesamten Aufenthalts in Breda nicht betreten hatte. Endlich, als ich schon Blasen an den Händen hatte und meine Knie und Schienbeine voller Schrammen waren, erreichte ich mit meiner Beute atemlos und triumphierend die Cavaleriestraat.

In der Küche befahl Meneer zur Kleinsmiede uns allen, einen Schritt zurückzutreten. Bewaffnet mit Hammer, Kneifzange und Schraubenzieher rückte er dem Faß zu Leibe. Ineke und ich hüpften um ihn herum, standen ihm im Weg und versuchten, ihm zu helfen.

Endlich sprang der Deckel auf. »Vorsicht!« schrien wir, denn das Fäßchen lag auf der Seite, und etwas strömte heraus.

Was da herausströmte, war ein Schwall groben weißen Pulvers, das stark nach Desinfektionsmittel roch.

Ich hatte keine Butter erbeutet. Das Fäßchen war voll mit Vim, einem ganz gewöhnlichen Scheuerpulver. Dies war zufällig einer der Artikel, den man noch ohne Bezugsschein im Laden kaufen konnte. Es gab zwar keine Seife, womit man die Wäsche oder sich selbst hätte waschen können; doch unsere Waschbecken und Toilettenschüsseln waren stets pieksauber.

Dies war nicht die einzige Enttäuschung an jenem Tag. Es stellte sich heraus, daß die Truppen, die durch unsere Stadt zogen, nur die Vorboten der deutschen Niederlage waren, der Rückzug einzelner Truppenteile, der durch Gerüchte und allgemeine Zermürbung in Gang gesetzt worden war. Der Vormarsch der Alliierten war hinter Antwerpen zum Stillstand gebracht worden. Es sollte noch fast zwei Monate dauern, bis die Befreier wirklich vor unserer Tür standen.

Ich mußte meine Träume von selbstgebackenem Butterkuchen und Biskuitplätzchen jedenfalls vorerst begraben und stürzte mich daher mit Feuereifer auf eine wirklich nützliche Aufgabe: den Küchenfußboden und die Eingangsstufen fleckenlos, strahlend sauber zu schrubben – mit Vim!

DREIUNDZWANZIGSTES KAPITEL

Die Befreiung

Als am 29. Oktober 1944 unser Traum von der Befreiung endlich Wirklichkeit wurde, kam dann doch nicht alles so, wie wir es uns erhofft hatten.

Wochenlang hatten wir in angstvoller Spannung gelebt. Explosionen, Brände, Maschinengewehrfeuer, Schüsse – die Kämpfe fanden nun in deutlicher Hörweite statt. Da wir über keine verläßlichen Informationen verfügten, mußten wir uns mit Rätselraten begnügen. Ein Gerücht besagte, Maastricht sei schon befreit. Wir sahen Flüchtlinge vom Land durch die Stadt ziehen, Menschen, die durch die Kämpfe von Haus und Hof vertrieben worden waren. Niemand wußte, aus welcher Richtung der nächste Angriff kommen würde, und gegen Ende Oktober wagte sich niemand mehr auf die Straße. Die Menschen verkrochen sich in ihren Häusern. Drei Tage lang hielten wir uns im Keller verborgen und drängten uns jedesmal dicht zusammen, wenn wir draußen eine Explosion oder den Donner von Geschützen hörten.

Irgendwann hielt Meneer zur Kleinsmiede es nicht mehr aus. Es war der Spätnachmittag des 29. Oktober 1944, und draußen schien es mittlerweile etwas ruhiger geworden zu sein. Wir fragten uns, ob es uns nur so vorkam oder ob die Schußwechsel tatsächlich sporadischer und weniger heftig erklangen. Meneer zur Kleinsmiede stand auf, sagte: »Na, mir hat es jetzt lange genug gedauert. Ihr bleibt hier. Ich gehe mal auf Erkundung und sehe nach, was oben los ist«, und schlich vorsichtig die Treppe hinauf.

Ich steckte den Kopf zwischen die Knie, während ich dem Knarren seiner schweren Schritte über mir lauschte. Er ging hin und her und spähte durch die Fenster an der Vorder- und Rückseite des Hauses. Dann kam er wieder zu uns herunter.

»Draußen sind alliierte Soldaten!« verkündete er uns mit breitem Grinsen im Gesicht. »Sie kriechen direkt vor unserem Haus herum! Ich denke, ihr könnt jetzt ruhig nach oben gehen. Kommt doch mal gucken!«

Als wir durch den Spalt zwischen den schweren Gardinen spähten, bot sich uns ein verblüffendes Schauspiel. Büschel von Zweigen und Äste voller Herbstlaub schienen sich langsam die niedrige Steinmauer um unseren Vorgarten entlangzuschieben, als ob sie von den unsichtbaren Fäden eines Marionettenspielers gezogen würden. Plötzlich sahen wir grünen Stahl unter den Blättern – ein Helm! Dann noch mehr Helme, alle getarnt mit Zweigen und Blättern. Soldaten im Kampfanzug, die zusammengekauert dort hockten. Jung. Wunderbar. Lachend. Alliierte Soldaten. Wir sahen, wie an einer Seite der Straße bewaffnete Deutsche aus der Kaserne flüchteten, während sich auf der anderen Seite die alliierten Panzer näherten. Es war ein einziges Chaos. Überall waren Schüsse zu hören. Wir befanden uns mitten in einer Schlacht!

Als plötzlich heftiges Sperrfeuer losbrach, entfernten wir uns rasch von den Fenstern und ließen uns flach auf den Boden fallen. Draußen herrschte beängstigende Stille. Kein Ton mehr. Zwei Minuten vergingen. Dann fünf. Totenstille. Wieder konnte Meneer zur Kleinsmiede seine Neugier nicht länger bezwingen. Vorsichtig öffnete er die Haustür und ging durch das Gartentor nach draußen auf die Straße. Wir konnten ihn dort stehen sehen, die Hände in den Taschen, in derselben Pose, in der er vor Jahren Herrn Niemke erwartet hatte, wenn dieser abends von der

Kaserne zurückkehrte. Doch nun verschwand sein strenger Gesichtsausdruck und machte einem strahlenden Lächeln Platz. Ein Soldat in khakifarbener Uniform kam auf ihn zu. Die beiden schüttelten einander die Hand, und dann gab Meneer zur Kleinsmiede dem Soldaten einen jovialen Klaps auf die Schulter.

Unsere Befreier gehörten zur Ersten Polnischen Panzerdivision der Freien Polnischen Armee. Diese setzte sich aus Soldaten zusammen, die vor der deutschen Besatzungsmacht geflüchtet waren.

Die gesamte Nachbarschaft war inzwischen auf die Straße geströmt, und alle tanzten, vollführten Freudensprünge und fielen einander um den Hals. Niemand konnte so recht glauben, daß es wirklich wahr war. Die Polen, die Kanadier und die Engländer waren gekommen! Die Deutschen waren vertrieben! Immer mehr alliierte Soldaten bogen in Jeeps und Panzern in unsere Straße ein. Wir winkten ihnen zu, schüttelten ihnen die Hände und küßten sie. Nie werde ich vergessen, was für mich zum symbolischen Geruch der Befreiung wurde: ein Duft nach Leder, vermengt mit Zigarettenrauch und Benzin.

Plötzlich nahm mich Mevrouw zur Kleinsmiede bei der Hand und zog mich zu einer Gruppe ausgelassen feiernder Nachbarn. »Freunde!« verkündete sie feierlich. »Ich habe euch etwas mitzuteilen!«

Ich spürte, daß alle Augen auf mich gerichtet waren, und wurde rot.

»Ihr habt doch immer geglaubt, daß dieses Mädchen Nettie Schierboom ist?« fragte Mevrouw zur Kleinsmiede. »Aber das ist sie nicht! Ihr richtiger Name ist Edith van Hessen.« Sie legte mir den Arm um die Schultern und fuhr stolz fort: »Ich möchte sie euch gerne vorstellen. Das ist mein Mädchen. Das ist Edith.«

Ich war sehr verlegen, aber zugleich auch stolz darauf,

an Mevrouw und Meneer zur Kleinsmiedes großem Augenblick teilzuhaben. Ich tanzte umher und ließ mich von allen umarmen und beglückwünschen. Einige Nachbarn riefen, sie hätten wirklich keine blasse Ahnung gehabt, andere wieder nickten, als ob sie etwas geahnt hätten. Eine Dame brach in Tränen aus und drückte mich an ihre Brust, als sei ich ihre lang verloren geglaubte Tochter. »Es ist uns gelungen!« rief Meneer zur Kleinsmiede strahlend. »Es ist uns wirklich geglückt!« Nach einer Weile gingen wir wieder ins Haus zurück, um die Flasche Wein zu öffnen, die Meneer zur Kleinsmiede speziell für diesen Anlaß aufbewahrt hatte – für den Tag, so versicherte er uns, von dem er immer gewußt hatte, daß er einmal kommen würde.

Auf einmal hörten wir wieder Schüsse, und zwar ganz in unserer Nähe. Die Deutschen hatten einen Gegenangriff gestartet! Die Polen sprangen hastig in ihre Panzer und gingen hinter den Geschützen in Stellung, und noch weitere Panzer kamen die Straße entlang. Ein deutscher Scharfschütze, der noch immer seinen Posten auf dem Wasserturm hinter unserem Haus hielt, hatte begonnen, wie wild um sich zu schießen.

Meneer und Mevrouw zur Kleinsmiede blickten sich entsetzt an. Hatten sie einen verhängnisvollen Fehler begangen, indem sie mein Geheimnis zu früh lüfteten? Und wenn die Alliierten nun zurückgeschlagen würden? Würde uns jemand verraten? Mein Pflegevater rief uns zu, wir sollten uns auf den Boden werfen. Ich hatte das Gefühl, daß wir Ewigkeiten auf dem Eßzimmerfußboden ausgestreckt lagen, während wir uns vor Gewissensbissen zermarterten, weil wir nicht länger den Mund gehalten hatten. Ratlos betete ich zu Gott und flehte ihn an, uns dies nun, wo das Ende in Sicht war, nicht anzutun.

Endlich hörte die Schießerei auf. Sie hatten den Scharfschützen erwischt. Die Deutschen waren tatsächlich endgültig vertrieben! Etwas gedämpfter Stimmung gingen wir wieder nach draußen, um weiterzufeiern.

Während meiner Zeit in Breda hatten wir ein sehr zurückgezogenes Leben geführt. Ich hatte größte Achtung vor der Strategie der zur Kleinsmiedes, uns, um Argwohn zu vermeiden, so wenig wie möglich mit Außenstehenden einzulassen (jedoch ohne unhöflich zu sein), und es hatte mich wenig Überwindung gekostet, im Hintergrund zu bleiben. Ganz sicher hatten auch einige unserer Nachbarn etwas zu verbergen.

Meneer zur Kleinsmiede war im Widerstand aktiv gewesen und hatte Informationen weitergeleitet, und sogar Ineke und ich hatten heimlich anonyme Flugblätter in die Briefkästen der Nachbarn geworfen, die vorher in unserem Briefkasten gelandet waren. Darüber wurde allerdings nie gesprochen, denn man konnte nie wissen, ob man es möglicherweise mit einem Verräter zu tun hatte. Doch nun fühlten wir uns mit unseren Nachbarn wieder eng verbunden. Wir hatten das Bedürfnis, die Augen zu öffnen, die Mauern des Argwohns niederzureißen und gemeinsam die Befreiung zu feiern.

Unsere Freude wurde allerdings durch die Nachricht getrübt, daß erst ein kleiner Teil der Niederlande befreit war. Aber nun konnte es doch nicht mehr lange dauern! Wir waren davon überzeugt, daß in kürzester Zeit das ganze Land von den verhaßten Besatzern erlöst sein würde.

Die braven Bürger von Breda fackelten nicht lange und fingen sofort an, die Kollaborateure und die Frauen (»Moffenhuren!« schrien wir), die mit deutschen Offizieren und Soldaten »angebändelt« hatten, zusammenzutreiben. Ich schaute mit Genugtuung zu, wie die Mädchen kahlgeschoren und ihr Haar in die wütende Menge geworfen wurde, während man sie auf Lastwagen durch die Straßen fuhr. Ich beschimpfte sie genauso laut wie alle anderen und drohte ihnen, aufgestachelt durch lange zurückgehaltene Wut und Haß, mit der geballten Faust. Es war ein erregendes Gefühl, nun auf der Seite der Sieger zu stehen und nicht mehr zu den Opfern zu gehören.

Die Bevölkerung war von jetzt an in zwei Lager gespalten, die »Guten« und die »Bösen«; alles war entweder schwarz oder weiß. Es gab Helden und Schurken, wobei die zur Kleinsmiedes ganz klar zu den ersteren gehörten. Auch ich war »gut«, schon allein aufgrund der Tatsache, daß ich ein untergetauchtes jüdisches Mädchen war. Jahre später fragte ich mich, was ich wohl getan hätte, wenn ich in derselben Situation wie die zur Kleinsmiedes gewesen wäre. Hätte ich mein Leben riskiert, um das eines anderen zu retten? Solche Überlegungen stimmten mich milder den Menschen gegenüber, die nichts getan und einen großen Bogen um alle Gefahren gemacht hatten, die weder gut noch böse waren und von denen es eine ganze Menge gab.

Der Tag der Befreiung brachte das Ende der Angst und den Beginn des Leids.

Nun, wo ich meine wahre Identität wiederhatte, mein wahres Ich, veränderte sich meine Position innerhalb der Familie zur Kleinsmiede. Mehr denn je versuchten sie mir das Gefühl zu geben, daß ich zur Familie gehörte. Ich war ihnen dankbar dafür, doch andererseits war mir unter den veränderten Lebensumständen ein wenig unbehaglich zumute, weil ich nun ununterbrochen von der Wiedervereinigung mit meiner eigenen Familie träumte.

Eines Tages, kurz nach der Befreiung, fand ich ein Heft auf meinem Kissen, das Ineke mir mit folgenden Worten gewidmet hatte:

Sonntag, 12. November 1944

Heute ist ein großer Tag. Und warum? Weil ich Dir dieses Heft schenke, um es zu Deinem Tagebuch zu machen! Es ist kein schönes, dickes Album, aber vielleicht genügt es ja fürs erste, meine kleine Schwester. Ja, Du bist für mich jetzt wirklich zu meiner kleinen Schwester geworden. Vielleicht brauchst Du dieses Gefühl nicht so sehr, denn Du hast ja Guus und Jules, und Miep und Nina waren ja auch so etwas wie Deine Pflegeschwestern. Dann bist Du eben nur für mich meine Schwester. Es könnte auch sein, daß Du mein Gefasel rausreißen willst – kannst Du ruhig, Du bist mir keine Rechenschaft darüber schuldig, was Du tust. Abgesehen davon, liebe kleine Edith, muß der Mensch sowieso jeden Tag Rechenschaft vor seinem eigenen Gewissen ablegen, was vielleicht schwieriger ist als irgendeinem Menschen gegenüber. Möge Dir dieses einfache Heft dabei helfen!

Eifrig begann ich nun wieder, wie früher, vor meinem Untertauchen, in aller Offenheit Tagebuch zu führen.

13. November 1944

Wieder ein neues Tagebuch, ein Geschenk von meiner Schwester. Freitagabend hat Ineke mir die Haare gewaschen; es kamen natürlich wieder Polen zu Besuch. Meneer Rolfski hat wunderbar Klavier gespielt. Es sind wirklich nette Leute. Tobias Hilchner, Barges, Rolfski, Pedneski – fast jeden Abend ist was los. Die ganze Arbeit bleibt liegen. Socken stopfen? Ach, woher! Samstagnachmittag: zum Friseur. Im Moment gibt es nur so wenig auf Bezugsschein; trotzdem macht es Spaß, in die Stadt zu gehen. Fröhliche

Atmosphäre. Als ich nach Hause kam, war Frank Zaluscovski gerade weg. Schade, daß ich ihm nicht begegnet bin. Er geht wahrscheinlich in ein paar Tagen nach England und will sich dann für mich bemühen, Guus' Adresse herauszufinden. Und er hat mir versprochen, einen Brief von mir an Meneer Ritter in Washington (Guus' Arbeitgeber) zu schicken. Tante Tine ist heute für mich beim Roten Kreuz gewesen, um sich nach Guus zu erkundigen. Danach bin ich noch mal selbst hingegangen, was ein Fehler von mir war. Na ja, es wird sich schon wieder einrenken.

Meneer zur Kleinsmiede hat einen Spartopf angelegt, in den jeder, der »Nettie« sagt, einen Cent werfen muß. Von dem Geld gehen wir dann später essen.

Über Brüssel und Antwerpen sind Fliegerbomben abgeworfen worden, und im Norden von Brabant müssen schreckliche Zustände herrschen. Viertausend Einwohner von Zevenbergen wurden nach Breda evakuiert. Die Menschen haben nichts mehr außer dem, was sie am Leib tragen. Alles weg. Ineke und ich haben uns zum KVV gemeldet (dem Korps Vrouwelijke Vrijwilligers – *Korps Weiblicher Freiwilliger).*

In der Kaserne auf der anderen Straßenseite waren nun polnische Soldaten der Ersten Panzerdivision einquartiert, die überall gastfreundlich empfangen wurden. Wir hängten Schilder vor unsere Fenster mit der Aufschrift: *Dzienkujemy Wam Polacy,* »Danke, Polen!«. Meine Pflegeeltern luden Offiziere, die sie kennenlernten, zum Essen nach Hause ein, und wir verständigten uns in einem Mischmasch aus Englisch, Deutsch und Kauderwelsch. Das Gästezimmer, das nach der Verlegung von Herrn Niemke meist leergestanden hatte, wurde nun für jeden Offizier bereitwillig zur Verfügung gestellt, der einen Schlafplatz suchte. Die vielen Männer um mich herum weckten Erinnerungen an mein früheres Leben in Den Haag, wo unser Haus immer voll war mit meinen Brüdern und ihren Freunden. Zugleich war ich mir aber auch des Unterschieds bewußt. Hier stand Flirten nicht zur Debatte – ein solches Verhalten kam bei meiner Pflegefamilie nicht in Frage. Außerdem waren die Soldaten um einiges älter als ich. Sie waren Freunde von Meneer und Mevrouw zur Kleinsmiede, nicht von Ineke und mir, und zu Hause in Polen hatten fast alle eine Ehefrau.

Es dauerte ein Weile, bis ich meine neue Freiheit richtig genießen konnte. An die Vorstellung, daß ich nun hingehen konnte, wo ich wollte, ohne mich vor irgend etwas fürchten zu müssen, mußte ich mich erst gewöhnen. Nur langsam dämmerte mir, daß ich wirklich frei war, jedenfalls so weit es mir die zur Kleinsmiedes erlaubten – es sollte noch Jahre dauern, bis ich aufhörte, die Rolle des fügsamen Mädchens zu spielen.

Ich hatte jetzt das dringende Bedürfnis, mich nützlich zu machen, meinen Teil beizutragen und herauszufinden, ob noch andere Juden geschafft hatten, den Krieg zu überleben. Ich hörte von einem kleinen Jungen, der unheilbar krank war und im Diakonissenhaus auf dem Singel versteckt gehalten worden war. Eines Morgens machte ich mich mit Süßigkeiten und ein paar Büchern auf den Weg, ihn zu besuchen.

Um zum Krankenhaus zu gelangen, mußte ich eine Brücke überqueren, die von einem Mitglied der *Binnenlandse Strijdkrachten*, einer Organisation ehemaliger Widerstandskämpfer, bewacht wurde. Der Mann mußte die Papiere aller Passanten kontrollieren, die über diese Brücke kamen, da noch immer genug Verräter frei herumliefen und es Aufgabe der BS war, sie zu schnappen.

Ich überreichte ihm stolz meine wertvollen Papiere, die mich als die nichtjüdische Nettie Schierboom aus Wassenaar auswiesen. Es war das erste Mal in all den Jahren, daß mich jemand aufforderte, sie vorzuzeigen.

Der Mann studierte meinen Ausweis sorgfältig, drehte ihn mehrmals um und hielt ihn gegen das Sonnenlicht. Dann wandte er sich mir wieder zu und schaute erst das Foto an und dann mich. Schließlich lächelte er und sagte: »Wer den angefertigt hat, versteht sein Fach. Herzlichen Glückwunsch. Aber dieser Ausweis ist natürlich gefälscht.«

Matt lächelte ich zurück. Ich dachte an meinen Bruder Jules und wie er über diese Geschichte lachen würde. Ein Gefühl der Traurigkeit beschlich mich. Ich hatte sehr düstere Vorahnungen, was Jules betraf. Ich befürchtete, daß er nicht aus dem Osten zurückkehren und nie die Möglichkeit haben würde, über das indirekte Kompliment des Mannes von den *Binnenlandse Strijdkrachten* zu lachen.

Außerdem wurde mir jetzt mit aller Deutlichkeit bewußt, daß mein gefälschter Ausweis nie und nimmer einer Prüfung durch die Deutschen standgehalten hätte.

Wir waren befreit – und doch war ich nicht frei. Es kostete die Alliierten noch sechs lange, schwere Monate, bis sie auch den Norden der Niederlande zurückerobert hatten. Vorher brauchte ich gar nicht erst zu versuchen, herauszufinden, was mit meiner Großmutter, Jules und meiner Mutter geschehen war. Zwischen den besetzten und den bereits befreiten Landesteilen war eine Art eiserner Vorhang niedergegangen: Es verkehrten keine Züge, und auch andere Kommunikationsmöglichkeiten gab es nicht. Adrie und seine Eltern konnten uns nicht mehr besuchen, und ich bekam keine Briefe mehr von Miep oder meinen anderen Freunden und Freundinnen. In gewissem Sinne war ich isolierter als je zuvor.

15. November 1944

Nina hat heute Geburtstag. Wir hatten im September noch ganz fest damit gerechnet, ihren Geburtstag gemeinsam feiern zu können. Und jetzt? Jetzt sind wir befreit und glücklich, und sie? Wer weiß, was sie noch durchmachen müssen! Liebe Nina, ich wünsche Dir alles Gute, wirklich alles, alles Gute, und hoffe, daß Ihr alle zusammen wohlbehalten durch diese elenden Zeiten kommt. Ich werde gleich auf Euch anstoßen – heute abend um neun Uhr denke ich an Dich.

Der Tarif für den Topf wurde erhöht. Das kommt mich teuer zu stehen, obwohl ich es schön finde, zu Meneer und Mevrouw jetzt »Oom« und »Tante« zu sagen, denn Tante Dop und Oom Aa nenne ich ja auch so, und sie stehen mir nicht so nahe wie meine Pflegeeltern. Gestern mußte ich jedesmal, wenn ich sie mit »Meneer« oder »Mevrouw« ansprach, 10 Cent in den Topf zahlen. Ruckzuck war ich um einen Gulden ärmer. Deswegen wurde die Strafe für mich auf 5 Cent reduziert, denn schließlich ist die Chance, daß ich mich verspreche, doppelt so hoch wie die der anderen. Der Topf ist jetzt schon ganz schön voll. Kinder, davon gehen wir aus! Mir fällt es noch furchtbar schwer, Oom Eb und Tante Tine zu sagen. Heute haben Ineke und ich wieder ein paar Kupfer- und Silbersachen ausgegraben.

Die Prinses-Irene-Brigade, zu der, wie ich vermute, Paul gehört, befindet sich momentan in Wuustwezel, aber Oom Eb möchte lieber nicht, daß ich dort hinfahre. Kann ich auch gut verstehen. Ich wünschte, ich könnte Guus irgendwie ausfindig machen! Er war so lange von seiner Familie getrennt, wie wird er sich darüber freuen, einen von uns wiederzusehen, wo er doch sicher schon alle aufgegeben hat. Auch nach Paul sehne ich mich sehr. Die Fabrik von diesem Idioten Jos Driesen haben sie orange angemalt.

Der Vormarsch der Alliierten wurde nördlich von Breda bei den Flüssen Maas und Rhein zum Stillstand gebracht, wo der Feind sich für die entscheidende Schlacht verschanzt hatte. Die historische »Schlacht von Arnheim« spielte sich in so geringer Entfernung ab, daß wir uns einbildeten, die Explosionen von unserem Haus aus hören zu können, und das ständige Geratter der Luftabwehrgeschütze brachte uns nachts um den Schlaf. Wir machten uns Sorgen um die Koperbergs, die auf der anderen Seite der Maas in der Falle saßen und von ihrem einzigen Kontakt zur Außenwelt, ihren Freunden in Breda, abgeschnitten waren.

Der Winter 1944/45 war lang und streng. Im Radio hörten wir Berichte über die unvorstellbare Hungersnot und das Leid, das in den nördlichen Provinzen herrschte. Die Niederländische Eisenbahn war, auf Anweisung der Exilregierung in London, in den Streik getreten, und der Strom war abgeschnitten. Die Menschen nahmen leerstehende Häuser auseinander und rissen sogar das Holz aus ihren eigenen Häusern heraus, um es als Brennstoff zu verwenden. Die belagerten Besatzer indessen hatten nicht das geringste Interesse daran, die hungernde Bevölkerung mit Nahrung zu versorgen. Alles, was in den Niederlanden angebaut wurde, ging an die deutschen Truppen oder wurde nach Deutschland transportiert. In Amsterdam und an anderen Orten aßen die Menschen Tulpenzwiebeln, Zuckerrüben und Katzen! Als wir das hörten, starrten wir trübsinnig auf unsere Teller, und auf einmal kam uns das armselige Mahl, das darauf lag, geradezu ekelhaft üppig vor. Ineke und ich fühlten uns frustriert und hilflos. Wenn wir doch nur etwas tun könnten, um zu helfen!

Im Norden herrscht entsetzlicher Terror. Nein, erleichtert und glücklich können wir noch nicht sein. Die Schokolade, die Meneer Tobias [ein polnischer Offizier, der eine Zeitlang bei uns wohnte] aus Belgien mitgebracht hat, schmeckte herrlich. So lange nicht mehr so etwas gekostet!

Ich träumte, ich würde meinem Bruder Guus begegnen. Auch wenn es schon Jahre her war, daß ich ein Lebenszeichen von ihm erhalten hatte, war ich doch fest davon überzeugt, daß er zum amerikanischen Militär gegangen war, und hoffte, er befände sich unter den Befreiern. Doch mir war durchaus klar, daß er genauso gut in Amerika geblieben oder in den Pazifik geschickt worden sein konnte. Ich betete darum, daß er noch am Leben war. Ich fragte jeden Mann, der eine Uniform trug, ob er Guus van Hessen kannte. Wenn ich auf der Straße hinter einem Mann im Kampfanzug herlief, bildete ich mir oft ein, den Rücken meines Bruders zu erkennen. Dann klopfte mir das Herz bis zum Hals, und ich rannte los, um ihn einzuholen, um dann zu meiner großen Enttäuschung festzustellen, daß der Mann nicht im entferntesten aussah wie Guus.

Ineke zeigte mir immer deutlicher ihre Zuneigung, und das gab mir einigen Trost, obwohl es mich nicht von dem erstickenden Gefühl befreite, das mich zuweilen überfiel, vor allem, weil sie die Angewohnheit besaß, in meinem Tagebuch zu lesen und mir ab und zu etwas hineinzuschreiben. Daher mußte ich immer aufpassen, was ich dem Heft anvertraute.

17. November 1944

Gestern abend ging ich früh zu Bett. Nachdem sie mich zugedeckt hatte, setzte sich Ineke zu mir. Sie blieb eine ganze Weile im Dunkeln bei mir sitzen. Wie eine richtige Mutter. Sie sagte, ich solle schlafen, aber wir haben doch noch mit-

einander geredet. So im Dunkeln ging das am besten. Tagsüber ist man ja immer so sachlich. Da denkt man an den Flur, der geputzt, an die Strümpfe, die noch gestopft, und an die Kartoffeln, die noch geschält werden müssen, und an seine schmutzigen Fingernägel. Aber gestern abend war es (sentimental ausgedrückt, aber so war es) – innig. Heute haben wir die Küche und die Diele so richtig auf Vordermann gebracht. Am Abend kamen Tobias und Rolfski, der Pianist, zu Besuch. Er ist wirklich ein netter Mann. Er war gerade zwei Tage verheiratet, als er aus Polen weg mußte. Was diese Leute nicht alles mitgemacht haben! Wenn ich sie so über ihre Flucht aus Moffenlanden erzählen höre, dann keimt in mir wieder ein kleines Fünkchen Hoffnung auf, daß es meinem Jules vielleicht doch auch irgendwie gelungen ist, zu entkommen. Wer weiß?

Ich lernte die van Buerens kennen, eine jüdische Familie aus Breda, die untergetaucht war und nun ihre alte Wohnung zurückforderte. Ich war Zeuge ihrer Freude und Erleichterung, als sie ihre Familie und ihre Freunde wiedersahen. Ich freute mich für sie, aber ihr Glück mitzuerleben, vertiefte zugleich auch meinen Schmerz. Ich hatte erwartet, mich stärker mit den Menschen verbunden zu fühlen, die dasselbe durchgemacht hatten wie ich, doch in ihrer Anwesenheit fühlte ich mich eher noch isolierter.

1. Dezember 1944

Wir haben Briefe nach Amerika zu den van Buerens gebracht. Dort hatten sich alle möglichen Leute versammelt, Juden, Soldaten und ehemals Untergetauchte. Trotzdem war ich insgesamt enttäuscht. Ich hatte natürlich wieder einmal viel zu viel erwartet. Was die Stimmung unter den ehemaligen Versteckten angeht – ich weiß nicht, was ich davon halten soll. Momentan kann ich diese Nörgelei einfach nicht mehr hören. Es war wieder dieser schrecklich verbitterte jüdische Soldat aus Polen dabei, der immer wieder auf die Polen losging, und der Antisemitismus kam wieder aufs Tapet, meine Güte, es kann einem ja speiübel davon werden.

Einige Abende zuvor hatte ich bei einer Feier für die Militärs mit dem »schrecklich verbitterten« Polen und einigen anderen jüdischen Soldaten der polnischen Brigade an einem Tisch gesessen. Gegen Ende des Abends, als die polnische, kanadische, englische und niederländische Nationalhymne gespielt wurden, hatten sich meine Tischherren geweigert, bei der polnischen Hymne aufzustehen. Ich wußte nicht, was ich davon halten sollte – schließlich waren die Polen unsere Befreier. Wie konnten dieselben Polen, die ihr Leben für unsere Freiheit aufs Spiel gesetzt hatten und die so charmante Gäste waren, wenn sie bei den zur Kleinsmiedes zu Besuch waren – wie konnten dieselben Leute Antisemitismus dulden, und, wenn ich meinen Tischgenossen Glauben schenken sollte, ihren Kameraden das Leben so schwermachen?

Ein weiteres Problem war, daß ich das Gefühl hatte, nirgends ohne Ineke hingehen zu dürfen, und sie war nun mal nicht gerade ein Gesellschaftsmensch. Wenn ich sie hatte überreden können, mich zu einer festlichen Veranstaltung zu begleiten, setzte sie durch ihre Befangenheit und kritische Distanz allem einen Dämpfer auf, und ich stellte bald fest, daß ich an Tanzen und Feiern nur noch wenig Interesse hatte.

2. Dezember 1944

Gestern abend hat mir das Tanzen wieder einmal richtig Spaß gemacht. Eben nicht so eine oberflächliche Hopserei mit wildfremden Leuten, wo man niemanden kennt. Aber wie soll man auch feiern und tanzen, wo doch im Norden noch so ein großes Elend herrscht und man von niemandem ein Lebenszeichen erhält. In Utrecht – wie in allen Städten nördlich von Maas und Rhein – herrschen entsetzliche Zustände. Wir haben gehört, daß sie dort fünfunddreißig Gulden hinlegen müssen für ein Kilo Kartoffeln und einen Gulden für ein Kilo Kartoffelschalen und daß sie nur ein Brot pro Woche bekommen. Wie geht es wohl Mevrouw Zwarts? Meneer Zwarts ist bestimmt in Deutschland oder sonstwo, denn in Westerbork sind derzeit NSB-Anhänger interniert. Ob er noch lebt? Und Miep, Nina und die anderen aus Den Haag? Ich kann mir einfach nicht vorstellen, wie es ihnen jetzt wohl gehen mag. Aat ist bestimmt untergetaucht. Ich glaube, daß er im Widerstand ist, und sicher haben Miep und Nina auch irgendwie damit zu tun.

Es ist schon verrückt, aber ich kann es nicht mehr hören, wenn die Leute sich nach meiner Familie erkundigen. Ich werde es ihnen in Zukunft einfach nicht mehr ausführlich erzählen. Ich werde sagen: Polen, und damit basta. Dann finden sie es natürlich wahnsinnig schlimm – das kann man ja verstehen – und möchten etwas Freundliches oder Herzliches tun oder sagen. Aber ich fühle mich gar nicht bemitleidenswert. Ich habe eher das Bedürfnis, andere zu trösten oder ihnen Mut zuzusprechen, als selbst getröstet zu werden. Ich möchte so gern etwas tun – für die Niederlande – für unser Volk – für die Niederländer, denen es schlecht geht. Ich will die Ärmel hochkrempeln und richtig arbeiten – und meinen Pflegeeltern zeigen, daß ich auch etwas lei-

sten kann. Denn ich kann es und will es. Aber was? Von Krankenpflege habe ich keine Ahnung. Nach England, eine Ausbildung machen, kommt natürlich auch nicht in Frage, ich bin noch zu jung – und außerdem geht es sowieso nicht. Verdammt, warum kann ich nichts, womit ich helfen könnte? Ich habe zweieinhalb Jahre lang alles an mir vorübergehen und auf mich zukommen lassen, auch, was Ineke betrifft. Ich habe alles mögliche bekommen: Liebe, Trost, ein Zuhause, alles Schöne und Gute, und jetzt, jetzt ist es an der Zeit, daß ich auch mal etwas gebe. Warte, Eetje, denk gut nach und tue nichts Unüberlegtes … Manchmal habe ich Angst, daß Guus nicht mehr lebt. Doch ich hoffe inständig, daß er für uns kämpft, daß er unseren Jungs hilft bei der Befreiung der Niederlande, Niederländisch-Indien, von Mutter, von Jules und all unseren Freunden.

Meistens bin ich innerlich gefaßt und ruhig – aber hin und wieder sehne ich mich so sehr nach zu Hause – dem Zuhause, das ich früher hatte, mit Mutter, Vater und den Brüdern. Daß das nie wiederkommt, kann man sowieso nicht begreifen. Verrückt, es schmerzt unter dem Kopf und hinten in der Kehle – ob das Herzschmerz ist? Verrücktes Weib.

Vught, ein nahe gelegenes niederländisches Konzentrationslager, lag jetzt im befreiten Gebiet. Die Geschichten über unmenschliche Grausamkeiten, die von dort tröpfchenweise zu uns durchsickerten, ließen das Schlimmste befürchten.

2. Dezember 1944

Ich habe einen Bericht von einem ehemaligen Gefangenen des Lagers Vught gelesen, einem Augenzeugen. Es war grausig und machte mir bewußt, daß ich mir nicht viel Hoffnung zu machen brauche, sie jemals wiederzusehen. Und dieser Bericht handelte nur von Vught, hier in Holland – wie mag es dann erst in Polen aussehen?

Der Mann erzählte, wie eines Tages eine Gruppe von SS-Leuten Lust hatte, sich auf Kosten eines jüdischen Gefangenen ein wenig zu amüsieren. Er war einer Einheit zugeteilt, die im Wald arbeiten mußte, Gräben ausheben und Holz hacken. Die SS-Bewacher befahlen dem Gefangenen, in einen Graben zu springen und einen Frosch zu fangen. Er tat es und mußte das Tier anschließend lebendig aufessen – wenn nicht: Peng! Was blieb dem Mann also anderes übrig, als das Tier zu essen? Dann sollte er etwas aus einem anderen Graben ein Stück weiter weg holen. Dafür mußte er aber den Kordon verlassen, und jeder, der das tat, wurde sofort erschossen! Das war ihnen aber egal. »Auf! Sonst schießen wir dich nieder!« riefen sie. Also rannte er los, und sie schossen ihn trotzdem in den Rücken – »wegen Fluchtversuchs«. Schwangere Frauen wurden auf den Bauch geschlagen und, nur spärlich bekleidet, nach Polen geschickt. Die Juden, denen alles abgenommen worden war, wurden in den polnischen Winter geschickt. Wie kann Gott nur so etwas zulassen? Ach, liebe Mutter, komm doch zurück!

Ineke und ich wurden zu Partys eingeladen, die für die alliierten Soldaten zu ihrer Zerstreuung organisiert wurden. Doch beeinflußt durch meine strenge Familie (Tante Tine warnte mich, küssen sei »schmutzig«, und Ineke wollte meist schon wieder nach Hause, bevor das Fest richtig angefangen hatte), war ich nicht besonders begeistert davon. Ich fühlte mich benutzt und war entsetzt und angeekelt, als ein verheirateter Offizier einen Abschiedskuß (und mehr) von mir zu erwarten schien, nachdem er mich nach Hause begleitet hatte. Andererseits war mir klar, daß ich meinerseits auch die Soldaten für meine Zwecke gebrauchte, weil ich jeden, der möglicherweise nach London gehen würde, darum bat, mir beim Auffinden meines Bruders behilflich zu sein. Die Engländer und Polen schenkten uns außerdem jede Menge Weißbrot (das für uns wie Kuchen schmeckte!), Schokolade und Seife aus Dankbarkeit dafür, daß Ineke und ich fließend Englisch sprachen.

Ich ging oft ins Pflegeheim, um Harry, den kranken jüdischen Waisenjungen, zu besuchen. Für mein Gefühl verband mich mit diesem zwölfjährigen Jungen mehr als mit irgend jemandem sonst in Breda. Ich hatte Harry mein altes Akkordeon geschenkt, und er brachte sich selbst bei, darauf zu spielen.

15. Dezember 1944

Habe gestern abend Harry besucht. Er hatte furchtbare Schmerzen. Hat trotzdem mit einem Finger das Wilhelmus für mich gespielt. Die Schwestern seien sehr beeindruckt, erzählte er mir. Dann schnappte er nach Luft, und jemand mußte das Instrument für ihn festhalten.

Er hatte Fieber und sprach sehr tiefsinnig über Gott. Wäre es nicht besser, wenn Gott diesem Leben ein Ende bereiten würde – so einsam, so jung, so schwer geschädigt und unheilbar? Seine Wunde ist offen, und der Eiter tropft heraus. Man kann förmlich zusehen, wie er verkümmert, während er einen mit großen Augen anblickt. »Wenn es dich ekelt, mußt du es sagen«, hat er zu mir gesagt. Wer kann es ihm übelnehmen, daß er manchmal schlecht gelaunt oder mißmutig ist? Eine lange, endlose Nacht liegt vor ihm – eine schlaflose Nacht, was schon schlimm genug ist, wenn man gesund ist –, ganz allein, ohne Mutter, der er sein Leid klagen könnte und die seine Hand hielte.

Gestern abend mußte ich unwillkürlich daran denken, wie ich Ineke immer beruhige: »Warum sollen die V-1-Raketen denn ausgerechnet hier herunterkommen? Ausgerechnet auf unser Haus in Breda?« Aber wie denke ich denn selbst über Jules und Guus? Habe ich nicht auch oft Angst, daß sie tot sind? Denke ich denn dann nicht auch: So viele Millionen junger Männer sind gefallen oder ermordet worden, warum sollte ausgerechnet das Leben meiner Brüder verschont geblieben sein? Und Paul? Ich werfe Ineke vor, daß sie kein Vertrauen hat – aber eigentlich bin ich genau so furchtsam wie sie. Manchmal habe ich solche Angst …

19. Dezember 1944

Gestern durfte ich nicht zu Harry. Er hatte zu hohes Fieber. Heute ging es ihm ein bißchen besser. Ich mußte ein Lied für ihn spielen, aber das kann ich nicht mehr so gut, vor allem nicht im Krankenhaus, mit all diesem Leid um mich herum. Als ich früher mit Mutter, Jules und Vater zusammen sang, hat es mir viel Spaß gemacht, aber das gehört jetzt der Vergangenheit an, die Musik ist irgendwie aus meinem Leben verschwunden. Sonntag abend habe ich Guus so entsetzlich vermißt. Das kommt daher, weil er mir im Moment alles bedeutet: Vater, Mutter, Bruder, alles zusammen. Ineke tat ihr Bestes, um mich zu trösten. Sie saß auf meinem Bettrand und hat mich umarmt. Sie hat gerade Chopins Wiegenlied »Tristesse« für mich gespielt – es ist so schön!

Wenn ich mich von meinen Haushaltspflichten freimachen konnte, verrichtete ich Freiwilligenarbeit. Ich kochte und putzte in einem Auffanglager für Flüchtlinge. Zusammen mit anderen Mädchen in einer anderen Küche abzuwaschen war eine willkommene Abwechslung in der Monotonie meines Lebens. Je härter ich arbeitete, desto besser ging es mir. Es war sehr kalt, aber als ich die Schlittschuhläufer sah, die sich auf dem Eis amüsierten, stimmte mich dieser Anblick nur traurig.

29. Dezember 1944

Die Leute laufen auf den Weihern und Seen Schlittschuh. Es reizt mich gar nicht mehr so wie früher. Ohne Jules und die anderen ... nein, ich könnte es nicht über mich bringen. Es würde zu viele schmerzliche Erinnerungen wachrufen.

Noch immer nichts gehört – von keiner Seite. Noch zwei Tage, dann ist dieses Scheißjahr vorbei.

31. Dezember 1944

Silvester – und jeder »feiert« für sich: Mutter, Guus, Jules ... Omi? ... und ich, ich denke an alle, an Miep, ihre Eltern, Nina, Adrie und seine Eltern, all unsere Freunde, all die guten Menschen im (wie Radio Vrij Oranje *so treffend sagt) rauhen Norden. Dort herrscht so ein schreckliches Elend. Wie wohl der Rest der Welt das Ende des Jahres 1944 erlebt? Es ist jedenfalls keine Nacht zum Feiern. In* Trouw *stand ein Artikel über Buchenwald 1938. Ich fühle mich so leer. Vielleicht wird ja das nächste Silvester anders. Zusammen mit Mami? Und den Jungen? Ach, rechnen wir lieber nicht damit.*

Trotzdem sitzen wir heute abend gemütlich zusammen bei Glühwein und Apfelkrapfen. Doch von festlicher Stimmung kann keine Rede sein. Die heben wir uns für nächstes Jahr auf, wenn Holland wieder ganz frei ist. 1945, sorge dafür, daß sie alle wohlbehalten zurückkommen – daß sie alle mit heiler Haut aus dem Elend herauskommen – daß Holland verschont bleibt und nicht verwüstet wird –, und bring mir bitte auch meine Mutter und meine Brüder zurück! Und die ganze Familie! 1945, du hast eine Menge zu tun – aber du bist ja noch jung –, vollbringe alles!

Zum ersten Mal seit vier Jahren sollten meine Neujahrswünsche diesmal wenigstens teilweise in Erfüllung gehen.

An einem trüben Tag, als ich gerade schluchzend am Küchentisch saß und Tante Tine mich zu trösten versuchte, schellte es an der Haustür.

Ich sprang auf und wischte mir mit der Schürze die Tränen aus den Augen. »Ich mach schon auf«, sagte ich. Ein Besucher stellte immer eine willkommene Abwechslung dar.

Ein großer Offizier in englischer RAF-Uniform sah mich strahlend an. Er nahm die Mütze ab. »Eetje«, sagte er nur.

»Paul!« rief ich.

17. Januar 1945

Paul und Guus sind aufgetaucht!!! Am Sonntag ging es mir richtig schlecht, und Tante Tine hatte gerade zu mir gesagt: »Wer weiß, vielleicht steht Guus schon heute nachmittag vor der Tür.« Und was passiert? Um drei Uhr nachmittags stand Paul plötzlich vor mir! Er hatte meinen Namen auf einer Liste von Untergetauchten entdeckt, die wieder aufgetaucht waren, und ist über Maastricht hierhergekommen. Er war beladen mit Geschenken für uns. Er hat sich überhaupt nicht verändert. Genau wie Jules, in allem. Er ist jetzt Leutnant bei der RAF und fliegt als Pilot Luftangriffe auf Deutschland. Er ist auf einem Flugplatz zehn Kilometer von Brüssel entfernt stationiert. Fünfzig Angriffe muß er insgesamt fliegen, wovon er bis jetzt drei hinter sich hat. Er hat viel durchgemacht, und trotzdem ist er immer noch derselbe gute alte Paul. Ich traute meinen Augen kaum. Und Guus??? Guus ist Sergeant in der amerikanischen Armee. Paul hat schon oft mit ihm gesprochen und ihn besucht. Guus hat schon zweimal Urlaub genommen, um mich zu suchen. Ist in Maastricht gewesen und so. JETZT habe ich die Aussicht, ihn bald wiederzusehen! Er ist an der Front – wo die Deutschen ihre Gegenoffensive gestartet haben. Er ist Funker bei der Artillerie. Meine Güte, wie froh ich bin! Die beiden Tage, an denen Paul hier war, waren herrlich! Es ist zu schön, daß ich wenigstens zwei von ihnen zurückbekommen habe. Jetzt kann ich ihnen schreiben.

Mein Cousin erzählte mir, daß er im Frühjahr 1942 mit Hilfe eines Bauern, der nur wenige Kilometer von Breda entfernt wohnte, über die belgische Grenze nach Frankreich geflüchtet war. In Lyon hatte der Honorarkonsul der Niederlande, der zufällig ein Kollege von Paul im Familienbetrieb S. van Hessen & Co. gewesen war, ihm Papiere verschafft, mit denen er über die spanische Grenze und von Spanien aus zu den Niederländischen Antillen gelangen konnte. Nachdem er ein paar Tage im spanischen Gefängnis gesessen hatte, erhielt er schließlich die Erlaubnis, in Cádiz an Bord eines Schiffes mit Kurs auf Curaçao zu gehen. Es gehörte zu einer Flotte von fünfundvierzig Schiffen, die von den Deutschen heftig angegriffen wurde. Nur neunundzwanzig Schiffe erreichten ihr Ziel. Nachdem er sich den Niederländischen Streitkräften in Curaçao angeschlossen hatte, wurde Paul nach Kanada geschickt, um dort bei der englischen Luftwaffe zum Kampfbomberpiloten ausgebildet zu werden, und nun flog er Luftangriffe über Deutschland. Er wollte damit, wie er es ausdrückte, »sein Scherflein zur Beendigung dieses blutigen Krieges beitragen«.

Nun, wo ich Guus' militärische Kennummer hatte, schrieb ich ihm fast täglich, doch es sollte noch vier Monate dauern, bis ich etwas von meinem Bruder hörte.

Diese letzten Monate des Zweiten Weltkriegs waren womöglich die schwerste Zeit, die ich bis dahin mitgemacht hatte. Mir war ständig zum Heulen zumute. Die Jahre, in denen ich unter falschem Namen gelebt hatte, forderten ihren Tribut, und ich fürchtete, sie hätten mich ausgehöhlt, so daß ich nur noch eine leere Hülle sei, die zu nichts anderem mehr taugte als zum Putzen. Es war schwer, optimistisch zu bleiben, selbst wenn ich mich an jeden Strohhalm klammerte, der mir etwas Hoffnung versprach.

10. Februar 1945

Haben gerade in Radio Oranje gehört, daß in der Schweiz dreihundert Niederländer aus dem Konzentrationslager Theresienstadt angekommen sind. Mama???

22. Februar 1945

Warum hört man nicht auf zu hoffen, selbst wenn alle Hoffnung vergeblich ist? Ich bin bei den van Buerens gewesen, weil sie eine Liste der niederländischen Juden besitzen, die aus Theresienstadt befreit wurden und sich nun in der Schweiz befinden. Mutter stand nicht drauf, und auch sonst niemand, den ich kannte. Nur Phil Dwinger (mein Naturkundelehrer am Jüdischen Lyzeum) und seine Frau, und Renées Onkel Louis Kiek und seine Frau. Gestern morgen, als mich Tante Tine ausschimpfte, habe ich oben schon wieder kurz geheult.

Immer, wenn ich jetzt an Häusern vorbeiradle, denke ich: Wie es wohl wäre, dort zu wohnen? Und selbst wenn es häßliche Häuser sind, weiß ich, daß es dort drinnen so wunderbar wäre, wenn ich nach Hause käme und Mutter auf mich warten würde! Bei jedem Haus stelle ich mir vor, wie es wäre, wenn Mutter dort am Fenster stünde und die Blumen versorgte ...

Der schlimmste Tag war der, an dem ich hörte, daß Pauls Flugzeug getroffen worden war. Gott sei Dank war es ihm gelungen, sicher zu landen, aber er hatte eine Schulterverletzung abbekommen. Nun lag er in Brüssel im Krankenhaus.

27. Februar 1945

Ich glaube, es ist mir noch nie schlechter gegangen als heute. Heute morgen habe ich in meinem Zimmer einen furchtbaren Weinkrampf bekommen. Ich fühle mich manchmal so elend, so allein und verlassen – ich kann nicht genau sagen, was es ist. Manchmal fühle ich mich wie ein vereinzeltes, bedeutungsloses Wesen, das man nach Belieben herumschubsen kann. Ich habe das Gefühl, nirgends hinzugehören. Alle, die ich kenne, kenne ich erst, seitdem ich untergetaucht bin. Alles tut mir weh in letzter Zeit – ich weiß einfach nicht mehr, wie man Spaß hat, so wie früher. Ich bin entweder langweilig und nervtötend, oder ich bin überreizt: eklig und zimperlich (laut Ineke). Und ich fühle mich so unausgefüllt, so bedrückt! Ich will arbeiten, etwas tun, bei dem auch was herauskommt ... etwas für die Niederlande tun ... für die Menschen, die zurückkommen ... und nicht tagein, tagaus diese langweiligen Hausarbeiten verrichten. Aber es gibt keinen anderen Ausweg, ich muß hierbleiben, ich werde hier gebraucht. Und – aber das hat nichts mit Oom Eb, Tante Tine und Ineke zu tun – manchmal hasse ich Breda. Ich vermisse Den Haag so entsetzlich, ich vermisse meine Freunde, unser Haus, die Leute, die ich kenne. Ich habe diese neuen oberflächlichen Bekannten so satt, denn alles hier erinnert mich an die zweieinhalb Jahre, in denen mir meine Mutter, mein Vater, Jules und Omi genommen wurden ... alles, alles wurde mir genommen. Im Moment erscheint es mir, als wäre das alles plötzlich viel schwerer zu ertragen. Was mich früher nie störte, stört mich jetzt auf einmal. Heute morgen beispielsweise sagte Tante Tine zum Schornsteinfeger: »Bitten Sie doch das Mädchen oben, Ihnen das Dachfenster zu zeigen.« Das »Mädchen oben«? Früher fand ich es nicht schlimm, das Dienstmädchen, die Putzfrau zu sein, aber jetzt, wo ich wieder Edith van Hessen bin, wieder frei bin – jetzt ist es mit meinem Selbstvertrauen vorbei. Ich habe alles vergessen, was ich je gelernt habe, alles, was mich als Tochter von Hilde van Hessen ausmachte. Wenn Guus und Paul mich so sehen könnten, wären sie gar nicht stolz auf mich. Bald, wenn die Niederlande befreit sind, wird man mich fragen:

»Und? Was hast du getan für unser Land?«, und dann werde ich stolz antworten müssen: »Ich habe das Haus saubergehalten.«

VIERUNDZWANZIGSTES KAPITEL

Friede

Als die Vereinigten Staaten Ende 1941 in den Krieg eintraten, erhielt Guus seinen Einberufungsbefehl. Da er sich beim Militär geschickt die Kenntnisse zunutze machte, die er durch sein früheres Hobby erworben hatte, wurde er Funker bei der 30. Armeedivision, die einige Tage nach dem D-Day in der Normandie landete. Im September 1944 gehörte mein Bruder zu den wenigen Niederländern, die an der Befreiung von Maastricht teilnahmen, der ersten Stadt, die von den Nazi-Besatzern erlöst wurde. Als er sich dort beim Roten Kreuz nach seiner Familie erkundigte, sagte man ihm, daß wir alle – Eltern, Großmutter, Bruder und Schwester – den Krieg überlebt hätten und irgendwo in Holland in Sicherheit wären. Überglücklich schickte er Telegramme an Verwandte und Freunde in England und Amerika, in denen er ihnen die gute Nachricht mitteilte. Doch am folgenden Tag erfuhr er, daß das Ganze auf einem Irrtum beruhte. Als kleines Trostpflaster erklärte man ihm beim Roten Kreuz, man sei sich auf jeden Fall hundertprozentig sicher, daß seine Schwester am Leben sei und sich in Breda aufhalte.

Guus war so verstört und entmutigt über diese Wendung des Schicksals – er bezeichnete es als die größte Enttäuschung seines Lebens –, daß er diese neue Information des Roten Kreuzes ebenfalls nicht für bare Münze nahm. Er wollte nicht noch einmal eine solche Ernüchterung erleben und gab seine Nachforschungen ganz auf. Kurze Zeit darauf wurde er bei der Ardennenoffensive eingesetzt, weshalb ihn meine Briefe erst Monate später erreichten.

So wartete und wartete ich also auf ein Lebenszeichen vom einzigen Familienangehörigen, der außer mir überlebt hatte. Ich wußte weder ein noch aus und konnte nichts anderes tun als Grübeln. Doch als der Frühling kam, wurde ich unwillkürlich von der Lebensfreude, die die blühenden Bäume ausstrahlten, beeinflußt. Überall war die Luft voller Blütenduft.

26. März 1945

Ich habe oft so ein Gefühl in mir: Ich will glücklich sein, und ich werde glücklich sein. Ich bin dem Leben gewachsen, und wenn es mir auch noch so viele Steine in den Weg legt. Ein Mensch kann eine ganze Menge verkraften. Das Leben muß einfach schön werden, wenn man anderen etwas zu geben hat, anstatt immer nur zu nehmen.

Dieses Gefühl der Kraft verleiht mir Mut und die Gewißheit, stark genug zu sein für das Leben. Es hilft mir, vieles zu überstehen. Ich wünschte, ich könnte Ineke etwas von meinem Mut abgeben, denn in diesem Punkt besteht zwischen uns ein himmelweiter Unterschied. Sie findet das Leben nicht schön – und sie glaubt auch nicht, daß es je schön für sie werden wird. Manchmal kann ich es ihr nicht verdenken, denn ich muß zugeben, daß einem dieses Leben ab und zu schon das Gefühl gibt, man müsse ersticken. Der Krieg, all dieses Leid und dieser Haß … wozu soll das alles gut sein? Aber jetzt, wo der Frühling Einzug gehalten hat und man plötzlich überall in den Gärten Blüten sieht – jeden Tag blüht eine neue Blume auf –, dann begreift man, daß das Leben mehr zu bieten hat als Kummer und Sorgen. Und war mein Leben denn nicht bis vor wenigen Jah-

ren ganz wunderbar, und war es das nicht auch für Jules und alle anderen? Aber dann wieder finde ich das Leben so entsetzlich ungerecht! Die van Buerens haben ihr Haus und ihr ganzes Eigentum zurückbekommen, bei ihnen ist alles genau wie früher. Sie können Gäste empfangen, ihre Kinder standen auf der Liste der Überlebenden aus Theresienstadt, ihre Schwester ist unversehrt und wohnt nebenan. Andere dagegen haben alles verloren, ihnen ist so gut wie nichts geblieben, und was noch übrig ist, ist für sie unerreichbar. Das ist ja das Schlimme – ich verstehe nicht, daß ich nichts von Guus höre, obwohl ich doch aus England von einigen Leuten erfahren habe, sie hätten ihn gesehen. Aber von ihm selbst – noch kein einziges Wort.

Endlich, am 29. März 1945, empfing ich eine Postkarte von Guus, der auch ein Brief folgte.

1. April 1945

Liebste Schwester,
wie Du siehst, halte ich mich an mein Versprechen und schreibe Dir, so oft ich kann. Du kannst Dir gar nicht vorstellen, wie sich Dein »großer Bruder« danach sehnt, Dich zu sehen. Wir haben uns so viel zu erzählen. Alles, was in den letzten fünf Jahren passiert ist, wie sehr ich mich bemüht habe, Euch da rauszuholen, nach Amerika oder nach Kuba, und alles über den Rest meines Lebens in diesem immens großen Land. Gestern bekam ich einen Brief von Meneer und Mevrouw Ritter, in dem sie mir ihre Anteilnahme am Tod von Vater bekunden. Sie sind die feinsten und besten Freunde, die wir außerhalb Hollands hatten, und dafür kann ich ihnen gar nicht dankbar genug sein.

Ach ja, Ee, ich habe übrigens eine Freundin in Amerika, was Dich, als meine Schwester, meine Mutter und meine Was-weiß-ich-noch-alles sicher interessieren wird. Wenn ich Dich besuchen komme, zeige ich Dir ein Foto von ihr.

Komm, mein Liebes, laß den Mut nicht sinken und wisse, daß es jemanden gibt, der ununterbrochen an Dich denkt und den Du nicht nur als Bruder betrachten kannst, sondern auch als jemanden, der vielleicht den Platz Deiner geliebten Eltern einnehmen kann.

Ein fester Händedruck und alles Liebe, meine herzlichsten Grüße und die besten Wünsche an »Oom«, »Tante« und Ineke.

Dein Dich liebender Bruder, Guus.

Und dann folgte eine wahre Lawine von Briefen, nicht nur von Guus und Paul, sondern auch von vielen meiner früheren Freunde, die, nachdem immer mehr Gebiete befreit wurden, einer nach dem anderen wieder auftauchten. Die Deutschen wurden an allen Fronten vernichtend geschlagen, und der Krieg war fast vorbei. Nun ging es mir auf einmal so gut, daß ich vor Glück förmlich in den Wolken schwebte ... dabei hatte ich mit einer Pflegeschwester zu tun, die immer deprimierter wurde. Je glücklicher ich war, desto mehr wuchs Inekes Angst, mich zu verlieren.

14. April 1945

Heute ist ein schöner Tag. Nachmittags schien die Sonne, und es war fast wie im Sommer. Auf den Wiesen und Feldern hinter Tos Bauernhof blühten Pfingstrosen, Maßliebchen und Löwenzahn – ich war im siebten Himmel. Es gibt wieder eine Postverbindung zwischen Limburg und Noord-Brabant, und heute habe ich eine Karte von Guus bekommen und – von Dicky!! Wie froh ich bin, daß es ihm gutgeht, und Rob auch. Marcel ist hiergewesen und hat erzählt, daß er schon im Moffenland und auch in den befreiten Gebieten der Niederlande war.

Dicky Polak und sein Bruder Rob waren Schulkameraden aus Den Haag, und Marcel Adler war ein Bekannter, der zusammen mit Paul geflüchtet und mit der Prinses-Irene-Brigade zurückgekommen war.

Ich wünschte, ich könnte nach Deutschland fahren und mich am Anblick dieser vernichtend geschlagenen Schufte ergötzen. Assen, Coevorden, Westerbork und Aalsmeer sind befreit. Die Alliierten haben Groningen erreicht! Die Russen stehen kurz vor Berlin. Hannover wurde eingenommen, Celle (Bergen mit viel mehr als 197 Überlebenden) wurde befreit. Die Deutschen sind besiegt! Jetzt, wo ich Guus wiederhabe und Paul und Dicky und auch Louis und Felix, wird langsam alles wieder wie früher, und die Vergangenheit kehrt zu mir zurück.

Louis war einer meiner Klassenkameraden vom Jüdischen Lyzeum und Felix der Ehemann einer meiner Cousinen. Nachdem er in Spanien aus dem Gefängnis ausgebrochen war, hatte er sich der Prinses-Irene-Brigade angeschlossen.

Ineke zankt sich in letzter Zeit fortwährend mit ihrem Vater. Tante Tine und ich können diese Streitereien nicht ausstehen. Ineke ist so unglücklich: Sie glaubt anscheinend, niemand würde sie lieben. Dabei ist das gar nicht wahr. Ihre Eltern lieben sie sehr und ich auch – und noch eine ganze Menge anderer Leute würden sie lieben, wenn sie nur in der Lage wäre, ihre positiven Seiten zu zeigen und sich so zu geben, wie ich sie kenne. Sie ist der Meinung, nie-

mand fände sie nett, und ich wünschte, ich könnte sie vom Gegenteil überzeugen. Ihr fällt das Leben so schwer. Für mich ist es auch nicht immer leicht, aber sie, sie macht sich selbst das Leben schwer. Die Apfelbäume blühen – alles steht in Blüte! Das Leben kehrt zurück – alles kehrt zurück! Hoffnung. Es ist fast wie im Sommer. Ich höre mit dem Schreiben auf und gehe mich umziehen. Ineke hat sich zu mir gesetzt, und – hoppla! – weg ist meine Inspiration.

Einige der Rückkehrer, Felix zum Beispiel, versuchten, mich unter ihre Obhut zu nehmen. Ich mußte ihnen klarmachen, daß ich keinen Beschützer oder Berater brauchte. Davon hatte ich sowieso schon mehr als genug.

26. April 1945

Es ist schwer, im Leben einen eigenen Standpunkt zu finden. Man hört die verschiedensten Menschen um sich herum reden und ihre unterschiedlichen Auffassungen verkünden, doch welche Meinung, welche Auffassung ist die richtige? Jeder ist davon überzeugt, er habe recht. Alle versuchen, sich gegenseitig ihre Überzeugungen und ihren Glauben aufzudrängen. Wenn man noch einen Vater und eine Mutter hat, kann man sie um Rat fragen und hören, wie ihre Ideale aussehen. Dabei können einem natürlich auch die eigenen Eltern ihre Meinung aufzwingen, doch in meinem Fall würde sie größtenteils mit meiner eigenen übereinstimmen. Manchmal möchte ich ein Vogel Strauß sein und einfach den Kopf in den Sand stecken, um den Ärger in meinem eigenen Leben und die Häßlichkeit der menschlichen Rasse nicht mit ansehen zu müssen, aber damit erreicht man nichts. Man muß die Welt unbefangen betrachten, sowohl von ihrer guten als auch von ihrer schlechten Seite.

Es gibt so viele gebrochene Menschen auf dieser Welt – der Krieg hat so viel kaputtgemacht. Was ich gerade über Vater und Mutter geschrieben habe, zeigt, wie einsam der Mensch doch ist. Auf die Dauer ist jeder auf sich allein gestellt, und jeder muß alles für sich selbst erkämpfen und mit sich selbst ausmachen – sich seinen eigenen Weg durchs Leben bahnen. Vater, Mutter und Jules gehören jetzt zu den schönen Erinnerungen meiner Jugend. Das alles liegt nun hinter mir, und vor mir liegt eine neue Welt, aus der ich das Beste machen muß. Ich möchte eine neue Existenz aufbauen ... zusammen mit Guus. Ich will im Ausland studieren – in Amerika –, um dann, wenn ich etwas gelernt habe, wenn ich der Gesellschaft von Nutzen sein kann, beim Wiederaufbau der Niederlande mitzuhelfen.

Endlich, am 5. Mai 1945, war auch der Norden der Niederlande befreit und das Land wieder vereinigt. Zum zweiten Mal feierten wir ausgiebig, wobei meine Freude allerdings von Angst und unguten Vorahnungen überschattet wurde – und von Einsamkeit.

4. Mai: Holland ist frei!!!!

5. Mai

Herrlich. Ich habe nicht viel Zeit zum Schreiben, aber ganz viel zu erzählen. Wir sind in Reihen untergehakt durch die Stadt gehopst und haben auf dem Marktplatz getanzt, und ich bin ein Stück hinten auf einem Jeep mitgefahren. Zwei Soldaten haben hier übernachtet, weil sie ihr Auto verpaßt hatten. Nun sind Miep und Nina, Oom und

Tante, die Verhulsts und viele andere Freunde endlich frei. Eigentlich komisch, erst war ich ganz verrückt vor Freude, als ich begriff, daß mein »Zuhause« endlich befreit war. Aber wenn ich tiefer darüber nachdenke, frage ich mich, was mich dort eigentlich erwartet. Mutter, Vater, Jules und Omi sind nicht mehr da. Es wird außerdem noch lange dauern, bis ich endlich hinfahren kann.

8. Mai: FRIEDE!

Deutschland hat kapituliert – vor allen Alliierten, auch den Russen!!!!

Heute ist der D-Day.

Holland ist frei, und der Krieg in Europa ist zu Ende.

Gestern abend habe ich den Kindern in der Stadt versprochen, aus diesem Anlaß ein Fest zu organisieren. Wir haben in der ganzen Stadt das Verdunklungspapier gesammelt und ein hübsches Feuer damit gemacht. Die Eltern kamen alle nach draußen, um zuzuschauen. Als es dunkel wurde, bildeten wir einen großen Kreis und tanzten ums Feuer herum. Wir sangen Lieder, und sogar ein paar Soldaten haben mitgemacht. Wir haben wirklich Spaß gehabt. Meine armen Füße ... und meine arme Kehle! Wir waren todmüde, als wir endlich zu Bett gingen. Aber erst haben wir noch alle Kinder mit Laternen nach Hause gebracht und gesungen: »Wachet auf! Wachet auf!«

Am Sonntag sind wir bei Bauer Beuks in Oeckel gewesen, dem Mann, der Paul 1942 über die Grenze geholfen hat. Wir wurden sehr herzlich empfangen. Schon der Weg dahin war sehr schön: ein schmaler Pfad, ein wunderbarer Ausblick, jede Menge Schlammpfützen, und die Sonne schien mir ins Gesicht. Ich empfand diesen Weg als ein Symbol des Lebens, das nun vor mir liegt: den Schlammpfützen muß ich ausweichen, und wenn ich auf meinem

Fahrrad das Gleichgewicht verliere und von meinem Weg abweiche, muß ich versuchen, wieder auf den rechten Weg zurückzukommen. Und so, mit der Sonne im Gesicht, der warmen, herrlichen Sonne – und dem frischen Wind, der direkt durch dich hindurchbläst, kein Mensch vor dir – streckt sich der Weg vor dir aus ... dein eigener Weg ... geh deinen eigenen Weg, folge nicht dem eines anderen.

Amsterdam ist frei und auch Den Haag. Alle Glocken läuten wieder. Endlich ist Friede ... der Tag, nach dem wir uns so lange gesehnt haben. Sie haben Seyß-Inquart, Mussert und all die anderen Schweine erwischt. Hitler ist tot, Goebbels ist tot, und so weiter.

FRIEDE!

Doch der Friede brachte auch neue Tatsachen ans Licht; unter anderem sahen wir zum ersten Mal Fotos von den Konzentrationslagern. Der Friede brachte die grauenvolle Bestätigung jener Gerüchte, die niemand für möglich gehalten hatte.

14. Mai 1945

»Eine Mutter ist etwas Wunderbares ...« Warum wird uns das erst richtig bewußt, wenn wir keine Mutter mehr haben? Warum wissen wir erst, was uns die Mutter bedeutet, wenn sie nicht mehr bei uns ist?

Jetzt sprichst du über deine Mutter, als sei sie nicht mehr da. Ob das wohl stimmt? Du hast gerade Fotos vom Konzentrationslager Bergen-Belsen und anderen Lagern gesehen. Das wirst du dein Leben lang nicht mehr vergessen. Stapel von ausgemergelten Leichen, in Haufen aufeinander geschmissen, Männer und Frauen, fast nur noch Skelette, mit einem gemarterten Gesichtsausdruck, alte

Menschen, junge Menschen, Kinder und Babys. Galgen. Öfen. Ungefähr zwanzig deutsche Frauen, die in diesem Lager die Aufsicht führten und auf sie »aufpassen« sollten. Und ein paar Überlebende aus verschiedenen Lagern, furchtbar anzusehen, mit Beinen, die so dünn waren, daß es aussah, als liefen sie auf Fingern – wie lebende Leichen, oder noch schlimmer, so sahen diese Menschen aus. Jetzt, wo du das gesehen hast, gibt es keinen Grund mehr, weiterhin zu hoffen, daß Mutter zurückkommt, und unter diesen Umständen darf man ihr doch auch schwerlich die Ruhe, die sie vielleicht gefunden hat, mißgönnen? Man weiß einfach nicht, worauf man hoffen soll.

Heute wäre Mutter einundfünfzig geworden.

Eine Woche später bekam Guus endlich Urlaub und besuchte mich in Breda. Erst standen wir ein Weilchen da und schauten uns verwundert an. Mein Bruder hatte sich von dem sanftmütigen jungen Mann, dem ich 1940 vom Kai aus zum Abschied gewunken hatte, zu einem robusten Soldaten entwickelt, einem richtigen Kerl – einem grinsenden Amerikaner. Wir hatten uns fünf Jahre nicht gesehen. Ich war inzwischen neunzehn, eine fast erwachsene junge Frau. Für uns beide war es, als erwachten wir aus einem hundertjährigen Schlaf. Anfangs waren wir sehr schüchtern. Wir achteten auch darauf, nicht zuviel über Mutter, Omi und Jules zu reden. Ich zeigte Guus einige der letzten Briefe unserer Eltern und versuchte, ihm ein so positives Bild wie möglich vom letzten Besuch bei unserem Vater zu vermitteln. Guus weinte zwar nicht, aber lief erregt im Eßzimmer der zur Kleinsmiedes hin und her und hämmerte mit der Faust auf seine Soldatenmütze ein. Er konnte nur eine Stunde bleiben, versprach aber, bald wiederzukommen.

Eines Tages stand Meneer Koperberg plötzlich bei uns

vor der Tür, nachdem er gerade aus Westerbork entlassen worden war. Als Breda befreit und der Vormarsch der Alliierten bei Maas und Rhein aufgehalten worden war, mußten die Koperbergs ihr Versteck in De Biesbosch verlassen, da das gesamte Gebiet evakuiert und anschließend überflutet wurde. Meneer Koperberg war erwischt worden, während seine Frau und seine Tochter im Haus eines Arztes in Gorkum einen sicheren Unterschlupf fanden. Kurz bevor Meneer Koperberg zu uns kam, hatten wir noch eine Karte von ihnen erhalten. Angesichts der Erleichterung und Freude, die er bei der Nachricht empfand, daß sie wohlauf waren, konnte man fast neidisch werden. Meinem Cousin Paul gelang es, nach Den Haag und zu Nina zurückzukehren. Er fackelte nicht lange und kündigte praktisch umgehend ihre Verlobung an. Endlich erfuhr ich, wie es all meinen Freunden ergangen war: Sämtliche Mitglieder der Familien Fernandes und Verhulst hatten den Hungerwinter überlebt. In den letzten Monaten, als Kartoffeln seltener waren als Gold, hatten sie Püree aus Tulpenzwiebeln und Zuckerrüben gegessen. Ich bekam einen Brief von Adrie, in dem er mir mitteilte, daß auch er sich verlobt hatte. Es erstaunte mich nicht – zwischen uns war es schon seit über einem Jahr aus. Ich antwortete ihm, daß ich mich sehr für ihn freute.

Obwohl der Hausarzt mir riet, meine Arbeit im Auffanglager für Obdachlose eine Weile ruhen zu lassen, da ich an Blutarmut litt und erschöpft war, versuchte ich, mich trotzdem fröhlich und normal zu geben, denn ich hatte meiner Meinung nach nicht das geringste Recht dazu, mich schlecht zu fühlen – schließlich hatte ich es leicht gehabt im Vergleich zu dem, was andere hatten durchmachen müssen.

21. Mai 1945

Die Berichte über die Lager in Deutschland und Polen sind grauenvoll! Bei den van Buerens sind zwei Mädchen gewesen, die dank der Hilfe eines nichtjüdischen Jungen aus einem Lager fliehen konnten. Auf ihren Armen sind Häftlingsnummern eintätowiert. Sie mußten ihre Schicksalsgenossen lebendig verbrennen und wegtragen. Was bleibt diesen Mädchen (20 und 21 Jahre alt) nun noch, wo sie wieder im normalen Leben stehen, mit Menschen um sich herum, die zwar Mitgefühl mit ihnen haben, sich aber niemals die Hölle vorstellen können, die sie mit angesehen und in der sie gelebt haben? Sie werden sich doch sicher ganz verändert haben, sie, »die aus der Hölle zurückkehrten«, und sie werden sich in dieser jetzt wieder so kleingeistigen Welt nicht mehr zu Hause fühlen. Abgesehen davon haben sie sowieso kein Zuhause mehr, alles ist zerstört, nur sie beide existieren noch. Ihre Seelen müssen von diesen Folterknechten doch auch völlig vernichtet worden sein. Was ist schlimmer? Die Hölle zu überleben und weiterleben zu müssen zwischen Menschen, die nicht begreifen, wie es dort wirklich zuging, oder in der Hölle zu sterben und endlich Ruhe zu finden?

Heute ist Pfingstmontag. Noch immer darf niemand nach Norden, außer, man ist beim Militär. Ich sehne mich nach Veränderung, nach dem Norden, nach einer Chance, am Aufbau mitzuarbeiten (»So, und was willst du tun?« wirst du mich fragen ... und endlich weiß ich es ... endlich bin ich zu einer Entscheidung gekommen: Ich werde Journalistin!) Ich sehne mich so unendlich nach Mutter, Guus, Jules und all den vertrauten Gesichtern und Orten, und ich möchte so gern endlich etwas anderes beginnen. Siehst du wohl, Edith, wie kleingeistig du bist – die Mädchen, die aus den Lagern zurückgekehrt sind, würden sich sicher wun-

dern, wenn sie hören könnten, über was für unbedeutende Dinge du dir den Kopf zerbrichst!

In einem seiner letzten Briefe hatte mein Vater geschrieben: *Laß den Haß, in welcher Form auch immer, keine Macht über Deine Seele gewinnen, denn Haß hat noch nie etwas Gutes hervorgebracht. Haß ist eine Krankheit, die sich auf andere überträgt und bei ihnen dieselbe Krankheit in noch schlimmerer Form hervorruft.* Doch so gerne ich seinen Rat auch befolgen wollte, so schwer war es doch unter den gegebenen Umständen, keine Haßgefühle in sich zu tragen.

1. Juli 1945

Heute nachmittag stand auf einmal Martin Meyer, Ottos Bruder, vor der Tür. Er hatte meinen Namen auf einer Liste gesehen. Er hat früher in Groningen gewohnt und ist ein entfernter Verwandter von mir, doch wir sind einander nie vorher begegnet. Er hat die Hölle durchgemacht. Er hat mir den ganzen Nachmittag davon erzählt, und ich hatte das Gefühl, nicht länger in der zivilisierten Welt zu leben, sondern gemeinsam mit ihm in der Hölle zu schmoren. Otto und er sind lange Zeit zusammengewesen, doch Otto ist schließlich, obwohl er der größere und kräftigere der beiden Brüder war, an einer Lungenentzündung gestorben. Wenn man krank wurde, ließen sie einen einfach langsam krepieren. Martin hat überlebt, indem er so wenig Arbeit wie möglich verrichtete. Das war seine Rettung, denn alle, die hart arbeiteten, sind gestorben. Es gab kaum etwas zu essen. Wer krank wurde, wurde meist in die Gaskammern geschickt. Von den 230 Menschen, die mit ihm auf Transport gingen, haben nur ungefähr dreißig über-

lebt. Er mußte aus Auschwitz flüchten, erst vor den Russen, dann vor den Amerikanern. Diese Evakuierungen, furchtbare Transporte, forderten die meisten Opfer. Er versteht selbst nicht, wie er da lebend herausgekommen ist. Nach einem Transport von sieben Tagen ohne Nahrung kamen sie schließlich in Belsen an, bekamen dort aber immer noch nichts zu essen. Zwei Tage später kamen die Engländer und befreiten sie. Martin mußte, völlig entkräftet, Leichen schleppen, unermeßliche Massen von Leichen. Es war ein grauenvolles Lager. Dann kamen die Engländer mit ihren Nahrungsmitteln, doch die ehemaligen Häftlinge konnten sie mit ihren Mägen nicht mehr vertragen, und sie bekamen alle Durchfall. So schweres, fettes Essen waren sie nicht mehr gewöhnt. Viele sind daran gestorben. Von Jules konnte er mir nichts berichten, aber er sagt, daß er wohl nicht zurückkehren wird. In Birkenau krank zu werden, das bedeutet, ermordet. Vergast oder verbrannt.

Kurz zuvor hatte ich nämlich einen Brief von Ies Spetter bekommen, einem Bekannten, der zusammen mit Jules in Birkenau gewesen war, und er schrieb mir, daß Jules dort krank geworden war.

Auch von den anderen Freunden, die vor 1944 abtransportiert wurden, ist seiner Meinung nach keiner mehr am Leben. Sie wurden alle vergast. Manche wurden lebendig verbrannt. Mutter gibt er auch keine großen Überlebenschancen, und Oom Julius und Tante Henny werden wir ebenfalls nie wiedersehen.

Menschen, gesunde junge Leute, wurden, wenn man nicht genug Platz für sie hatte, einfach bei lebendigem Leibe verbrannt.

Ach, es ist so grauenvoll. Könnten wir uns nur rächen, könnten wir doch nur diese Folterknechte, könnten wir doch dieses ganze Scheißvolk vernichten. Mörder, sie sind noch schlimmer als Mörder.

Mir war vorher nie klargewesen, daß es so viel Elend auf der Welt überhaupt geben kann und daß der Mensch in der Lage ist, so viel Elend zu ertragen.

Kurze Zeit später erhielt ich eine offizielle Mitteilung vom Roten Kreuz, die besagte, daß Mutter und Omi bei einem Transport ins Lager Sobibor dabeigewesen waren, der am 25. Mai 1943 Westerbork verlassen hatte. Als der Zug drei Tage später in Sobibor ankam, waren alle, die diesen Transport überlebt hatten, ohne Umwege in die Gaskammern geschickt worden.

Über Jules wurde mitgeteilt, er sei nach seinem zweiten Fluchtversuch aus Westerbork zu Zwangsarbeit verurteilt worden. Er wurde am 9. März 1943 nach Birkenau deportiert und starb ein Jahr später, am 29. Februar 1944, in Auschwitz.

Später wurde mir bewußt, daß er ohnehin dem sicheren Tod entgegengegangen war. Von den 60 000 Menschen, die aus den Niederlanden nach Auschwitz-Birkenau deportiert wurden, kehrten nur 500 zurück. Von den 34 000 Menschen, die nach Sobibor kamen, haben nur 19 überlebt.

FÜNFUNDZWANZIGSTES KAPITEL

Die Scherben kitten

Nun, da wir ganz sicher wußten, daß meine Mutter und Jules nicht zurückkehren würden, gab es keinen Grund für mich, länger in Breda zu bleiben. Das mußte sogar Tante Tine zugeben.

20. Juni 1945

Ich bin in Den Haag gewesen! Ich hatte einen Paß, der vom 8. bis zum 15. Juni gültig war. Bin aber erst über den Moerdijk, um Oma nach Lisse zu bringen.

Oma war die Mutter von Tante Tine, die sich zum Zeitpunkt der Befreiung gerade in Breda aufhielt und danach gezwungen war, dort zu bleiben, bis die Niederlande befreit waren.

Von Tür zu Tür in einem kleinen Rote-Kreuz-Bus. Wir brauchten sieben Stunden. Dann konnte ich bei einem Freund mitfahren bis Den Haag. Alle waren völlig überrascht, mich zu sehen. Ich bin zweimal in unserem Haus gewesen, und es hätte in einem viel schlimmeren Zustand sein können. Unsere Nachbarn, die Familie Vriens, hat inzwischen neun Kinder. Ohne es zu wissen, lief ich auf dem Weg zum Haus quer durch ein Minenfeld. Es gelang mir, die Festung [die Deutschen hatten unser Viertel evakuiert, um sich dort wie in einer Festung zu verschanzen] zu errei-

chen, ohne daß mich jemand aufhielt. In unserem Haus fand ich noch ein paar Sachen.

Der Besuch in unserem Haus in der Mildestraat war eine zweischneidige Erfahrung. Drei Jahre lang hatte ich von »Zuhause« geträumt und hatte nun, als ich durch die Tür trat, mit gemischten Gefühlen zu kämpfen. Meine Schritte auf dem nackten Fußboden klangen hohl. Im Untergeschoß waren sämtliche Möbel verschwunden. Das einzige, was übriggeblieben war, war ein wenig kaputtes oder beschädigtes Geschirr, zerknülltes Papier, das in den Ecken herumlag, sowie das schwere Eichenbüfett im Eßzimmer. Als ich klein war, hatte ich immer meine Butterbrote dahinter geworfen, in der festen Überzeugung, daß sie dort nie jemand entdecken würde.

Der schwere Garderobenschrank im Schlafzimmer meiner Eltern stand auch noch an Ort und Stelle. Diese schweren Möbel hatten sie wahrscheinlich nicht durch die engen Türöffnungen bekommen, um sie mit nach Deutschland zu nehmen.

Alle anderen aus Holz gefertigten Teile des Hauses waren unversehrt, im Gegensatz zu den Häusern unserer evakuierten Nachbarn, aus denen die Menschen während des Hungerwinters alles, was aus Holz war, herausgerissen hatten, um es als Brennstoff zu verwenden. Offensichtlich war der Offizier, der 1942 unser Haus konfisziert und all unseren Hausrat gestohlen hatte (wir sagten nicht »gestohlen« sondern »gepulst«, nach der Speditionsfirma Puls, die alle jüdischen Häuser ausräumte), bis zum Schluß geblieben.

Schließlich kam ich zu meinem Zimmer auf der obersten Etage. Ich drückte die Tür auf – und traute meinen Augen kaum! Da stand mein Bett. Und mein kleiner Schreibtisch und mein Stuhl, mein Nachtschränkchen und mein Kleiderschrank, alles unversehrt. Meine ganzen Möbel. Als wäre ich nie weggewesen. Alles glänzend lachsfarben lackiert. Sogar die beige-rosa Gardinen vor dem Fenster waren noch intakt. Es war mir ein Rätsel. Warum hatten sie meine Sachen nicht mitgenommen? Fanden sie sie der Mühe nicht wert? Oder hatten sie mein Zimmer im zweiten Stock ganz einfach vergessen? Dann fiel mir auf, daß meine geliebte Glastierchen-Sammlung verschwunden war und ebenso meine Bilder, meine Bücher, meine Lieblingssachen. Die Regalbretter waren leer.

Ich ging zum Fenster und schaute hinunter auf die Straße, wo ich früher mit den Kindern aus der Nachbarschaft gespielt hatte. Auch die Straße sah ganz anders aus. Viele Bäume waren gefällt worden. Die kleinen Gärten vor und hinter den Häusern machten einen verwahrlosten Eindruck und waren von Unkraut überwuchert.

Auf dem Speicher fand ich die anderen Dinge, auf die die Deutschen keinen Wert gelegt hatten. Achtlos auf einen Haufen geworfen, lagen dort unsere Alben – die Familienfotos und die Geburtstagsbeiträge mit reichen Illustrationen und liebevoll geschriebenen Texten. Kartons voller Dokumente und Briefe. Die Skizzenbücher meines Vaters, ein paar Stiche und seine Palette, ein buntes Stilleben aus harten, eingetrockneten Ölfarben. Dazu noch ungefähr sechs gerahmte Lithographien von Käthe Kollwitz und ein mit Holzkohle gezeichnetes Selbstporträt von ihr, das sie meinem Vater mit den Worten *Für meinen lieben Freund David van Hessen* gewidmet hatte. Es erstaunte mich, daß die Deutschen diese Bilder nicht vernichtet hatten – wahrscheinlich wußte der Offizier in unserem Haus schlichtweg nicht, wer die Künstlerin war. Ein paar Jahre vor dem Krieg hatten die Nazis nämlich das Werk von Käthe Kollwitz zur »entarteten Kunst« erklärt.

Ich ging zurück in mein Zimmer und setzte mich auf

mein Bett. Alles war genau wie früher, und doch war alles anders. Warum? fragte ich mich. Warum waren meine Möbel verschont geblieben? Warum mein Zimmer? Warum ich?

Tante Jetty und Oom Lex, deren Haus unbewohnbar geworden war, zogen schon bald darauf in unser Haus in der Mildestraat. »Unser Haus wird immer dein Haus bleiben«, sagten sie. Als Guus vorschlug, ihnen das Haus zu übertragen, überlegte ich nicht lange. Ich wollte anfangen zu studieren und würde zur Untermiete wohnen – was sollte ich also mit einem leeren Haus anfangen, das so viele schmerzliche Erinnerungen barg?

Im Herbst 1945 schrieb ich mich an der Universität von Amsterdam ein. Nochmals änderte ich meine Zukunftspläne: Ich liebte zwar das Schreiben, beschloß aber trotzdem, lieber Psychologie zu studieren als Journalistik, denn ich wollte »anderen helfen«. Nachdem ich die studentischen Initiationsrituale durchlaufen hatte, wurde ich schon bald eingeladen, mich dem DIS anzuschließen, einem Diskussionskreis der Amsterdamer Studentinnenvereinigung, wodurch ich neue dauerhafte Freundschaften schloß. Kurze Zeit später wurde ich Mitglied des Damenruderclubs, der im dritten Jahr meiner Studentenzeit die Universitätsmeisterschaften gewann.

Obwohl ich manchmal Mühe hatte, die Tage zu überstehen, weigerte ich mich, den Kopf hängenzulassen. Es war eine neue Welt, und ich wußte, was von mir erwartet wurde: Ich mußte das Leben von der sonnigen Seite betrachten und das Beste daraus machen; ich mußte ein neues Kapitel meines Lebens aufschlagen. Der folgende Brief, den ich einer meiner Kommilitoninnen schrieb, macht deutlich, in welcher Gemütsverfassung ich mich damals befand:

Den Haag, 27. Dezember 1946

Liebe Maro,
weißt Du, ich bin gar nicht traurig. Ich weiß, daß ihr oft diesen Eindruck von mir habt, aber vielleicht ist es nur eine unbewußte Reaktion auf das Gefühl, das ich oft habe, wenn ich mit Euch zusammen bin: Nämlich, daß Ihr von mir erwartet, traurig zu sein. Immer, wenn ich mit Jüngeren zusammen bin, die weniger stark durch den Krieg beeinflußt sind als ich, scheinen sie Mitleid mit mir haben zu wollen oder jedenfalls so etwas wie Mitgefühl. Das kann ich zwar verstehen, aber ich fühle mich dann so heuchlerisch, weil ich gar nicht mehr traurig bin ... wie immer man darüber denken mag.

Bevor er starb, versuchte mein Vater, mich allmählich auf das vorzubereiten, was kommen würde. Meine Mutter war schon weg, und Jules auch. Wir zwei waren allein zurückgeblieben. Er lag in Utrecht auf seinem Sterbebett, und ich saß in Breda. Aber weißt Du, Maro, alle haben doch ihre eigenen Probleme gehabt. Ob man nun Jude war oder nicht, jeder hatte sein eigenes Päckchen zu tragen. Wenn man um die Toten trauert, trauert man in Wirklichkeit um die Lebenden, und damit meine ich Guus und mich. Dabei sind wir reicher als manch andere, die niemanden verloren haben, die aber nicht solche Eltern gehabt haben wie wir. Und es ist auch gut so, daß Vater gestorben ist, denn dadurch ist ihm viel Schmerz und Leid erspart geblieben. Was mit Mutter geschehen ist, weiß ich nicht. Ich habe nicht einmal die geringste Vorstellung davon. In meinen Augen wird sie immer die robuste, attraktive und lebhafte Frau bleiben, die sich, als ich klein war, zu mir ans Bett setzte und mich tröstete, wenn ich irgend etwas hatte, und die später wie eine Freundin für mich war. Als ich zum ersten Mal Fotos von den Leichenbergen in den

Konzentrationslagern sah, konnte ich mir nicht vorstellen, daß eine davon meine Mutter sein sollte. Und das war wahrscheinlich gut so. Jules war mein bester Freund, und auch von ihm kann ich mir nicht vorstellen, wie er gestorben ist. Im Moment habe ich oft das Gefühl, daß sie bei mir sind, wie sie es immer waren; sie waren immer für mich da.

Und ich fühle mich so stark, Maro, weil sie wollten, daß ich stark bin. Doch jedesmal, wenn man spürt, daß ein anderer Mitleid mit einem hat, ist es, als sei das ein unverdienter Trost. Sogar die taktvolle Vermeidung der Wörter »Vater« und »Mutter« geht mir immer auf die Nerven. Wenn mich jemand fragt, ob meine Eltern noch leben, und ich dann mit einem Nein antworte, entsteht plötzlich eine peinliche Stille, und niemand weiß, wohin er schauen soll.

Weißt Du, Maro, es geht nicht nur um mich. Man darf einfach nicht vergessen, wie die Menschen im Krieg vernichtet wurden. Und man darf nicht nur an diejenigen denken, die man kannte, an die »guten, anständigen Juden« oder »die Menschen, die trotz ihres Judeseins gute, anständige Menschen waren«. Man muß an den Teil der Menschheit denken, der von seinen Mitmenschen ausgerottet wurde, und ob es nun um Juden, Christen oder Heiden geht, oder ob es nun 1946, 1843 oder 200 vor Christus war, immer ist es dieselbe Geschichte, dieselbe Unmenschlichkeit, dieselbe Grausamkeit. Selbst wenn wir denken: »Das ist der Lauf der Welt«, sollten wir darum kämpfen, ihn zum Besseren zu verändern. Es stimmt, Maro, ich glaube auch, daß wir alle tief in unserm Innern gut sind und daß in uns allen etwas schlummert, das wir schon besaßen, als wir auf diese Welt kamen: etwas Gutes, etwas Warmes, etwas, das mit Liebe zu tun hat.

Vor dem Krieg, wenn die Grachten zufroren und man überall Leute mit Schlittschuhen und vor Kälte geröteten Wangen sah und ich in meiner weiten Hose und einer be-

haglich warmen, alten Joppe herumlief, hätte ich manchmal mitten auf der Straße anfangen können zu tanzen, dann fühlte ich mich eins mit all diesen Menschen. Damals wünschte ich mir, für immer Kind bleiben zu können, mit jedem ein Gespräch anknüpfen und wie ein Junge Fahrrad fahren zu können. Und wenn man in der Stadt ist, und alle Passanten sind fröhlich, oder jemand macht eine witzige Bemerkung, dann kommt man mit dem warmen Gefühl nach Hause: Wie herrlich das Leben doch ist.

Hast Du das manchmal auch, daß Dein Herz voller Liebe ist und Du gar nicht weißt, wohin damit?

Hier sitze ich nun und quatsche, und vielleicht ist das alles dummes Zeug. Aber als ich heute nachmittag, während ich mit dem Fahrrad unterwegs war, über Deinen Brief nachdachte, schien die Sonne so warm, und die Bäume zeichneten sich so schön vor dem blauen Himmel ab, und die Leute auf der Straße sahen so munter aus (zum Glück weiß man ja nicht, was andere fühlen) und die Sonne schien und schien, und mit Deinem Leben ist alles in Ordnung … da wußte ich: Nein, nicht jeder ist verbittert. Der Krieg hat nicht alles kaputtgemacht. Es gibt noch viele Menschen, die Ideale haben und glücklich sein können.

Liebe Maro, Du hast mich gefragt, ob ich Weihnachten gefeiert habe. Nein, denn bei uns feiern wir um diese Zeit das Chanukkafest. Am ersten Tag wird eine Kerze angezündet, am zweiten Tag zwei, bis am achten Tag alle Kerzen brennen. Es ist ein wichtiges Fest, unser Lichterfest.

Früher, zu Hause, standen bei uns zu Beginn des Sabbats am Freitagabend zwei Leuchter auf dem Tisch, die meine Mutter anzündete, wenn es anfing, dunkel zu werden. Dann segnete sie die Kerzen und sprach ein Gebet: »Gelobt sei der Ewige, Heilige Gott, der das Licht gemacht hat …« Dann brach mein Vater das Brot (die »Challa«), segnete es und gab jedem von uns ein Stück davon, mit etwas Salz be-

streut. Dann sprach er das Kiddush-Gebet über den Becher Wein und gab jedem von uns davon zu trinken. Danach aßen wir. Nach dem Essen kam dann »unser« Freitagabend. Dann waren wir so richtig »en famille«. Wir musizierten und sangen zusammen, oder mein Vater las uns aus Shakespeare, Goethe, Heine, Edgar Allen Poe usw. vor. Manchmal tanzten wir miteinander, und es war immer schön. Wir waren liberal (jüdisch) und praktizierten unseren Glauben auf unsere eigene Art. Verstehst Du nun, Maro, warum Weihnachten mir nichts bedeutet? Na ja, vielleicht bedeutet es mir schon etwas, aber nicht auf Eure Art, mit dem Kindlein im Stall und so. Die jüdische Religion hat sehr viel Schönes. Das war mir früher nie so recht bewußt, aber ich hoffe, nun nach und nach mehr darüber zu erfahren und zu lernen. Es soll mir nie mehr passieren, was bei der Einweihung (vom DIS) geschah, als wir einander fragten, woran wir glaubten, und Ihr es alle sagen konntet, aber ich, als Ihr mich fragtet, antwortete: »Nichts.« Damals glaubte ich tatsächlich an nichts, doch heute glaube ich in erster Linie an das Gute. Und an das Schöne im Leben und in den Menschen. Und außerdem kann ich jetzt spüren, daß ich Jüdin bin und daß ich diesen Glauben für immer behalten werde und daß wir, die wir diesen Glauben haben, ihn, was immer auch kommen möge, weitertragen müssen.

Edith.

1948 nahm ich eine befristete Stelle in einem jüdischen Kinderheim an und arbeitete dort auch eine Zeitlang als stellvertretende Leiterin, nachdem die Direktorin mit einer Gruppe ihrer Zöglinge zur illegalen Einwanderung nach Palästina aufgebrochen war (das Einschmuggeln jüdischer Kinder nach Palästina war unter britischem Mandat verboten). Ungefähr zur selben Zeit traf ich Loet Velmans wieder, der vor dem Krieg mit Jules in eine Klasse gegangen war. Er war kurz zuvor aus einem japanischen Kriegsgefangenenlager zurückgekehrt und klapperdürr; seine Haut hatte noch immer eine gelbliche Farbe von der Malaria. Er war genau wie ich ein Überlebender, obwohl sich seine Erfahrungen während des Krieges himmelweit von meinen unterschieden. Es war ihm gelungen, unmittelbar nach der Kapitulation der Niederlande am 14. Mai 1940, mit dem einzigen Boot, das aus dem Scheveninger Hafen herauskam, zu fliehen. Ebenso wie ich studierte er nun an der Universität von Amsterdam. Langsam, aber sicher kamen wir uns näher. Loet, ein Mann, der weiß, was er will, war schon bald überzeugt, daß ich die Richtige für ihn sei. Doch ich mußte erst noch einen anderen Vorsatz wahr machen, der mir sehr wichtig war: Ich ging nach Amerika, um Guus zu besuchen und um zu studieren. 1948–49 studierte ich ein Jahr an der Columbia University in New York, und erst danach gab ich Loet mein Jawort. Wir gründeten eine neue Familie, die den Platz der Familie einnahm, die man mir entrissen hatte. Inzwischen sind Loet und ich seit fünfzig Jahren glücklich verheiratet.

Ineke immatrikulierte sich an der Universität von Leiden. Ich machte sie mit Dolf van Hessen bekannt, einem meiner Cousins, der gerade sein Studium als Bauingenieur an der TH in Delft abgeschlossen hatte. Dolf hatte den Krieg versteckt auf einem Bauernhof überlebt. Ineke war es, als würde sie Dolf schon seit Jahren kennen, weil ich ihr in Breda beim Abwaschen in der Küche so viel von all meinen Cousins und Cousinen erzählt hatte. Ich freute mich, als ich sah, daß es zwischen den beiden sofort funkte.

Als Nina Fernandes meinen Cousin Paul heiratete und Nina van Hessen wurde und Ineke zur Kleinsmiede Dolf heiratete und so Ineke van Hessen wurde, erkannte ich, daß wir alle eine Drehung um die eigene Achse gemacht und den Kreis geschlossen hatten. Die beiden Familien, die mir geholfen hatten, zu überleben und die meinen Eltern in den dunkelsten Stunden ihres Daseins beigestanden hatten, waren jetzt meine angeheirateten Verwandten. Mein Nachname – einer der Millionen Namen, die während des Krieges verschwiegen, gefälscht, verheimlicht und ausgelöscht wurden – sollte nun der Name ihrer Kinder und Enkel werden. Dies schien mir ein passendes Ende für meine Geschichte.

Nachwort

Tine zur Kleinsmiede wurde im November 1946 Witwe. Ihr Mann Egbert (Eb) starb infolge von Komplikationen nach einer Bandscheibenoperation. 1983 nahm ich Tante Tine anläßlich ihres neunzigsten Geburtstages mit auf eine Reise nach Israel, wo sie an der Holocaustgedenkstätte Yad Vashem als »Gerechte der Völker« geehrt wurde. Ich hatte die Zeremonie bis zum letzten Moment vor ihr geheimgehalten. Nachdem sie einen Baum in der »Allee der Gerechten« gepflanzt hatte, von dem aus man über die Hügel von Judäa blickt, sagte sie, sie sei froh, eine Tochter dazubekommen zu haben, und sie bereue nur eines: daß es ihr und ihrem Mann nicht gelungen sei, die Familie Gokkes zu retten. Sie erzählte den anwesenden Würdenträgern, sie habe doch gar nichts Besonderes vollbracht. »Jeder hätte an meiner Stelle dasselbe getan. Zumindest jeder mit auch nur einem Fünkchen Anstand im Leib.« Tine zur Kleinsmiede starb 1994 im Alter von hundert Jahren.

Inhalt